KB131828

일곱 개의 회의

Original Japanese title: NANATSU NO KAIGI
by Jun Ikeido

Copyright ⓒ 2012 Jun Ikeido

Korean translation copyright ⓒ 2020 Viche, an imprint of Gimm-Young
Publishers, Inc.
All rights reserved.

Original Japanese edition published by Nikkei Publishing Inc.
Korean translation rights arranged with Office IKEIDO Inc. through The
English Agency (Japan) Ltd. through Danny Hong Agency.

일곱 개의 회의

七つの会議

이케이도 준 장편소설 ㅣ 심정명 옮김

비채

차 례

1화

잠귀신 핫카쿠

七つの�'

1

정례회의는 매주 목요일 오후 2시부터다.

가끔 영업부장인 기타가와의 사정으로 시각이 바뀌는 일은 있었다. 하지만 이 년 전 하라시마 반지가 회의에 참석하기 시작한 이래 요일이 바뀐다거나 취소된 적은 단 한 번도 없었다.

기타가와는 정해진 스케줄을 단호히 지켰다. 시작 시각에 딱 맞춰 회의실에 나타나 늘 같은 가운데 자리에 앉는다. 참석자는 5과까지 있는 영업부의 과장과 계장, 그리고 각 과의 회계 담당자. 약 스무 명이다. 기타가와가 워낙 엄격한 사람이어서 회의는 항상 시작할 때부터 긴장된 분위기로 가득했다.

하라시마에게 정례회의는 고통일 뿐이었다.

영업부는 취급하는 상품에 따라 과가 나뉘는데, 하라시마가 과장을 맡은 영업2과의 수비 범위는 주로 주택설비 관련 전자제품이다.

'백색가전'이라 불리는 냉장고나 세탁기 같은 가전제품은 이익 폭이 좁고 경기에 좌우된다. 여름에는 폭염으로 에어컨이 팔린 덕분에 그럭저럭 성적이 괜찮았지만, 이윽고 밤바람이 시원한 계절이 오자 에어컨 수요가 떨어져서 형편없는 매출 실적이 이어지고 있었다.

"어떻게 된 거야, 하라시마?"

기타가와의 질책은 인정사정없다. "목표에 도달 못 했으면 도달되게 만들어 와! 달랑 목표 미달이라고 보고나 할 거면 회의에 기어 나올 필요도 없잖아."

기타가와에게 목표란 반드시 지켜야만 하는 '법도'다.

목표를 완수하지 못한 부하를 다음에는 열심히 하라고 다정하게 격려해주는 따뜻함 같은 것은 없었다. 미달인 사람은 남들이 보는 앞에서 철저하게 질책하고 몰아붙이며 끝까지 추궁한다.

일밖에 모르는 구닥다리 관리직이라고 뒷말을 듣든 말든, 그것이 기타가와의 방식이자 신념이었다. 변명은 용서하지 않는다.

노력은 했다.

물론 게으름을 피운 것도 아니다.

영업2과 직원들은 아침부터 밤까지 담당 구역의 양판점이나 동네 가전 판매점을 구두 밑창이 헤질 정도로 돌아다니며 주문을 받아온다. 그래도 목표 미달인 이유는, 하라시마가 보기에는 할당량이 지나치게 많기 때문이다.

"무조건 달성해, 하라시마. 미달이라는 말은 두 번 다시 듣기 싫으니까."

협박조로 말한 기타가와에게 하라시마는 무심코 대꾸해버리고 말았다.

"알고는 있지만, 백색가전은 여름 판매의 반대 작용으로 소비가 얼어붙어서 어쩔 수가 없습니다."

아차 싶었을 때는 늦었다.

기타가와의 송곳 같은 눈빛이 하라시마를 향하나 했더니 "경기 탓으로 돌리지 마!" 하고 불호령이 떨어졌다.

"경기는 자네 혼자 나쁜 게 아니야. 조건은 다 똑같아. 그런 것도 모르는 놈은 이 회의에 나올 자격도 없어."

스스로 한심할 만큼 온몸의 핏기가 싹 가셨다. 기타가와는 정말로 화나 있었고 반론이 먹힐 여지는 1밀리미터도 없었다.

위가 따끔따끔 아파왔다.

"됐어. 다음, 영업1과."

겨우 순서가 지나가자 하라시마는 주저앉을 정도로 힘이 빠졌다.

회의 진행을 맡은 영업부 부부장副部長 모리노의 지명을 받고 영업1과 과장 사카도 노부히코가 씩씩하게 자리에서 일어났다. 영업부 에이스라 불리는 인물로, 하라시마보다 일곱 살 어린 서른여덟 살. 중견기업이라고는 해도 도쿄겐덴에서 최연소 과장으로 승진해 화려한 성과를 올리고 있다.

"수고하셨습니다."

발표가 끝나고 한숨을 내쉬는 하라시마에게 옆자리의 사에키 히로미쓰가 작은 목소리로 말했다. 사에키는 영업2과 과장대리로, 1과장 사카도와 입사 동기였다.

"영업1과입니다. 지난주 매출 및 당기當期 누적 실적을 발표하겠습니다."

사카도는 늠름한 목소리로 말하더니 자신만만한 표정으로 회의 테이블을 둘러싸고 앉은 면면을 둘러보았다.

유명 대기업을 고객사로 거느리고 도쿄겐덴의 매출을 견인하는 최고의 수입원. 그것이 사카도가 이끄는 영업1과였다. 만년 실적 부진인 2과와 비교돼 사내에서는 '꽃 같은 1과, 지옥 같은 2과'라 불렸다. 취급 상품이 다르니 별수 없지만, 1과가 스마트한 도매업이라면 하라시마가 이끄는 2과는 발로 뛰는 영업이라 할 만했다.

사카도는 견실하기 그지없는 매출 실적을 담담하게 보고해나갔다. 듣고 있으면 질투가 날 정도의 성과였다. 하지만 사카도는 인품도 괜찮아서 보기 드물게 회사 사람들이 모두 좋아했다.

그때였다.

"팔자 한번 늘어졌군."

사에키가 다른 사람에게는 들리지 않을 목소리로 말했다. 하라시마는 옆을 돌아보았다.

"저거 좀 보세요."

사에키가 눈짓으로 테이블 바로 맞은편을 가리켰다. 팔짱을 끼고 사카도의 이야기를 듣는 척하면서 조는 사람이 있었다.

"핫카쿠 계장 말이야?"

하라시마가 말했다. "늘 저러잖아."

남자의 이름은 야스미 다미오八角民夫.

'八角'이라는 한자는 원래 '야스미'라고 읽지만 사내에서는 어쩐지 '핫카쿠'라 불렸다. 이유는 모른다. 나이는 하라시마보다 다섯 살 위인 쉰 살. 어디에나 있는 무기력한 회사원의 전형 같은 사람이었다. 회의만 열렸다 하면 좋다고 꾸벅대는 만년 계장이다.

일단 출세가도에서 벗어나 옆길로 빠지고 나면 무서울 게 없다는 듯이 기타가와 앞에서도 당당하게 졸았다. 그 정도면 불량사원으로서 심오한 경지에 올랐다고 할 수 있다. 그래서 붙은 별명이 '잠귀신 핫카쿠'다.

핫카쿠가 기타가와를 겁내지 않는 이유는 하나 더 있었다. 핫카쿠는 기타가와 부장과 동갑인 데다 입사 동기였다.

게다가 소문이라서 진위는 확실치 않지만 기타가와는 핫카쿠에게 '빚'이 있다고 한다. 어떤 빚인지는 모른다. 한쪽은 영업부장, 다른 쪽은 만년 계장. 이십 년을 거치해놓아도 이자 한 푼 붙지 않을 테니 회사원으로서의 승패는 명백하지만, 그 빚 때문에 기타가와가 핫카쿠에게 고개를 들지 못한다는 것이다.

하라시마는 그런 핫카쿠가 꽤 거북했다.

만년 계장이라지만 연배가 있다 보니 태도는 거만하다. 영업부의 주인이라도 되는 양 잘난 척하는 데다, 가끔 열리는 2과 회식에까지 나타나서는 상석에 진을 치고 앉아 하라시마나 부하들에게 무람없이 말을 걸었다.

"야, 하라시마. 요전번 거래는 좀 그렇지 않아?"

"사에키, 넌 과장대리니까 이놈들을 좀 더 잘 돌봐줘야지."

이런 식으로 남의 과 업무를 이것저것 지시하고는 득의양양해했다. 본인 업무 태도는 생각지도 않고 남 걱정은 잘한다 싶지만, 그런데 신경 쓰는 기색조차 없었다.

사카도의 발표가 이어지고 있었다.

능력 있는 사람답게 이야기에 군더더기가 없을뿐더러 하라시마가 준비한 것과는 비교되지 않을 정도로 상세한 데이터를 사용한다. 이따금 앞에 놓인 자료에서 필요한 숫자를 찾기도 했는데 보좌해야 할 핫카쿠는 모르는 척 졸고만 있었다. 애초에 체념했는지 사카도는 핫카쿠에게 의지하려는 기색이 없었고, 기타가와 또한 그런 핫카쿠의 태도를 본척만척했다.

"사카도도 골치 아프겠어요."

사에키가 조소를 섞어서 말했다. "저런 아저씨가 계장이니."

"괜찮아, 1과에 저 정도 핸디캡은 있어야지. 좋은 고객사를 잔뜩 보유하고 있으니까."

하라시마가 내내 질책만 당한 시름을 달래려는 듯 대꾸했다.

잠시 후 사카도가 발표를 끝내고 자리에 앉자마자 기타가와가 만족스러운 목소리로 말했다.

"계속 이렇게 부탁하네."

익숙한 구도였다.

사카도는 늘 양지바른 오르막길을 올라가고, 하라시마는 그늘진 내리막길을 계속 내려간다.

아무리 노력해도 상황은 바뀌지 않는다.

한편으로 마음 한구석에서는 그것을 인정하고 있다.

하라시마에게 인생은 늘 이런 식이었다.

하라시마 반지万二라는 이름대로 만万년 이二등. 어떻게 해도 정상에는 오를 수 없는 운명을 등에 지고 살아왔다.

2

하라시마는 이 남 중 차남으로 태어났다.

학업이며 스포츠며 뭘 해도 뛰어난 형과 달리 하라시마는 모든 것이 평범했다. 남보다 뒤떨어지지는 않았지만 그렇다고 눈에 띌 정도로 잘하는 것도 없었다.

동네 공립 초등학교와 중학교를 다녔고, 사이타마 현에서 이등 그룹에 속하는 고만고만한 인문계 고등학교에 들어가기는 했지만 성적은 중상 정도였다. 탁구부에서는 삼 년 만에 간신히 정규 멤버가 됐는데 단체전 이 차전에서 패배했다. 이번에야말로 잘해보겠다며 덤빈 개인전에서도 운 나쁘게 강한 학교의 선수와 붙는 바람에 첫 시합에서 어이없이 눈물을 삼켰다.

수험 공부는 뒤늦게나마 시동이 걸려 나름대로 노력했다. 하지만 일 지망 대학에는 떨어졌고 결국 삼 지망 사립대학에 진학했다.

하라시마의 아버지는 시청 공무원이었는데 부시장을 진지하게 목표할 만큼 출세욕이 강했다. 그런 아버지의 기대를 한 몸에 받은 두 살 위의 형은 도쿄 대학교를 졸업한 뒤 옛 통상산업성에 들어가 관료가 되었다.

누구나 인정하는 우수한 형과 어딘가 부족한 동생.

"제조업체에 들어갈 생각이야."

취업 시즌에 하라시마가 이렇게 말하자 아버지는 "그래. 뭐, 열심히 해라"라고 무관심하게 대꾸했다.

무슨 회사에 가고 싶은지, 거기서 어떤 일을 하고 싶은지 아버지라면 한마디쯤 물어봐도 좋으련만 아무 질문도 하지 않았다.

어차피 나는 형과 달라.

두고 보라고 생각한 하라시마는 취업 전선이 본격화되기 전부터 주도면밀히 준비해서 일류라 불리는 종합 전기회사로 맹렬하게 뛰어들었다. 하지만…….

만전을 기했는데 면접에서 연거푸 떨어졌다.

이유는 알 수 없었다. 하지만 몇 번씩 면접을 거듭하는 동안 깨달은 사실도 있었다.

이 회사에 들어가고 싶다는 열의만으로는 채용되지 않는다는 것이다.

어려운 면접일수록 특출한 무언가가 요구되었다. 그러나 어디를 찾아봐도 하라시마에게 그런 게 있을 리 만무했다.

하라시마는 늘 '그 외 다수' 중 하나였다.

대학교 사 학년 여름에 취업 활동을 시작한 하라시마는 서른 번 가까이 면접을 보았다. 누구나 아는 대기업뿐이었다.

"눈이 너무 높은 거야. 분에 맞는 회사를 노려보는 게 어때?"

이렇게 충고해준 친구도 있었지만 하라시마는 귀 기울이지 않았다. 형과 비교당해 고집이 생겼기 때문이다.

하지만 늦더위가 극심하던 9월 상순에 마지막 희망을 걸고 임한 면접에서도 떨어졌다. 현실을 인정할 수밖에 없었다. 대기업 채용 면접은 거의 끝났기 때문에 하는 수 없이 상장기업을 포기하고 중견 기업 구인을 알아보기로 했다.

사실 그때까지 하라시마는 도쿄겐덴이라는 회사를 몰랐다. 우연히 발견하고 흥미를 느낀 건 대형 종합 전기회사 중에서도 손꼽히는 '소닉'의 자회사임을 알게 됐기 때문이었다. 소닉에는 떨어졌다. 하지만 자회사라면 내가 하고 싶은 일을 찾을 수 있지 않을까. 이렇게 생각한 하라시마는 곧장 도쿄겐덴 인사부에 연락해서 면접을 신청했다.

안 될지도 모른다. 패배가 습관이 되어버린 하라시마였지만 기적이 일어났다. 지금까지의 연전연패가 거짓말이라는 듯, 면접이 순조롭게 척척 진행되더니 일주일 후에는 처음이자 유일한 내정 통지를 받았다.

맨 처음에 면접을 한 직원이 같은 대학 출신이라는 이야기를 나중에 들었는데, 회사와의 인연이란 결국 그런 것일지도 모른다.

"도쿄겐덴이라는 회사인데 소닉 자회사야."

취직이 결정됐다고 알렸을 때 아버지 입에서 새어나온 말은 "오, 소닉이냐"였다. 그게 아버지에게 어떤 의미가 있었는지는 모른다. 소닉이라서 좋다는 건지, 자회사라서 별로라는 건지.

"잘됐구나."

아버지는 그렇게 덧붙이고는 텔레비전에서 들려오는 노랫소리를 향해 시선을 돌렸다.

응원하는 팀의 삼 번 타자가 찬스를 못 살린 참이었다. 아버지는 야구를 좋아했다. 그대로 중계에 몰두하는 줄 알았는데 자리에서 일어나 냉장고에서 500밀리미터 캔맥주를 가져왔다. 그리고 식기장에서 컵을 꺼내 따르더니 하라시마와 제 앞에 놓았다.

"어떤 회사든지 나를 필요로 하는 곳에서 일할 수 있으면 그게 가장 행복한 거야."

아버지는 확신을 담은 어투로 어쩐지 숙연하게 말했다. 나중에 알았는데 그 무렵 아버지는 출세 경쟁에서 패배해 평생 과장 자리에나 만족하라는 비공식 통지를 받았다고 한다.

"열심히 노력하면 어떻게든 될 게다. 이제 네 인생을 개척하는 건 너 자신이야."

그러고는 얼굴 앞에 컵을 홀쩍 들어 올리더니 묘하게 위엄 어린 표정으로 맥주를 마셨다. 아버지에게 다정한 말을 들은 건 살면서 이때 한 번뿐이었다.

하지만 그렇게 입사한 도쿄겐덴에서는 그야말로 회사라는 조직에 농락당하는 나날이 기다리고 있었다.

첫 배정은 경리부였다. 필요에 쫓겨 부기를 배우고 매일 전표와 씨름하며 지냈다. 그런데 겨우 어엿한 경리부원이 됐다고 생각한 입사 삼 년째에, 영업부라는 전혀 다른 분야로 인사 발령을 받았다.

신규 고객 유치를 위해 약속도 하지 않고 무작정 찾아가는 영업을 삼 년, 전자부품 관련 부서로 옮겨서 오 년. 그리고 나서도 회사 사정으로 이 자리 저 자리를 전전하다 이 년 전에야 늦게나마 과장으로 승진해 영업2과를 맡게 되었다.

발령을 받으면 어디든 가는 것이 회사원이라지만, 너무나 불합리한 처사에 이직을 생각한 적도 한두 번이 아니다. 그런데 서른 살에 사내 결혼한 뒤에 곧장 아이가 생기자 그런 소리를 하고 있을 수도 없었다. 불경기라 이직하려 한들 받아줄 회사도 없다. 정신을 차려 보니 회사에 매달릴 수밖에 없는 사람이 되어 있었다.

분명 아버지 말마따나 내 인생을 개척할 사람은 나 자신이리라.

하지만 지금까지 인생을 '개척해왔다'라는 느낌은 전혀 없다.

보잘것없는 월급쟁이라는 광차鑛車를 타고 때로는 급커브에 농락당하면서 떨어지지 않으려 필사적으로 매달렸을 뿐이다.

아니, 애초에 개척할 정도의 가치도 인생의 깊이도 없었던 게 아닐까. 이제 하라시마는 그것마저 의심스러웠다.

3

"똑바로 좀 해!"

날카로운 목소리에 깜짝 놀란 하라시마가 소리가 난 쪽을 보았다.

테이블 맞은편, 사카도가 의자에 앉은 핫카쿠를 화난 표정으로 보며 서 있었다.

회의가 끝나고 기타가와 부장이 회의실에서 나간 참이었다. 회의실 안에는 아직 회의 참석자가 절반 이상 남아 있었는데, 모두 움직임을 멈추고 사카도와 핫카쿠의 대화를 지켜보았다.

"졸고 있을 때가 아니잖아. 필요한 자료 하나 직접 준비하지 않으면서 부하한테 떠맡기기만 하고. 과 실적을 발표할 때 정도는 깨어 있으면 안 되나?"

"딱히 자고 있었던 건 아닌데."

핫카쿠는 그렇게 반론하고는 자신들을 향한 시선을 신경 쓰며 머쓱한 듯 미소 지었다. "뭐 착각한 거 아냐? 잘 듣고 있었어."

"당신, 계장이잖아. 그럼 필요한 부분에서 자료를 건네준다든지 보조를 해야지. 회의는 뭐 하러 나오는 거야? 잘 듣고 있었다고? 본 인이 뭐라도 되는 줄 알아?"

지적인 사카도는 감정을 드러내는 일 자체가 드물다. 전부터 쌓여 온 분노가 드디어 폭발한 느낌이었다.

"그래그래, 잘못했어. 앞으로는 생각해서 할게."

핫카쿠는 자리에서 일어나더니 사카도에게 냉큼 등을 돌리고 회 의실에서 나갔다.

"저 태도는 뭐랍니까?"

그 뒷모습을 아연실색해서 바라보며 사에키가 어이없다는 투로 말했다. 사카도는 손에 들고 있던 자료를 테이블에 내동댕이치고는 무시무시한 얼굴로 핫카쿠가 사라진 문을 노려보았다.

하라시마는 사에키를 재촉해 회의실에서 나와 복도를 걸으며 말 했다.

"뭐, 사카도의 마음도 알겠어. 핫카쿠 계장은 1과 실적에 거의 기 여하지 않잖아. 전부 사카도가 하는 일이니까. 완전 짐이지. 게다가 입만 살아서 미안한 마음은 제로에 태도는 또 거만해요."

"1과 회의에서는 한참 진부터 사카도랑 곧살 부딪쳤대요."

사에키는 내부 소식에 밝은 티를 내며 말했다. 사카도와는 입사 동기라 사이가 좋으니 본인에게서 들었을 수도 있으리라.

"뭐, 사카도 성격으로는 저런 사람을 용납할 수 없겠지."

복도 끝 자판기 코너 앞에서 하라시마는 생각을 솔직히 말했다. 사카도는 어쨌든 앞만 보고 일하는 것으로 유명한 사람이었다. 사내 넘버원인 영업 실적은 단지 운이나 재능이 아니라 누구나 인정하는 노력 덕분이었다. 영업1과와 영업2과 사무실은 같은 층에 나란히 있기에 하라시마도 봐서 안다. 사카도는 온종일 머리를 굴리고 몸을 움직이며 쉴 새 없이 분주하게 일한다는 인상이다. 흡연구역에서 느긋하게 담배를 피우며 차나 캔커피를 홀짝거리고, 영업이라고 해봤자 전화로 끝내려 하는 핫카쿠와는 극과 극이다. 그렇지만…….

이 사건이 사카도와 핫카쿠의 관계에 명확한 변화를 가져오리라고, 하라시마 역시 이때는 상상하지 못했다.

"이 보고서는 뭐야? 이런 이유로 수주 감소를 인정하라는 건가, 자네는? 웃기지 마."

회의 후에 그런 일이 벌어진 뒤로 사카도는 누구 앞에서든 마음에 안 들면 핫카쿠를 불러 질책하기 시작했다. 말투도 예전처럼 나이가 많다고 조심하지 않고 완전히 손아래 부하를 대하는 식으로 바뀌었다.

오후에 외근에서 돌아온 사카도가 자기 책상에서 차를 홀짝거리고 있는 핫카쿠에게 언성을 높이는 일도 적지 않았다. 핫카쿠와의 관계뿐 아니라 사카도의 성격까지 변해버린 것 같기도 했다.

"지금이 태평하게 차나 마시고 있을 상황이야? 맡은 일은 어떻게 돼가?"

이런 말을 들을 때면 핫카쿠는 대꾸도 하지 않았다. 그렇다고 곧장 따르는 기색을 보이지도 않았다. 엷은 웃음을 띠며 퇴짜 맞은 서류를 가지고 돌아가거나 사카도가 또 다시 인내심이 바닥나지 않을까 싶을 만큼 느릿느릿하게 자리에서 일어난다. 사카도가 질책한다고 태도를 바꾸는 것도 아니어서 둘의 껄끄러운 관계는 나아지는 일 없이 일상이 되어갔다.

이럭저럭하는 사이에 시간이 흘러 연도 말인 3월일본은 3월 31일이 회계 연도 종료일이 왔다. 월말에 접어들자 전쟁터처럼 바빠져 사카도가 핫카쿠에게 호통치는 장면을 몇 번이나 목격했다. 하지만 하라시마도 영업1과 인간관계에 신경 쓰고 있을 여유가 없었다. 게다가 그런 광경이 당연한 듯해져서 그다지 흥미를 끌지도 않았다.

하라시마가 사카도와 핫카쿠의 관계에 다시금 관심을 가지게 된 것은 성난 파도와 같던 3월이 지나고 신년도가 시작된 지 얼마 안 됐을 무렵이었다.

"과장님, 아세요? 사카도 이야기."

점심때 사에키와 근처 메밀국숫집에 갔는데, 점원이 주문을 받고 돌아간 틈을 노려 사에키가 말했다.

"부장이라도 된대?"

영업1과는 지난 분기에도 목표를 크게 웃도는 실석을 올렸다. 하라시마는 사카도가 최연소 임원으로 발탁될 모양이라고 예상했으나 사에키의 이야기는 완전히 뜻밖이었다.

"아니, 아니에요. 직장 내 괴롭힘 방지 위원회에 회부된대요."

"정말이야?"

하라시마가 자기도 모르게 되물었다. "누구한테 들었어?"

"로쿠 씨요."

기무라 로쿠로는 영업4과 과장이다. 땅딸막한 체형과 밝은 성격 덕에 부서 내에서는 '로쿠 씨'로 통했다.

"로쿠 씨?"

"위원회 위원이거든요."

그러고 보니 그랬다. 사내에는 '직장 내 괴롭힘 방지 위원회'와 '직장 내 성희롱 방지 위원회'가 있다. 각 부서에서 선출된 위원이 한 달에 한 번 회의를 열게 되어 있었다.

그러나 위계에 의한 괴롭힘을 당했다거나 성희롱 피해를 입었다는 호소는 좀처럼 없었다. 위원회 회의라 해봤자 그저 얼굴을 맞대고 '사내에 문제가 될 만한 사태는 없음'을 형식적으로 확인할 뿐이었다.

"고발이 들어온 거야?"

"그런가 봐요."

하라시마는 누가 고발했느냐고 물었다가 돌아오는 대답에 아연실색했다.

"핫카쿠 계장님요."

설마 싶었지만 생각할 수 없는 일은 아니다.

"듣고 보니 그렇다 싶지 않습니까?"

"하지만 핫카쿠 계장이……."

아무래도 석연치 않아 하라시마가 혼잣말처럼 말했다. "나이도 먹을 만큼 먹어서 자기보다 어린 상사를 고발할까?"

물론 직장 내 괴롭힘에 나이는 관계없다. 냉정히 되돌아보면 요즘 핫카쿠에 대한 사카도의 질책은 조금 도를 넘었다는 느낌도 든다. 하지만 위원회에 고발할 정도인가?

하라시마가 입을 다물자 사에키가 말을 이었다.

"지난주에 로쿠 씨를 직접 찾아가서 위원회에 제소하고 싶다고 했대요."

메밀국숫집을 나와 회사로 돌아가는 길에 하라시마가 물었다.

"어떻게 생각해, 그 이야기?"

"글쎄, 뭐라고 해야 할까……."

사에키는 어렴풋하게 하얀 막을 친 것 같은 봄 하늘을 눈부시다는 듯 올려다보았다.

"의미 없지 않을까요. 사카도가 직장 내 괴롭힘이면 기타가와 부장님 같은 사람이 고발당해도 이상하지 않잖아요. 그렇게만 생각해 봐도 이야기가 어떻게 흘러갈지는 뻔히 보여요."

동기를 편드는 마음도 있겠지만 사에키의 지적은 옳았다. 이 고발을 인정하면 사내 균형을 유지할 수 없다.

"그 부분은 가와카미 부장님도 딱 짚고 들어올 거예요. 사카도의 실적만 생각해봐도 직장 내 괴롭힘을 인정하지는 않겠죠."

직장 내 괴롭힘 방지 위원회는 여러 부서에 걸친 조직인데, 위원장은 인사부장인 가와카미 쇼조가 맡고 있었다. 가와카미는 균형 감각이 뛰어나고 머리 회전이 빨랐다.

"핫카쿠 계장 태도도 좀 그렇기는 하지."

하라시마가 탄식했다. "시시한 이야기로군, 정말. 다음 위원회는 언제야?"

"이번 달 위원회는 이삼 일 전에 막 끝나서 원래대로면 다음 달인데요, 조만간 임시 소집해서 심의한답니다."

직장 내 괴롭힘이 인정되면 그다음에는 임원회의에서 사카도의 처우를 논의하게 된다.

그때까지는 사카도도 일하기 참 불편하겠구나 하고 하라시마는 생각했다.

자신을 고발한 부하와 어떤 얼굴로 어떻게 마주해야 할까. 하라시마라면 못 견뎠으리라.

"사카도도 골치 아플 거예요."

사에키가 얼굴을 찌푸리더니 자기에게 벌어진 일이라는 듯 무겁게 한숨을 쉬었다.

4

임시 위원회는 사에키에게 이야기를 들은 그다음 주 화요일 오후에 열렸다.

위원회의 성질로 볼 때 사카도 건은 사내에 알려지면 안 되지만, 하라시마가 미리 들었듯 이야기는 어디선가 새어나가서 이 무렵에는 말하자면 공공연한 비밀이었다.

하라시마도 일주일 내내 영 마음이 편치 않았다. 어찌 되었든 영업1과와 2과는 책상을 이웃하고 있다 보니 두 사람의 태도가 어쩔 수 없이 눈에 들어온다. 냉전이었다. 단 서로 이 이상의 분쟁을 피하려 한다는 것도 넌지시 전해졌다. 핫카쿠는 묘하게 얌전했을 뿐 아니라 평소보다 이른 때 외근을 나가기도 했고, 다른 사람들이 모두 나간 뒤에 혼자 남아 여유롭게 차를 홀짝거리지도 않았다. 사카도가 핫카쿠를 질책하는 일도 없었다. 아니, 더 정확하게 말하면 두 사람은 대화다운 대화를 거의 나누지 않았다. 기묘하게 접촉이 없는 상태였다.

위원회가 열리는 시각에 마침 외근을 마치고 돌아온 하라시마는 플로어 입구에서 핫카쿠와 스쳐 지났다.

핫카쿠는 고민에 빠진 표정이었다. 적어도 자기가 아는 핫카쿠와는 다른 사람처럼 보여서 하라시마는 저도 모르게 발길을 멈추었다. 이제 와서 자신이 일으킨 일에 주눅 든 것처럼 보였지만, 직장 내 괴롭힘 피해자를 연출하는 것처럼 보이기도 했다.

위원회가 시작된 것은 오후 3시. 시작과 동시에 불려나간 핫카쿠는 한 시간 가까이 지난 뒤에야 돌아왔다. 그러자 대기하고 있던 사카도가 나갔고, 얼마 후 영업1과를 중심으로 한 영업부 직원 몇 명이 증인으로 불려갔다. 기무라는 오후 8시가 넘어서야 심의를 마치고 지친 얼굴로 돌아왔다.

"어떻게 됐어?"

영업3과 과장 히노가 물었다. 그 목소리를 듣고 위원회가 끝났음을 안 하라시마는 기무라가 손가락으로 X 표시를 만드는 모습을 보았다. 히노는 하라시마 뒤쪽에 있을 사카도를 보려고 반사적으로 고개를 돌렸지만, 사카도는 고객 접대가 있다면서 이미 회사를 나간 뒤였다. 핫카쿠도 퇴근해서 당사자가 둘 다 자리에 없었다.

"뭐? 인정됐다고?"

히노의 말에 플로어에 있던 모두가 고개를 들었다. 표정은 각양각색이었다. 호기심을 드러내는 사람, 당혹스러움을 감추지 못하는 사람, 미간을 찌푸리는 사람.

"너무 심하지 않았느냐는 쪽으로 이야기가 돼서요."

사에키가 몹시 놀란 얼굴로 하라시마를 보았다. 설마 직장 내 괴롭힘이 인정되리라고는 생각지 않았기 때문이리라. 아니나 다를까 히노도 "말도 안 되는 소리"라고 반쯤 혀를 차면서 얼굴을 돌렸다.

"그게 괴롭힘이면 나는 어떻게 되는 거야? 너희 다음 주쯤에 나를 고발할 생각은 아니겠지?"

남아 있던 부하들은 쓴웃음을 지었다. 하지만 히노는 금세 진지한 얼굴로 돌아가더니 나지막이 말했다. "너무 엄격하잖아."

얼굴은 웃고 있지 않다. 히노는 하라시마보다 한 살 위지만 과장 자리에 앉은 지는 오래되었다. 평소에도 핫카쿠를 마뜩잖게 여겼으니 결과가 더 불만스러운 것이다.

하라시마도 동감이었다.

"너희, 무슨 이야기를 하고 온 거야?"

히노의 짜증에 기무라가 묘한 얼굴로 말했다. "전개가 좀 뜻밖이었어요. 인사부 가와카미 부장님이 꽤나 문제 삼더라고요."

"그게 무슨 말이야?"

히노가 부루퉁하게 물었다.

"직장 내 괴롭힘과 성희롱에 대해서는 그룹 전체가 소닉이 작성한 가이드라인을 따르게 되어 있거든요. 그걸로 따지면 사카도 과장님의 행위는 명백히 괴롭힘에 해당한다는 거예요."

모회사 이름이 나오자 히노는 거북하다는 듯이 코끝 언저리를 손가락으로 문질렀다. 기무라가 말을 이었다. "징계 여부는 임원회 결정에 맡긴다 해도 가이드라인에 저촉되는 이상 혐의가 있다고 판단을 내려야 할 거래요."

도쿄겐덴에서는 계장급 이상의 관리직에게 소닉에서 만든 가이드라인을 일률적으로 배부한다. 신경질적이라고 할 만큼 상세한 규칙과 사례가 넘치는 책이라 읽고 나면 여성 직원이나 부하가 무서워진다.

"참 딱딱하시네. 과연 위원회는 달라."

히노가 빈정거리자 기무라는 변명하듯 말했다. "워낙 열린 적 없는 심의회이다 보니 아무래도 원칙론이 힘을 발휘한 것 같아요."

원칙론으로 장사가 되면 뭐가 고생이겠어, 라는 히노의 감상에 하라시마도 전적으로 동의했다.

"뭐야, 정말. 못 해 먹겠네."

히노와 기무라의 대화를 듣고 내뱉듯이 말한 사에키 또한 수긍하지 못하는 얼굴이다.

그럴 만했다. 임원회의에서 어떤 결과가 나오든, 사카도가 지금까지 빛나는 실적을 올려왔다는 것은 사실이다. 사내 제일의 실적을 바탕으로 최연소로 '꽃 같은 1과' 과장 자리에 오른 유망주가 질 나쁜 고참의 발에 걸려 수렁에 빠지다니.

누가 봐도 나쁜 사람은 핫카쿠인데 이래서는 사카도가 불쌍하다.

"괴롭힘 방지 위원회에서 그렇게 판단했대도 실제 징계 수위를 결정하는 건 임원회의야. 그건 알지? 사장님이 인정할 리가 없어."

하라시마가 말했다. 미야노 가즈히로 사장은 양식 있는 사람이다. 처벌이 내려진들 기껏해야 시말서나 견책 정도일 것이다.

그런데 며칠 뒤 열린 임원회의에서 사카도의 '인사부 대기 발령'이 결정되었다. 하라시마는 말이 안 나올 정도로 놀랐다.

5

"사카도는 1과장에서 물러나 대기 발령 조치가 될 거야."

하라시마에게 이렇게 귀띔한 사람은 모리노 부부장이었다. 사카도가 임원회의 후에 호출을 받고 기타가와 부장과 함께 사장실로 갔다는 것은 알고 있었다.

"어째서……."

심한 징계에 놀라서 하라시마는 말이 바로 나오지 않았다.

"좀 너무한 거 아닙니까?"

하라시마가 모리노에게만 들리는 작은 목소리로 말했다. "상대는 핫카쿠 계장이라고요."

"알아."

모리노도 화를 가누지 못하는 투였다. 모리노 역시 결정을 수긍하지 못하고 있다. 누군가에게 말하지 않고는 못 배기겠다. 그런 기분이었음이 분명하다.

"그럼, 왜죠?"

"알게 뭐야."

모리노가 내뱉듯 말했다.

1과에는 다른 직원들보다 한발 먼저 회사로 돌아온 핫카쿠가 혼자 자리에 앉아 있었다. 넋이 나간 듯한 표정을 보면 임원회의 결과를 전해 들었음이 분명하다. 핫카쿠도 이 정도의 징계는 상상하지 못했으리라.

그 직후, 부장 비서가 자리로 전화를 걸어 하라시마를 찾았다.

임원 플로어에 있는 어느 방으로 갔더니 초라하게 어깨를 늘어뜨린 사카도가 앉아 있었다. 말없이 그 옆얼굴에 눈길을 던지며 빈 소파에 앉았다.

"비공식 통지가 나왔어, 하라시마."

자리에 앉자마자 기타가와가 꺼낸 말에 하라시마는 자기도 모르게 고개를 들었다.

"사카도 후임으로 1과를 맡아줘."

"제가 말입니까?"

지옥 같은 2과에서 꽃 같은 1과로. 평생 일등은 되지 못했던 하라시마가 드디어 영업과장으로서 최고의 위치에 오른 순간이었다.

하지만 도저히 미소를 지을 수 없었다. 당연하다. 맥 빠진 모습을 한 사카도가 산송장 같은 눈빛을 하고 옆에 있었으니까.

"오늘 임원회의에서 사카도 군은 물러나는 걸로 결정했어. 후임으로 자네 이름이 올랐고. 자네 노력에 대해서는 나도 합당한 평가를 해왔다고 생각해. 사카도의 빈자리를 채워주길 바라네."

기타가와의 말은 늘 무겁다. 이때도 한마디 한마디가 가슴에 묵직하게 울리는 듯해서 하라시마는 진정이 되지 않았다.

과연 기타가와는 이 인사를 어떻게 생각하고 있을까? 애석한지, 분한지, 아니면 하는 수 없다고 체념하고 있는지, 혹은 당연하다 생각하는지 마음을 읽을 수 없었다.

영업부의 득점왕 사카도에게 보내던 기대는 결코 작지 않았을 터인데 그런 부하에게 기타가와는 한마디 위로의 말조차 건네려 하지 않았다.

"냉정하네, 기타가와 부장님."

그런 사람임은 알고 있었다. 하지만 이것이 비공식 통지를 받은 하라시마의 가슴에서 우러난 솔직한 감상이었다.

6

"어머, 잘됐다."

그날 밤늦은 시간에 퇴근한 하라시마가 인사 발령에 대해 이야기하자 아내 에리코는 찻잔 옮기던 손을 멈추고 눈을 둥그렇게 떴다.

"잘되기는 뭐가 잘돼. 난 아무래도 석연치가 않아."

"그런 걸 신경 쓰니까 당신이 안 되는 거야."

에리코는 현실적인 주부의 눈으로 하라시마를 보았다. "1과장이 돼달라는 거잖아. 기회야."

기회. 그 말에 이질감을 느낀 하라시마는 늦은 저녁밥을 입으로 옮기다가 젓가락을 멈추었다.

도무지 기회라고 생각되지 않는다. 만년 보결 투수가 주전이 부상당하는 바람에 갑자기 마운드에 오르게 된 기분이다.

"나는 보결이야."

이렇게 말하자 에리코가 되레 뻔뻔하게 대꾸했다. "보결이 뭐가 나빠."

하라시마는 무심코 아내의 표정을 말똥말똥 바라보고 말았다. 옛날에는 청순가련한 면도 있었는데 언제 이렇게 유들유들한 여자가 되었나.

"당신 〈웨스트사이드 스토리〉 알지?"

에리코는 엄청난 뮤지컬 팬이다. 하라시마가 의문스럽다는 얼굴을 하자 이렇게 말했다. "그걸 작곡한 번스타인이 지휘자로 대성공을 거둔 건 브루노 발터의 대역을 한 일이 계기였어. 말하자면 그전까지 번스타인은 보결이었지."

설득력이 있는 듯도 하고 없는 듯도 한 이야기다. "요컨대 진정한 평가는 이제부터라는 말이야. 드디어 당신도 빛이 드는 무대에 설 기회를 잡은 거지. 재능을 인정받을지도 몰라."

재능? 나한테 그런 게 있다고 생각하는 건가? 미심쩍긴 했지만 세속에서 벗어난 아내의 말은 복잡하게 얽혀 있던 하라시마의 마음 한구석 정도는 풀어주었다.

"하지만 핫카쿠 계장이랑 잘 해나갈 자신이 없어."

"정신 똑바로 차려, 당신."

마음 약한 면을 보인 하라시마에게 에리코가 무서운 얼굴로 말했다. "과장이잖아. 말 안 들으면 다른 데로 날려버리겠다고 확실히 말해주면 돼."

그거야말로 직장 내 괴롭힘 아닌가?

```
┌─────────┐
│    7    │
│         │
└─────────┘
```

"이래저래 신세 많이 졌습니다."

사에키가 미즈와리 위스키물을 섞어 도수를 낮춘 위스키 잔을 들었다.

환송회 겸 환영회 날 밤이다. 하라시마의 후임은 오사카 지사의 영업부에서 불러 왔는데, 그 남자와는 닷새 정도에 걸쳐 인수인계를 마쳤다. 회사 근처 술집에서 1차로 마신 뒤 근처 노래방으로 2차를 갔다. 해산한 뒤 "한잔 더 하실래요?"라는 사에키의 권유에 부하들과 헤어져서 시나가와 역 근처 호텔의 바로 향했다.

"사카도의 징계를 결정한 임원회의 이야기 들으셨습니까?"

"이제 와서 뭐야. 확실히 말해."

에둘러 말을 꺼내는 사에키에게 하라시마는 술김이기도 해서 언짢은 목소리로 대꾸했다.

"사카도의 대기 발령 안을 기타가와 부장님이 냈대요."

"뭐? 누구한테 들었어?"

들어 넘길 수 없는 이야기다.

"히노 과장님이 어제 그러더라고요. 임원 누군가에게 들으셨대요. 저는 이제 기타가와 부장님을 도무지 못 믿겠어요."

술이 들어가면 늘 그렇듯 사에키는 당장이라도 울음을 터뜨릴 기세다. "부장님은 사카도를 어떻게 생각하고 있었던 걸까요? 아무리 핫카쿠 놈한테 빚이 있다고 해도 이건 아니잖아요. 핫카쿠 편을 들어서 사카도를 과장 자리에서 내쫓다뇨. 이래도 되는 겁니까?"

입사 동기인 데다 사이도 좋은 사카도가 불합리한 인사로 일선에서 배제되려 한다. 그 사실에 사에키는 눈이 새빨개져서 불만을 토로했다.

그러면서도 사에키는 손목시계에 눈길을 주더니 바 입구 쪽을 흘끗 보았다. 벌써 두 번째다.

"누가 와?"

하라시마가 물었을 때 문을 열고 들어오는 키 큰 남자가 보였다.

문제의 사카도였다.

사카도는 한 손을 든 사에키를 발견하고는 하라시마가 있는 테이블로 천천히 다가와 빈자리에 앉았다.

"고생하셨습니다."

환송회를 끝낸 하라시마에게 인사부터 건넨다. 정말로 고생하는 사람은 자신일 텐데, 예의 바른 것이 우수한 영업사원답다. 사카도는 주문받으러 온 점원에게 생맥주를 시켜 가볍게 건배했다.

"다음 주에 인수인계 잘 부탁해."

사카도는 작게 고개를 끄덕였다. 바의 호박색 조명 아래에서도 표정에 짙은 피로가 확연히 드러났다.

"큰일 치렀어."

대꾸가 없다. "힘이 못 돼서 미안해."

"아니오……."

얼굴을 든 사카도가 금이 간 얼음 같은 웃음을 지었다. "제가 뿌린 씨앗이니까요."

"이런 징계를 수긍하는 놈이 어디 있겠어."

사에키가 단언했다. "있으면 핫카쿠 정도겠지."

핫카쿠라는 이름이 나온 순간, 사카도의 시선은 테이블 위의 한 점에 못 박힌 것처럼 움직임을 잃었다.

"목표를 달성 못 해도 천하태평이고 회의에서는 졸기만 하고. 만년 계장에……."

"이제 그만해."

사카도가 짜증 섞인 목소리로 사에키의 말을 잘랐다. "핫카쿠 계장이 잘못한 게 아니야."

"사람 좋은 것도 정도가 있어, 사카도."

사카도의 태도에 속이 탄 사에키가 몸을 앞으로 내밀며 말했다. "잘 들어. 너는 열심히 해왔어. 영업부 실적도 네가 과장이 되고 나서 꽤 올랐잖아. 불경기로 업계 전체가 침체된 상황인데 말이야. 너는 우리 회사에 엄청난 공헌을 해왔다고. 근데 핫카쿠는 뭘 했어? 그냥 회사를 붙들고 늘어져서 잘난 척하며 땡땡이나 치는 게 다잖아. 그런 놈이 널 직장 내 괴롭힘로 고발하다니 말이 안 되는 것도 정도가 있지. 하물며 그걸 곧이듣고 과장에서 경질하다니 대체 임원들은 무슨 생각인 거야."

"알았으니까 이제 그만하라고."

사카도는 지긋지긋하다는 미소를 지으며 사에키를 보았다. "마음은 고마워. 하지만 잘못한 건 나야. 정말로 면목이 없어. 미안하다."

사카도는 머리를 숙였다. 태도가 너무나도 미련 없이 깔끔했다. 하라시마는 어딘가 이상하다는 느낌을 지울 수 없었다.

"뭐 하나 묻고 싶은데, 기타가와 부장님이랑 무슨 일 있었어?"

하라시마가 묻자 사카도는 입술을 깨물었다. "미안하지만, 자네가 뭐라고 말하든 그게 아니라면 이런 처사는 수긍할 수 없어. 대체 무슨 일이 있었던 거야?"

"지금 단계에서는 말씀드릴 수 없습니다."

"왜?"

하라시마가 물었지만 사카도는 입을 다문 채 한동안 대답하지 않았다. 그러더니 화제를 바꾸며 하라시마에게 깊숙이 고개를 숙였다.

"하라시마 과장님, 힘드시겠지만 저희 1과 잘 부탁드립니다."

그 태도를 석연치 않게 생각하면서 하라시마가 물었다.

"자네는 앞으로 어떻게 할 생각이야?"

인사부로 간다지만 구체적인 업무가 있는 것은 아니다.

사카도는 표정이 굳어지더니 결의를 간직한 날카로운 눈빛을 허

40

공에 던졌다. 그 눈빛이 돌아오는가 했더니 또렷한 어조로 말했다.

"여기서만 말씀드리는 건데, 퇴직할 것 같습니다."

"무슨 소리야, 사카도. 너 인마⋯⋯."

사에키가 황급히 말리려 했지만 사카도는 하라시마 쪽을 보면서 사에키를 손으로 제지했다.

"이제 이 회사에 제가 있을 곳은 없습니다. 퇴직할 수밖에 없다고 생각합니다."

분명 사카도에게는 아내와 초등학생인 아이가 둘 있을 터이다. 돈이 점점 더 들 텐데 회사를 그만두겠다는 건가? 사카도의 심중을 헤아려보자 하라시마는 가슴이 조이는 느낌이 들었다.

"어떻게 처신할지는 자네가 결정할 문제야."

하라시마가 말했다. "하지만 한마디만 하게 해줘. 이번 일로 임원진은 자네를 1과장에서 물러나게 했어. 하지만 그건 자네 실적을 부정했기 때문이 아니야. 자네가 회사에 필요한 인재라는 사실은 변함없어."

사카도의 시선이 비스듬하게 떨어지더니 어쩐지 쓸쓸한 표정으로 바뀌었다.

"그런 건 속임수예요."

하라시마의 가슴속 깊은 곳에 던져진 작은 돌 같은 말이었다. "회사에 필요한 인간 같은 건 없습니다. 그만두면 대신할 누군가가 나와요. 조직이란 그런 거 아닙니까."

그다음 주 금요일에 하라시마와 사카도의 인수인계가 끝났다.

새로 과장에 취임한 하라시마는 우선 열다섯 명인 영업1과 구성원을 파악하는 일에 착수했다. 영업 활동이 일단락되는 저녁 시간 이후에 젊은 직원부터 한 사람씩 불러서 한 시간 남짓 면담을 했다.

지금까지의 실적과 경험, 장래 희망을 기록한 인사 자료를 보면서 불만이 있으면 듣고 과 운영에 개선할 점은 없는지 물었다.

도중에 업무 때문에 중단하기도 했지만, 올해 입사한 신입사원부터 시작해 마지막 한 사람을 남기고 면담을 끝낸 것은 황금연휴를 앞둔 4월 마지막 주 목요일이었다.

오후 8시가 조금 넘었을 때쯤 잠귀신 핫카쿠, 즉 야스미 다미오가 면담 장소인 면접실로 들어왔다.

임원회의에서 사카도의 징계가 결정된 지 이 주 남짓 지났다. 그

동안 핫카쿠는 차츰 예전 태도로 돌아가고 있었다. 오전 9시에는 거의 모든 직원들이 나가고 없는 1과의 빈 사무실에서 태평하게 캔커피를 마시며 서류를 정리하고, 때로는 점심때가 다 돼서야 외근을 나간다.

핫카쿠의 태도는 과 운영에 비협조적이라기보다는 무관심하다고 하는 편이 더 정확했다. 하지만 빈둥거리는 것처럼 보여도 주어진 영업 목표는 그럭저럭 해낸다.

이제 일주일 정도 같이 지냈을 뿐인데 하라시마는 이미 핫카쿠라는 남자를 감당하지 못하고 있었다.

"계장님은 메구로 구에 사시는구나. 통근 시간은 사십 분 정도인가요?"

일부러 실없는 질문으로 시작했는데 핫카쿠가 얕보듯이 대꾸했다. "그런 시시한 건 물어서 뭐하게?"

그 말에는 제대로 답하지 않고 신상기록에 적힌 경력에 눈길을 주었다. 인사부 담당자가 쓴 코멘트가 몇 개 달려 있었다.

"줄곧 영업 일을 하셨네요. 벌써 이십……."

"이십팔 년이야."

핫카쿠가 대답했다. 도쿄겐덴의 역사와 거의 겹치는 기간이다.

손에 든 신상기록에는 지방 국립대학을 나온 뒤 현재에 이르기까지 핫카쿠가 걸어온 궤적이 쓰여 있었다.

맨 처음에 배정된 반도체 관련 부서에서 사 년. 그러고 나서 주택설비 관련 상품을 취급하는 부서에서 일 년. 지금의 핫카쿠를 보면 상상도 할 수 없는 일이지만, 거기서 화려한 실적을 올려서 동기 중에 가장 먼저 계장으로 승진했다. 핫카쿠가 스물일곱 살 때다.

하지만 핫카쿠에게 호의적인 코멘트가 달린 것은 거기까지였다.

승진한 뒤로는 평가가 참담했다. 특히 계장이 되고 처음 함께한 과장이 내린 평은 신랄하기 그지없었다.

"내 신상기록을 보면 다들 그렇게 떨떠름한 얼굴을 한단 말이지."

핫카쿠의 말에 하라시마는 마음속을 들킨 것 같은 기분이 들었다.

"중간까지는 평가가 높았는데 어떻게 된 겁니까?"

"뭐, 이런저런 사정이 있었어. 당시 과장이 아주 멍청했거든. 거기에 도장 찍은 놈 말이야."

신상기록에는 '나시다'라고 날인되어 있었다. 오래된 서류다.

무심코 고개를 든 하라시마에게 핫카쿠가 말했다. "소닉의 나시다야."

나시다 모토나리는 소닉의 상무이사다. 차기 사장으로 촉망받는 인물이었다.

"나시다 상무이사님이 도쿄겐텐에 계셨습니까?"

"이 회사를 세운 지 얼마 안 됐을 무렵이야."

핫카쿠가 대답했다. "지금의 1과를 이끌며 대기업에 척척 물건을 팔아대던 사람이 나시다야. 그 실적을 들고 모회사로 간 셈이지."

들고 보니 전에 그런 이야기를 들은 기억이 났다.

"그분과는 무슨 일이 있었던 겁니까?"

하라시마가 묻자 핫카쿠는 잠깐 입을 꾹 다문 채 가느다랗게 뜬 눈으로 응접실의 아무것도 아닌 공간을 바라보았다. 마치 거기에 이십 년도 더 이전의 광경이 펼쳐지고 있기라도 한 것처럼.

"계장 승진 후에 '산업과'라는 부서로 이동됐어. 지금은 영업1과라고 부르는 곳이지. 그러니까 우리 과 말이야."

핫카쿠가 말했다. "당시 도쿄겐덴은 설립한 지 오 년 조금 넘은 회사였는데 소닉에서는 어쨌든 실적을 늘리라는 독려가 계속 내려왔어. 나시다는 그런 모회사에서 보낸, 말하자면 특명 과장 같은 사람이라 물불 안 가리는 영업으로 실적을 만들어냈지."

하라시마도 나중에 알게 된 사실이지만, 실제로 그 무렵 도쿄겐덴은 빠른 기세로 실적을 늘리고 있었다. 핫카쿠가 말을 이었다.

"배경에는 소닉의 전략이 있었어. 당시 사장이 내놓은 오 개년 계획에 따라, 전자기술 분야 중심이던 경영 방침을 전환해서 대대적으로 다각화에 나서보려던 중이었거든. 도쿄겐덴은 향후 성장이 기대되는 분야를 지원하라는 명을 받았어. 그중 하나가 내가 담당하던 주택설비 관련 제품군이었지."

핫카쿠는 앞주머니에서 담배를 한 개비 꺼내 바지 주머니를 뒤져 찾아낸 100엔짜리 라이터로 불을 붙였다. 그러고는 담배를 맛있게 빨아들이고 연기를 내뿜더니 쉰 목소리로 이야기를 계속했다.

"주방, 온수설비, 일체형 욕실, 공기 조절 시스템, 화장실…… 지금 우리 회사가 취급하는 상품 라인업은 그 당시에 완성된 거야. 나시다는 도덕이고 뭐고 없이 물건을 팔아댔지. 주택 건설사의 담당자에게 억지로 밀어붙이는 것 정도는 그나마 나아. 그래도 부족하니까 고령자를 타깃으로 반강제적인 방문 판매를 시작했어. 불법에 가까운 영업이었지. 한번 계약서에 사인하면 관련 상품을 산더미처럼 강매하는 거야. 연금으로 먹고사는 노부부를 반강제적으로 찾아간 다음, 단박에 거절 못 하는 걸 이용해서 필요도 없는 상품을 때로는 몇백만 엔어치씩 팔아치웠어. 나시다는 그 총괄 업무를 나한테 억지로 맡겼지. 계장으로서 산업과 직원을 지도해 실적을 올리라고. 처음에는 나도 그대로 따랐지. 하지만 어느 날⋯⋯."

핫카쿠는 재떨이 바닥에 담배를 꾹 눌러 끄더니 입을 다물었다. 흔들리는 눈동자로 고통스럽게 얕은 호흡을 되풀이한다. "어느 날⋯⋯ 내가 일체형 욕실을 판매한 고객이 죽었어. 자살이었지. 아들이 찾아와서 당신 때문이라고 하더군. 아버지는 물건 산 걸 괴로워했다고. 그때 그 말을 지금도 잊을 수가 없어. 가슴에 콱 박혀 빠지지도 않아. 나는 깨달았어. 장사를 이런 식으로 하면 안 된다고. 적어도 나는 이런 장사를 계속할 수 없다고. 그래서 나시다에게 말했어. 이건 잘못되었다고. 나시다가 나를 눈엣가시로 여기기 시작한 건 그때부터야. 나를 이리 괴롭히고 저리 괴롭혔어. 끝까지 말이야. 하지만 회사가 높이 산 사람은 나시다였지. 나시다는 소닉으로 영전해 돌아가고 나는 딱 일 년 만에 무능한 계장이라는 낙인이 찍혀 주요 업무에서 완전히 제외됐어."

이야기 내용과는 정반대로 핫카쿠의 표정은 평온했다.

"후회하십니까?"

하라시마가 묻자 핫카쿠의 입술이 웃음을 띠었다.

"그 노인에게 일체형 욕실을 팔지 말 걸 그랬다. 후회를 한다면 그 정도지."

"회사를 그만두려고 생각하신 적은요?"

이 질문은 신임 과장으로서 하는 면담을 벗어난 것이었다. 하지만 핫카쿠 정도는 아닐지언정 하라시마 또한 조직의 불합리한 일면을 봐온 만큼, 아무래도 물어보고 싶었다.

"회사는 어디나 똑같아."

핫카쿠가 단언했다. "기대하면 배신당하지. 대신 기대하지 않으면 배신당하는 일도 없어. 나는 그걸 깨달은 거야. 그랬더니 희한한 일이 일어나더군. 그때까지는 그저 힘들고 괴롭기만 했던 회사가 아주 편안한 곳으로 보이더라고. 출세하려 하고 회사나 상사에게 좋은 모습만 보여주려 하니까 괴로운 거지. 월급쟁이의 삶은 한 가지가 아니야. 여러 가지 삶의 방식이 있는 게 좋지. 나는 만년 계장에 출셋길이 막힌 월급쟁이야. 하지만 나는 자유롭게 살아왔어. 출세라는 인센티브를 외면해버리면 이렇게 편안한 장사도 없지."

"그러면 어째서 사카도를 직장 내 괴롭힘으로 고발하신 겁니까?"

하라시마가 핫카쿠의 모순을 찔렀다. "그렇게 힘 빼는 요령을 아신다면 굳이 고발할 필요도 없었잖습니까. 사카도가 하는 말은 계장님에게 아무런 의미가 없었을 텐데요."

"물론 그 말도 맞아."

핫카쿠가 대답했다. "하지만 사카도는 용서할 수 없었어."

"왜죠?"

"글쎄."

핫카쿠는 두 번째 담배를 앞주머니에서 꺼냈다. 느긋한 태도를 보고 있자니 하라시마의 가슴속 깊은 곳에서 분노가 뭉게뭉게 피어올랐다.

"가족도 있는 한 남자가 그 일로 지위를 잃었습니다."

하라시마가 거친 어조로 말했다. "시치미 떼지 말고 이유 정도는 말씀해보시라고요."

"이유를 듣는 건 간단해. 하지만 그렇게 하면 넌 한 가지 중요한 권리를 포기하게 되는데, 그래도 상관없어?"

무슨 말인지 알 수 없었다.

"어떤 권리요? 말도 안 되는 소리를."

이렇게 내뱉은 하라시마에게 핫카쿠가 말했다. "모르고 있을 권리 말이야. 모르는 게 약이거든."

"그렇지 않습니다."

하라시마가 반론했다. "관리직이니까 알아두어야만 할 일이 있어요. 제 전임자가 당신과 어떤 트러블을 빚었는지. 왜 임원회의에서 기타가와 부장님이 굳이 사카도의 경질을 주장하게 됐는지. 저는 그 이유를 알고 싶고, 알 권리도 있을 텐데요."

핫카쿠는 담배 연기를 내뱉으며 가늘게 뜬 눈으로 하라시마를 관찰하고 있었다.

"권리라. 거 참 대단하군."

핫카쿠는 이렇게 말하고 어깨를 으쓱했다. 그리고 피우던 담배를 재떨이에 눌러 끄더니 유유히 이야기를 시작했다.

그 뒤로 얼마 동안이나 이야기를 계속했을까.

심한 충격을 받은 하라시마를 남겨두고 핫카쿠는 훌쩍 방에서 나갔다.

아무도 없는 방에서 하라시마는 천장을 바라보며 깊은 한숨을 내쉬었다.

왜 핫카쿠가 사카도를 직장 내 괴롭힘으로 고발했는지, 왜 기타가와가 사카도를 경질하려 했는지, 왜 임원회의가 그것을 승인했는지.

이제 전부 이해되었다.

"꽃 같은 1과, 지옥 같은 2과라……."

입 밖으로 내어보니 이 말에는 아무래도 허무한 울림이 있었다.

화려한 실적은 과연 무엇으로 지탱되었던가.

핫카쿠는 회사라는 조직의 추악한 무대 뒷면에 대해 이야기했을 뿐이다. 이제 그 무대 뒷면을 지탱하는 것은 다름 아닌 자신이다.

네 인생을 개척하는 건 너 자신이야.

아버지 말이 머릿속에서 되살아났다. 여기에 개척할 만한 인생이 있을까? 하라시마는 자문했다. 지우기 힘든 깊은 피로가 느껴졌다. 오후 9시 반을 넘어서고 있었다. 영업1과 과장으로서의 나날은 이제 막 시작되었다.

2화

네지로쿠 분투기

1

'네지로쿠'는 일대에서 모르는 사람이 없는 나사 제조업체다.

1907년에 창업해 중소 철강도매상이 밀집한 오사카 시 니시 구에서도 손꼽힐 만큼 유서 깊은 회사이다. 창업자 미사와 로쿠로가 손수레 한 대로 시작해 직원이 열 명쯤 되는 소규모의 견실한 토대를 만들었다.

그 뒤로 약 한 세기. 아버지이자 선대 사장인 미사와 고로는 사람을 잘 돌보는 성격이라 경영자 동료들의 신망도 두터웠고, 지역 법인회나 은행 거래처 모임의 간사를 맡을 정도로 유력 인사였다.

1996년 8월, 고로가 골프장에서 쓰러졌다는 소식을 미사와 이쓰로는 당시 근무하던 철강회사에서 들었다.

"이봐, 미사와. 아버님이 쓰러지셨대. 집에 전화해봐."

종종걸음으로 다가온 주임이 던진 이야기에 이쓰로는 아무 말도 할 수 없었다.

지타의 바닷가에 있는 철강공장이었다. 맨살 위에 바로 백의 같은 작업복을 입고 헬멧을 쓴 이쓰로의 앞에는 시뻘겋게 불타는 강철이 라인을 타고 흘러가고 있었다. 땅이 울리듯 꿍꿍거리는 기계 소리는 실로 산업의 첫 울음소리라고 할 만했지만, 평소라면 기분 좋게 들었을 그 울림도 의식에서 멀어져 가더니 안개 속에 갇힌 것처럼 사라져 들리지 않게 되었다.

점검판을 옆구리에 끼고 주임 뒤를 쫓다시피 공장에서 나가 사무실로 뛰었다. 아직 휴대전화도 보급되지 않은 시대라 "좀 쓸게요" 하며 가까운 책상 위에 있는 전화를 들고 자택번호를 눌렀다.

여동생 나나코가 전화를 받았다. 나나코는 단기대학을 나온 뒤 센바의 섬유 도매회사에서 일하는 직장인과 결혼해 전업주부로 살고 있었다.

"아아, 오빠. 아버지가 쓰러지셨어. 미노오의 종합병원에 구급차로 실려 가셨어. 엄마가 그리로 가고 있고. 난 오빠한테 전화 올 거니까 여기 있으래서. 어떡해."

갑작스러운 일에 나나코도 당황했는지 목소리가 떨렸다.

"쓰러지시다니, 무슨 일이야?"

"조금 전에 병원에 도착해서 지금 검사중이라는데, 뇌혈관이 끊어진 것 같대."

제발 사소한 병이면 좋겠다고, 고무 밑창 실내화 소리를 울리며 잰걸음으로 사무실까지 오는 동안 줄곧 올린 기도가 허무하게 깨지려 하고 있었다.

"의식은 있고? 누가 같이 있어, 지금?"

"법인회 골프 모임에서 그런 거라 야마바타의 아저씨들이 같이 있는 모양인데 의식은 없대. 오빠 올 수 있어?"

이쓰로는 수화기를 꼭 쥔 채 주위를 둘러보다 사무실 안의 시선이 자신에게 집중돼 있음을 비로소 깨달았다.

눈이 마주친 주임에게 상황이 좀 안 좋은 것 같다고 하자 "괜찮으니까 다녀와"라는 대답이 돌아왔다.

"알았어. 지금 갈 테니 너도 출발해. 무슨 병원이야?"

동생이 불러준 병원 이름과 주소, 가장 가까운 역을 메모했다. 이쓰로는 창백한 얼굴로 주임에게 "죄송합니다, 먼저 가보겠습니다" 하고 고개를 숙인 뒤 탈의실로 뛰어 올라갔다.

지타에서 나고야로 간 다음 거기서 신칸센을 탔다.

신오사카에서 지하철로 갈아타고 센리주오까지 갔다. 택시로 병원에 달려가니 나나코가 한 살 먹은 조카를 품에 안고 병실 밖 창가에 멍하니 서 있었다.

"야, 나나코."

돌아본 동생의 눈은 새빨갰다. 이쓰로의 모습을 확인한 순간, 그 눈에서 커다란 눈물방울이 떨어졌다.

"틀렸어. 지금 막."

나나코가 입술을 떨며 말했다. "가서 아버지 손 아직 따뜻할 때 잡아드려."

나나코는 닫혀 있던 병실 미닫이문을 열고 이쓰로를 들여보냈다.

"이쓰로."

파이프 의자에 앉아 울고 있던 어머니가 일어나더니 이쓰로에게 자리를 양보했다.

"아버지."

이쓰로는 침대에 누워 있는 고로를 불렀다. 그리고 천천히 체온이 빠져나가는 손을 붙잡고 죽은 아버지의 얼굴을 멍하니 바라보았다.

"사람은 참 쉽게 죽네."

소파에서 지친 몸을 쉬던 나나코가 넋이 나간 듯 중얼거렸다.

장례식이 끝나고 친척을 배웅한 뒤 유골 단지를 안고 이타치보리에 있는 본가로 돌아온 참이었다. 남들 앞에서 긴장하고 있다가 거기서 해방되자마자 아버지를 잃은 슬픔이 급속히 몰려왔다.

"아아, 엄마. 내가 할게."

상복도 갈아입지 않고 차를 끓이러 주방으로 가는 어머니를 보고 나나코가 서둘러 일어섰다.

어머니가 주방에서 돌아와 나나코가 앉았던 소파에 몸을 묻었다.

"큰일이네, 어쩌나."

무거운 한숨과 함께 어머니가 중얼거렸다. 요 며칠, 직원들 앞이기도 해서 다부지게 행동하던 어머니지만 과연 초췌하고 안색이 좋지 않았다.

"회사?"

이쓰로가 팔걸이의자에 아무렇게나 앉아 머리 뒤로 두 손을 깍지 끼며 말했다.

"그래. 너한테 부탁한들 할 수 있을지 없을지도 모르겠고."

이쓰로는 두 다리를 뻗고 줄곧 구두 속에서 시달린 발가락을 움직였다. 대학 졸업 후 지금 다니는 철강회사에 취직한 것은 스스로 선택한 길이었다. 아버지에게서 회사를 이어달라는 말은 들은 적도 없다.

"애초에 내가 이어받을 거라고 아버지가 생각이나 했을까?"

"얼마나 기대했는데."

평소에는 활력 있던 어머니의 목소리가 시들하게 쉬어버렸다. "너한테 말하는 건 꽤나 조심스러웠던 모양이다만."

"몰랐어."

이쓰로는 조금 언짢아 하며 말했다. 회사를 이어받기를 기대했다는 사실 때문이 아니라, 아버지와 마음 터놓고 이야기할 기회가 영원히 사라졌다는 데 어찌할 수 없는 분노를 느낀 것이다.

"네가 열심히 일하는데 그런 말을 하면 방해되잖아. 그렇게 다정한 면이 있어, 아빠가. 그런 사람이잖아."

"그러게."

인정한다. 아버지는 상냥한 사람이었다. 그래서 손해를 보기도 하고 먼 길로 돌아가는 경우도 적지 않았다. 회사를 크게 만들 기회를 몇 번이나 놓치는 바람에 여전히 네지로쿠는 직원 서른 명의 중소기업이다. 그래도 망하지 않고 이럭저럭 유지해온 것은 분명 아버지의 노력 덕분이다.

"기회가 있으면 넌지시 물어보자고 했어. 그럴 기회가 없었으니 이제야 말하는 거야."

어머니는 이렇게 말하고 주머니에서 담배를 꺼내 불을 붙였다. 가느다란 담배에서 피어난 연기가 에어컨 바람에 흩어져 금세 사라져버렸다. 이쓰로는 담배가 반으로 줄어드는 동안 둔탁하게 무거워진 머리로 눈앞에 놓인 문제를 생각해보려 했다.

아버지도 조심스럽기는 했을 것이다.

아버지까지 3대를 이어왔다고는 해도 불면 날아갈 듯한 중소기업이다. 요즘 같이 힘든 세상에 안정적인 대기업 일자리를 내던지고 와서 대를 이어달라는 말은 좀처럼 꺼내기 힘들었으리라.

"어머니, 사장 할 수 있죠?"

이쓰로가 물었다. 풀려 있던 어머니의 표정에 기합이 들어가더니 전무이사라는 직함도 그냥 붙지 않았음을 짐작하게 하는 장사꾼의 얼굴이 되었다. 하지만 어머니는 이내 고개를 저으며 어깨를 떨어뜨렸다.

"할 수 있으면 해보고 싶기는 한데. 안 돼, 무리야."

"경리 업무 보고 있잖아요."

"그냥 보고만 있는 거지. 실제로는 요코카와 선생님한테 싹 맡기고 아무것도 안 해. 너도 회사 일에 대해서 잘 알겠지만, 사장을 하려면 남들이랑도 그런대로 어울릴 줄 알아야 되잖아. 엄마한테는 무리야."

동료 사장이나 거래처. 아버지는 그런 사람들과 보통 이상으로 잘
지냈으리라.

"무라노 씨는 어때?"

이쓰로가 고참 직원의 이름을 꺼내보았다. 올해 예순 살이 되는
무라노는 직원 중에서는 유일한 임원이다.

"그 사람한테는 안 맞아."

어머니가 딱 잘라 말했다. "사내에서 젊은 사람들 혼내가면서 통
솔하는 건 괜찮은데, 애초에 융통성이 없다고 해야 하나. 사람이 작
아. 사장이 된들 교섭해서 일을 따오는 재주는 못 부려. 사장 그릇이
아니야."

오사카 아줌마인 어머니는 지쳐 있을 때도 하고 싶은 말은 확실
히 한다.

"그런 소리 하다가는 할 사람이 없어질걸."

이쓰로는 기가 막혔다. 그때 주방에서 사람 수만큼 차를 내온 나
나코가 말했다.

"오빠가 하면 되잖아."

"나는 하는 일이 있잖아."

"하지만 월급쟁이잖아. 아직 평사원이고."

"평사원 아니거든. 리더야."

"평사원이나 매한가지 아냐?"

반론하는 이쓰로에게 나나코는 가차 없는 말을 던졌다.

"게다가 월급쟁이는 끝까지 월급쟁이잖아. 한 회사의 주인이 되

는 편이 낫지 않아? 오빠랑 잘 맞아. 4대 네지로쿠 말이야."

"너 좋을 대로 말하지 마."

입술 가장자리에 반쯤 노기를 띤 미소를 지으며 이쓰로가 말했다. 그러자 나나코가 정색하고 되물었다.

"하나만 묻자. 오빠는 뭘 위해 일하는데? 지금 회사에서 정년까지 일하는 게 오빠한테 어떤 의미가 있어? 정말 그거면 돼?"

2

공기를 진동시키던 NC선반의 모터 소리가 멈추자 창을 두드리는 빗소리가 갑자기 크게 들렸다. 지난주에 장마철로 들어서자마자 활발해진 장마전선이 긴키 지방에 머물면서 계속 비를 뿌리고 있었다. 오늘 아침 뉴스에서는 산다 쪽에서 토사가 무너졌다고 했다. 이대로 가다가는 여기저기서 피해가 생길 기세다. 정말이지 이상기후의 영향은 해마다 심해지기만 할 뿐 줄어들 기미가 보이지 않는다.

"세상이 미쳤구나."

이쓰로가 빗소리를 울려대는 높은 곳의 창을 올려다보며 중얼거렸다. 그리고는 나사공장의 기름으로 얼룩진 통로를 걸어 건물 안쪽 1.5층에 있는 사무실로 올라갔다.

"수고 많았어."

나나코가 책상에 펴놓은 장부와 마주한 채 분주히 무슨 숫자를 기록하면서 말했다. 세련된 검은 테 안경을 썼지만 청바지에 오래된 셔츠, 뒤로 바짝 묶은 머리는 여기저기 흐트러져서 피곤함이 배어나오고 있었다.

"갓짱은?"

"학원에서 아까 왔어. 지금은 씻는 중이고."

저녁이 되면 나나코는 공장 뒤쪽에 있는 자택으로 가서 저녁식사를 준비한 뒤, 남은 일을 계속하러 사무실에 돌아오곤 했다.

이쓰로는 나나코 모자와 셋이 함께 살고 있다. 이 년 전에 뇌경색으로 반신불수가 된 어머니는 집에서 반년쯤 돌보다가 노인요양소에 빈자리가 생겨서 그쪽으로 옮겼다. 지금은 주말에 얼굴을 보러 가서 두서없는 이야기를 들어주는 정도다.

아버지가 돌아가시고 이 년 뒤, 나나코는 이혼과 동시에 집으로 돌아왔다.

나나코의 남편은 회사에 불만을 품고 집에 돌아오면 불평만 늘어놓았다. 그러다 끝내는 폭력을 휘두르게 되어 나나코가 먼저 이혼서류를 들이밀었다. 이쓰로와 어머니도 그러는 편이 좋겠다고 이혼에 찬성했다.

돌이켜보면, 장례식 날 오빠는 무엇을 위해 일하느냐고 물은 것은 자기 일에 계속 불만을 품는 남편과의 괴로운 생활 때문이 아니었을까. 그때 입 밖에 내지는 않았지만 나나코 역시 월급쟁이로 일하는 의미를 매일 묻고 있었으리라.

이쓰로가 철강회사를 그만두고 가업인 나사 제조업을 이어받은

지 십몇 년이 되었다.

지금 무엇을 위해 일하느냐고 묻는다면, 이쓰로는 아무 망설임도 없이 명확한 답을 내놓을 것이다.

살기 위해서. 직원들을 먹여 살리고 나나코 모자를 먹여 살리기 위해서라고.

"잠깐 시간 괜찮아? 의논할 게 있어서."

나나코의 말에 이쓰로는 자기 책상에 앉았다.

"응, 뭔데?"

현재 네지로쿠는 이쓰로가 사장, 나나코가 전무를 맡고 있다. 다른 임원은 없으니 어느 한쪽이 '할 이야기가 있다'라고 하면 두 사람만의 경영회의가 된다.

"이대로 가다가는 다음 달쯤 자금이 모자라게 될 거라고 요전에 이야기했잖아. 오늘 은행에 부탁하러 갔는데 좀 어렵겠대."

이쓰로의 표정이 심각해졌다. 자금 변통 이야기는 거북하다. 아니, 자금 변통 자체보다는 따져보면 은행이 거북하다. 은행원 앞에 서면 뭘 어떻게 협상해야 좋을지 알 수가 없어진다.

"어렵다는 이유가 뭔데?"

"전기에 적자였잖아."

나나코는 꺼내기 어려운 이야기를 확실히 말했다. "이 상태에서 빌려가면 어떻게 변제할 거냐고. 뭐, 틀린 말은 아닌데 말하는 방식이 차갑더라."

버블경제의 붕괴와 뒤이은 불황을 어찌어찌 극복했다. 그러나 네지로쿠의 매출은 점점 떨어지고 경영은 어려워지기만 할 뿐이었다. 이쓰로가 사장으로 취임했을 때 서른 명이던 직원도 고참 직원을 중심으로 삼분의 일이 나가거나 내보내거나 해서 스무 명으로 줄어들었다.

"적자 해소를 위한 구조조정 계획을 달래. 내가 만들려고 하는데 예상 매출이 필요해. 사장님한테 좀 부탁해도 돼?"

회사에 있을 때 나나코는 이쓰로를 사장님이라고 부른다.

"뭐, 못 만들 건 없지. 적당히 맞춰가면서 써도 되나?"

"괜찮지 않을까? 무라마사 씨도 그냥 품의에 통과시킬 숫자가 필요해서 그러는 것 같아."

"뭔가 엉터리 같은 이야기네. 그게 조직의 논리라는 건가?"

무라마사는 거래 은행의 대출 담당자로, 말끝마다 "조직의 논리라서요"라고 덧붙이는 사람이었다. 대출을 거절하거나 금리를 인상할 경우에 버릇처럼 그 말을 했는데, 이쓰로는 들을 때마다 머리에 신용경색이나 자금회수 같은 말이 떠올라서 언짢아졌다.

"사실 조직의 논리 같은 건 없어."

나나코는 달관하고 있었다. "입에서 나오는 대로 하는 말이랄까. 그냥 임시방편이지. 무라마사 씨만 그런 게 아니라 우리 회사에 드나드는 은행원 누구한테도 일관된 생각 같은 건 없어. 있는 건 그때그때의 형편뿐이야 다들."

이쓰로는 나나코의 관찰력에 감탄하면서 말했다.

"그런 걸까?"

"그런 거야. 그러니까 매출 수치만 적당히 늘어놓으면 돼. 나머지 서류는 내가 그럴듯하게 갖춰놓을 테니까."

나나코는 졸업 후 한동안 세무사 사무소에서 근무한 적이 있었다. 이제는 네지로쿠에 없어서는 안 될 우수한 경리 담당이었다.

"알았어. 한번 만들어볼게."

온종일 쉬지 않고 일한 탓에 목구멍은 시원한 맥주를 갈망했지만 생각지 못한 사무 업무를 하게 되었다. 삼십 분 정도 걸려 겨우 숫자를 정리해 나나코에게 건넸다.

"뭐, 이 정도면 되겠지."

좀 거들먹거리는 말투다. 이럴 때 나나코는 동생이라고는 해도 꽤 만만찮다.

"그건 그렇고, 어렵다."

앞에 펼쳐두었던 대금 장부를 책상 서랍에 정리해 넣으면서 이쓰로가 중얼거렸다.

"어렵다니 뭐가?"

컴퓨터에 숫자를 입력하면서 나나코가 멍한 목소리로 물었다.

"경영 말이야."

이쓰로가 한숨을 쉬며 말했다. "솔직히 이렇게 어려울 줄 몰랐어. 사실 꽤 자신 있었거든."

회사원이라는 안정된 직업을 그만두고 네지로쿠를 잇기로 했을 때의 일이다. 그때를 생각하면 이쓰로의 뇌리에 쓰디쓴 감정과 함께 철강회사 사무실에서 열린 마지막 종례 장면이 떠오른다.

"네지로쿠를 누구나 아는 대기업으로 키워보겠습니다."

퇴직 인사를 들으러 모인 동료들 앞에서 이쓰로는 이렇게 큰소리 쳤다.

떠올릴 때마다 얼굴이 붉어진다.

사장 일이라는 게 뭔지도 모르면서 근거 없는 자신감에 도취돼 있었다.

사장이 된 뒤로 단 한 번도 매출을 늘리지 못했다.

기회는 있었건만…….

이쓰로는 살며시 입술을 깨물었다.

"이런 규격의 나사를 생각하고 있는데요. 시제품을 제작해서 비용을 산출해주실 수 있겠습니까?"

눈앞의 사양서를 보고 항공기 나사인가 하는 생각이 떠올랐다. 티타늄 합금 UNJ 나사였기 때문이다. UNJ는 나사를 절삭했을 때 생기는 골 부분이 일반적인 나사에 비해 둥그스름한 나사다. 미군에서 채택한 규격으로, 미군 납품 규격이기도 해서 항공기 제조업체가 사용하는 경우가 많다. 항공기에 쓰려면 온도 차에 강해야 하고 강도나 내구성도 갖춰야 하니 티타늄 합금인 이유도 이해가 된다.

도쿄겐덴의 사카도는 그때 십여 종의 사양서를 옆에 끼고 회사를 찾아왔다.

항공기용으로 보이는 나사 외에도 다양한 규격의 사양서를 테이블에 차례차례 펼쳐놓고는 각각의 생산 수량과 품질에 대해 요구 사항을 설명했다.

도쿄겐덴은 네지로쿠의 주요 고객 중 하나로, 지금까지 여러 담당자와 일해왔다. 하지만 사카도는 그중에서 가장 엄격했다. 그전까지 서로 적당히 맞추면 되던 부분이 줄어든 만큼 네지로쿠의 수익은 모조리 깎여나갔다.

"경합입니까?"

사카도의 이야기를 듣고 맨 먼저 마음에 걸린 것을 이쓰로가 물었다.

삼 년 전 여름. 바람 한 점 없이 후덥지근한 오후였다. 공장 안쪽 사무소. 머리 위에서는 십 년 된 에어컨이 털털 소리를 내며 돌아갔다. 응접세트의 소파에 앉은 사카도는 눈부실 정도로 새하얀 반팔 셔츠 아래로 볕에 탄 팔을 내놓고 있었다. 얼음이 녹아 미지근해진 보리차를 한 모금 마신 뒤 맛있다며 진심 같지도 않은 말을 하고는 "맞습니다"라는 대답을 내놓았다.

"나사까지 경합을 합니까?"

비난할 생각은 없었지만 사카도의 표정이 흐려졌다.

"우리도 생산 원가가 부담돼서요."

당연히 예상하던 말이 돌아왔다. 그렇겠죠, 라고 할 수밖에 없다.

하지만 나사는 박리다매다. '산업의 소금'이라고 할 만큼 다양한 제품에 쓰이지만, 싼 것은 하나에 채 1엔도 되지 않는다. 가격 경쟁에 노출되면 있을까 말까 한 이익도 보기 좋게 날아가버린다.

방금 사카도가 설명한 사양의 나사는 다행히 더 고가겠지만 원가를 빼고 나면 수익은 얼마 안 된다. 박리다매 장사인 것은 마찬가지다. 거기에 경합이라는 경쟁 요인까지 들어오면 이익은 보나마나 아슬아슬한 선까지 줄어들 것이다. 수익이 거의 없는데 공장을 돌리기 위해 수주하는 상황이 될 수도 있다. 나사 장사는 혹독하다.

"다음 달 10일까지 견적이 나올까요? 전체 품목이 아니어도 좋습니다. 결과는 바로 알려드리지요."

사카도가 그런 사정은 모른다는 듯 말했다. 이쓰로는 눈만 들어 사카도 등 뒤의 벽에 걸린 달력을 보았다.

못 맞출 스케줄은 아니군.

애초에 사카도가 하는 일이다. 기한을 맞출 수 있을 만한 타이밍을 재서 제안하는 것이 분명하다. 경쟁 상대는 어느 회사일까 하는 질문이 떠올랐지만 물어봤자 의미 없으리라.

그렇지만 머리에 떠오른 가격으로 대충 계산해 보니 매달 매출에 기여할 금액이 몇백만 엔이다. 이쓰로는 내심 흥분을 감출 수 없었다.

이 건을 수주하면 매출이 오른다.

사장 취임 이후 경기의 파도에 휩쓸리다 보니 거래 기업 선별에 걸려 매출이 점점 떨어지는 경험밖에 해보지 못했다. 이 정도로 규모가 큰 안건은 둘도 없는 기회였다. 지난달에 해고한 직원의 얼굴이 눈앞에 어른거렸다. 아직 수주도 하지 않았는데 이 제안이 조금만 더 빨리 왔더라면 하는 생각이 들었다.

"알겠습니다. 경합에 참가하죠."

사카도는 만족스럽다는 듯 무릎을 치더니 "잘 부탁드립니다"라고 말했다.

하루 일이 다 끝나고 나면 아무도 없는 공장에서 시제품을 만드는 나날이 이어졌다. 검사하고 품질을 확인한 뒤 공정을 생각해서 견적을 내보기도 하고, 일단 결정한 이익률을 망설인 끝에 정정하기도 했다.

경합이라는 제도는 발주자 측에만 유리하게 되어 있다.

보이지 않는 경쟁사가 저렴한 가격을 들고 오리라는 생각만으로도 네지로쿠 같은 영세기업은 통상보다 몇 할쯤 싸게 입찰하기 때문이다. 그 사실을 알면서도 경합으로 가져가서 비용 절감을 노리는 사카도의 의도가 뻔히 보이지만, 이 일을 따내지 못하면 네지로쿠의 매출이 회복될 가능성은 없다.

경쟁사가 어떤 회사인지 이쓰로는 모른다. 최신 NC선반을 갖춘 큰 회사일지도 모른다. 네지로쿠에 경쟁력이 있다면 감가상각이 끝난 설비와 저렴한 인건비 정도다.

사카도에게 견적을 보내기 전, 고생 끝에 산정한 금액을 보며 이쓰로는 이건 영세기업 나름의 발버둥이라고 새삼 생각했다. 혹독한 세상과 싸우며 거친 파도를 뚫고 살아남기 위해 한껏 발돋움한 거라고. 네지로쿠는 어디를 어떻게 두드려봐도 이보다 더 낮게는 견적을 낼 수 없다. 빠듯하게 깎은 이 가격은 지금 내놓을 수 있는 최저 수치이다. 과장되게 들릴지 모르지만 영세기업 경영자로서 온몸과 온 마음을 건 가격이었다.

사카도 말대로 경합 결과는 금방 나왔다.

이쓰로가 견적서를 보낸 지 이틀 만이었다.

"그럼 이걸로 부탁드립니다."

김 샐 정도로 싱거운 사카도의 대답에 사무소에서 손가락이 하얘질 정도로 수화기를 꽉 쥐고 있던 이쓰로는 그 자리에 주저앉을 뻔했다.

네지로쿠 공장에 활기가 넘쳤다. 일거리가 있다는 것은 좋은 일이다. 직원들 눈빛도 다시 반짝거리기 시작했고, 나사 하나 골라내는 작업에서도 열의가 배어났다.

품질에는 자신 있었다. 지정된 종류와 로트_{한 번에 생산할 수 있는 제품의} 최소 단위를 제조할 준비는 착착 진행되었다. 신규 수주는 순조롭게 시작될 것처럼 보였다.

"좀 상의드릴 게 있는데요."

본격적인 생산 개시를 눈앞에 둔 날, 사카도가 찾아왔다.

"혹시 새 나사를 추가로 발주하는 거 아냐?"

사카도가 오기 전에 나나코는 기대로 눈을 반짝이며 말했다. "요즘 도쿄겐덴 매출이 상승세를 탄 모양이던데, 또 신제품 기획이 통과된 거 아닐까?"

"지금껏 그런 적 있었어? 사카도 과장은 만날 원가 절감 이야기밖에 안 하잖아."

헛물을 켜면 큰일이라도 날 것처럼 말했지만 실은 이쓰로 역시 내심 기대하고 있었다.

눈에 보이지 않는 조수의 흐름이 오고 있다. 그런 느낌이 들었기 때문이다. 바닥을 기던 매출에 이제 겨우 빛이 들어왔다. 조그마한 일을 계기로 매출이 급성장한다는 이야기를 가끔 듣는데, 그런 일이 네지로쿠에 일어난다고 해도 이상하지는 않다.

하지만 약속 시각보다 조금 늦게 찾아온 사카도는 굳은 얼굴을 하고 있었다.

"요전에 견적 내주신 가격 말인데요, 조금만 더 낮춰주실 수 없겠습니까?"

그 한마디에 가슴속에서 부풀었던 기대가 급속히 꺼지는 것을 이쓰로는 느꼈다.

사카도는 가방에서 서류 한 장을 꺼내 테이블 위로 밀었다. 지난 번 경합에서 수주를 따 납품중인 나사의 부품번호가 죽 늘어선 목록이었다. 어찌된 연유인지 이쓰로가 입찰한 가격과 그보다 한 단계 더 싼 가격이 나란히 적혀 있었다.

"이쪽 가격으로 해주셨으면 합니다."

감정이 드러나지 않는 얼굴로 사카도는 싼 가격 쪽을 가리켰다.

"잠깐만요."

뜻밖의 제의에 이쓰로는 당황했다. "이쪽으로 해달라니 무슨 말입니까? 경합으로 결정된 가격이잖아요."

"그 뒤에 더 싸게 해주겠다는 회사가 나왔거든요."

사카도가 굳은 얼굴로 말했다. "경합을 하기는 했지만, 우리도 싼

쪽이 좋아요. 계속 네지로쿠에 주문을 하는 이상 같은 가격으로 맞춰주시지 않으면 위에 뭐라고 설명하겠습니까."

"어떻게 하면 이런 가격이 됩니까?"

제시한 가격이 너무 낮아서 이쓰로는 눈을 의심했다. 네지로쿠에서는 도저히 무리다. 애초에 상식으로 설명할 수 있는 수준이 아니었다.

"그렇게 간단한 문제가 아닙니다. 우리도 빠듯하게 원가를 깎고 또 깎았어요. 다른 곳이 더 싸다고 거기에 맞추는 건 무리예요. 적자를 각오하고 내놓은 가격일지도 모르는데. 우리는 정직하게 장사하는 곳이라고요."

"그럼 발주는 저쪽 회사에 내겠습니다. 그래도 괜찮으신 거죠?"

매몰찬 말투로 사카도가 말했다.

"말도 안 됩니다. 보세요, 벌써 기계를 돌리고 있다고요. 증산을 바라보고 사람도 늘린 참이란 말입니다."

이쓰로는 사무소 창문으로 공장 내부를 한번 보았다. "가격을 정했는데 이제 와서 주문을 취소하는 법이 어디 있습니까? 좀 봐주십시오."

"정식 발주서는 아직 안 보내지 않았습니까."

사카도가 차갑게 말했다. "실은 이것뿐만 아니라 귀사에 주문하는 다른 나사에 대해서도 따로 견적을 받았습니다. 미안하지만 전부 저쪽이 더 저렴합니다. 상대적으로 비싸다고요, 네지로쿠는."

"그렇지 않습니다."

이쓰로가 절망적인 기분으로 반론했다. "인건비나 감가상각비는 우리가 분명 타사보다 낮습니다. 그래서 최대한으로 깎은 가격을 제시했고요. 가격 차이가 다소 있을 수는 있어도 상대적으로 비싸다는 말을 들을 정도는 아닐 텐데요. 대관절 어느 회사입니까? 이런 말도 안 되는 가격을 내놓은 데가."

"그건 네지로쿠에서 상관하실 일이 아닙니다."

사카도의 태도는 더 딱딱해졌다. "상대가 어디든 간에 네지로쿠의 가격이 상대적으로 높다는 사실에는 변함이 없어요. 같은 품질이면 저렴한 곳에 주문하는 게 경제원칙이라고 생각하는데요."

"오랫동안 같이 해오지 않았습니까."

이쓰로는 마음 속 깊은 곳에서 똬리를 트는 분노를 억지로 누르며 말했다. "그런 말씀 마시고 어떻게 이번에는 지금 가격으로 좀 해주십시오. 계속 그렇게 해달라는 말이 아닙니다. 적어도 일 년 정도는 해주세요. 이렇게 부탁드립니다."

테이블에 이마가 닿을 정도로 깊숙이 머리를 숙였다. 대꾸는 없었다. 고개를 들자, 팔짱을 낀 사카도의 언짢은 얼굴과 그의 어깨 너머로 이야기가 어떻게 되어가는지 지켜보는 나나코의 불안한 표정이 보였다.

"오랫동안 같이 해왔다느니, 그런 건 상관없는 이야기죠."

사카도가 차갑게 내뱉더니 자리에서 일어났다. "여기서 갑론을박해봤자 아무 소용없습니다. 할 수 있는지 없는지 내일까지 답을 주시죠. 기다리겠습니다."

사카도의 모습이 보이지 않을 때까지 배웅하고 사무소에 돌아오자 나나코가 불안해하며 물었다.

"어떡해?"

"무리야. 봐봐."

테이블 위에 남겨진 서류를 집어 나나코에게 건넸다. 턱을 잡아당기고 굳은 표정으로 읽어가는 나나코에게서 힘이 빠져나가고 있음을 알 수 있었다.

얼빠진 눈빛이 이쓰로를 향했다.

"하지만 이 가격으로 안 주면 다른 데로 가겠다잖아. 조금 적자가 나도 하는 편이 낫지 않겠어? 모처럼 다들 의욕을 내고 있는데."

나나코가 하는 말도 이해는 됐다. 가능하다면 이쓰로도 그러고 싶었다.

"조금이 아냐. 대규모 적자야."

이쓰로는 응접세트의 팔걸이의자에 무너지듯이 주저앉아 오른손 엄지손가락과 집게손가락으로 이마를 짚은 채 잠깐 침묵했다. 나나코가 방금 전까지 사카도가 있던 의자에 앉는 기척이 느껴졌다. 두 사람만의 경영회의가 시작됐다.

"거절하면 사람이 남아돌아." 나나코가 말했다.

"알아. 그래도 적자뿐인 일을 할 수는 없지."

가슴이 답답해서 말과 함께 영혼까지 토해낼 것 같았다.

"적자인 건 알겠어. 그래도 이 일을 받아놓으면 조만간 새로 발주할지도 모르잖아. 거기서 돈을 벌 수 있지 않을까?"

"언제?"

이쓰로는 분한 마음에 충혈된 눈으로 나나코를 보았다. "언제 새로 발주를 하는데? 한다고 한들 돈을 벌 가능성은 없어. 경합으로 따내봤자 이번처럼 조금이라도 싼 곳이 나타나면 그쪽으로 갈아타고 끝나지 않을까? 도쿄겐덴 일에는 미래가 없어."

이쓰로는 하나의 갈림길이라고 생각했다. 적자를 각오하고 도쿄겐덴과 일을 계속할 것인가, 그만둘 것인가……. 어느 한쪽으로 결단해야 할 때다.

"도쿄겐덴은 우리를 파트너로 생각하지 않아, 나나코 전무."

이쓰로는 가슴속 깊은 곳에 떨어져 있던 사카도의 말을 하나하나 주워 올리면서 신음하듯 말했다.

"그 회사는 원가 생각밖에 없어. 비즈니스 파트너로서 신뢰할 수 없다고."

"그렇지만 여기서 가격을 내리지 않으면 다른 일까지 없어질지도 몰라."

나나코의 목소리가 불안으로 떨렸다. "아까 사카도 씨가 그렇게 말했잖아. 이번 일뿐만 아니라 우리 부품이 전부 상대적으로 비싸다고. 원가 생각밖에 없다면 그런 부품도 전부 다른 데 발주하는 거 아냐? 그렇게 되면 어쨌든 적자가 날 거야, 사장님."

"이 조건을 받아들였으니 다른 데서 돈을 벌게 해주겠다는 생각 따위 사카도 씨한테는 털끝만큼도 없어. 지금까지도 그랬잖아."

이 년 전, 사카도가 새로 도쿄겐덴 영업1과 과장이 되었다며 명함을 들고 찾아왔다. 최연소 과장이라는 사전 정보와 실제로 산뜻해 보이던 겉모습과는 달리, 사카도가 일하는 방식은 밀어붙이기 그 자체였다. 수완이 좋기는 했다. 하지만 그 실적은 도쿄겐덴의 이익을 확보하기 위한 하청업체 후려치기로 지탱된다. 사카도의 방식에 온정이라고는 찾아볼 수 없었다.

"이득을 보는 건 늘 도쿄겐덴뿐이야. 우리 쪽 원가는 철저히 후려쳐서 있을까 말까 한 이익까지 뽑아가잖아. 이런 건 올바른 비즈니스의 모습이 아냐. 잘못됐어."

이쓰로는 스스로 다짐하듯 말했다. "난 좀 더 자부심을 가지고 일하고 싶어."

나나코는 이쓰로의 얼굴을 가만히 바라보며 한동안 아무 대꾸도 하지 않았다.

이윽고 그 시선이 비스듬하게 떨어지나 했더니 중얼거리는 듯한 목소리가 들렸다.

"그래. 그럴지도 모르겠네."

다시 고개를 들었을 때 나나코의 눈에는 한 줄기 결의가 떠오르고 있었다.

"사장님 생각대로 하면 될 것 같아. 그러면 된다고 생각해."

그 말은 이쓰로보다 나나코 자신에게 하는 말처럼 들렸다.

"어제 이야기 말인데, 그건 불가능합니다."

다음 날 사카도에게 전화를 걸었다.

"그렇습니까? 알았습니다."

전화 저쪽에서 메마른 대답이 들려왔다. 만류하거나 아쉬워하는 기색은 전혀 없었다. "그럼 이 이야기는 없었던 걸로 해주십시오. 그리고 지금까지 계속 발주해온 나사도 전부 재검토할 테니 그렇게 아시기 바랍니다."

이 말만 남기고 사카도는 일방적으로 전화를 끊었다.

전화가 끊겼음을 알리는 신호음이 울렸다. 수화기를 바라보다 천천히 내려놓는 이쓰로에게 나나코가 물었다.

"어떻게 됐어, 사장님?"

"도쿄겐덴과의 거래는 없어질 거야."

나나코가 숨을 삼키는 기척이 두 사람뿐인 사무실에 퍼져나갔다. 호기를 맞았던 네지로쿠에 창업 이래 최대 위기가 찾아왔다.

4

도쿄겐덴이라는 거래처를 잃은 충격은 예상보다 더 컸다.

사카도와 결별한 뒤 이쓰로가 착수한 일은 두말할 필요도 없이 영업이었다. 기존 거래처를 돌며 열심히 주문을 땄을 뿐 아니라 신규 거래처를 개척하기 위해 무작정 발로 뛰었다.

하지만 노력에 반해 성과는 그리 좋지 못했다. 네지로쿠의 매출은 점차 악화되었다. 전기 적자. 이번 결산기 또한 석 달이 경과한 단계에서 집계하기로는 적자를 해소할 가망이 없었다.

이쓰로가 짠 매출 계획에 근거해 구조조정 계획을 세웠다. 그걸 가지고 아침 일찍 은행으로 간 나나코는 10시가 넘어 돌아왔다.

"어떻게 됐어?"

넋 나간 표정으로 돌아온 나나코에게 이쓰로가 물었다.

"안 되겠어. 까다로운 소리만 해서 이야기가 안 되더라."

"구조조정 계획 만들었잖아."

어젯밤 늦은 시각까지 일하며 나나코가 마무리를 지었을 터였다.

"그걸로는 안 돼?"

"지금 실적이 너무 나쁘잖아. 의심하는 건 아니지만 정말 계획대로 될지 검토해보겠대."

이쓰로는 기름 묻은 손가락으로 코끝을 긁었다. 제출한 매출 계획에는 수주할 가망이 없어 보이는 것까지 욱여넣었다.

"너무하네. 당장 돈이 필요한 건 다음 달이잖아. 상황을 보고 있을 틈이 없는데 무슨 소리를 하는 거야, 무라마사 씨는. 이러고 있다가 우리는 말라죽어."

"이쪽 사정은 생각지도 않아. 그 사람은 자기 사정밖에 몰라."

나나코가 말했지만, 대출 담당자를 헐뜯는다고 사태가 타개되지는 않는다.

"모자란 게 얼마지?"

"3백만 엔."

나나코가 대답했다. "그건 다음 달이고, 그다음 달에는 4백만 엔. 매출이 계속 지금 같으면 매달 그 정도씩 적자잖아. 은행에는 2천만 엔 빌려달라고 신청했어."

"은행이 꺼리는 원인이 적자뿐인 건 아니잖아."

이쓰로는 이렇게 말하고 책상 앞에 앉아 아침에 마시다 남은 차를 들었다.

"맞아. 애초에 너무 많이 빌린 것도 문제인 모양이야. 조달 여력이라고 하나? 그런 게 이제 한계에 달했나 봐."

작년에 네지로쿠는 아마 창업 이래 최악의 실적을 올렸을 것이다.

열두 달 중에 단 한 번도 흑자를 내지 못하고 6천만 엔 가까운 적자를 냈다. 원래 자금에 여유가 있는 회사도 아니다. 적자를 메우기 위해 거의 전액을 은행에 기댔다.

"적자니까 변제 자금이 없잖아. 그런 회사에 이 이상은 못 빌려주겠다는 것 같아. 무슨 이유가 필요하대. 빌려주기 위한 시나리오 같은 게. 근데 사장님, 솔직히 이건 은행 대출 운운할 문제가 아니라고 생각해."

심각한 얼굴로 나나코가 말했다. "이번에 대출을 받는다고 되는 게 아니야. 애초에 우리는 적자잖아. 그걸 해소하는 게 우리 회사의 중대 과제야."

"되게 거창하게 말하네."

조금 농담처럼 받아보았지만 나나코의 의견에는 동감했다.

적자를 계속 내서 될 리가 없다.

네지로쿠라는 오래된 회사의 간판을 지키려면 당장 근본적인 경영 재정비가 필요하다. 어떻게 대출을 받을 수 있을지가 아니라 어떻게 흑자를 낼 수 있을지 고심해야 한다.

이 이상 직원 수를 줄일 마음은 없었다.

일을 잘 아는 공장 노동자의 기술은 한번 잃어버리면 두 번 다시 복구할 수 없다. 일단 그들을 해고하고 나면 다음에 바빠졌을 때 모여드는 것은 완전히 아마추어들이다. 숙련 노동자가 다른 데보다 싼

임금으로 일해주는 것이 네지로쿠의 강점이자 신뢰받는 기술의 원천이다.

"무슨 일이 있어도 일을 따오는 수밖에 없어, 사장님."

나나코의 결연한 말에 이쓰로도 고개를 끄덕였다.

"구조흥산은 어때? 슬슬 결론이 나오지 않을까?"

구조흥산은 같은 니시 구에 본사가 있는 대형 건설기계 업체다. 도쿄겐덴과 거래가 끊긴 뒤에 이쓰로가 매일같이 찾아가 신규 수주를 위해 영업하고 있었다.

처음에는 문전박대를 당했다. 그래도 계속 찾아가다 보니 반년쯤 전에 드디어 구매 담당자가 만나주기 시작했다. 신제품에 채용할 나사 견적을 지난주 금요일에 구매과장에게 제출한 참이었다.

"당신도 참 열심이네. 내가 졌어."

그런 말을 하면서 이쓰로가 내놓은 견적을 본 구매과장 고야마는 "알았어. 답을 줄 때까지 시간 좀 주겠나"라며 챙겨갔다. 하지만 아직 연락이 없었다.

"너무 재촉해도 미안할 것 같아서. 슬슬 물어볼게."

"잘될 거라고 했지, 사장님?"

고야마와의 교섭은 확실히 예감이 좋았다. 됐구나 싶어서 그때는 자신만만했지만 시간이 지나면서 불안이 샘솟았다.

"아마 잘 되지 싶은데."

한발 물러선 이쓰로에게 나나코가 조금 무서운 얼굴로 말했다.

"아마? 될 거라고 했잖아. 그 말은 뭐였는데?"

나나코가 탄식했다. "그걸 따오면 우리도 한숨 돌릴 수 있어. 은행에서도 돈을 빌려줄 거야. 어떻게든 열심히 해서 따와, 사장님. 전부가 아니어도 좋으니까. 조금이라도 수주하면 앞으로 더 늘어날 거라고 은행에 당당하게 말할 수 있잖아."

구조흥산은 요즘처럼 시원찮은 경기에도 실적이 탄탄한 우량기업이다. 이 회사와 거래하게만 되면 네지로쿠의 신용은 올라간다.

"그러게. 조금 푸시해볼까."

이쓰로는 서랍에서 고야마의 명함을 꺼내고는 책상 위의 전화를 들었다.

"마침 지금 선정하고 있습니다."

전화를 받은 고야마의 말에 이쓰로는 불현듯 긴장했다.

"그렇습니까? 절호의 타이밍에 전화드렸네요. 잘 부탁드립니다."

농담처럼 말한 이쓰로에게 고야마가 말했다. "부품이 여러 가지라서 나사는 내일쯤 결정될 것 같아요."

"좋은 물건을 만들 테니 꼭 좀 부탁드립니다, 과장님."

"의욕은 알겠는데 너무 기대는 마시고."

고야마의 대꾸에 이쓰로는 진심으로 대답했다. "그야 기대를 하지요. 꼭 구조흥산과 함께하고 싶습니다. 가격도 열심히 깎았어요. 부디 잘 부탁드리겠습니다."

"뭐…… 그렇군요."

고야마의 말투는 냉담했다. "정해지면 연락하겠습니다."

이 말과 함께 전화는 끊겼다.

"내일이래."

옆에서 통화를 듣고 있던 나나코에게 그렇게만 말하고 이쓰로는 공장으로 돌아갔다.

박리다매이기는 해도 나사 제조는 차근차근 이루어지는 작업이다. 지금이야 자동화된 NC선반 같은 기계가 있지만, 네지로쿠가 창립된 백 년 전에는 그런 편리한 기계도 없었다. 수작업에 가까운 원시적인 기계로 나사를 하나하나 깎아서 검품한 다음 단골 거래처에 납품했다.

하나에 얼마 하지도 않는 나사로 나라 전체에서 얼마나 많은 사람이 먹고사는지는 모르지만, 어떤 시대든 이 일로 큰 돈벌이를 할 수는 없었으리라는 사실만은 분명하다.

나사를 만드는 인간에게는 한결같음이 요구된다.

단골 거래처의 희망을 충족시키며 튼튼하고 오래가는 나사를 공급한다. 창업자인 미사와 로쿠로부터 선대 사장 고로를 거쳐 이쓰로에 이르기까지, 사업의 부침은 있었어도 나사를 만드는 한결같은 마음만은 단단히 계승해왔다고 생각한다.

하지만 지금은 만드는 사람의 마음처럼 눈에 보이지 않는 것은 통용되지 않는 시대인지도 모른다. 요즘 같은 세상에서는 만드는 사람의 진심이 아니라 가격 경쟁력이 중요하다. 그것은 품을 들이면 들일수록 사라져서 네지로쿠는 시대의 거친 파도에 잡아먹히기 직전이었다. 전쟁도 극복해가며 백 년이나 되는 역사를 만들어온 회사인데…….

그렇게 생각하니 어려운 상황은 시대 탓이 아니라 자신의 역량 부족 때문이 아닌가 하는 기분이 들기도 했다.

아버지는 십칠 년 동안 사장이었다. 그동안 극도의 실적 부진에 빠지거나 자금 융통에 애를 먹거나 거래처에서 선별당하거나 하는 일은 없었을까?

아니, 분명 있었을 것이다.

어떤 시대든 영세기업 경영은 어렵다. 순풍에 돛 단 듯할 때는 없다. 늘 죽기 살기로 벼랑 끝을 걸어가는 것이나 매한가지다. 그런 시기를 어찌어찌 극복하고 다음 세대에 바통을 넘기며 네지로쿠의 간판을 이어왔다.

그걸 너의 대에서 끊을 셈이야?

이쓰로의 자문은 질 나쁜 바이러스처럼 머릿속을 빙빙 돌기 시작했다.

다들 힘들었어. 그래도 어찌어찌 헤어날 만한 기지가 있었다고. 너한테는 없어?

그러자 이제 와 어찌할 수도 없는 무수한 '만약'이 이쓰로의 가슴에 떠올랐다.

만약 사카도의 원가 인하 요구를 받아들였다면 이런 꼴이 안 됐을까? 만약 마음을 단단히 먹고 신형 NC선반을 마련했다면 수주를 더 많이 할 수 있었을까? 만약 은행이 시키는 대로 구조조정을 더 과감하게 했다면 매출이 지금보다 올랐을까?

아무리 생각해본들 이제 와서 되돌릴 수도 없고, 정답이라 할 만한 답도 없었다. 그저 쌓아올린 선택지의 결과인 현실만이 있었다.

문득 이쓰로는 과거의 선택을 후회하는 것은 지금이 힘들기 때문이라는 사실을 깨달았다.

네지로쿠의 운영이 순조롭다면 과거를 이리저리 고민할 일은 없으리라.

다시 말해 과거를 정당화하고 싶다면 현재 눈앞에 있는 문제를 해결할 수밖에 없다.

내일이라…….

NC선반의 묵직한 진동음이 내려와 쌓이는 공장 안을 걸으면서 이쓰로는 자문해보았다. 구조흥산 일을 수주한다면 네지로쿠는 바뀔 수 있을까.

분명 바뀔 수 있을 것이다.

그러기 위해서 어떻게든 수주하고 싶다. 어떻게든…….

위가 타는 듯한 느낌이 서서히 퍼져가서 얼굴을 찌푸리면서도 이쓰로는 좋은 예감으로 끝난 고야마와의 면담을 떠올려보았다.

"좋은 가격을 제시했잖아. 어떻게든 될 거야."

그날 이쓰로는 몇 번이고 자기 자신에게 그렇게 말했다.

전화는 다음 날 오후 1시가 넘어 걸려왔다.

"구조흥산 고야마 씨야."

수화기를 건네는 나나코의 표정이 경직돼 있었다.

갑자기 심장이 두근거리기 시작했다. "전화 바꿨습니다. 미사와입니다"라는 인사말이 긴장 때문에 목구멍에 달라붙을 것 같았다.

"방금 회의에서 나사 공급처가 정해져서 연락드립니다. 아쉽지만 이번에는 보류하기로 했어요. 또 도전해주십쇼."

"그럴 수가. 어떻게 안 되겠습니까?"

이쓰로는 지푸라기라도 잡는 심정으로 물었다. "가격도 조금이라면 어떻게 깎아보겠습니다."

"아니, 이미 정해진 일이어서요. 다음에 또 부탁드립니다."

이쓰로의 가슴에서 부풀었던 기대가 급속히 사그라들더니 패배와 절망의 쓴맛만 남았다.

아침부터 거래처를 돌던 이쓰로는 오후 2시가 넘어서 회사에 돌아왔다.

교바시에 있는 기계 제조업체에서 사람을 만났고, 에사카에 있는 주택 관련 기기 제조사를 경유해 우메다에 있는 전기 제조업체의 구매 담당자를 만났다. 신규 혹은 증산을 따내기 위한 영업이었지만 하나같이 헛스윙으로 끝났다. 심지어 납품중인 나사 가격을 내릴 수 없는지 검토해달라는 정반대의 요구까지 들었다.

원가 절감이라고는 하지만 나사는 원래 수주 단가가 싼 데다 오래 계속한다고 싸게 만들 수 있는 물건도 아니다. 결국 하청의 수익을 대기업이 빨아올리는 구조, 그저 한쪽의 이익을 다른 쪽의 이익으로 갈아끼울 뿐인 구조를 강요당하는 것 아닐까. 대기업이 돈을 벌기 위해 하청은 적자가 된다. 이대로 가다가는 일본의 제조업은 뿌리부터 무너져내릴 거라고 생각하지만, 월급쟁이인 구매 담당자에게 이런 말을 해봤자 아무 소용이 없다.

역에서 회사로 무거운 발걸음을 옮기던 이쓰로는 문득 발길을 멈추었다. 도로에 서서 네지로쿠 공장을 올려다보는 사람이 있었다.

사십대 중반쯤 되어 보이는 시원찮은 풍채의 남자였다. 왼손에는 손때 묻은 서류가방과 종이가방을 겹쳐서 들었고 오른손에는 컴퓨터로 인쇄한 듯한 지도를 들었다. 공장 외관과 주위 모습을 관찰하고 있었다.

문득 남자의 시선이 이쪽을 향하더니 수상쩍다는 눈빛으로 보고 있던 이쓰로를 알아차렸다. "안녕하세요" 하고 먼저 인사를 해왔다.

"무슨 일이십니까?"

"네지로쿠 직원분이십니까?"

남자는 이렇게 물으며 양복 안주머니에서 명함 케이스를 꺼냈다.

"저는 이런 사람입니다."

도쿄겐덴 영업부 영업1과 과장 하라시마 반지.

남자가 내민 명함을 본 이쓰로는 무심코 상대방의 얼굴을 말똥말똥 바라보았다.

"전임자 사카도 씨는 어떻게 됐습니까?"

사무실로 안내해 테이블을 사이에 두고 나나코와 나란히 하라시마를 마주 보고 앉았다.

"실은 담당이 바뀌어서요."

"담당이 바뀌어요? 어디로 가셨는데요?"

인수인계 인사도 없었다. 하기야 네지로쿠와는 거래가 끊겼으니 그럴 필요성은 없다고 판단했을지도 모른다.

"인사부로 갔습니다."

"인사부요?"

이쓰로가 놀라 무심코 되물었다. 최연소 과장이 되었을 정도니 틀림없이 출세할 것이다. 다른 분야를 경험시키기 위한 로테이션 근무인가?

"그렇군요."

이쓰로가 이렇게 대답하자 하라시마가 가볍게 고개를 숙였다. "사카도가 재임중에 여러 가지로 무리한 말씀을 드린 모양입니다. 죄송합니다."

"아뇨, 별 말씀을."

하라시마에게 사과받아도 곤란하다. 당황하는 이쓰로에게 하라시마가 말했다.

"실은 다시 거래를 해주실 수 없을까 해서 찾아뵀습니다."

생각지도 못한 이야기에 이쓰로와 나나코는 무심코 얼굴을 마주 보았다.

"그래주시면 감사하죠. 꼭 부탁드립니다."

말하고 나니 걱정이 되어 물어보았다. "그런데 전에 거래가 끊어진 경위는 알고 계십니까?"

놓아주는 줄 알았던 사다리를 도로 가져가는 건 이제 사절이다.

"물론 당시 자료를 통해 네지로쿠 사와 거래가 있었다는 사실을 알고 왔습니다."

하라시마는 들고 있던 종이가방에서 작은 상자를 꺼냈다.

나사 몇 종류가 들어 있었다.

묘하게 그리운 생각이 들어 이쓰로는 나사를 집어 눈앞에 들어 올렸다. 이 형상은 기억이 난다. 사카도가 발주할 뻔했던 특수 형상 나사다. 나사를 보고 있는데 하라시마가 생각지도 못한 제안을 해왔다.

"그 나사를 제조해주시겠습니까?"

"증산하십니까?"

이쓰로가 물었다. 네지로쿠는 가격 경쟁에서 어떤 회사에 지는 바람에 결과적으로 도쿄겐텐과 거래가 끊어졌다. 이 나사를 사용하는 제품이 무엇인지는 모르지만, 순조롭게 성장해서 결국 그 회사의 생산 능력을 넘어섰음이 분명하다.

"아니오, 꼭 그런 건 아닙니다."

하라시마의 대답에 이쓰로는 입을 떡 벌리고 말았다.

"그럼 어떻게 된 일입니까?"

"공급처를 바꾸고 싶어서요. 네지로쿠 사에서 이 나사를 인계해주시겠습니까?"

"그건 괜찮습니다만……."

여우에 홀린 기분으로 이쓰로가 대답했다. "그때 우리는 가격으로 졌습니다. 깎아보기는 하겠지만 도쿄겐텐에서 희망하시는 가격을 내놓을 수 있을지는 모릅니다."

"귀사에서 제안하신, 당시 가격이면 됩니다."

하라시마의 대답은 예상 밖이었다. "단, 이달부터 제조 라인에 올려주셨으면 합니다. 서두르고 있어서요."

"이달부터요?"

하라시마 등 뒤에 보이는 공장 내부에 흘끗 시선을 주고 이쓰로가 물었다. "양산하는 거지요? 로트가 어느 정도 필요합니까?"

하라시마는 옆에 둔 서류가방에서 두툼한 서류를 꺼내더니 그중 한 장을 테이블 위로 내밀었다.

"이 정도를 부탁드릴 수 있을까요?"

이쓰로는 자기도 모르게 숨을 삼켰다. 한동안 종이에 인쇄된 숫자에서 눈을 떼지 못했다.

"이렇게나요……?"

"무리일까요?"

하라시마의 물음에 이쓰로는 얼굴 앞에서 손을 저었다. "아뇨, 그게 아닙니다. 서두르는 이유를 알려주실 수 없을까요?"

방심하면 하늘로 날아오를 것 같아 냉정해지라고 스스로 당부하면서 이쓰로가 물었다.

"현재 발주중인 하청업체와 방침에 차이가 있어서요. 당장 공급처를 변경하기로 했습니다."

"방침이란 말씀이군요."

이쓰로가 아무래도 개운치 못한 얼굴로 물었다.

"크게 지장이 없다면 가르쳐주실 수 있습니까? 어떤 방침인지."

"생산 원가와 품질 문제라고 할까요."

하라시마가 대답했다. "이 이상 자세히 말씀드려도 의미가 없지 않을까 싶습니다. 저는 네지로쿠 사의 품질을 신뢰해서 찾아왔음을 헤아려주십시오."

이해가 될 것 같기도 하고 안 될 것 같기도 한 이야기다.

"그렇습니까."

이쓰로는 팔짱을 끼고 잠깐 생각하다 물었다. "경합이지요?"

늘 그렇다.

품질 운운해봤자 원가가 맞아야 채택된다. 세상이 그렇게 만만한 곳이 아니다. 이렇게 간단히 수주가 가능할 리 없다.

하지만 하라시마는 고지식해 보이는 얼굴을 천천히 가로저었다.

"아닙니다. 경합이 아니에요."

"아니라고요……?"

믿을 수 없는 기분으로 중얼거리는 이쓰로에게 하라시마가 다급한 말투로 말했다. "시간이 없습니다. 가능한지 아닌지만 지금 답을 주시겠습니까? 아니면 언제부터 가능한지만 알려주셔도 됩니다. 부탁드립니다."

"알겠습니다. 잠깐만 기다려주세요."

이쓰로는 벽 쪽 캐비닛에서 생산관리표를 꺼내와 이번 달 페이지를 열고 그 자리에서 검토를 시작했다.

불가능하지는 않다. 단, 지금 놀리는 NC선반을 이십사 시간 풀가동하는 조건이다. 하지만 그러기에는 직원 수가 모자랐다. 삼교대는 무리다. 이교대로 해도 현재 인력으로 돌리기는 어렵다.

안 되려나.

이렇게 생각했지만, 생산관리표를 덮고 하라시마와 마주하자마자 입에서 나온 말은 "해보겠습니다"였다.

계속 딱딱하게 굳어 있던 하라시마의 얼굴에 처음으로 미소가 떠올랐다.

"곤란하신 상황인 것 같은데 그럴 때는 서로 도와야죠."

이쓰로가 말했다. "그 대신 우리가 곤란할 때도 도와주십시오."

"물론입니다. 죄송하지만 회사에 잠깐 전화 한 통 걸어도 되겠습니까? 알려줘야 해서요."

얼마나 서둘렀는지 하라시마가 일어서다 나사 상자를 뒤집어엎었다. 용수철 장치라도 돼 있었던 것처럼 온 바닥에 나사가 확 흩어졌다. 그 흩어지는 모양새가 어찌나 시원한지 이쓰로의 가슴 한편에 남아 있던 개운치 않은 마음까지 날아갈 것 같았다.

나나코가 황급히 일어나 나사를 줍기 시작했다.

"하라시마 씨, 저희가 주울 테니 어서 전화 걸고 오십시오."

죄송합니다. 하라시마는 살짝 머리를 숙이고는 사무실에서 나가 통화를 시작했다.

단편적으로 들려오는 대화에 귀를 기울이면서 이쓰로도 나나코를 도와 나사를 주웠다.

"잘됐잖아, 사장님. 나쁜 일이 있으면 좋은 일도 생긴다더니."

"어제의 적이 오늘의 친구가 된 것 같은 느낌이네."

나사를 다 주웠을 무렵에 하라시마가 돌아왔다.

"지금 회사에서 이달 말까지의 상세한 납품 스케줄을 팩스로 보내올 테니 확인해주십시오. 그리고 그때와 동일합니다만, 이게 사양서입니다."

가방에서 두툼한 서류를 꺼내 이쓰로에게 건넨다.

"열심히 해보겠습니다."

이쓰로는 이렇게 말하고 하라시마에게 깊이 고개를 숙였다. "매번 감사합니다!"

초기에는 사람을 구하느라 쫓겼지만 재개된 도쿄겐덴 일은 순조롭게 궤도에 올랐다.

"무라마사 씨가 다음 주 중에는 운용 자금 내준대."

거래 재개가 결정되고 얼마 지나지 않았을 무렵, 은행에서 돌아온 나나코가 이렇게 마음 놓이는 보고를 했다.

네지로쿠의 경영 악화는 덕분에 일단락되었고 직원 수도 늘었다. 하라시마 이야기로는 다른 나사도 순차적으로 주문을 옮기고 싶다고 하니 매출은 한층 늘 것이다.

하지만 이야기가 척척 진행되는 한편으로, 아무래도 신경 쓰이는 부분이 있었다.

왜 하라시마는 네지로쿠에 일을 의뢰했을까.

하라시마는 생산 원가와 품질 문제라고 했다.

취소된 일이 네지로쿠로 되돌아오게 한 그 문제가 구체적으로 무엇인지도 모른 채 지금에 이르고 있다.

"그런 건 아무래도 상관없잖아. 일도 늘었고, 매출도 안정됐어. 그럼 됐지."

나나코에게 그 이야기를 한번 했더니 이런 대꾸가 돌아왔다.

이쓰로는 공장 안을 걷다 갑자기 거기에 생각이 미쳤다. 하지만 "하긴. 뭐, 됐지"라고 중얼거리고는 깊이 생각하지 않았다.

이미 장마가 끝나고 한여름 날씨가 이어지는 7월이었다. 기름 냄새를 머금은 후끈한 열기가 대형 선풍기 바람에 실려와 이쓰로의 뺨을 쓰다듬고 갔다. 거슬리지 않는다. 어릴 적부터 친숙한 바람이다.

반팔 겉옷 주머니에 손을 넣었다가 손끝에 닿는 딱딱한 감촉에 오늘 아침에 나눈 대화를 떠올렸다.

새 책상이 늘어 사무실 집기 위치를 바꾸기 시작한 나나코가 복사기 밑에 굴러 들어가 있던 나사 두 개를 이쓰로에게 내밀었다.

"하라시마 씨가 요전에 떨어뜨린 나사 같아. 다음에 돌려드려."

"이제 와서 이게 무슨 필요가 있겠어."

이쓰로는 나사를 물끄러미 바라보다 마침 나사용 인장 시험기 앞에서 발길을 멈추었다.

문득 생각이 나서 손에 든 나사 하나를 거기에 올리고 스위치를 켰다. 특별한 이유도 없이 한 행동이었다. 굳이 말하자면 나사쟁이의 습성이라고나 할까.

딱 하는 소리와 함께 나사가 바로 부러졌다.

시험 결과를 확인한 이쓰로는 잠깐 말없이 우두커니 서 있었다.

시험기가 표시한 강도는 원래 그 나사가 갖추어야 할 수치를 훨씬 밑돌았다.

미군 납품 규격을 적용한 그 나사가 어디에 사용되고 있을지 이쓰로는 상상해보았다.

왜 생산 원가와 품질일까? 왜 서둘렀을까? 왜 하라시마는 자세한 사정을 이야기하지 않았을까? 그 순간 흩어져 있던 조각들이 제자리를 찾으며 이쓰로는 모든 것을 이해했다.

시험기에서 부러진 나사를 빼내는 손끝이 떨렸다.

생각하지 마.

마음속 목소리가 이쓰로에게 말했다. 시키는 대로만 만들어. 눈앞의 일만 성실히 해내면 돼. 나사 만들기의 원칙은 그런 거야.

그래, 그러면 된다. 이쓰로는 그 원칙을 어긴 나사를 쓰레기통에 집어 던지고 아무 일도 없었다는 듯이 걸음을 옮겼다.

3화

결혼 퇴사

七つの恋

1

하마모토 유이는 스물일곱 살 생일을 혼자 보냈다.

오후 7시 넘어서까지 야근을 했고, 가쿠게이 대학 역에서 집으로 돌아가는 길에 이탈리안 레스토랑에 들러 파스타와 글라스 와인만 으로 식사를 했다.

역 앞 큰길에 면한 창가 자리였다. 창밖 거리는 탁한 열대야 바닥에 가라앉아 있었다. 어쩜 저렇게 기운이 넘칠까 신기할 정도로 활기찬 학생들 한 무리를 멍하니 바라보았다. 무더위에게 적당히 좀 하라고 푸념하고픈 마음을 참으며 걷는 듯한 회사원들의 지쳐빠진 옆얼굴을 공감하며 보기도 했다.

대학을 졸업한 지 오 년. 불과 얼마 전까지만 해도 지칠 줄 모르고 친구들과 소란을 떨었는데, 어느새 직장인이 되어버린 자신을 깨닫고 멀리도 왔구나 생각했다. 창가 테이블 자리에 앉아 와인잔 너머로 텅 빈 맞은편 의자를 바라보고 있자니 그 생각은 한층 더 강해지는 듯했다.

요 삼 년 동안 생일을 축하해주던 그 사람은 이제 없다.

잘된 일인지도 모른다는 생각이 들었다. 아니, 잘되고 못되고를 따지기 이전에 어떻게 해도 자기 것이 되지 않는 상대와의 연애에 지쳐버렸다. 단지 그뿐이다.

헤어지자는 말을 듣고 지난주에 온몸의 눈물을 다 짜낼 정도로 울었는데, 지금 또 물기를 머금은 와인잔이 시야에서 번져갔다.

지금껏 쌓아온 것과 애써온 것들이 전부 무너지고, 의미 없는 정신적 폐허 속에 우두커니 서 있는 듯한 나.

난 대체 무얼 하고 있는 걸까?

턱을 괴고 멍하니 거리 풍경에 시선을 던지며 유이는 생각했다.

대체 도쿄겐덴이라는 회사에 들어온 뒤의 오 년은 무엇이었을까? 그 시간 동안 내가 얻은 게 있기는 할까? 그저 매일 회사에 가서 주어진 일을 처리한다. 나 말고 다른 누가 해도 똑같은 일뿐이었다.

살풍경한 터널을 하염없이 걸어온 것 같은 시간이었다. 일상에 매몰된다는 말을 실제로 체험하는 듯한 나날 속에서 유이는 그저 비일상과 자극을 원했다.

그 남자와는 회식에서 옆자리에 앉았다가 이야기를 나눈 것이 계기가 되어 사귀기 시작했다.

그 남자는 유이의 불만을 들어주고 진지하게 일에 대한 충고도 해주었다. 게다가 자기 취미인 다이빙에도 불러주었고, 회사 사람들과는 타입이나 분위기가 다른 다이빙 친구들과의 술자리에도 데려가주었다.

함께 있으면 즐겁고 신선해서 잿빛이던 일상에 윤기와 색채가 돌아오는 것 같았다.

하지만 생각해보면 즐거운 기분이 이어진 것은 처음 반년뿐이었을지도 모른다. 좋아하지만 싫어한다. 즐겁지만 슬프다. 그런 상반되는 감정에 농락당하며 이어온 삼 년의 시간 탓에 유이는 완전히 지쳐버렸다. 그 남자에게는 아내가 있었다.

유이의 아파트에서 주뼛주뼛 헤어지자는 말을 꺼낸 남자에게 큰소리로 울부짖었다. 하지만 한편으로는 "이미 한계였던 거 아냐?"라고 냉정하게 생각하는 또 하나의 자신이 있었다.

그렇게 그 남자를 잃어버린 유이 앞에는 다시금 무섭도록 무미건조한 생활이 놓여 있었다.

전에는 참을 수 있었지만 이번에는 견디기 힘들었다. 당장이라도 직장에서 달아나서 살아 있음을 실감할 만한 일을 찾고 싶다고 생각했다. 대단한 돈을 받는 것도 아니니 조금쯤은 불안정해져도 괜찮다. 일하는 곳은 도쿄가 아니라 지방이라도 상관없었다. 그리고 이제 두 번 다시 사무실에서 일하는 단순사무직으로는 돌아가지 않겠다. 그러기 위해 유이에게는…… 행동이 필요했다.

그리고 그날, 유이는 마침내 첫 번째 행동에 착수했다.

"저, 그만두고 싶습니다."

상사에게 이렇게 말한 것이다.

2

변함없이 창가 자리에 앉아 멍하게 바깥을 바라보며, 유이는 직속 상사인 기무라 로쿠로가 허둥대던 모습을 떠올렸다.

"뭐라고?"

외근에서 돌아온 기무라가 덥다면서 펄럭펄럭 부치던 부채의 움직임이 딱 멈췄다. 땅딸막한 체형에 육등신이라고 불릴 정도로 커다란 얼굴 속 부릅뜬 눈도 놀라서 커다래진 채 멈춰 있었다. 그 순간 유이는 짓궂은 농담이라도 한 것 같은 기분이 들 뻔했지만 한 번 더 말해보았다.

"그만두고 싶어요."

"잠깐만 있어봐, 하마모토. 저쪽에서 이야기하자."

영업4과의 자기 자리에 있던 기무라는 주위를 두리번두리번 둘러보았다. 다른 영업부 직원이 없음을 확인한 뒤에 허둥지둥 일어나

플로어 안쪽에 있는 응접 부스로 유이를 데려갔다.

"그만둔다고? 그런 말 마, 하마모토. 슬프잖아. 뭐 불만이라도 있어? 있으면 말해봐. 개선 가능한 부분은 개선할 테니까."

땀이 솟은 이마에 손수건을 대면서 기무라가 물었다. 좋은 상사라고 생각한다. 실제로 사내에서 로쿠 씨라 불릴 만큼 호감을 사고 있다. 그런 기무라의 눈썹이 딱하게도 팔자로 처져 있었다. 상사는 당연히 그만두려는 부하를 만류해야 한다고 생각하는 것이리라.

"불만은 딱히 없습니다."

유이가 대답했다.

"그럼 왜 그만두려는 거야? 같이 열심히 하자, 응?"

기무라의 말에 유이는 탄식했다.

그 남자와 헤어진 것은 기무라와는 관계없다. 그 남자와의 관계에 대해서는 입이 찢어져도 말할 생각이 없었다. 말하면, 회사에 남아 있을 그 사람이 난처하다기보다는 자신이 형편없는 여자로 보이게 된다.

한편으로 단순사무직으로서 아쉬운 점을 아무리 이야기해봤자 그건 어쩔 수 없는 일이었다. 매일매일 뒤에서 복사를 하거나 자료를 작성하는 직무 내용은 입사 전부터 알았기 때문이다. 그런 의미에서 유이는 자신이 제멋대로 군다는 것도 이해하고 있었다.

하지만 유이도 인간이다. 아무리 처음에는 받아들이던 일이라도 질리고 지루해지고 못 견디게 될 수 있다. 생활의 안정을 위해 참고 계속 다니는 사람도 있겠지만, 그만두고 자신을 찾기 위해 여행을 떠나는 것 또한 살아가는 과정에서는 훌륭한 선택 아닌가. 자신을 찾는다니 흔해빠진 말이지만 지금의 유이 심경에는 가장 가까운 말일지도 몰랐다.

하지만 그때는 그만두지 말라고 애걸하는 기무라에게 제반 사정을 이야기할 기력이 없었다.

그럼 어떻게 하면 기무라가 이해할까.

어떻게 해야 기분 좋게 보내줄까.

타협점을 찾은 유이가 입에 담은 말은 이 한마디였다.

"저, 결혼해요."

왜 그런 말을 입 밖에 내버렸을까? 상대가 늘 농담만 하는 기무라라는 사실도 조금은 관계있을지 모른다. 기무라를 보면 진심으로 이야기하기보다 속내는 감추고 농담하는 편이 옳은 듯한 기분이 들기 때문이다. 하지만 아무리 그래도 결혼이라니…… 말을 꺼낸 유이 자신이 가장 놀랐다. 불과 며칠 전에 그 남자와 헤어졌는데. 결혼의 꿈이 깨지고 버썩 마른 빈껍데기 같은 자신으로 돌아온 참인데.

하지만 몸을 앞으로 기울인 채 퇴직을 말리던 기무라의 표정이 비로소 풀어졌다. "뭐야, 그런 거야?"라는 목소리가 안도의 한숨과 함께 나오더니 "그거 잘됐네!"라는 축하의 말로 바뀐다.

"그래, 식은 언젠데?"

"아직 식장을 찾는 중이에요."

적당히 대꾸한 유이는 서둘러 본론으로 돌아갔다. "가능하면 9월 말에 퇴직할 수 있을까요?"

아직 7월이다. 두 달 후면 새로운 일을 찾을 수 있을 터이다.

"9월이라……."

기무라는 눈을 치뜨고 잠시 생각에 잠겼다. 아마 퇴직일까지 나름 여유가 있다는 데 안심했으리라. 단순사무직이기는 해도 갑자기 그만두면 인원 배치가 힘들어지기 때문이다.

"알았어. 인사부에 이야기해볼게."

이렇게 말한 기무라는 중년 남성의 비애가 느껴지는 대사를 입에 올렸다. "그건 그렇고 좋겠다. 인생, 이제부터잖아."

"과장님 인생도 이제부터잖아요."

유이가 말을 맞춰주자 기무라는 아니, 아니 하며 얼굴 앞에서 손을 좌우로 저었다.

"나는 틀렸어. 지갑은 마누라가 꽉 쥐고 있겠다, 딸한테는 미움받겠다…… 출세도 별로 기대 못 하고. 이대로 정년까지 일만 계속할 뿐인 일벌이야. 가능하면 나도 다시 시작하고 싶은데 그럴 수도 없고 말이지. 자네가 부러워. 남편 될 사람한테 잘해줘."

괜히 숙연해지면서 기무라와의 짧은 면담은 끝났다.

"한 잔 더 드시겠습니까?"

점원이 와서 물었다.

같은 와인을 부탁한 유이는 "오늘 회사를 그만두겠다고 말하자" 하고 결의하며 아파트를 나선 그날 아침을 떠올렸다.

인생의 새로운 길을 개척하려면 무언가를 버려야만 한다.

무슨 신념처럼 그렇게 생각해봤지만, 실제로 사직 의사가 받아들여지고 나니 마음이 가벼워진 만큼 장래에 대한 희미한 불안이 찾아왔다. 그리고 오 년 간의 회사 생활이 얼마나 알맹이 없는 것이었는지 통감했다.

"나는 대체 회사의 무엇이었을까?"

와인의 은은한 취기에 몸을 맡기면서 생각했다. 매일매일 영업부의 재하청 같은 일만 해왔지만, 내가 있어 회사가 바뀐 것이 하나라도 존재할까?

잠시 후에 나온 파스타를 입으로 옮기면서 유이는 지난 오 년을 곰곰이 되돌아보다 깜짝 놀랐다.

이건 내가 한 일이라고 말할 수 있는 일이 하나도 없음을 깨달은 것이다.

아무리 단순사무직이라고 해도 너무 허무하지 않은가.

이대로면 회사를 떠난 뒤에 도쿄겐덴이라는 회사에서 하마모토 유이라는 직원이 오 년 동안 일했다는 사실조차 눈 깜짝할 사이에 기억의 저편으로 밀려나 잊힐 것이 분명하다.

뭔가 내가 할 수 있는 일은 없을까?

이런 생각을 시작하니 실연에 아파하던 마음이 조금 나아지는 기분이 들었다. 하지만 지금껏 오 년이 걸려도 하지 못한 일을 남은 두 달 동안 할 수 있으리라는 생각은 들지 않는다. 어쨌든 회사 일은 그저 지루한 루틴이라고만 생각해왔다. 이제 와서 후회한들 달라질 것은 없지만, 의욕을 발휘했다고 새로운 재미에 눈을 떴을까 하면 그랬을 것 같지도 않다.

단순사무직은 어디까지나 단순사무직이고 내향적인 일에 지나지 않는다. 거래처와 절충하는 일도 없거니와 큰 협상을 맡을 기회도 없다.

기무라는 퇴직을 만류해주었지만, 유이 같은 사람은 대체품이 얼마든지 있는 톱니바퀴 중 하나에 지나지 않는다. 그게 회사의 본심일 것이다.

그런 톱니바퀴가 무엇을 할 수 있나. 할 수 있는 일이라고는 닳아 없어질 때까지 멈추지 않고 정확히 돌아가는 것뿐 아닌가.

그런데…….

그날 밤늦은 시각, 자조에 빠져 있던 유이에게 막연하기는 해도 어떤 아이디어가 떠올랐다.

계기는 집에 돌아간 뒤에 걸려온 전화 한 통이었다.

3

"유이, 너 왜 그렇게 멋대로야?"

사쿠라코의 첫마디에는 짜증이 섞여 있었다.

"멋대로라고?" 유이가 물었다.

"그만둔다며. 언제 그런 결정을 한 건데."

"아아, 그거? 그냥 이런저런 사정이 있어서."

순식간에 우울한 기분이 되어 애매하게 대꾸했다.

"이런저런 사정은 됐어, 이런저런 사정은."

전화 저쪽에서 사쿠라코가 말했다. "결혼한다는 이야기, 진짜야? 인사부에서 화제딘데."

"그렇게 말하지 않으면 과장님이 성가시게 붙잡을 것 같아서."

"어이가 없다."

유이의 대답에 사쿠라코가 날카로운 말투로 말했다. 그러고는 화

난 말이 이어졌다. "그런 일을 저지를 거면 나한테 한마디 상의 정도
는 해야지."

"미안."

엔도 사쿠라코는 유이와 입사 동기로, 작년까지 영업부에서 함께
일하다 사내 이동되어 지금은 인사부 소속이다. 기무라가 유이의 퇴
직 이야기를 즉시 인사부에 보고했고, 거기서 사쿠라코 귀에도 들어
간 모양이다.

"아무리 그래도 결혼은 아니잖아, 결혼은. 어떡할 거야? 우리 부
장님은 좋은 일로 퇴사하는 거니 축전을 보내라잖아. 뭐라 대꾸해야
할지 모르겠더라."

사쿠라코는 유이가 누구와 사귀었는지 아는 유일한 친구였다. 그
사람에게 사정이 있어서 결혼할 수 없다는 것도, 그리고 최근에 헤
어졌다는 것도 전부 아는 친한 친구다.

"미안, 용서해줘."

"용서는 무슨 용서야, 정말."

사쿠라코는 기가 막히다는 말투였다. 휴대전화 너머로 사쿠라코
뒤에서 전차가 출발하고 도착하는 소리가 들렸다. 아마 도쿄역 플랫
폼에서 걸었기 때문이리라.

"혹시 그 인간한테 차여서 그만두려는 건 아니지?"

사쿠라코가 의심스럽다는 듯 물었다. "그런 거라면 절대 그만두
지 마. 나쁜 건 네가 아니라 그쪽이니까. 네가 회사를 그만둘 필요는
없어."

"그런 거 아니야."

유이가 말했다. "그 사람 일이랑 상관없다고는 안 하겠지만, 어쩐지 매일 이런 일을 하는 게 무의미하게 느껴져서 그래."

"지금 불황이야. 그만두고 어쩔 건데. 스물일곱이나 먹어서, 무슨 기술이 있는 것도 아니고. 그런 여자를 뽑아줄 회사가 그렇게 쉽게 나올 리가 없잖아. 알지?"

사쿠라코는 유이의 말은 무시하고 세상의 사정을 이야기한다. 그게 자못 사쿠라코다워서 말문이 막히면서도 꾸중해준다는 사실은 고마웠다.

"난 이제 단순사무직은 안 할래."

유이의 말에 사쿠라코가 나지막한 목소리로 물었다.

"무슨 뜻이야?"

"그러니까 이제 사무보조 일은 영영 그만둔다고. 꽃집이든 푸드 코디네이터든 인테리어 디자이너든 뭐든 좋으니까 생각을 하는 일을 하고 싶어. 나답게 할 수 있는 일이라고 할까."

"그게 그렇게 간단히 될 거 같아?"

사쿠라코가 어처구니없다는 듯이 말했다. 능력 없는 아이를 나무라는 부모 같다. "세상이 그렇게 만만하지 않아."

"알아. 어쨌든 지금 하는 일을 계속해봤자 나한테 남는 건 후회뿐이야. 그거 하나는 확실해. 그럴 바에는 실패하더라도 아직 젊을 때 새로운 길을 찾아서 나아가고 싶어. 리스크가 있다는 건 알아."

"방세도 매달 들잖아. 생활비는 어쩔 건데?" 사쿠라코는 어디까지나 현실적이다.

"앞으로 두 달 동안 일하면서 진로를 계속 찾아보려고. 그 사이에 정해지지 않으면 실업수당을 받으면서 열심히 해볼 작정이야. 처음에는 수습 같은 일이라도 상관없어. 하지만 계속할 수 있는 일을 찾을 거야."

반박할 줄 알았는데 사쿠라코에게서는 작은 탄식이 돌아왔다.

"정말이지 늘 고집이 세다니까, 넌."

사쿠라코가 말했다. "관두라고 하는데도 그런 놈이랑 사귀지를 않나."

"그런 놈 아니야."

"그런 놈이야!"

전화 저쪽에서 사쿠라코가 한층 목소리를 높였다. "그 자식은 절대 용서하지 않을 거야."

나를 위해 화를 내주는 것은 기뻤다. 하지만 그 화가 큰 만큼 그런 남자와 사귄 유이 자신도 비난받는 것 같아 기분이 좋지는 않았다.

"그리고 늦었지만……."

사쿠라코는 에헴 하고 작게 헛기침을 한 뒤 조금 겸연쩍은 목소리로 말했다. "생일 축하해. 메시지 보낼까 했는데 직접 말하자 싶어서. 밥은 벌써 먹었……겠지?"

유이는 밤 9시가 넘은 시계를 흘끗 보고 되물었다.

"설마 아직 안 먹었어?"

"바빠서. 밥 먹으러 빠져나갈 분위기가 아니잖아, 우리 회사."

사쿠라코가 체념한 어조로 말했다. "혹시 너도 안 먹었으면 같이 먹을까 했지."

"미안."

그때, 사과하던 유이의 뇌리에 뭔가 어렴풋이 떠올랐다. 그것은 사쿠라코와 전화를 끊고 나서도 안개라도 낀 것처럼 종잡을 수 없는 덩어리가 되어 머리에서 떠나지 않았다.

어쩌면 이 회사에서 마지막으로 할 수 있는 자기다운 일을 찾았는지도 모른다.

4

이래저래 고심해본 끝에 유이는 그 생각을 공개할 자리로 환경회의를 선택했다.

환경회의는 각 부서에서 임명된 환경위원으로 구성되어 매달 세 번째 목요일 저녁에 개최된다. 의제는 회의 이름 그대로 직장 환경에 관한 다양한 문제의 개선이다.

인쇄나 복사 순서를 기다리지 않게 해달라, 어디 전구를 갈아달라, 컴퓨터 OS나 소프트웨어 버전을 올려달라, 여성 직원 라커룸에 거울을 달아달라…… 화제는 업무와 관련된 데 국한되지 않고 다양했다.

따분한 회의였다. 게다가 시간도 많이 걸려서 대개 야근이 된다. 의무니까 참석은 하지만, 유이는 지금까지 발언 한 번 한 적 없이 채택 여부를 결정할 때 손만 드는 소극적인 위원이었다.

이날도 회의는 해질녘에 시작되어 질질 이어지다가 오후 7시가 다 되어서야 겨우 끝이 보였다.

그전까지 여러 부서에서 나온 자질구레한 의제에 귀를 기울이던 유이는 심장이 두근두근하기 시작했다. 의논 사항은 사전에 신청하게 되어 있어서 맨 처음에 나눠주는 자료에 '오늘의 의제'라는 이름으로 인쇄된다. 하지만 유이가 발언하려는 내용은 포함돼 있지 않았다. 늘 논의하는 개선점과는 조금 취지가 다르기에 신청 단계에서 삭제돼버릴 수도 있다는 생각이 들었기 때문이다.

마지막 의논 사항에 대한 의견이 모였다. 의장을 맡은 인사부 과장대리 이가타 마사야는 지친 표정으로 앞에 놓인 자료에 연필로 체크한 다음 서른 명 가까운 위원을 둘러보았다.

"더 의논할 사항은 없습니까?"

그리고 폐회 인사를 하려다 회의 테이블 가장 구석의 눈에 띄지 않는 자리에서 손을 들고 있는 유이를 알아차렸다. 이가타는 신기하다는 눈으로 보았다.

"네, 말씀하십시오. 어디 보자……."

참석자 명단을 끌어당기는 이가타에게 "영업4과 하마모토입니다"라고 이름을 댔다. 모두의 시선에 압도될 것 같았지만 열심히 말을 이었다. "야근할 때 나들 배가 고파서 곤란할 거라고 생각합니다. 바깥에 먹으러 갈 시간이 있으면 빨리 일이나 끝내라는 분위기고요. 남성이든 여성이든 주린 배를 끌어안고 일을 해서야 업무 효율도 나빠질뿐더러 미용에도 좋지 않습니다."

회의 테이블 여기저기서 조용한 웃음이 터져서 유이는 조금 응원받은 기분이 들었다.

"그래서 사내에 뭔가 먹을 걸 판매하는 곳을 마련하면 좋겠습니다. 배고프면 사다가 자리에서 먹을 수 있게요. 어떨까요?"

"식품 판매라……."

이가타는 생각하면서 오른손을 머리에 댔다. 위생이나 보건소 신고 등 갖가지 절차에 대해 생각하는 게 분명하다.

"구체적으로는 어떤 걸 생각하고 있지?"

"도넛입니다."

말하자마자 회의실이 희미하게 술렁거렸다.

"도넛?"

이가타는 허를 찔린 얼굴이다. "도넛을 판매하는 자동판매기가 있나?"

"아뇨, 제가 생각하는 건 자동판매기가 아닙니다."

유이가 대답했다. "무인 도넛 판매예요. 휴식 공간 옆에 판매대를 설치해서 배가 고픈 사람이 사서 먹는 방식입니다. 도넛은 자리에 가져가서 먹을 수도 있고, 바로 안 먹어도 상하지 않아요. 배가 고파서 굶주리려가며 야근하지 않아도 됩니다. 한번 검토해봐도 좋지 않을까요?"

"그렇게 굶주렸던 건가?"

이가타의 말에 웃음소리가 터져 나왔다. 유이도 무심코 따라 웃다가 놀림받았다는 걸 깨닫고 황급히 미소를 거두었다.

"시시한 아이디어로 들릴지 모르지만 수요는 분명 있을 거예요."

유이의 의욕적인 태도에 이가타는 조금 놀란 얼굴로 참석자들을 둘러보았다.

"이 아이디어, 검토해보면 좋겠다고 생각하는 분?"

틀렸나.

이렇게 생각했을 때 작은 기적이 일어났다. 숨을 삼키고 경과를 지켜보던 유이 앞에서 조금 놀랄 정도로 많은 사람이 손을 들었다. 전면적 찬성이라기보다 반쯤은 재미로 손을 드는 사람부터 검토 정도는 해봐도 좋겠다고 생각하는 사람까지 다양할 것이다. 하지만 그 순간 유이는 마음속 깊은 곳에서 번지는 충실감에 젖어들었다.

"찬성하는 사람이 이렇게 많아?"

눈이 휘둥그레진 이가타는 놀린 것을 조금 후회하는 표정으로 유이에게 말했다. "그럼, 구체적인 계획을 세워봐요. 그걸 기초로 검토하기로 하지. 그럼 되겠나?"

"감사합니다. 열심히 할 테니 여러분도 응원 부탁드립니다."

스스로 생각해도 놀랍게도 유이는 무심코 자리에서 일어나 고개를 숙이고 있었다. 거창한 발언에 여기저기서 웃음소리가 들리는 가운데 이가타가 폐회를 선언했다. 퇴직까지 두 달 동안 유이가 할 일이 정해졌다.

5

"흐음, 그래서?"

테이블 맞은편에서 사쿠라코가 수상쩍다는 눈빛을 보내왔다. "왜 도넛인데?"

"내가 좋아하거든."

어이없다는 얼굴로 입을 다문 사쿠라코에게 말했다. "빵, 쿠키, 베이글, 여러 가지 생각해봤지만 역시 난 도넛이 좋아."

회의에서 무인 판매를 검토하기로 결정한 다음 날 퇴근길이었다. 이가타에게 자세히 들었는지 사쿠라코가 회사 근처 카페로 유이를 데려갔다.

"게다가 햄버거나 컵라면 자판기를 넣어달라고 하면 이야기가 너무 커지잖아? 전기가 많이 드는 것도 문제고. 단번에 기각될 것 같아. 도시락도 좀 아니지. 배고프다고 회사에서 혼자 성대한 도시락을 먹을 용기가 나한테는 없거든."

유이의 설명에 사쿠라코는 새침한 얼굴로 커피를 홀짝였다. "그래서?"

"그래서 더 간단하고 빨리 먹을 수 있으면서도 배를 곯지 않아도 되는 시스템은 없을까 생각했지. 그게 이번에 제안한 거야."

"편의점에서 삼각김밥 사다 먹어도 똑같잖아."

사쿠라코의 반응은 쌀쌀맞았지만 그 이유는 알고 있었다. 도쿄겐덴이라는 회사는 어쨌든 보수적인 곳이다. 몇십 년 전의 근면 신화가 모양만 바꾸어 살아 있는 데다 남존여비, 상명하달식 사풍도 고스란히 남아서 눈에 띄는 행동을 하면 정을 맞는다. 분명 사쿠라코는 유이가 이런저런 말을 들을까 걱정되는 것이다.

"그러면 너도 편의점에 삼각김밥 사러 가면 되잖아. 야근 때문에 배고프다고 하지 말고."

유이가 작게 반론했다. "실제로는 그렇게 못하지? 하지만 사내에서 파는 도넛이 있으면 안 그래도 돼. 커피를 사는 김에 살 수 있으니까. 외식하면 돈이 꽤 들지만 도넛은 저렴한 것도 장점이고. 어느 부분이 마음에 안 들어?"

"우리 회사가 어떤 회사인지 알잖아."

예상대로 사쿠라코는 이렇게 말하고 조금 무서운 눈으로 유이를 보았다. "그런 제안을 해봤자 위에 찍히기만 하지 잘될 리가 없어. 환경회의에서 제안하는 건 대체로 다 묵살된다고. 그나마 회사 일에 직결되는 요구라면 가능성은 있지만…… 전구가 어둡다든지 나갔다든지 그런 거 말이야. 하지만 네가 말하는 건 도넛이잖아, 도넛."

"찍혀도 상관없어. 어차피 난 이제 그만둘 거고."

유이가 홍차를 스푼으로 저으면서 대답했다.

"그럼 더 설득력이 없어."

"있지."

스푼을 쥔 채 유이는 자기도 모르게 정색했다. "있어. 이건 나를 위해 하는 말이 아니야. 모두를 위해 하는 말이라고. 나도 회사를 위해 뭔가 하고 싶어. 다들 상사한테 찍히는 게 싫다는 이유만으로 입 다물고 있는 거라면, 회사에서 나갈 내가 그걸 주장하는 데에 의미가 있는 거잖아. 찍힌대도 상관없고."

사쿠라코는 조금 난처하다는 얼굴로 짧은 숨을 내쉬었다.

"잘될 거라는 생각은 안 들지만 넌 해보지 않으면 수긍이 안 되지? 그래서, 생각해둔 데는 있고?"

"생각해둔 데?"

사쿠라코는 초조한 표정으로 유이를 보며 팔짱을 꼈다.

"사내 판매용으로 도넛을 팔아줄 가게 말이야."

"어디 도넛 가게에 부탁해보려고."

"그게 다야?"

사쿠라코가 기가 막히다는 듯 말했다.

"안 될까?" 유이가 조심스럽게 사쿠라코에게 물었다.

"있지, 회의에 안건으로 내는 거면 좀 더 계획적으로 해. 어느 가게에 부탁할지 생각도 안 했으면서 잘도 그런 제안을 했네, 정말."

확실히 조금 안이했는지도 모른다.

"저기, 사쿠라코. 무인 판매에 협력해줄 만한 도넛 가게 몰라? 소개해줘."

유이를 물끄러미 바라보던 사쿠라코의 시선이 테이블 위로 툭 떨어졌다. 이건 안 되겠다고 생각한다는 것을 알 수 있었다.

"하나만 묻자. 무인 판매는 구체적으로 어떤 시스템으로 하고 싶은 거야? 그 정도는 생각해봤지?"

"일단 도넛을 플라스틱 케이스에 넣어두는 거야. 그 옆에 현금 수납 상자를 두고, 도넛을 가져가면 거기 돈을 넣어. 시골에 곧잘 있는 무인 채소 판매 같은 이미지? 그런 느낌이야. 어때?"

팔짱을 낀 사쿠라코는 한동안 대꾸가 없었다.

"그래서 몇 개 정도 팔릴 거라 생각하는데?"

이윽고 사쿠라코가 한 질문은 예상조차 못한 것이었다.

"개수? 그게 무슨 관계가 있어?"

"이 사람아."

사쿠라코는 유이의 눈을 보면서 몸을 내밀었다. "도넛을 파는 측에서 보면 이건 장사야, 알겠어? 예를 들어 하루에 고작 몇 개 팔리는 회사를 위해 그런 일을 해줄 것 같아? 네가 하고 싶은 일을 실현하려면 도넛 가게는 매일 도넛을 운반하고 남은 도넛이랑 현금을 회수해야 돼. 거기에 드는 수고는 도넛 가게 입장에서 전부 비용이라고. 그걸 메우고도 남을 만큼 팔리지 않으면 비즈니스로 성립하지 않지."

"비용……?"

이 단어를 유이는 중얼거려보았다. 비용…….

"그래, 비용."

사쿠라코가 한 번 더 말했다. "넌 배가 고플 때 도넛을 먹을 수 있으면 모두 기뻐할 거다, 그 정도로 생각했겠지만 그런 단순한 이야기가 아니라는 말이야. 지금 눈앞에는 두 개의 장벽이 놓여 있어. 하나는 치사하고 보수적인 회사 상층부. 또 하나는 협력해줄 가게 찾기. 양쪽 다 간단히 넘을 수 있는 벽이 아니야. 하지만 직접 제안했으니 책임지고 해낼 수밖에 없지."

"사쿠라코, 부탁이야."

유이는 갑자기 얼굴 앞에 두 손을 모았다. "도와줘. 어쩐지 갑자기 네 지식이 필요할 것 같은 느낌이 들어. 제발."

대답 대신 하아 하는 나른한 한숨 소리가 새어나왔다.

"그러니까 남자한테 속는 거야. 좀 더 현실을 봐. 정말 못 살겠다. 그 대신 오늘 저녁은 네가 사."

빈틈없는 사쿠라코는 지금 유이에게 더할 나위 없는 옵서버였다.

"도넛 무인 판매를 실현하려면 우선 비즈니스로서 해결해야만 하는 문제가 있어. 그걸 하나씩 처리하자."

카페에서 나와 마루노우치의 빌딩에 있는 세련된 술집으로 갔다. 유기농을 내세우는 가게라 그런지 남성보다 일을 마치고 돌아가는 단순사무직 여성들의 모습이 더 눈에 띄었다.

"일단 하루에 서른 개 파는 걸 기준으로 하자. 한 개 150엔으로

잡으면 도넛 가게의 개당 원가는 얼마 정도일 것 같아, 유이?"

사쿠라코의 물음에 유이는 생각해보았다. "반 정도?"

"그 정도는 안 들걸. 재료비나 만들 때의 수고를 전부 넣어서 기껏해야 30퍼센트. 그러니까 남은 70퍼센트가 이윤이지. 한 개 팔면 105엔을 벌 수 있다는 거야. 서른 개 팔면 3150엔. 뭐, 하루에 이 정도 수익이 있으면 도넛을 배달해도 좋겠다고 생각할 가게가 있을지도 모르겠다. 손님이 없어서 곤란한 가게라면 수익이 좀 더 적어도 괜찮을 수 있어."

"하지만 몇 개 팔릴지는 해봐야 알잖아." 유이가 말했다.

"그럼 간단한 설문 조사를 해보면 어때?"

사쿠라코의 말에 유이는 당황했다. "설문 조사?"

"무인 판매가 있다면 어느 정도 이용할 생각인지 조사하는 거지. 가게와 교섭할 때는 그 설문 조사 결과를 가지고 가. 그러면 설득력이 높아지잖아. 그리고⋯⋯."

사쿠라코는 얼굴 앞에 집게손가락을 세웠다. "도넛을 파는 가게는 가능한 한 가까운 데서 찾을 것. 전철이나 자동차로 배송하면 그만큼 일이 많아져서 지속되지 않을지도 몰라. 지리적으로 멀면 임시변통도 안 되고. 가령 다 팔려서 추가 물량이 필요할 때 대응할 수 없잖아."

"그렇구나."

유이는 사쿠라코의 지적을 노트에 기록하면서 들었다. "그리고 어떤 종류의 도넛을 둘지도 문제 아닐까."

"종류는 늘려도 가격은 균일하게 하는 편이 좋아."

사쿠라코가 말했다. "도넛에 따라 가격이 다르면 돈을 상자에 넣을 때 실수가 생길지도 모르니까. 그러니까 150엔이라 정해지면 어떤 도넛도 150엔. 가격을 통일해서 알기 쉽게 해야 돼. 하지만 처음에는 단일 종류가 좋을지도 몰라. 필요하면 요일에 따라 종류를 바꿔도 좋고. 그럼 팔린 개수로 사람들 취향을 알 수 있어. 그리고 체인점은 분명히 이런 장사와는 맞지 않을걸."

사쿠라코의 지적에 유이는 고개를 들었다. "왜?"

"그런 회사는 자신들의 눈이 닿지 않는 무인 판매에 협력하지 않을 거야. 그럴 거면 매일 필요한 수량을 회사에서 매입해달라고 하지 않을까? 위생상 문제도 있고, 만일 식중독 같은 게 발생한다면 누가 책임을 지느냐 하는 문제도 있으니까."

유이는 사쿠라코의 실무 능력에 경의를 느끼면서 고개를 끄덕거렸다.

"그럼 나는 어떻게 하면 돼?"

사쿠라코의 대답은 명쾌했다.

"회사 근처에서 도넛 파는 가게를 찾아. 개인 커피숍이나 빵집 말이야. 최소한 지하철 한 정거장 거리에 있는 가게를 픽업해서 한 집씩 찾아간다든지."

"해볼게. 고마워, 사쿠라코."

감사 인사를 하는 유이에게 사쿠라코는 딱딱한 표정으로 "열심히 해"라고만 했다. 세상 물정을 모른다고 책망하고 싶은 기분이었을

지 모르지만, 그 말을 삼키는 것이 우정이다.

노트를 집어넣은 유이는 미지근해진 맥주로 목을 적셨다.

이제 물러설 수도 없고 물러설 생각도 없다. 이건 다른 누구를 위해서가 아닌 나 자신을 위한 싸움이다.

6

사정을 이야기하자 마흔 살 정도 되어 보이는 점주는 난처한 얼굴을 했다.

"무인 판매는 좀 그런데…… 해본 적도 없고요."

회사 근처에 있는 베이커리다. 유이가 이따금 이용하는 곳이었다. 빵도 맛있고 위치도 회사에서 걸어갈 수 있는 거리라 나무랄 데가 없다.

퇴근길, 가게 문을 닫기 직전에 들어갔더니 블라인드를 내린 가게 안 계산대에서 점원이 점장과 이야기를 나누고 있었다.

"게다가 다 못 팔아도 매입해주진 않을 거잖아요."

점장은 역시 그 부분이 신경 쓰이는 모양이었다.

"그건 좀…… 남지 않게 개수를 생각해서 둔다든지? 처음에는 다소의 시행착오가 필요하리라는 생각이 들기는 하는데요."

"시행착오라……."

점장의 표정은 망설인다기보다 어떻게 거절할까 생각하는 것처럼 보였다.

"작은 가게라서 재고를 남기고 싶지는 않아요. 손님과의 커뮤니케이션도 중요하다고 생각하거든요. 무인 판매를 하면 그런 부분도 소홀해지고요."

유이는 반론할 말이 떠오르지 않았다. 겨우 나온 말은 "그렇군요……"라는 체념의 한마디였다.

"도움을 못 드려 미안합니다."

점장은 이렇게 말하고 이제 이야기는 끝났다는 억지웃음을 지으며 유이를 보았다.

"안 되겠어."

며칠 뒤, 퇴근길에 사쿠라코와 식사하러 간 유이는 가게 구석에서 고개를 푹 숙였다.

"몇 집 돌아봤는데 아무도 긍정적인 답을 안 줘. 무인은 안 한다거나 위생상 문제가 있다거나 재고가 생기는 건 곤란하다 그러고. 다 맞는 말이기는 한데 이렇게 힘들 줄 몰랐어."

"당연하지."

이제 알았느냐는 얼굴로 사쿠라코가 짧은 숨을 내쉬었다. "세상이 그렇게 만만치 않아. 좋은 공부가 됐지?"

"네. 죄송합니다."

유이는 꾸벅 머리를 숙였다가 얼굴을 들고 아무것도 없는 가게의 한 공간을 초점 없는 눈으로 바라보았다.

제안은 했지만 눈앞에 가로놓인 벽의 견고함에 움쩍달싹 못하고 있었다.

이대로 흐지부지돼버릴 거라는 막연한 예감이 어느새 마음 한구석에 어른거리기 시작했음을 깨달았다. 그러니까 넌 안 되는 거야 하고 자기 자신에게 말해보았다.

오 년 동안 도쿄겐덴이라는 회사에서 유이는 주체성 없는 부품이었다. 시키는 대로 업무를 수행하고, 눈에 띄는 일 없이 그저 한결같이 일에 매진하는 말 없는 부품이었다. 회사뿐 아니라 그 사람과의 관계에서도 자신은 부품이었나 하는 생각까지 들었다.

그 사람의 기분을 만족시키고 안정시키기 위한 편리한 부품.

부품이 되어버린 것은 의사나 감정은 있어도 상황에 맞설 용기가 없었기 때문이 아닐까.

헛되게 지나버린 나날은 이제 되돌릴 수 없지만, 미래는 바꿀 수 있다.

그리고 바꾸기 위해서는 내가 먼저 바뀌어야 한다.

그러니까…… 그러니까 여기서 포기할 수는 없다.

"어떻게 할 거야? 이제 그만둘 거야?"

사쿠라코의 물음에 유이는 고개를 저었다. "설마. 포기 안 해."

대꾸는 없었다. 사쿠라코는 그저 의심스럽다는 눈빛으로 유이를 볼 뿐이었다.

"이가타 과장대리가 기획서 내라고 했지? 쓸 수 있겠어?"

"도넛 가게는 아직 못 정했지만 우선 내볼 생각이야."

유이가 말했다. "일단 콘셉트만이라도 이해받지 않으면 이야기가 안 되잖아."

"뭐, 그건 그렇지."

사쿠라코는 툭 한마디 하더니 화이트 와인을 입에 댔다. "그렇지만 유이 너, 너무 발돋움하는 거 아니야?"

"응, 있는 힘껏 그러고 있어."

유이가 대답했다. "하지만 그렇게 하지 않으면 나는 바뀔 수 없어. 이건 내게 주어진 시련이거든. 넘어서지 않으면 내일은 없어."

좀 과장된 표현이기는 했다. 아니나 다를까 "훌륭하십니다"라는 사쿠라코의 대답에는 탄식이 섞여 있었다. 하지만 유이의 결의를 알 아차렸는지 그 이상은 따지고 들지 않았다.

7

그로부터 얼마 지나지 않아 유이는 '사내 도넛 판매 제안'이라는 제목의 기획서를 작성했다.

기획서는 태어나서 처음 써보았다.

사쿠라코가 빌려준 《경영전략》이라는 경영학 책에 실린 양식을 토대로 사흘에 걸쳐 어찌어찌 흉내 내서 썼고, 어젯밤 내내 사쿠라코가 첨삭해주었다.

테이블 맞은편에서 이가타가 말없이 기획서를 훑어보고 있다. 페이지를 넘기는 건조한 소리가 들릴 때마다 부정적인 답을 듣는 게 아닐까 싶어 가슴이 철렁했다. 하지만 이가타는 한마디도 하지 않고 끝까지 다 읽었다.

"그렇군……."

이가타는 테이블에 서류를 툭 내려놓고는 벽에 눈길을 던지며 엄집손가락과 집게손가락을 이마에 댄 채 잠시 생각에 잠겼다.

"직원들이 이런 간식 판매를 원한다는 건 사실일지도 모르겠군."

기획서 작성에 앞서 유이는 사내 설문 조사를 실시했다.

설문이 네 개밖에 없는 간단한 형식이었다.

첫 번째 질문은 "야근하면서 공복을 느낄 때가 있습니까?"이고 여기에는 "① 매번 느낀다 ② 때때로 느낀다 ③ 거의 느끼지 않는다"라고 선택지를 달았다. 두 번째로는 "앞 항목에서 ①이나 ②를 선택한 경우"라는 조건으로 "공복을 느꼈을 때 어떻게 합니까?"라고 물었다. 선택지는 "① 밖에 먹으러 나간다 ② 참는다 ③ 그 외"이다. 세 번째 질문은 "만일 사내에 간단한 간식 판매가 있다면 이용하겠습니까?" 네 번째 질문은 의도적으로 "만일 사내 판매가 있다면 업무 능률이 올라갈 것이라고 생각합니까?"로 하고 "① 올라간다 ② 어느 쪽도 아니다 ③ 올라가지 않는다"라는 선택지를 달았다.

사쿠라코를 비롯한 여성 직원 몇 명의 힘을 빌려서 수합한 샘플 수는 대략 오십 개. 충분하다고 볼지 부족하다고 볼지는 판단이 갈리겠지만, 없는 것보다는 낫다는 사쿠라코의 의견에 따라 기획서에 첨부했다.

설문 조사는 무기명이지만 결과를 해석하면, 도쿄겐덴 직원 다수는 '매번 야근을 하면서 공복을 느끼고 현재는 먹으러 나가거나 참지만, 사내 간식 판매가 있다면 이용할 테고 업무 능률도 오를 것이다'라고 생각한다.

물론 유이의 조작은 전혀 들어 있지 않다. 공정한 설문 조사 결과이다. 이가타의 반응은 설문 조사가 사내 실태를 반영한다고 인정하는 것이었다.

"알았어. 이 기획서는 환경회의의 제안 사항으로 관계 부서에 돌리지. 어떤 반응이 나올지는 모르겠지만. 그동안 도넛 판매가 실질적으로 가능할지 업자를 찾아봐. 그러면 되겠나?"

"물론입니다. 감사합니다."

유이는 인사하고 이가타 앞에서 물러났다. 첫 번째 난관을 어찌어찌 넘겼다.

"이가타 과장대리를 해결한 건 뭐 잘됐어."

인사부에서 면담한 결과는 보고할 필요도 없이 사쿠라코 역시 알고 있었다. 오후 7시가 넘은 시각, 마루노우치의 카페에서 만나 간단한 저녁을 먹으며 앞으로 어떻게 할지 이야기하자고 제안한 사람은 사쿠라코였다.

"덕분에 어떻게 넘겼어."

꾸벅 고개를 숙이는 유이를 사쿠라코는 메마른 분위기로 바라보았다. "하지만 이가타 과장대리는 상냥하니까. 네가 고생해서 기획서를 쓴 건 보면 알 테고, 그 사람은 그런 노력을 자기 선에서 뭉개거나 하지는 않을 거야. 환경회의의 리더이기도 하고. 오히려 문제는 이제부터 아닐까?"

"가와카미 부장님?"

인사부장 가와카미와 직접 이야기를 나눈 적은 없다. 하지만 늘

벌레라도 씹은 듯 떨떠름한 표정을 하고 있어서 거북한 타입이다.

"부장님도 문제지. 단, 그 사람은 풍향계야. 다른 임원이 어떻게 생각하는지 민감하게 파악하고 이기는 쪽에 줄 서는 타입. 자기 의사보다 주위 반응이 중요한 사람이지. 가와카미 부장님이 도넛 판매에 어떤 입장을 취할지는 완전 블랙박스야. 하지만 그래도 부장님은 나아. 자기랑 아무 관계도 없다고 생각하면 곧장 승인 도장을 찍을 테니까. 이 기획의 진짜 적은 따로 있어."

표정이 굳어진 유이의 눈을 사쿠라코는 의미심장하게 들여다보았다. "……경리부야. 그곳을 돌파하지 못하면 이 기획은 절대로 실현되지 않아."

이가타와의 면담이 성공해서 조금 들떠 있던 유이에게 사쿠라코는 도쿄겐덴의 현실을 상기시켜주었다. 고풍스러운 남성 사회, 경직된 조직. 불평할 시간이 있으면 입 닫고 일이나 해라…… 그런 불문율이 늘 천장 근처에 매달려 있는 듯한 회사다.

"어떻게 하면 될 것 같아?"

사쿠라코는 확실하게 대답했다.

"한시라도 빨리 도넛 가게를 찾아서 기획을 굳혀. 경리부는 성가신 일을 극단적으로 싫어해. 게다가 걔들 머릿속에서는 삼라만상 전부가 돈으로 환산돼. 도넛을 파는 데 실제로 돈이 들지 않아도 누군가 관리할 필요가 있으면 인건비가 든다고 불평하겠지. 넌 그걸 논파할 필요가 있어."

"논파? 어떻게?"

사쿠라코는 인형처럼 속을 알 수 없는 눈빛으로 유이를 보았다. 조금 무서운 눈이다. 분명 사쿠라코는 앞으로 십 년만 지나면 도쿄 겐덴의 엄격한 고참이 될 것이다.

"그걸 생각하는 게 네 일이잖아. 자기가 세운 기획을 끝까지 밀어붙이려면 강해져야 해. 지금 너는 시험받는 거야. 아무도 도와주지 않는 상황에서도 도넛을 모두에게 먹이겠다는 마음이 얼마나 강한지 시험받는 거라고."

맞는 말이다.

그리고 앞으로의 인생을 점치는 시금석이기도 하다.

사쿠라코의 말은 어떤 의미에서는 유이가 느끼기 시작한 심리적 압박을 덜어주는 키워드도 포함하고 있었다.

'모두에게 먹인다……'

그렇다. 이건 나만을 위한 싸움이 아니다. 모두를 위한 싸움이다. 유이의 기획은 도쿄겐덴 직원들을 기쁘게 해줄 수 있다. 그러니 노력하는 의미가 있다. 가치가 있다. 용기가 났다.

무인 판매에 협력해줄 업자를 빨리 찾아서 기획을 굳히자. 이렇게 생각한 유이가 미쿠모 에이타와 만난 것은 며칠 뒤의 일이었다.

8

저녁에 도심에서는 드문 거센 뇌우가 내렸다. 일을 마치고 회사에서 나왔을 때 오테마치 부근 거리는 흠뻑 젖어 있었다. 유이는 무심코 발길을 멈추었다. 아직 하늘의 반 정도를 뒤덮은 비구름 사이로 몇 줄기나 되는 빛기둥이 새어나와서 숨 막힐 만큼 아름다운 조형을 이루고 있었기 때문이다.

잠깐 그 모습에 시선을 빼앗겼지만 이윽고 길가에 세워놓은 원박스형 승합차에 눈길이 닿았다.

차에 빵 그림이 그려져 있었다. 차체의 아래쪽 반을 연지색으로 칠한 낡은 폭스바겐에는 빗방울이 묻어 있고, 마침 운전석에서 내린 남자가 태양빛에 눈을 가늘게 뜨고 하늘을 올려다보는 중이었다.

비가 그쳤다고 생각한 모양이다. 남자는 그 자리에서 개조한 뒤쪽 트렁크를 열었다. 투명 플라스틱 케이스에 담은 빵 몇 종류가 모습을 드러냈다. 키가 큰 남자의 마디진 손가락이 천장에 있는 스위치를 누르자, 조명이 확 켜지면서 늘어선 빵을 밝게 비추었다.

빨려 들어가듯이 다가간 유이는 쇼케이스를 바라보며 도넛이 있는지 찾았다.

없었다.

"어서 오세요."

어디로 들어간 건지 쇼케이스 뒤쪽으로 돌아온 남자가 말을 걸었다. 인사로 대답한 유이는 멜론 빵과 초콜릿 빵, 샌드위치 등이 늘어선 케이스를 한 번 더 대충 확인하고 물었다.

"저기, 도넛은 없나요?"

"죄송합니다. 다 팔렸어요."

남자가 자못 미안한 듯 대답했다. 갸름한 얼굴 속에서 눈썹이 팔자를 그리고 있었다. "하지만 다른 빵도 맛있습니다. 어떠세요?"

가볍게 권하는 세일즈 토크가 성실한 분위기라서 호감이었다.

"직접 만드시는 거예요?"

그런 걸 묻는 손님은 별로 없는지 남자는 조금 뜻밖이라는 듯 동그란 눈을 하고서 그렇다고 대답했다.

"도넛도요?"

"물론이죠. 제일 인기가 많습니다. 제 입으로 말하기는 좀 그렇지만 맛있어요."

"늘 여기서 파시나요?"

유이가 물었다. 지하철 입구로 통하는 이 길을 매일 다니는데 빵

판매 차량을 본 기억은 없다.

"아뇨. 평소에는 두 블록 정도 아래에서 파는데, 오늘부터 공사 구간에 들어가서요. 직장이 근처세요?"

이번에는 남자가 물었다.

"저 모퉁이 빌딩에 있는 회사를 다녀요."

유이는 건너편에 도쿄겐덴이 있는 건물을 가리켰다. 그러고는 황급히 가방을 열고 "저는 이런 사람인데요" 하며 명함을 건넸다. 단순 사무직이지만 이따금 고객과 접할 기회가 있다는 이유로 명함이 제공되었다. 다른 손님이 있으면 장사에 방해가 되겠지만, 운 좋게도 유이 말고 손님은 없었다.

"실은 지금 사내에서 도넛 무인 판매를 하려고 기획중이거든요. 그런 데에는 흥미 없으신가요?"

"도넛 무인 판매……요."

남자는 처음 듣는 말을 따라하듯 중얼거렸다.

"이야기를 좀 들어봐야 알 것 같은데…… 아, 저도 명함 있어요. 이런 데서 죄송합니다."

이렇게 말하더니 조수석 글로브박스에서 명함을 꺼내 쇼케이스 너머로 내밀었다.

베이커리 미쿠모, 미쿠모 에이타.

직접 구운 빵을 차에 싣고 사무실 밀집 거리에서 일정한 루트를 돌며 판매한다고 에이타가 말했다.

"7시 정도면 끝날 것 같습니다."

에이타가 말한 시각이 될 때까지 유이는 근처 빌딩 카페에서 시간을 죽였다. 그러면서 기획서를 꺼내 어떻게 에이타를 설득할지 머리를 굴렸다. 지금까지 열 곳이 넘는 빵집이나 카페를 찾아다니며 이야기하는 사이에 유이는 이 기획의 약점을 알게 되었다.

무인 판매, 매입이 아니라는 점, 그리고 위생 등 환경.

처음에는 가능한 한 이런 문제가 크게 보이지 않게 이야기하려 했다. 그러지 않으면 진지하게 검토받기도 전에 문전박대를 당할 가능성이 있었기 때문이다.

하지만 몇 군데씩 찾아다니는 사이에 그런 사고방식 자체가 잘못된 게 아닐까 하는 생각이 들기 시작했다.

기획을 실현하려고 성가신 일을 뒤로 미룰 것이 아니라 처음부터 잘 설명해야 하는 것 아닐까? 뒤에 가서 문제를 깨닫게 하기보다 처음부터 문제로 인식시키고 이해를 얻어둔다. 그리고 필요한 대책을 상의한다. 그런 방식이 아니면 설사 기획이 실현되어도 금방 좌초해 버릴 것 같았다.

그래서는 취지에 맞지도 않을뿐더러 함께해준 업자에게도 미안하다. 적어도 비즈니스라면 처음부터 숨김없이 설명하는 것이 신뢰 관계의 첫걸음일 터이다. 그렇지 않으면 향후에 여러 가지 문제가 생겼을 때 극복해나가지 못하리라.

결국 이건 애초에 설득하는 차원의 이야기가 아니라는 사실을 깨닫게 되었다.

"이건 비즈니스야." 유이는 자기 자신에게 말했다.

비즈니스라면 윈윈 관계가 돼야 한다. 무인 판매라는 기획이 도넛을 제공하는 쪽에게도 '좋은 이야기'여야 한다.

거리가 보이는 테이블에 앉아 있었더니 약속 시각이 지났을 때쯤 이쪽으로 걸어오는 키 큰 남자가 보였다.

에이타였다.

앞치마는 벗었지만 오래 신어 낡은 듯한 운동화에 청바지, 무늬 있는 셔츠를 입은 모습이 오피스 거리에서는 조금 튀어 보였다.

에이타는 카페 테이블이 보이는 곳에 멈춰 서더니 유이를 찾으려는 듯 가게 안을 들여다보았다. 손을 들자 고개를 꾸벅 숙이고는 일단 시야에서 사라졌다가 빌딩 내부에 있는 입구로 들어왔다.

"기다리셨죠."

잰걸음으로 다가온 에이타에게 유이는 일어나서 고개를 숙였다.

"바쁘실 텐데 불러내서 죄송해요. 이제 일은 괜찮나요?"

"네. 뭐 여기서 더 해봤자 별로 안 팔리거든요."

안 팔리고 남은 빵이 조금 있나 하고 유이는 상상해보았다.

"그랬군요. 피곤하실 텐데 정말 죄송해요. 시간은 괜찮으세요?"

"지하 주차장에 세워놓고 왔거든요."

에이타는 손목시계를 흘끗 보았다. "삼십 분쯤은 문제없습니다."

실은 에이타가 하는 일에 조금 흥미가 생겨서 이것저것 물어보고 싶었지만 그럴 시간적 여유는 없어 보였다. 유이는 곧장 자신의 기획을 설명했다.

"이야기는 대충 알겠습니다."

얼추 설명을 들은 에이타는 이렇게 말하고 팔짱을 꼈다. "그래서 이 기획은 사내에서 정식으로 결정된 겁니까?"

"그게 아직……."

유이가 대답했다. "지금 첫 번째 단계를 통과한 참인데요, 정식 승인으로 가기 위해 도넛을 공급해줄 업자까지 정해두고 싶어요."

"지금까지 다른 가게에 이야기를 해보셨나요?"

에이타의 물음에 솔직하게 자백할 수밖에 없었다. "네, 꽤 거절당했어요. 무인 판매라는 점이나 매입이 아니라는 점 등 여러 가지 문제가 있다고 지적받았고요."

"뭐, 그렇겠죠."

에이타가 고개를 끄덕였다. "그건 우리도 마찬가지예요. 다만, 어디 보자……."

점원이 가져다준 아이스커피를 마시면서 에이타는 기획서를 한번 더 읽었다. "하루에 서른 개 정도 팔린다면 해도 되지 않을까 싶은데요."

"정말요?"

예상하지 못한 반응에 유이는 무심코 얼굴을 들었다.

"보시다시피 제 사업은 규모가 작거든요. 제가 직접 파는 것만으로는 뻔하고, 이런 사업에 가능성이 있으면 도전해봐도 될 것 같아요. 게다가 이동 판매니까 직접 가서 새 도넛을 넣고 판매금을 회수하는 일도 그렇게 품이 들지는 않죠. 원래 이 근처에 와서 영업하니까 루트도 맞고요. 나쁘지 않다고 봐요."

"그럼 꼭 부탁드립니다."

유이는 기뻐서 눈물이 날 것 같은 기분으로 말했다.

"가능한 한 미쿠모 씨의 요구에 맞출게요."

"시간 있으시면 지금 계획을 짜볼까요?"

"물론이에요."

유이는 대답하고 나서 조금 걱정이 되어 물었다. "근데 미쿠모 씨는 시간 괜찮으세요?"

삼십 분은 진즉에 지나고 이미 한 시간을 넘어서고 있었다.

"신경 쓰지 마세요. 새로운 일에 투자하는 거니까 그런 건 아무것도 아닙니다."

미쿠모 에이타는 판매 시뮬레이션을 하면서 유이가 만든 기획서의 실현 가능성을 탐색하기 시작했다.

9

"우아, 회사를 그만두고 이동 베이커리를 한다고?"

다음 날 점심을 함께 먹자고 한 사쿠라코에게 유이는 에이타 이야기를 해주었다.

에이타는 원래 IT기업에 근무하는 회사원이었다. 하지만 살벌한 사내 분위기와 오로지 가상적인 것에만 신경을 소모하는 생활에 지쳐 회사를 그만두었다. 그 뒤 단단히 결심하고 전혀 다른 직종인 제빵사가 됐다.

"빵집을 하려고 했는데 가게 빌리고 설비 넣을 돈이 없었대. 그래서 중고 승합차를 사서 지금 일을 시작한 거래."

유이는 어제 기획을 짜는 사이사이에 들은 이야기를 그대로 사쿠라코에게 들려주었다. "승합차를 이용하면 임대료도 들지 않고 혼자서도 할 수 있잖아. 진짜 세계에서 눈에 보이는 형태의 사업을 하고 싶었다니 그런 의미에서는 잘됐지. 마침 시작한 지 일 년이 지나서 슬슬 어떤 형태로 사업을 확대할 수 없을까 생각하고 있었대."

유이는 어느새 에이타의 대변인 같은 말투로 이야기하고 있었다.

"그렇구나."

수긍한 듯 사쿠라코가 물었다. "뭐, 그런 사람을 찾다니 운이 좋았네. 그래서 어떤 형태로 할 거야? 기획을 짰다며."

"그게 말인데……."

에이타와 상담한 내용을 이야기했다. "한 개 150엔으로 계획했지만, 200엔으로 하면 어떻겠냐고. 미쿠모 씨가 파는 도넛은 150엔에서 250엔까지 가격 폭이 있는 모양인데, 무인 판매는 금액이 어중간하지 않은 편이 좋으니까 가격을 통일하자는 이야기가 나왔어. 대신 초콜릿이나 시나몬도 넣어서 종류를 좀 다양하게 해주겠대."

에이타는 IT기업에서 기획 일에 관여한 적도 있어서 이야기를 시작하자 아이디어가 계속 확대되었다. 디스플레이를 어떻게 할지, 수금 상자를 어떻게 설치할지. 고객 피드백을 얻기 위해 설문 조사를 하고 싶다는 의견도 내주었다.

에이타와 이야기하는 것은 즐거웠다. 비즈니스가 이렇게 즐거웠나 하고 스스로 놀랄 정도였다. 두 시간 가까이 이야기에 열중하고 나서 집에 돌아간 뒤에도 흥분이 가라앉지 않고 머릿속이 도넛 판매에 점령당한 바람에 다른 일은 아무것도 손에 잡히지 않았다.

유이는 기획을 실현하는 데 이야기가 맞는 상대를 마침내 찾아냈다. 에이타는 사쿠라코 같은 옵서버가 아니라 비즈니스 파트너라고 부르기에 적합한 상대였다.

"이건 포켓 비즈니스네요."

지난밤에 서로 조금 편해졌을 때 에이타가 말했다. "내 사업은 규모가 작아요. 그런데 이건 더 작죠. 하지만 사업이란 건 원래 이런 작은 데서부터 크게 만들어가는 거라고 생각해요."

그 말이 딱 맞다고 유이는 생각했다.

"어떻게 생각해?"

전부 다 이야기한 유이는 비즈니스에 엄격한 친구에게 조심조심 물어보았다.

"너치고는 잘했어."

사쿠라코의 대답은 김이 샐 정도로 싱거웠다. "이제 정식 기획서를 쓸 수 있겠지? 다음은 네가 사내의 난관을 넘어설 차례야."

며칠 뒤 유이는 에이타의 도넛을 먹었다.

오후 5시가 지나서 가보니 변함없이 폭스바겐의 트렁크를 열고 거리 판매를 하는 에이타가 보였다.

"일전에는 고마웠습니다."

앞에 있던 손님 몇 명에게 물건을 판 에이타는 유이의 얼굴을 보더니 해맑게 웃으며 말을 걸었다.

"저야말로 감사했어요."

고개를 꾸벅 숙인 유이는 쇼케이스에 늘어선 빵과 샌드위치 사이에 도넛이 있는 것을 발견하고 부심코 들여다보았다.

플레인, 초콜릿, 시나몬, 과일 네 종류다. 하나씩 산 다음 플레인은 그 자리에서 먹어보았다. 새로 온 손님이 그 자리에 서서 먹는 유이를 흘끗 보더니 신기하다는 얼굴을 했지만 이것도 일이다.

"어떠세요?"

그 손님이 구입한 빵을 건네준 뒤 에이타가 조심스럽게 물었다.

"엄청 맛있어요."

좀 더 재치 있는 대사는 없었을까 싶어 스스로도 어이가 없었지만 그 외의 말은 떠오르지 않았다. 그저 맛있을 따름이었다. 씹으면 아삭하면서도 촉촉하고, 입안에 맛이 확 퍼져 나간다. 에이타는 도넛을 정말로 좋아하는 것이 분명하다. 그러니 이렇게 맛있는 도넛을 만들 수 있으리라. 이걸 매일 먹을 수 있다면 얼마나 행복할까.

그다음 날, 유이는 상세 기획서를 정리해서 인사부의 이가타에게 제출했다.

사쿠라코의 정보에 따르면, 이전에 개요만 써서 제출한 기획서 대신 새 기획서가 그날 인사부장 가와카미에게 올라갔다고 한다.

"부장님이 결재했어."

사쿠라코에게 다시 연락이 온 것은 바로 다음 날이었다. "기획서가 임원회의에 가기 전에 경리부에서 체크할 거야. 이제 얼마 안 남았어."

"알았어."

유이는 수화기를 내려놓았다. 문제의 경리부에서는 그날 오후 곧장 연락이 왔다.

확실히 불길한 예감은 들었다. 어쩐지 잘 안 될 것 같고, 무슨 일이 생길 것 같은……

오후 4시 넘어서 경리부를 찾은 유이는 그 예감이 적중했음을 알

왔다. 작은 미팅 부스에서 기다리기를 몇 분. 경리부 과장과 과장대리 두 사람이 들어왔다.

가모다 히사시 과장은 사내에서 제일가는 잔소리꾼으로 유명하다. 말하자면 상대하기 어려운 사람이다. 영업부의 기획을 셀 수도 없이 뭉개버린 건 물론, 제출한 접대비 내역을 인정받지 못해 애먹은 동료도 일일이 열거할 수 없을 만큼 많았다. 영업부의 난적이 유이 앞을 가로막은 장벽이 되어 무뚝뚝한 얼굴로 앉아 있었다.

가모다 옆에 점잔뺀 얼굴로 앉아 있는 과장대리는 닛타 유스케. 유이의 불륜 상대였던 남자다.

"자네 기획서 말인데, 이런 일을 벌일 의미가 있나?"

입을 열자마자 가모다의 '공격'이 시작되었다. 이쪽이 하는 이야기는 듣지도 않고 부정적인 말부터 쏟아놓는 것이 가모다의 스타일이다.

"배가 고픈 상태에서 야근을 하면 효율도 떨어지고 결과적으로 밤늦은 시간에 식사하게 되니까 몸에도 좋지 않습니다. 설문 조사를 해봤는데, 많은 직원들이 이 기획에 찬성하고 있고요."

설문 조사 결과는 기획서에 첨부해두었다.

"아아, 이거."

가모다는 클립을 풀고 흘끗 눈길을 주었을 뿐 바로 서류를 테이블에 던져놓았다. "직원 희망사항을 전부 듣고 있다가는 끝이 없지. 문제는 정말로 그게 회사에 이익이 되느냐 아니냐야. 자네 기획서에는 배가 고프면 업무 효율이 떨어진다고 되어 있지만, 정말로 그런가? 설사 떨어진다고 해도 그게 어느 정도지? 굳이 사내에서 팔 게 아니라 필요하면 직접 사오면 되잖아?"

"그렇지 않다고 생각합니다."

다그치는 가모다에게 간신히 저항을 시도했다. 긴장 때문에 목소리가 목에 걸릴 것 같았지만, 나온 말은 스스로 놀랄 정도로 늠름하게 들렸다.

"그렇지 않다니 뭐가."

이렇게 말한 사람은 가모다가 아니라 옆에 있는 닛타다. 과장 앞이라 그렇겠지만 차가운 시선에서는 유이에게 보여주던 애정의 편린조차 느껴지지 않았다.

"이 도넛은 정말로 맛있습니다. 밖에서 사오면 끝나는 이야기가 아니라 사내에서 입이 떡 벌어질 정도로 맛있는 도넛을 팔고 있다, 그것도 200엔만 내면 언제든지 자유롭게 살 수 있는 상태로 거기에 놓여 있다는 사실이 중요한 겁니다."

"무슨 말인지 모르겠군."

가모다가 말했다. "개인이 조금만 궁리하면 해결할 수 있는 문제잖아. 쓸데없는 일 아닌가?"

"쓸데없는 일이 아닙니다. 직장을 풍요롭게 하기 위해 필요한 일이라 생각합니다. 사내에서 언제든지 맛있는 도넛을 먹을 수 있는 회사는 근사하잖아요."

유이가 말하자 가모다는 고개를 숙이고 뒤통수 언저리를 오른손으로 벅벅 긁기 시작했다.

"이봐, 그런 문제가 아니야, 자네."

자네…… 데면데면하고 내려다보는 투로 닛타가 말했다. 확실히 경리부 엘리트가 보기에 유이 따위는 하잘것없는 존재일 것이다. 그렇게 하잘것없는 존재가 유례없는 기획을 내놓았다. 경리부 입장에서는 그저 귀찮을 뿐인 아이디어를.

"그럼 어떤 문제인데요?"

닛타의 대응에 분노가 치밀어 올라서 유이는 무심코 딱딱한 목소리로 말했다.

"그러니까……."

심사가 불편한 듯 입을 다물고 있는 상사를 대신해 닛타가 설명하기 시작했다. "이 기획에는 경영 면의 필연성이 없다, 그 말이야."

"경영 면의 필연성이 뭔데요?"

유이는 무심코 묻고 말았다. 그런 말만 하고 있으니까 우리 회사는 늘 딱딱한 분위기인 거라고 말하고 싶었다.

"그야 물론 주주 이익을 최대화하기 위해……."

"그러기 위해 직원이 희생하라는 뜻입니까?"

한 달 남짓 뒤에 퇴직하는 상황이 아니라면 이런 식으로는 말하지 못했을 것이다. 혹은 상대가 닛타가 아니었다면.

"희생하는 건 아니잖아."

어이가 없다는 투로 닛타가 말했다. "다들 그렇게 해왔어. 그게 불만이라면 왜 지금까지 그런 의견이 나오지 않았겠나?"

"다들 깨닫지 못한 거죠."

유이가 말했다. "근무 환경을 더 좋게 만들 수 있는 지혜가 있다는 사실을요. 이건 사소한 일일지 몰라도 모두 마음이 풍요로워지고 이 회사를 조금이라도 좋아하게 될지 몰라요. 경영 면의 필연성이라고 하시는데 솔직히 어려워서 잘 모르겠지만, 숫자나 돈으로 나타나지 않는 것 중에도 중요한 게 있지 않습니까?"

"감정론으로 기획을 내면 곤란해, 자네."

뜨거워진 유이에게 가모다가 얼음 덩어리 같은 한마디를 던졌다.

"감정론이 아닙니다. 설문 조사도 했고요."

가모다는 말없이 서류를 흘끗 보고는 코웃음 쳤다. "이런 걸…… 회사는 학생들 동아리가 아니야. 게다가 우리는 소닉 계열의 버젓한 중견 제조업체라고. 어울리는 상대도 골라가면서 해나가야 돼. 그런데 뭐야, 이 빵집은. 창업 일 년? 어디서 구르던 개뼈다귀인지도 모르는 상대를 이 회사에 들이라는 건가?"

"그런 자료만 보고 판단하는 건 잘못된 것 아닙니까?"

유이는 필사적으로 반론했다. "상대가 보통 회사라면 그래도 상관없을지 모르죠. 하지만 미쿠모 씨는 혼자 빵을 굽는 장인이에요. 회사를 그만둔 지 아직 일 년밖에 안 됐지만 무척 맛있는 도넛을 만든다고요. 열심히 하고 성실해서 신용할 만한 사람입니다."

"꽤나 열 올리고 있는 모양인데, 회사 그만두고 막 빵집을 차린 거라며. 비즈니스적으로 말하면 그런 게 가장 위험해. 어느 날 갑자기 다 싸들고 싹 종적을 감출 수도 있잖아."

닛타의 발언은 그때까지 참고 있던 유이의 분노에 불을 붙였다.

"당신한테 그런 말을 할 자격이 있나요?"

유이는 자기도 모르게 닛타를 향해 내뱉었다. "당신은 그렇게 성실한 사람이에요?"

가모다가 이상하다는 얼굴로 닛타를 보았다. 닛타는 움찔해서는 턱을 잡아당기고 유이를 본 채 아무 말도 하지 못했다.

11

"확실히 말해주지 그랬어."

사쿠라코가 코에 주름을 잡으며 심술궂게 말했다. "왜 말 안했어? 어차피 그만두는데 길동무로 삼아버리지."

"어쩐지 당황하는 모습을 보고 있자니 불쌍해서."

"안 되겠네, 이거."

멍하게 창밖을 바라보며 말한 유이를 향해 사쿠라코는 깊은 한숨을 내쉬었다.

회사 근처에 있는 편안한 이탈리안 레스토랑이었다. 창밖으로 오피스 밀집 거리를 오가는 사람들이 보인다.

"혹시 아직도 그 인간한테 미련 있는 거야? 결국 넌 그 자식의 정신안정제에 지나지 않았어. 네가 참고 편리한 여자를 계속 연기했으면 뻔뻔하게 끝까지 관계를 유지했을 거 아냐."

닛타는 삼 년 동안 언젠가 아내와 헤어지고 유이와 결혼할 거라고 말했다. 하지만 '언젠가'는 갖가지 이유로 연기되었다. 아이가 어려서 손이 간다느니, 사립유치원에 넣으려면 부모가 둘 다 있어야 한다느니, 지금은 일 때문에 힘든 시기라느니…… 유이는 그 말을 믿었다. 닛타를 신뢰했다.

"변명을 못 하게 되니까 널 버린 거야. 그런 놈이라고. 그 인간은."

"그럴지도 모르겠다."

유이가 공허하게 대답했다.

엘리트처럼 굴던 닛타와 유이의 발언에 당황하는 닛타. 두 모습을 번갈아 떠올리며 떨쳐버리려 했지만 그러지 못하는 자기 자신이 있었다.

"어쩐지 아직 상처가 깊어 보이네."

어느새 진지한 얼굴로 와인잔을 보고 있었음을 깨달았을 때, 사쿠라코가 고개를 절레절레 흔들며 말했다.

"그래서 기획 쪽은 어때?"

"모르겠어."

유이가 정직하게 대답했다. "하지만 그때 느낌으로는 좀 가망이 없어 보여."

"어이없이 침몰하는 건가."

사쿠라코가 말했다. "유이치고는 애 많이 썼어. 하지만 경리부의 이인조를 적으로 돌렸으니 짐이 너무 힘에 부치지. 그래도 솔직히 난 이번 건으로 널 다시 봤어. 참 잘했습니다."

"뭐라는 거야, 사쿠라코."

유이가 말했다. "마음대로 끝내지 말아줄래? 난 포기하지 않을 거니까."

```
┌─────────┐
│         │
│   12    │
│ ─────── │
│         │
└─────────┘
```

"오, 도넛이잖아. 누가 가져다준 거지?"

부사장 무라니시 교스케는 이례적으로 비서가 음식을 가지고 오자 서류에서 고개를 들더니 조금 놀란 얼굴로 말했다.

오후 3시 넘어서까지 방에 있을 때는 대개 비서가 센스를 발휘해서 커피를 끓여주지만, 간식을 곁들여 내는 경우는 드물다.

"영업4과 하마모토 씨가 캠페인을 하고 있어요."

"캠페인?"

서둘러 도넛에 손을 뻗으면서 빈손으로는 비서가 내민 전단을 받아서 읽어보았다.

맛있는 도넛 무인 판매 코너 설치를 제안합니다!

"오호."

무라니시에게 비서가 설명했다. "환경회의에서 제안해서 지금 기획서를 올리는 중이랍니다."

"기획서? 본 적 없는데. 어디 있나?"

비서가 고개를 갸웃했다. "한번 알아보겠습니다."

"그리고……."

걸음을 뗀 비서에게 무라니시가 말했다. "이 도넛, 가족들한테 사 가고 싶은데 어디서 팔지? 그것도 좀 물어봐주겠나?"

13

그로부터 얼마 지나지 않아 유이의 기획서가 임원회의에서 결재되었다.

환경회의에서 제안한 지 삼 주 후, 무인 판매 도넛은 에이타가 아는 업자에게 특별 주문한 플라스틱 케이스에 든 채 3층 공용 복도에 놓였다.

가격은 한 개 200엔에 종류는 플레인, 초콜릿, 시나몬 세 가지. 매일 오후 3시 전에 근처에서 점심 판매를 마친 에이타가 와서 새 도넛으로 바꿔넣은 뒤 대금을 회수해 간다.

첫날 조금 여유 있게 오십 개를 준비한 도넛은 신기하게 여겨서인지 눈 깜짝할 사이에 완판되었다. 사내 평판도 아주 좋았기 때문에 다음 날은 칠십 개를 가져다놓았지만 그 또한 거의 완판되었다.

상상 이상의 출발이었다.

하지만 조만간 판매량이 떨어지리라는 예측아래 적정 개수를 찾는 나날이 이어졌다. 당분간 약 육십 개를 판매하기로 한 것은 퇴직일을 이 주 앞둔 9월 중순이었다. 친구들과 송별회가 잇따라서 조금 피로가 쌓이기 시작했을 무렵이다.

그날도 동기들과 송별회를 마치고 오후 9시가 넘어서야 마루노우치에 있는 술집을 나섰다.

일행이 다 나올 때까지 가게 앞에서 기다리고 있다가 핸드백 속에서 휴대전화가 울리고 있다는 사실을 깨달았다.

휴대전화를 본 유이는 받을지 말지 머뭇거렸다. 전화를 건 사람이 닛타였기 때문이다.

조금 망설인 끝에 통화 버튼을 눌렀다.

"잠깐 볼 수 없을까? 오늘 송별회지? 끝나고 나서라도 상관없으니까. 이제까지 있었던 일을 사과하고 싶어. 다시 시작할 수 없을까, 우리?"

닛타의 목소리는 취기 오른 친구의 시끄러운 이야기 소리에 지워질락 말락 하면서 들려왔지만 진지하기 짝이 없었다.

"유이, 노래방 가자, 노래방."

통화하고 있다는 데 개의치 않고 사쿠라코가 말을 걸었다. 유이는 고개를 끄덕이면서 "아직 안 끝나서요"라고 말하고 일방적으로 전화를 끊었다.

"무슨 일인데?"

유이는 감정이 얼굴에 드러나는 타입이다. 사정을 이야기하자 사쿠라코는 눈을 치켜뜨며 안 된다고 엄격한 말투로 말했다. "가면 안돼. 어차피 부인이랑 싸움이라도 한 거겠지. 네가 회사를 그만두면 더 편하게 만날 수 있다고 생각했을지도 모르고. 절대 받아주지 마."

"그렇겠지……."

오 분쯤 뒤, 유이의 휴대전화가 진동하며 메시지 수신을 알렸다.

가쿠게이 대학 역 앞의 늘 가는 바에서 기다릴게. 올 때까지 기다릴 거야.

유이가 그 가게에 얼굴을 내민 것은 이미 전화를 받고 두 시간이 지난 뒤였다. 돌아갔을 줄 알았는데 닛타는 아직 유이를 기다리고 있었다.

잠자코 옆에 앉아 콜라를 주문했다.

"미안, 유이."

아무래도 미즈와리 위스키 한 잔으로 버티고 있었던 듯한 닛타는 유이가 옆에 앉자마자 사과했다. "역시 난 너 없이는 안 되겠어. 네가 필요해. 다시 시작할 수 없을까? 너와 함께할 수 있게 내가 노력할 테니까."

닛타는 누가 듣지나 않을까 싶을 정도로 뚜렷한 어조로 말하고는 유이의 눈을 바라보았다.

"한 번만 더 기회를 줘. 부탁이야. 회사를 그만둬도 나와 계속 사귀어줘. 너밖에 없어."

헤어지자고 그렇게 차갑게 말했으면서 이제 와서 뭐…… 그런 마음이 유이의 가슴속에서 소용돌이쳤다. 그런데도…….

닛타는 눈물까지 글썽거릴 기세로 유이에게 다시 시작하자고 애원하고 있었다.

이건 뭐람.

어떻게 반응해야 좋을지 몰라 입을 다문 유이에게 닛타가 말했다. "지금 당장 결론 내지 않아도 돼. 너도 회사를 그만두고 여러 가지로 힘들어질 거라고 생각해. 나는 그런 널 받쳐주고 싶다. 힘이 돼주고 싶어. 함께 살아가고 싶어. 그러니까…… 우리 관계를 다시 한 번 생각해줄래?"

"하고 싶은 말은 그것뿐이야?"

유이는 휘청거릴 것 같은 기분을 간신히 억눌렀다. 경리부에서 있었던 냉담하기 짝이 없던 면담을 떠올리니 어느 쪽이 진짜 모습인지 알 수 없어졌다.

"마지막으로 한마디만 더 할게. 난 앞으로 성실하게 살아갈 생각이야. 이제 얼버무리거나 할 생각은 없어. 그러니까 날 믿어줘."

"갑자기 그런 말을 해도……."

마음이 격렬하게 동요한 유이는 "조금 생각해볼게"라고 말하고는 콜라를 반만 마시고 혼자 그 가게에서 나왔다.

14

사쿠라코에게는 닛타와 만났다는 말을 할 수 없었다.

말하면 우유부단하다고 혼이 날 뿐이다. 그렇게 지독한 꼴을 당해 놓고도 다정한 말 한마디에 망설임을 떨치지 못하는 자신이 스스로 어이가 없기도 했다.

하지만 성실하게 살아갈 생각이라는 닛타의 말은 유이의 마음에 단단히 들러붙어 떨어지지 않았다. 닛타는 지금까지 본 적이 없을 정도로 진지한 눈빛이었다.

"일단 매일 1만 엔 정도 매출을 확보할 수 있는 건 좋은데, 이십 일 동안 해오면서 문제도 좀 생긴 것 같아."

에이타와 협의하는 자리였다. 조금 뜻밖의 발언에 유이는 이리저 리 고민하고 있던 생각에서 벗어나 다시 집중했다.

"잠깐 이거 좀 봐줄래?"

에이타는 일별 입고 및 판매 개수와 매출 일람표를 펼쳤다. 도넛 세 종류가 몇 개씩 팔렸는지가 날짜별로 기록되어 있다. 자료에는 다양한 분석을 한 흔적이 있었다. IT기업의 경영기획 분야에서 일한 에이타에게 이런 분석은 빵 만들기와 마찬가지로 자신 있는 일이겠지 하는 생각이 들었다.

"이걸 보면 통상적인 날보다 바쁜 시기일 때 많이 팔리는 걸 알 수 있어. 이런 날은 분명 야근이 많을 테니까."

에이타가 이렇게 말했다. "그리고 회사의 바쁜 시기는 매달 하순에 집중돼 있으니까 앞으로는 그날에 조금 더 많이 둘 생각이야. 그리고 비 오는 날은 조금 매상이 올라가. 분명 점심 대신 먹는 사람이 있어서겠지. 그것도 변동요인으로 고려할 필요가 있으려나. 그리고 플레인이랑 초콜릿, 시나몬 세 종류의 판매 경향을 알았으니까 초콜릿과 시나몬을 더 많이 놓을게. 앞으로는 세 종류를 고정적으로 팔면서 매일 다른 종류를 하나씩 추가해볼까 해. 가격을 일률적으로 하는 방침은 유지할 생각이고."

"괜찮을 것 같은데?"

유이가 말했다. 이제는 완전히 의기투합해서 에이타와는 친구 같았다. "그래서 문제가 뭐야?"

유이가 묻자 에이타는 미간을 찌푸리고 유이를 보았다.

"실은 판매 개수랑 금액이 안 맞아."

뭐? 하고 유이가 고개를 들었다. 생각지도 못한 이야기였다.

"먹고 돈을 안 내는 사람이 있다는 거야? 얼마나 안 맞는데?"

"대체로 며칠에 한두 개는 안 맞아. 봐, 이게 부족한 금액이야. 참고로 너무 많이 모자란 적은 지금까지 한 번도 없어."

에이타는 자료 한쪽에 늘어선 금액을 가리켰다. "이걸 무인 판매에 따르는 통상적인 리스크라고 생각해야 할지 고민중이야."

"그건 안 돼."

유이가 단호히 말했다. "안 맞는 액수가 설사 200엔이더라도 돈을 내지 않는 건 나쁜 일이잖아. 그런 걸 봐주다가는 무인 판매라는 방식 자체가 무너져버릴 거야. 피해가 생긴 부분은 내가 변상할게. 앞으로 종이를 붙여놓거나 해서 이런 일이 없도록 철저히 알릴게. 미안해."

머리를 숙인 유이에게 에이타가 말했다. "변상은 됐어. 마음만으로도 기뻐. 그리고 철저하게 알려서 될 문제도 아니라고 생각해. 도넛 값을 지불하지 않는 건 늘 같은 사람이 아닐까 싶거든."

예상 밖의 지적이었다. "가령 어떤 인물이 어제는 내고 오늘은 안 내는 일이 있을 것 같아? 없지. 돈을 내는 사람은 늘 내고, 안 내는 사람은 늘 내지 않아. 그런 거라고 생각하거든."

그 말이 맞을지도 모른다고 유이는 생각했다.

"다시 말해 돈을 내지 않는 사람은 늘 똑같다는 생각이 들어. 종이를 붙여놓더라도 달라지지 않을 거야. 그런 사람은 아무도 안 보면 계속 내지 않아. 낼 생각이 없으니까."

"그럼 어떻게 하면 될까?"

유이가 물었다. "이대로 그 사람이 공짜로 먹게 할 거야?"

"내가 범인을 찾을 수는 없어. 늘 감시하고 있을 수는 없잖아."

에이타가 말했다. "하지만 신경이 쓰여서 일주일 정도 오후뿐만 아니라 오전 중에도 상태를 봤거든. 오후에 회수한 금액과 팔린 개수는 일치했어. 다시 말해 점심 대신 도넛을 먹은 사람 중에는 속임수 쓰는 사람이 없었다는 뜻이지. 문제는 야근 중간에 먹는 누군가야. 나도 무대책으로만 보낸 게 아니라 이런저런 책을 읽고 시험도 해봤어. 예를 들면 플라스틱 케이스 위에 커다란 눈을 그린 와펜^{앞섶}이나 모자 등에 다는 패치 장식물을 붙여둔 것도 그중 하나야."

유이는 무심코 고개를 끄덕이고 있었다. 어느 날 가보니 그게 붙어 있어서 어떤 의미일까 궁금했다.

"무인 판매대에서는 이런저런 경고문보다 사람 눈 그림을 붙이는 편이 효과가 있었단 이야기를 들은 적이 있거든. 인간 심리에 호소한다더라고. 그래서 해봤는데 아무런 효과도 없었어. 이 범인에게는 그런 건 통용되지 않나 봐."

유이는 도넛 무인 판매가 실현됐다는 사실에만 만족했는데, 그 뒤에서 에이타는 문제를 맞닥뜨리고 해결하기 위해 지혜를 짜내고 있었다.

"미안."

유이가 사과했다. "그런 일이 일어나는 줄 전혀 몰랐어. 나는 태평하게 매일 도넛을 먹으면서 성취감에 젖어 있었지 뭐야."

"그러면 돼."

에이타가 말했다. "이건 업자인 내가 생각해야 할 문제야."

"그래서는 내 마음이 편치 않아."

유이가 말했다. "이제 나한테 남은 시간이 조금밖에 없지만 사내에 전체 메일이라도 돌려서 돈을 제대로 지불해달라고 해볼게."

"뭐, 그래주면 고맙지만."

이렇게 말한 에이타는 앞에 놓인 자료에 다시 눈길을 주더니 "수요일"이라고 말했다.

"그게 뭐?"

"수요일에는 반드시 금액이 모자라. 이런 통계를 돌려보면 엄청 재미있는데, 돈을 내지 않는 사람의 행동 패턴 같은 걸 읽을 수 있어. 다른 요일에도 그럴 때가 있기는 하지만, 수요일은 항상 부족해."

"이제 내일이면 퇴사인데 열심히 일하네."

"마지막 봉사."

유이가 대답하자 사쿠라코가 큰 한숨을 내쉬었다. "뭐, 네 속이 풀리면 좋지만."

수요일 오후 6시가 넘은 시각에 두 사람은 복도 구석에 있는 창고 안에 숨어 있었다. 장부나 전표를 쌓아놓은 선반이 늘어선 방의 문틈으로 도넛을 넣은 플라스틱 케이스가 보였다.

도쿄겐덴에서 마지막을 장식하는 것이 탐정 흉내를 내며 무전취식범을 찾는 일이라니. 우스꽝스러운 느낌이 든다. 에이타에게 이야기를 들은 다음 날, 대금을 잘 냅시다 하고 너무나도 당연한 메일을 사내 전체 발송했다. 경고문도 붙였다.

그런데 유이의 노력을 비웃기라도 하듯 그날 밤 도넛 판매에서 또 미지불이 발생했다.

에이타의 보고로 그 사실을 안 유이에게 남은 길은 직접 범인을 찾는 것밖에 없었다. 이런 형태로 범인을 특정하는 것이 최선이라고는 생각하지 않는다. 특정했다고 해서 그걸 사내에 알릴 생각도 없다. 다만 행동을 고치고 지금까지 내지 않은 돈을 지불해달라고 부탁할 작정이다.

하지만 어른스럽게 대응하더라도 대금을 내지 않은 범인을 철저하게 경멸하리라는 사실을 유이는 알고 있었다.

"대체 언제까지 있을 거야?"

두 시간 남짓 지났을 무렵, 창고 안에서 책을 읽던 사쿠라코가 물었다.

그때까지 도넛을 사러 온 사람은 열 명. 발소리가 들릴 때마다 살짝 문을 열고 플라스틱 케이스에서 도넛을 꺼낸 뒤 상자에 돈을 넣는 장면을 마른 침을 삼키며 지켜봤다. 지금까지 부정을 저지른 사람은 없었다.

지금도 직원 한 사람이 와서 상자에 동전을 떨어뜨린 참이었다. 발소리가 사라지자 사쿠라코는 읽던 책에 다시 집중하기 시작했다.

창가 선반에 걸터앉은 유이는 아무 할 일이 없어져서 문득 닛타에 대해 생각해보았다.

……다시 시작할 수 없을까?

바에서 들은 한마디는 도넛 판매를 실현하고 새로운 인생으로 한

발 내디디려던 유이의 머릿속에서 몇 번이고 반복 재생되고 있었다.

왜 이제 와서 그런 말을 하는 거냐는 마음, 정말 다시 시작할 수 있을까 하는 의문, 그리고 기대가 뒤섞여서 어떻게 판단하면 좋을지, 어떻게 해야 할지 알 수 없었다.

닛타와의 관계야말로 제2의 인생을 시작하기로 한 계기였는데, 그게 달라지니 헛발을 짚은 것 같은 기분이 들기도 했다.

혼자 사는 아파트에서 퇴직한 뒤에 할 일을 이것저것 생각하면 점점 마음이 불안해지면서 이럴 때 누구라도 좋으니 상담할 상대가 있으면 좋겠다 싶기도 했다. 그래도 닛타에게 연락하지 않은 이유는, 확실히 의식한 적은 없지만 유이에게도 여자의 자존심이라는 것이 있기 때문인지 모른다. 끝까지 밀고 나가는 데서부터 시작하는 일도 있을 터이다.

"유이, 이제 어떻게 할 거야?"

그때 사쿠라코가 불쑥 말을 거는 바람에 유이는 사고의 미로에서 현실로 돌아왔다. 사쿠라코는 어느새 책을 덮고 무척 진지한 얼굴을 하고 있었다.

"아직 안 정했어. 당분간은 시간도 있겠다, 미쿠모 씨의 베이커리라도 거들까?"

생각지도 못하던 말이 나왔다. 미쿠모와 여러 차례 협의를 하는 사이에 좋아하는 일을 한다는 것은 이런 거구나, 구체적인 이미지를 가질 수 있었던 것 같다. 유이에게 미쿠모는 원하는 대로 살아가는 인생의 선배라고 해도 될 존재였다.

"그것도 좋을지 모르지."

심드렁하게 대꾸한 사쿠라코가 덧붙였다. "네가 후회하거나 주저하지만 않으면 돼."

"무슨 뜻이야?"

"회사를 그만두지 말 걸 그랬다, 그 남자랑 다시 사귈까, 뭐 이런 거 말이야."

유이는 사쿠라코를 보았다. 사쿠라코는 늘 마음속 망설임을 이해해주는 친구다.

사쿠라코는 얼렁뚱땅 속일 수 없다. 어떻게 대답하면 좋을까? 생각에 잠겼을 때 새로운 구두소리가 들려와서 유이는 귀를 기울였다.

"누가 왔어."

사쿠라코가 문을 살짝 열었다. 마침 그때 인기척이 문 앞을 지나가서 가슴이 철렁했다.

감색 바지자락이 시야에 들어오더니, 셔츠 차림의 등이 플라스틱 케이스 앞에 멈춰 서는 모습이 보였다.

남자가 팔을 뻗어 도넛을 꺼냈다. 두 개다.

그대로 냉큼 돌아온다. 대금을 내지 않고.

"출동할 시간이야."

사쿠라코가 말하지 않아도 유이는 알고 있었다.

창고 문을 열고 밖으로 나갔더니 닛타가 도넛을 손에 든 채 발길을 멈추었다.

"어, 아직 야근중?"

닛타는 들고 있던 도넛에 눈을 주더니 유이 앞에 내밀며 말했다.
"하나 먹을래?"

"웃기지 마. 지금 돈 안 냈지."

유이의 말에 닛타의 얼굴에서 웃음기가 가셨다. 유이가 말을 이었다. "다 보고 있었어. 그러고 보니 수요일은 경리부에서 목요일 임원 회의에 필요한 자료를 작성하는 날이지?"

"아, 저기, 유이. 오해야."

닛타는 억지로 웃음을 지으려 했다. "돈 가져오는 걸 깜빡해서. 나중에 낼 생각이었어. 그런 얼굴 하지 마, 돈을 안 낼 리가 없잖아."

서투른 변명을 입에 담는 닛타를 유이는 스스로 놀랄 정도로 냉정하게 바라보았다.

망설임이 가시는 동시에 환상이 사라지고 있음을 알았다.

"그런 식으로 거짓말만 하면 좋아?"

차가운 눈으로 닛타를 보며 유이가 말했다. "회사에 이 이야기 할까? 나랑 있었던 일도."

물론 그럴 생각은 없었다. 조금 심술궂은 마음이 들었을 뿐인데 닛타는 순식간에 파랗게 질리더니 입술을 부들부들 떨기 시작했다.

소심한 남자였다.

당황해서 어쩔 줄 모르는 모습에 닛타에게 품고 있던 마지막 감정까지 부서져 흩어졌다. 그 대신 가슴에 개운한 기분이 번졌다.

"그것만은 봐줘, 유이. 부탁이야. 제발."

어쩔 줄 몰라 하며 고개를 깊이 숙인 닛타가 애원하는 눈으로 유이를 보았다. 잠자코 보고 있으면 무릎이라도 꿇을 기세다.

"이제 난 내가 정말로 믿을 수 있는 걸 찾아서 여행을 떠날 거야."

유이는 과거의 연인에게 연민 어린 시선을 보냈다. "그러니까 이제 두 번 다시 내 앞에 나타나지 마. 거짓말쟁이랑 가짜에는 흥미 없거든. ……가자."

창고에서 나와 자초지종을 지켜보고 있던 사쿠라코에게 한마디 던진 유이는 앞장서서 걷기 시작했다.

도쿄겐덴 생활도 이제 하루 남았다.

"그야말로 축하할 만한 퇴사네."

사쿠라코의 말을 한귀로 흘려들으면서 이걸로 됐다고 생각했다. 새로운 인생을 개척하기 위해 뭔가 버려야만 할 때가 있다. 그 사실을 새삼 깨달았다.

앞으로 어떤 인생이 기다리고 있든 이제 과거는 돌아보지 않을 것이다.

4화

생업은 경리

"계획에 비해 7천만 엔이나 떨어졌잖아. 어떻게 된 거야?"

가모다의 잡아먹을 듯한 시선이 향하는 곳에는 얼마 전 영업1과 과장이 된 하라시마 반지가 있었다.

계수計數회의 자리였다.

매달 계획과 실적을 보고하고 검토하는 이 회의에서 가모다의 태도는 병적이라고 할 정도로 엄격했다.

"미카와 전철電鉄에서 들어오리라고 예상한 발주가 다음 달 이후로 넘어가는 바람에……."

하라시마는 괴로워하며 변명을 내놓았다. 닛타 유스케는 자기 앞에 산더미처럼 쌓인 회의 자료에서 영업1과가 정리한 매출 예상 서류를 끄집어냈다. 팔락팔락 소리를 내며 명세 페이지를 펼쳐서 옆자리의 가모다에게 잽싸게 내밀었다. 그 속도가 핵심이었다. 늦으면 불호령이 날아온다.

가모다는 까다로운 얼굴로 서류에 기재된 회사명과 금액을 훑어보더니 하라시마를 나무랐다. "내달로 넘어갈 가능성이 있다고 왜 말을 안 한 거야?"

"자료를 작성하는 단계에서는 확실하다고 해서……."

"누가 그런 말을 해?"

싸움을 거는 듯 거만한 태도지만 하라시마가 반발하는 기색은 없었다. 아니, 실은 배알이 뒤틀릴 지경이겠지만 무슨 말을 하든 겉으로는 유순한 태도로 듣고 있다.

영업부가 강한 도쿄겐덴에서 일찍이 경리부는 음지의 존재였다. 그러나 과장이 된 가모다가 계수회의를 관리하게 된 이후, 경리부의 존재는 한 단계 올라섰다.

가모다는 지금의 닛타와 마찬가지로, 오랫동안 과장대리로서 이 회의를 봐왔다. 그리고 과장으로 승진하여 회의를 관리하게 되자마자 본성을 발휘하기 시작했다. 영업부 각 과장을 상대로 마음껏 날뛰면서.

계수회의는 매달 계상되는 매출이나 경비 등 온갖 숫자를 확정 짓는 중요한 회의다. 경리부는 그 내용을 실적 예측으로 정리해서 임원회의에 보고할 책임을 지고 있다. 이 회의에서 숫자의 정확성과 보고된 숫자의 완벽 달성을 추구하는 가모다는 실로 전제군주 그 자체다.

가모다에게 대놓고 맞설 수 있는 인간은 여기 없다.

가모다에게는 실적 동향을 읽어내는 확실한 눈이 있기 때문이다. 회사 실적이 어떤 추이를 보이다 어느 선에 도달할지, 회사 전체의 모습을 한 발 빠르게 그리고 정확하게 간파한다. 이 능력 덕분에 가모다는 언젠가부터 미야노 사장에게 높은 평가를 받았고, 과장이지만 이미 장래 임원 후보로 지목될 만큼 사내 평가도 호의적이었다.

하지만 사람들은 가모다를 싫어했다.

닛타도 가모다가 싫었다.

"7천만 엔이나 떨어졌는데 회의 자리에서 발표하는 바보가 어디 있어. 당신, 과장 몇 년 차야? 사전에 보고하는 게 당연하잖아."

바보 아냐?

노발대발하는 가모다 옆에서 닛타는 표정을 지우고 그런 본심을 숨긴 채 입을 다물고 있었다.

매출이 고작 7천만 엔 어긋났다고 도쿄겐덴 전체의 실적 예측이 크게 달라지는 것도 아니다. 그런 세세한 문제에 진심으로 화를 내는 가모다라는 사람의 정신 구조를 도통 이해하기 어려웠다.

하지만 닛타의 속내와는 무관하게 가모다는 이날도 자기 방식대로 밀고 나갔다. 매달 첫 번째 수요일 오후에 열리는 계수회의는 이번에도 가모다의 독무대로 막을 내렸다.

"오늘 자료 정리해놔."

회의가 끝난 뒤 가모다는 숫자를 종합하는 일을 닛타에게 시키고 오후 6시가 넘자 재빨리 퇴근했다.

"팔자 좋네."

닛타는 한숨과 함께 그 뒷모습을 배웅하고는 회의 참석 부서에서 제출한 서류를 펼쳐 기재된 숫자를 정리하기 시작했다.

일단 작업에 몰두하면 시간은 눈 깜짝할 사이에 지나간다. 평소 요령대로 일하던 닛타는 영업1과가 제출한 상세 자료를 보다가 조금 마음에 걸리는 부분을 발견했다.

영업1과가 담당하는 제품의 이익률이 떨어졌다.

"과장이 바뀌면 이렇게 달라지나?"

아까 가모다에게 된통 얻어맞던 하라시마의 얼굴을 떠올리며 생각했다.

1과장 사카도가 직장 내 괴롭힘에 대한 책임이라는 생각지도 못한 이유로 자리에서 물러난 지 이미 반년이다. 처음에는 퇴직한다는 소문도 있었지만, 인사부 대기 발령이라는 형태로 아직 처우가 결정되지 않은 채 붕 떠 있다.

대체 무슨 일이 일어났는지, 어떤 사정으로 그렇게 됐는지 전부터 신경 쓰이기는 했다. 1과의 실적을 보면 한동안 냉각기간을 두었다가 사카도가 복귀할 가능성도 있는 것 아닌가? 그런 생각을 하면서 숫자를 보던 닛타는 또 한 가지 사실을 깨닫고 고개를 갸웃했다.

"네지로쿠?"

1과가 올린 신규 공급처 목록에 이전 거래처인 나사 제조업체 이름이 있다.

원가가 비싸다는 이유로 사카도가 잘라버리지 않았던가.

그걸 새 과장인 하라시마가 부활시킨 것이다.

왜지?

철저한 원가 절감은 사장이 회사 전체에 내건 중요 목표일 텐데.

영업1과의 결정에는 고개를 갸웃하지 않을 수 없었다.

네지로쿠와의 거래를 부활시킨 배경에 무슨 이유라도 있나? 가령 더 낮은 가격을 제안해왔다든지…….

닛타는 1과장인 하라시마에게 내선전화를 걸었다.

수화기를 귀에 대고 언뜻 보니 벽시계의 바늘이 오후 8시 30분을 가리키고 있었다. 이미 퇴근했을 수도 있다고 생각했지만, 하라시마는 첫 번째 신호음에 전화를 받았다.

"경리부 닛타입니다. 신규 공급처 목록 때문에 좀 여쭤볼 게 있는데요."

"아아, 뭔데?"

하라시마는 피로가 느껴지는 목소리로 말했다.

아까 회의에서 가모다에게 호되게 당해서일까? 그렇게 생각하니 살짝 고소했다.

하라시마와는 요전에 경비 처리 문제로 한바탕한 적이 있다. 하라시마가 지출한 접대비를 경비로 인정할지를 두고 감정적인 언쟁이 벌어진 것이다. 거래 실적이 없는 회사에 대한 접대를 닛타가 개인 비용으로 단정하고 퇴짜놓았기 때문이었다.

"웃기지 마! 이런 비용도 인정을 안 해주면 영업 과장은 못해 먹는다고! 신규 영업은 자기 돈으로 하라는 거야?"

평소에는 온순하고도 희미한 인상인 하라시마가 그때만큼은 격분해서 닛타에게 소리 쳤다. 분노가 폭발한 배경에는 영업부와 경리부 사이에서 비슷한 말다툼이 몇 번이나 일어났다는 사정도 있었다.

"이 긴자 가게에 몇 시간 계셨는데요? 일 이야기는 몇 분이나 했습니까? 오 분? 아니면 십 분요? 그럼 그만큼은 처리해드리죠."

닛타도 그만 감정적이 되어 이렇게 들이받았더니 하라시마는 불같이 화를 내며 "너랑은 말이 안 통해" 하고는 자리를 박차고 나가버렸다.

닛타는 꼴좋다고 생각했지만, 뜻밖에도 하라시마가 상사에게 자초지종을 보고하는 바람에 기타가와 영업부장 이름으로 가모다에게 경비 재검토를 요구하는 항의문이 날아오는 사태가 벌어졌다.

아무리 영업부장이 보낸 문서라도 그런 건 인정될 리 없다고 닛타는 생각했다.

그런데 막상 항의문이 도착하자 가모다가 하라시마의 주장을 전면적으로 인정하는 바람에 닛타의 완패로 끝났다.

지금 생각해봐도 부아가 치민다.

"왜 나를 안 불렀어? 너 혼자 대응하지 마."

가모다는 항의문을 책상에 집어던지며 닛타를 심하게 질책했다. 고개를 숙이고 가모다의 분노가 지나가기만을 기다려야 했던 닛타에게 남은 것은 두 가지 감정이었다.

하나는 당연하지만 하라시마에 대한 미움.

그리고 또 하나는 가모다에 대한 불만이었다.

늘 떠들썩하게 경비를 따지면서 가모다는 영업부장이 불평하자마자 평소의 주장을 거둬들였다. 배신당한 기분이었다. 숫자를 읽는 힘은 진짜일지 몰라도 가모다는 상대에 따라 교묘하게 주장을 바꾼다. 가모다에게는 부하인 닛타보다 사내 권력 관계가 더 중요하다는 사실을 이때 확실히 깨달았다.

그리고 지금…….

닛타는 앞에 놓인 자료를 보면서 하라시마에게 말했다.

"네지로쿠를 신규 공급처로 부활시켰네요. 여기는 원가가 안 맞아서 사카도 과장님이 거래를 중단했을 텐데요. 왜 부활한 겁니까?"

"또 의뢰하게 됐으니까."

하라시마가 성가시다는 듯 말했다. "원가가 맞지 않았던 건 과거 이야기잖아. 자네는 여전히 시시껄렁한 이야기를 하는군."

가시 돋친 말에 피가 거꾸로 솟았다.

"시시껄렁한 이야기요? 아까 사업 계획 지연으로 쩔쩔매던 분은 어디 사는 누굽니까? 이렇게 철저하지 못하니까 최종적으로 사업 계획에 차질이 생기는 것 아닙니까?"

닛타는 올해 서른네 살로 과장대리. 반면 하라시마는 열 살 이상 많은 데다 과장이다. 시건방진 태도가 허용될 상대가 아니지만 지난번 일도 있어서 그만 시비조가 되었다.

"철저하지 못해? 어디가?"

하라시마가 되물었다. 말투에서 닛타를 향한 적개심이 배어나왔다. 애초에 영업부와 경리부는 견원지간이다.

"그러니까 예상 원가는 어떻게 되는데요?"

진절머리 난다는 듯이 묻자 "숫자는 나와 있잖아"라고 퉁명스러운 대꾸가 돌아왔다. 하라시마가 곧장 말을 이었다. "경리부는 목표숫자만 완수하면 불만 없는 거 아냐? 쓸데없는 일에 참견하지 마. 민폐야."

"하지만 경비 삭감이 늦어지면 최종적으로 회사 전체 실적이 계획된 수치를 밑돌게 됩니다. 그걸 사전에 지적하는 게 뭐가 잘못됐습니까?"

"그런 건 과장대리가 나한테 할 이야기가 아니야. 바빠 죽겠는데 하찮은 일로 트집 잡지 마."

하라시마는 일방적으로 전화를 끊었다.

썩을 놈이.

닛타는 수화기를 던지듯 내려놓았다. 부아가 치밀어서 한동안 일이 손에 잡히지 않았다.

답답하다.

이럴 때 유이가 있다면 좋은 이야기 상대가 될 텐데.

그러자 지난번 도넛 사건이 떠올라서 마음을 가득 채우던 달달한 감정이 순식간에 씁쓸한 것으로 바뀌었다.

퇴근해버리고 싶은데 가모다가 시킨 일이 끝나지 않았다.

닛타는 책상 위에 흩어진 서류를 다시 앞으로 끌어당기고는 씩씩숨을 내쉬었다. 노트북과 다시 마주하고 또 무미건조한 숫자 입력을 시작했다. 긴 밤이 될 것 같았다.

2

닛타의 집은 오다큐 선 교도 역에서 걸어서 십오 분 거리였다.

거기서 마치다 쪽으로 두 정거장 더 간 소시가야오쿠라 역에는 부모가 사는데, 닛타가 사는 아파트의 계약금은 가까운 곳에 산다는 조건으로 그들이 내주었다.

닛타의 부모는 건재했다. 아버지는 작년에 정년퇴직하기까지 오랜 세월 중견 전자 제조업체에서 총무 일을 했다. 다카사키 시내에서 커다란 침구 매장을 경영하는 집의 둘째 아들로 태어나, 고등학교 졸업 후 가업을 이은 큰아버지와 달리 도쿄에 있는 대학으로 진학할 수 있었다. 큰아들에게 집안을 물려주는 대신 동생인 아버지에게는 하다못해 학업이라도 뒷바라지해주고자 한 할아버지 덕분이었다.

아버지는 졸업 후 입사한 회사에서 삼십여 년 동안 한결같이 꾸

180

준히 근무해낸 수수한 사람이었다. 처음에는 아버지도 쥐꼬리만 한 월급쟁이 생활에 불만을 품었다고 어머니에게 들은 적이 있다. 그 생각이 바뀐 것은 위세 좋던 본가의 침구 매장이 큰 회사에 밀려 도산했을 때였다.

장사는 위험하다.

아버지는 이렇게 생각했고 그 생각은 지금도 바뀌지 않았다.

좋은 대학을 나와 좋은 회사에 들어간다. 그게 이 세상에서 무난하게 살아가는 가장 견실한 방법임을 아버지는 깨달았다. 그러기 위해서는 학력이 필요하다는 것도.

어머니도 그 생각에 찬성이어서 자식을 끔찍이 아끼고 교육에 열 올리는 부모가 되었다.

닛타는 외아들이다.

아버지와 어머니는 닛타가 바라는 건 뭐든지 주었다. 갖고 싶은 장난감이 있으면 사주었고, 서점에 가면 만화책이나 읽고 싶은 책을 원하는 대로 사주었다. 그런 닛타를 보고 "좋겠다, 넌" 하며 부러워하는 친구들이 몇 명이나 있었다. 그럴 때면 닛타는 자신이 외아들이라는 사실에 뭐라 말할 수 없는 우월감을 느꼈다.

응석받이로 자랐다는 실감은 닛타에게 없다.

닛타의 부모도 자식을 소중하게 길렀다고는 생각하겠지만 과보호하며 키웠다는 느낌이나 후회는 없을 터이다.

하지만 이유가 무엇이든 간에 닛타는 어딘지 모르게 제멋대로에 이기적이며 조금 방자한 면이 있는 어른으로 성장해갔다.

닛타는 중견 사립대학을 나와 이렇다 할 희망이나 목적도 없이 도쿄겐덴에 대졸 신입사원으로 입사했다. 입사 오 년째인 스물일곱 살 때 결혼했는데, 상대는 대학 때 같은 다이빙 동호회에 있던 한 살 어린 동창생이었다. 지금은 네 살 먹은 딸이 하나 있다.

하지만 아내인 미키에게 닛타는 줄곧 불만을 품고 있었다.

스스로 의식하지는 못하더라도 불만의 근원에는 어머니와의 비교가 있었을지 모른다. 가령 어릴 적에 어머니는 닛타가 장난감을 어질러놓아도 "그러면 안 돼, 유스케. 정리하자"라고 살며시 달래기만 하고 치워주었다.

옷을 아무 데나 벗어두어도 어머니가 주워서 빨아주었다. 뭔가 먹고 싶다고 하면 바로 만들어주었다. 닛타는 여기저기로 잇따라 눈을 돌리는 성격대로, 좋아하는 일에 열중해버렸다.

하지만 아내는 달랐다. 셔츠가 아무 데나 떨어져 있으면 "왜 던져놓는데? 세탁기에 좀 넣어"라고 쌀쌀맞게 말하고, 음식을 남기면 불평했다. 식사가 끝난 뒤 식기를 싱크대에 가져다놓지 않으면 "자기가 설거지해"라고 하고, 피곤해서 자고 싶은 토요일에도 닛타가 딸을 공원에 데려가지 않으면 심기가 불편해진다.

아내란 어떤 존재인가. 어머니란…… 미키는 닛타의 상식을 모조리 뒤집어엎고 새로 그렸다.

아이가 태어나고 생활 전반에서 미키와 작은 엇갈림이 생길 때마다 닛타에게는 결혼 생활에 대한 불만이 쌓여갔다. 그건 지금도 해소되지 않았다.

닛타에게 불만을 본격적으로 해소할 생각이 있었느냐 하면 그건 심히 의심스러웠다.

유이와 사귀었을 때도 아내를 험담하고 언젠가 헤어질 생각이라고 했다.

사소한 계기로 관계를 의심받은 닛타가 한 일은 발각되기 전에 유이와 헤어지는 것이었다.

'자기 나름으로는' 진심이었을지 모른다. 하지만 객관적으로 봐서 닛타의 행동은 제멋대로라고 받아들여도 이상하지 않았다.

오히려 문제는 닛타가 자신이 얼마나 제멋대로인지 깨닫지 못한다는 점이었다. 한결같이 자신을 정당화했다. 헤어지자는 이야기를 꺼냈을 때 발끈한 유이를 보고 결국 자신이 바라던 여성이 아니라고 부정했다. 그리고 도넛 사건으로 유이는 한층 더 밉살스러운 존재로 등극했다.

닛타 유스케는 그런 사람이었다.

언제나 자신이 옳다.

그리고 나쁜 건 상대방이다. 유이도 그렇다. 하라시마도 그렇다. 가모다도 마찬가지다. 닛타의 정신세계에서 세상은 늘 자신을 중심으로 돌아간다.

"다녀왔어."

초인종을 누르고 문이 열리기를 기다린 닛타는 뚱한 얼굴로 현관에 들어섰다.

"잘 다녀왔어?"

"오늘은 뭐야?"

"고기 감자조림."

쳇, 고기 감자조림이라니. 이렇게 생각하기는 했지만 닛타는 잠자코 있었다. 고기 감자조림은 별로 좋아하지 않는다. 닛타의 어머니가 만드는 고기 감자조림은 간사이 식으로 소고기를 써서 만들지만, 미키는 돼지고기를 쓴다. 전에 그 사실을 지적했더니 미키가 화를 내는 바람에 손도 못 댈 부부 싸움이 벌어졌다. 이 집에서 메뉴에 대한 불만은 금기다.

"석간은?"

고기 감자조림 냄비를 데우고 있는 미키에게 물었다.

"아, 여기 있으니까 가져가."

돌아보며 턱 끝으로 가리킨 곳은 주방 구석에 있는, 오래된 신문을 모으는 상자다.

"저기, 나 아직 안 읽었는데 왜 그런 데 넣어놨어?"

"아까 청소했거든."

이유가 안 된다는 생각이 들었다. 하지만 닛타는 잠자코 있었다. 이 이상 말하면 또 부부 싸움이 된다는 것을 알고 있기 때문이다. 싸움을 회피한 만큼의 스트레스는 마음속에 쌓여간다. 하라시마와의 실랑이로 축적된 짜증 위에 그것이 쌓이자, 닛타는 마음을 닫은 채 냉장고를 열고 350밀리리터 캔맥주를 꺼냈다.

잠자코 마셨다.

"젓가락은 당신이 꺼내."

미키의 말에 식기장 서랍에서 젓가락을 꺼냈다. 닛타 앞에는 고기 감자조림과 밥, 된장국, 그리고 싸늘하게 식은 포크커틀릿 두 조각 이 놓였다. 그게 오늘 밤 닛타의 메뉴였다.

"잘 먹겠습니다."

낮은 목소리로 말하고 닛타는 묵묵히 먹었다.

그때 미키의 한마디로 무심코 맥주를 뿜을 뻔했다.

"있잖아, 새해에 하와이 갈까?"

"하와이?"

"사야카네도 낫짱네도 간대."

미키가 딸 유치원 친구 이름을 꺼냈다.

"우아, 다들 부자네."

그도 그럴 것이 사야카네 집은 근방에 부동산을 갖고 있는 자산 가이고, 낫짱네 아빠는 외국계 금융회사에서 일해서 수입이 다르다. 나이는 닛타와 같지만 연봉은 세 배를 훌쩍 넘을 터이다.

"음, 글쎄."

주저하는 닛타를 보고 미키의 표정은 이미 흐려지고 있었다. 고기 감자조림의 맛이 사라지더니 우울함이 닛타의 가슴을 차지했다.

"못 가? 또 아버님 댁에서 새해를 맞는 거야?"

미키가 토라진 말투로 물었다.

"얼마나 들까?"

닛타가 물었다. 닛타의 몇 안 되는 자랑거리 중 하나는 아내에게 월급봉투를 장악당하지 않았다는 것이다. 동료에게 이 이야기를 하면 다들 부러워한다. 하지만 원래 있어야 할 여유는 유이와 사귀느라 꽤 줄어들었다. 그 사실을 미키에게 말할 수는 없다.

"생각해볼게. 팸플릿 받아와."

시간을 벌기 위해 한 말이지만 너무 안이했다. 미키는 그날 장 본 것이 든 가방에서 한 다발은 됨 직한 팸플릿을 꺼내 테이블 위에 놓았다.

"오늘 역에 있는 여행사 대리점에서 받아왔어. 이따가 좀 볼래?"

당장이라도 고기 감자조림이 목에 걸릴 것 같았다.

설명을 들은 가모다의 표정이 순식간에 험악해졌다. 미간에 세로로 깊은 주름이 잡히는가 했더니 눈동자에 싸늘한 분노의 기운이 서리는 것이 보였다.

가모다와 닛타 앞에는 어제 영업1과에서 제출하고 간 신규 공급처 목록이 놓여 있었다.

그중 '네지로쿠' 부분에 노란 마커를 칠하고, 전에 사카도가 쓴 '업자 선정 건'이라는 보고서의 복사본까지 정성껏 첨부해놓았다. 이 보고서에서 사카도는 원가가 비싸다는 이유로 하청업체 몇 군데를 교체하자고 제안해서 회사 승인을 얻었다.

신규 공급처 목록의 노란 마커는 네지로쿠 외에 다른 회사 이름에도 그어져 있었다. 전부 네 군데. 하나같이 원가가 높다는 이유로 사카도가 거래를 끊은 회사이다.

"조사해봤더니 거기 말고도 이런 회사들이 있었습니다."

닛타는 야근의 성과를 상사에게 보고했다. "하라시마 과장님은 참견하지 말라고 딱 자르셨습니다만, 조사해보니 이 회사들에 지불하는 단가가 전부 전보다 비싸졌습니다."

닛타는 나사나 강재 등 네 군데 회사에 발주중인 부품의 단가 일람표를 보여주었다. 네 회사에 발주하기 전의 매입가도 병기했는데, 계산하면 매달 몇백만 엔씩 원가가 더 들고 있다.

"이 정도 비용을 다른 경비를 삭감해 흡수할 수 있을까요?"

닛타가 말했다. "흡수할 수 있다 해도 굳이 원가가 비싼 회사에 발주하는 진의를 알 수 없습니다. 하라시마 과장님이 개인적으로 친하다거나 하는 이유가 있을지는 모르겠습니다만."

닛타가 악의적으로 덧붙였다. 어젯밤에 당한 모욕은 하룻밤 사이 한층 더 불타는 증오가 되어 닛타의 마음속에서 소용돌이쳤다.

쯧 하고 짧게 혀를 찬 가모다는 미팅부스의 내선전화를 집어 들더니 하라시마에게 연락했다.

손목시계 바늘은 오전 8시 반을 지나고 있었다. 평소 외근으로 회사에 없는 영업부원도 아직 남아 있을 시간이다. 하라시마도 자리에 있었던 모양이다.

"어제 닛타가 지적한 건으로 설명을 듣고 싶은데 좀 와주시죠."

가모다가 다짜고짜 하라시마를 호출했다.

전화 저편에서 하라시마가 뭐라고 말하는 소리가 들렸다. 내용까지는 알아들을 수 없지만 수화기를 든 가모다의 뺨이 확 붉어졌다.

통화를 끝낸 가모다는 때려 부술 기세로 수화기를 놓았다.

"용건이 있으면 직접 오라는군."

"어떻게 하실 겁니까, 과장님?"

닛타가 물었을 때 가모다는 이미 자리에서 일어서는 중이었다. 무서운 얼굴로 닛타를 힐끗 노려보더니 말했다. "오라는데 가줘야지. 그 대신 이해가 될 때까지 설명을 들어야겠어."

둘은 그대로 2층에 있는 영업1과로 갔다.

성큼성큼 영업부로 들어선 가모다는 곧장 하라시마의 책상으로 향했다.

멀리서 두 사람의 모습을 알아본 하라시마가 천천히 일어나 말없이 옆 미팅부스로 갔다. 파티션으로 막아놓았을 뿐인 간단한 부스다. 기분 탓일까, 태도가 평소 계수회의에서 보이는 것과는 조금 달라 보였다. 이유는 알 수 없다. 실제로 먼저 부스에 들어간 하라시마는 화가 나 낯빛이 벌게진 가모다와 대치하고서도 표정 하나 바뀌지 않고 의연했다.

"그래서?"

하라시마가 먼저 입을 열었다. 뭔가 불만이라도 있느냐고 묻는 듯한 얼굴이다.

"공급처를 변경해서 원가가 매달 몇백만 엔 더 올랐잖아. 어쩔 생각이야?"

가모다는 날카롭게 따지고 들었다. "비용을 절감하려는 노력을 도통 볼 수가 없어. 전체 수치가 목표치보다 떨어지는 건 이런 관리

체제의 허술함이 문제 아닌가?"

"관리는 잘하고 있으니 걱정 마시지."

하라시마가 대답했다. "당신이 굳이 지적해주지 않아도 돼."

"실제로 문제가 있으니까 하는 말이지. 그런 말로 임원회가 수긍할 것 같아? 대체 무슨 생각인 거야?" 가모다가 오른손으로 테이블을 쳤다.

"생각이 있어서 하는 일이거든. 쓸데없는 참견은 말아줬으면 하는데." 말 붙일 여지도 없는 태도로 하라시마가 대답했다.

"당신, 목표를 달성하지 못하고 있잖아. 그래서 하는 말 아냐."

가모다는 기가 막힌다는 얼굴로 말했다. "당신이 참견을 하게 하잖아."

"그럼 임원회에 보고라도 하지 그래."

하라시마가 말했다.

"뭐?"

하라시마의 예상치 못한 대응에 가모다는 상대를 똑바로 보았다. "무슨 말이야? 그래도 상관없어? 어제 계수회의에서 매출이 다음 달로 넘어가서 사죄한 건 어디 사는 누구시더라?"

"매출이 넘어간 건 확실히 예상이 빗나갔어. 그래서 사과했을 뿐이야. 우리도 본의가 아니었으니 말이지. 하지만 그것과 이건 이야기가 달라."

"어떻게 다르다는 거지? 무슨 소리를 하는 건지 도통 모르겠군."

"그러니까 그건 당신에게 이야기할 성질의 것이 아니라고."

옆에서 듣고 있던 닛타는 휘둥그레진 눈으로 하라시마를 보았다. 이 남자치고는 드물게 위협적으로까지 느껴지는 말투였다.

"계수회의에서 숫자로 이러쿵저러쿵하는 건 상관없어. 그건 당신 일이니까. 하지만 당신은 경리과장이잖아. 그럼 잘난 척하면서 영업부가 일하는 방식까지 참견하지 마. 알았어?"

닛타는 몰래 숨을 들이켰다.

계수회의에서는 저자세라는 인상밖에 없었던 하라시마. 가모다가 항의하면 당황해서 사과할 거라고 만만하게 봤는데, 이 태도는 뭐지?

"그래? 알았어."

가모다도 지지 않고 내뱉었다. "그럼 이 일은 위에 제대로 보고하지. 각오해."

"좋을 대로 해. 이제 됐어? 나는 당신과 달리 바빠서 말이야."

하라시마는 바로 일어나서 나갔다.

"뭐죠, 저 태도는?"

어안이 벙벙해서 하라시마의 뒷모습을 눈으로 쫓던 닛타는 가모다의 표정을 보고 깜짝 놀랐다. 어두운 분노가 불꽃이 되어 눈에서 타오르고 있었기 때문이다.

한마디도 하지 않고 경리부 플로어까지 돌아온 가모다는 그 길로 경리부장 이야마 다카미와 뭐라 말을 주고받더니 부장실에 틀어박혀 이십 분 정도 나오지 않았다.

경영과 관련된 온갖 숫자를 총괄하는 이야마는 지금 사내에서 영업부장 기타가와, 제조부장 이나바 다음 가는 실력자이다.

무슨 이야기를 나누었는지는 모른다. 하지만 부장실에서 나왔을 때는 가모다뿐 아니라 이야마 또한 뚱하게 화난 표정이어서 하라시마에 대한 두 사람의 의견과 방침이 일치했음을 알 수 있었다. 그렇다면 무슨 일이 일어난다. 경리부를 바보 취급한 사람을 두고 잠자코 물러서리라고는 생각할 수 없기 때문이다.

나도 몰라, 하라시마. 나중에 울상이나 짓지 말라고.

닛타가 내심 만족스러운 웃음을 짓고 있을 때 자기 자리에 돌아온 가모다와 눈이 마주쳤다. 가모다가 오른손을 흔들어 닛타를 부르더니 말했다.

"부장님이랑 이야기했어. 부장님이 임원회의에 올리기로 했어."

"그전에 기타가와 부장님한테는요? 모르고 계실지도 몰라요."

영업부장 기타가와는 옛날부터 엄격하기로 유명했다. 비용을 이렇게 낭비한다는 사실이 기타가와의 귀에 들어가면 하라시마는 분명 엄청나게 질책받을 것이다.

하지만 가모다는 입술에 엷은 웃음을 띠며 이렇게 말했다.

"직접 임원회의에 올릴 테니 더 잘됐잖아."

발언의 의도를 헤아리기 어려웠다. "무슨 뜻입니까?"

"그러니까."

가모다는 책상에 양쪽 팔꿈치를 괴고 몸을 조금 앞으로 기울이더니 눈만 들어 책상 앞에 선 닛타를 보았다. "너도 알다시피 사장님은 숫자에 예민하잖아. 기타가와 부장은 임원회의에서 질책받고 아주

창피를 당하게 될 거야. 그때 기타가와 부장이 하라시마를 어떻게 할지나 구경하자고."

"그렇군요, 그런 뜻이었습니까."

닛타는 상사들의 음험함에 감탄했다. 이야마는 책사로 평판이 자자한 남자다.

이야마의 책략, 그리고 계수회의 등에서 보여주는 가모다의 숫자 파악. 이 두 가지가 사내에서 높은 평가를 받는 경리부의 강점이다.

가모다 앞에서 물러나면서 닛타는 심보 고약한 흥분에 전율했다.

4

임원회의가 시작되기 오 분 전에 부장실 문이 열리더니 이야마가 나오는 모습이 보였다. 가모다도 자료를 안고 일어서서 둘이 같이 회의실로 향했다.

임원회의가 끝나는 점심때쯤 되면 이야마와 가모다는 분명 의기 양양하게 돌아올 것이다. 그때 어떤 무용담을 들을 수 있을지 기대 됐다. 악의적인 기대감으로 가슴이 부푼 닛타는 그때까지 세 시간 정도는 일도 손에 잡히지 않았다.

두 상사가 돌아온 것은 오후 1시가 되기 전이었다.

"어떻게 됐습니까, 과장님?"

가모다가 있는 곳으로 허둥지둥 다가가서 물었다. 마음 한구석에 서는 가모다를 경멸했지만 이때만큼은 영업1과에 함께 맞서는 동지 가 된 기분이었다.

그런데 어떻게 된 일인지 가모다는 심드렁한 얼굴로 의자 등받이에 기대 있었다.

"무시당했어."

"네?"

무심코 의문의 목소리를 냈을 뿐 닛타는 말을 잇지 못했다. 기대는 급속히 사그라들었다.

"하라시마한테 맡겼으니 그러면 된대, 사장님이."

어떻게 반응하면 좋을지 알 수 없었다. 믿기지 않는 발언에 닛타의 표정은 어정쩡하게 일그러졌다. 평소의 미야노라면 어떤 이유에서든 월 몇백만 엔의 원가 인상을 인정할 리 없었기 때문이다.

"하라시마 과장에 대한 사장님의 신뢰가 그렇게 두텁습니까?"

닛타가 물었다. 미야노는 도쿄겐덴에서 최초로 자사 사원에서 사장까지 올라선 인물로, 주로 제조업 분야에 몸담았다. 경력을 다시 떠올려봐도 영업 한 길만 걸어온 하라시마와 친해질 정도의 접점이 있을 것 같지는 않았다.

"모르지."

가모다가 언짢게 말하고 부장실을 흘끗 보았다. 가모다보다 먼저 돌아온 이야마는 문을 꽉 닫고 나오지 않고 있었다.

"영업부가 관리할 사항인데 쓸데없는 소리 말라고 역으로 질책당하는 판이었어."

어지간히 분했는지 가모다가 얼굴을 찡그렸다.

"하지만 제조 원가가 오른 건 오른 거라고요, 과장님."

닛타가 주장했다. "실제로 경비가 몇백만 엔이나 늘어서 영업1과 는 매출 목표조차 달성 못 하고 있어요. 그런데 사장님은 눈감는다 는 겁니까?"

"말해주지 않아도 그쯤은 알아."

가모다가 분노를 담아 내뱉었다. "하는 수 없잖아. 사장님이 그렇 다고 하니까. 이 건에 대해서는 아예 입 다물고 있어, 알았어?"

가모다는 닛타를 무시한 채 미결재함에 들어 있던 서류를 책상에 펼치고 훑어보기 시작했다.

썩을 놈이.

예상도 못한 전개에 자기 자리로 돌아가면서 닛타는 내심 욕설을 퍼부었다. 그건 그렇다 치고…….

임원회의에서 이야마 경리부장이 한 발언은 나름 무게감 있게 받 아들여졌을 것이다. 게다가 도쿄겐덴에서 목표 수치는 절대적인 것 아니었던가.

일의 전말에 수긍하지 못한 채 오후 1시 반이 넘었을 즈음에야 늦 은 점심을 먹으러 나갔다. 엘리베이터에 올라타던 닛타는 입사 동기 인 무라시타 게이시를 발견하고 손을 들어 인사했다. 영업2과 소속 으로, 얼마 전까지만 해도 하라시마 밑에 있었다.

"밥 먹으러 가냐? 같이 가자."

무라시타가 먼저 제안했다. 함께 무라시타가 얼마 전에 발견했다 는 회사 근처 우동집에 갔다. 피크타임을 지났지만 가게는 아직 붐 볐다. 카운터에 나란히 앉아 주문한 우동이 나오기를 기다렸다.

"왜 그래? 표정이 안 좋네."

영업직 아니랄까 봐 무라시타는 사람 표정에 민감하다. '언변도 좋고 수단도 좋다'라는 말이 고스란히 들어맞는 남자로, 영업부에서도 수완 좋은 사람 중 하나였다.

"일이 좀 있어서. 참, 뭐 좀 물어보자. 사장님이 하라시마 과장님을 전면적으로 신뢰해?"

"하라시마 과장님?"

무라시타가 조금 생각하더니 답했다. "그렇지는 않을걸. 2과 때에는 목표 미달로 곧잘 혼났어. 아무래도 좋게 보고 있다고는 못 하지."

이해가 가지 않는 대답이었다.

"그러면 말이야, 영업부에서는 과장이 바뀌었을 때는 생산 원가가 올라도 당분간 상황을 두고 보자, 뭐 이런 합의라도 있는 거야?"

"무슨 소리냐, 너."

무라시타가 닛타를 신기한 물건이라도 보듯이 빤히 보았다. "그럴 리가 없잖아. 원가가 높으면 당장 줄여야지. 그게 상식 아냐?"

"그렇지?"

닛타가 수긍하고 말했다. 그럼 대체 뭐란 말인가, 오늘 아침의 임원회의는. 그 이야기를 해주자 무라시타도 예상한 반응을 보였다.

"흐음. 묘한 이야기가 다 있군. 생산 원가가 몇백만 엔이나 올랐단 건 엄청난데. 공급처가 어디야? 목록을 보여주면 조사해볼게."

이제 와서 달라질 것은 없지만 "나중에 메일 보낼게"라고 대답해두었다.

무라시타가 실제로 거기에 답을 한 것은 다음 날 아침이었다.

"어제 그 이야기 말이야."

경리부 플로어에 불쑥 찾아온 무라시타가 말했다.

"뭐야, 메일로 답장해줘도 되는데."

무라시타는 잠깐만 보자며 묘하게 진지한 얼굴로 닛타를 엘리베이터 홀에 불러냈다.

"그 공급처 문제, 1과에서도 수수께끼인 모양이야."

무라시타는 입가에 손을 가져가더니 목소리를 낮추었다. 뜻밖의 이야기에 흥미를 느낀 닛타에게 무라시타가 계속 이야기했다.

"하라시마 과장님이 기타가와 부장님에게 잘 둘러대고 자기가 친하게 지내는 회사와 거래하는 거 아니냐, 그런 소문이 있어."

"정말이야?"

너무 놀라운 이야기에 닛타가 큰 소리로 말했다. "설마 뒤에서 돈이 오가는 건 아니겠지?"

그게 사실이라면 부정이다.

"그 부분이 문제인데."

무라시타가 한층 더 목소리를 낮추었다. 간단히 답장할 수 없을 만도 하다. "네가 한번 조사해보면 어때?"

"내가?"

놀라는 닛타를 무라시타가 자못 당연하다는 얼굴로 바라보았다.

"신경 쓰이는 거 아냐? 그럼 조사해봐. 숫자 계산 문제는 네가 조사해도 잘못된 거 아니잖아? 내 입장에서야 다른 과 이야기이고, 그렇다고 1과 녀석들이 하기에는 부담이 너무 커. 공급처 변경은 과장님이 관리할 문제라 서브 담당도 붙이지 않았대. 이건 좀 수상하다는 생각이 든다 이거지."

조금 과장된 말투로 이야기한 무라시타는 "뭐, 그렇다는 말씀" 하고 닛타의 어깨를 툭 치더니 가방을 맨 채 내려가는 엘리베이터를 타고 사라졌다.

"어때, 당신? 한번 봤어?"

그날 밤 미키가 물었다. 닛타는 노골적으로 귀찮다는 표정을 지으며 읽고 있던 석간신문에서 얼굴을 들었다. '아차' 싶었을 때는 이미 늦어서 테이블 너머 화가 난 아내의 눈빛과 맞닥뜨렸다.

"여행 못 가?"

닛타는 시선을 이리저리 돌리며 그저께부터 테이블 위에 그대로 놓여 있던 여행 팸플릿에 손을 뻗었다. 아내의 질책을 듣고 내용을 읽으려고 했다기보다 반쯤 무의식적인 동작이었다. 머릿속은 어떻게 이 자리를 모면할까 하는 생각으로 가득했다. 닛타에게는 가족 셋이서 하와이 여행을 갈 만한 금전적 여유가 전혀 없었다.

"요즘 좀 바빠."

닛타가 떨떠름한 얼굴로 말했다. "사내에 이런저런 문제가 있어서 말이야."

"경리부에?"

아내가 의심스럽다는 듯 물었다. "결산 때만 바쁜 거 아니었어?"

"그건 옛날이야기지."

닛타는 입술을 일그러뜨리며 식어가는 차를 마셨다. "지금은 매주 결산 같은 걸 하는 데다 계수회의 때문에 경리부에 걸려오는 압박도 엄청나. 어쨌든 온 회사의 숫자를 총괄해야 되니까. 이만저만한 일이 아니야. 마음 놓을 새가 없어."

"우리 여행 일정을 정하는 것도 마음이 안 놓인다는 뜻이야?"

"뭐, 그런 건 아니고."

뾰족한 말투로 이야기하는 미키에게 대답하면서 닛타는 피로가 한꺼번에 몰려오는 것 같아 깊은 한숨을 내쉬었다.

"그럼 팸플릿 좀 봐. 빨리 안 정하면 움직일 수가 없잖아."

말투에서부터 이미 화가 펄펄 끓고 있는 아내에게 "그러게"라고 말뿐인 대꾸를 한 뒤, 눈앞의 팸플릿을 팔락팔락 넘겨만 보다가 원래 있던 자리에 툭 던졌다.

"신문 읽고 있으니까 나중에."

미키가 더더욱 언짢은 옆얼굴을 보였을 때 침실에서 엄마를 찾는 소리가 들렸다. 잠들어 있던 나쓰미가 깬 모양이다. 아내는 닛타 쪽을 노려보면서 자리에서 일어나더니 아이가 자는 옆방으로 자러 가버렸다.

아내가 없어진 순간 갑자기 기분이 편안해져서 닛타는 신문을 내려놓았다. 라운드가 끝나고 가드를 내리는 복서와 똑같다. 신문은 집에서 닛타를 지키는 방패다.

그건 그렇다 치고…….

닛타의 뇌리에 오전에 무라시타에게 들은 이야기가 떠올랐다.

하라시마가 마음에 걸린다.

아니, 마음에 걸린다기보다 바보 취급당한 분풀이로 해치워버리고 싶었다. 부모에게 꾸지람 한 번 듣지 않고 자란 닛타는 자존심이 강하고 일단 상처받으면 앙심을 품는 타입이었다.

하라시마의 행동은 합리적인 설명이 전혀 안 된다고 해도 좋았다.

임원회의에서 뭐라 했든 이상한 건 이상하다.

하지만 무라시타에게 들은 이야기를 가모다에게 곧장 보고하지는 않았다. 이 건에서 손 떼라는 말을 듣기도 했고 성미가 까다로운 가모다가 어떻게 반응할지도 예측할 수 없었기 때문이다. 그냥 내버려두라고 하면 거기까지다. 쉽게 뜨거워지고 쉽게 식는 사람이다.

닛타는 검토 끝에 어느 정도 사실을 파악한 뒤에 보고한다는 당연한 결론을 내렸다. 당연하지만 가모다를 움직이려면 이 방법밖에 없다.

그러기 위해 해야 할 일이 무엇인지 닛타는 알고 있었다.

그다음 주에 평소보다 이십 분 정도 빨리 출근한 닛타는 영업2과에 무라시타를 찾아갔다.

이미 출근해 있던 무라시타에게 "지난주 그 일 말인데" 하고 말을 건네자 황급히 닛타를 근처 미팅부스로 데려갔다.

"동료들 눈도 있고 영업부 일을 너무 떠벌릴 수도 없어서."

무라시타는 그렇게 변명하고는 닛타에게 무슨 일이냐고 물었다.

"그 뒤로 나도 생각해봤는데, 하라시마 과장이 공급처를 변경했다는 건 거꾸로 말하면 주문을 취소당한 회사가 있다는 거 아닌가 싶더라고."

"그야 그렇겠지. 그래서?" 무라시타가 물었다.

"우선 이 일의 전체 상을 파악하고 싶단 말이야. 대체 어디에 발주하던 몫을 다른 데로 옮겼는지. 넌 뭐 아는 거 없어?"

"모르지, 거기까지는."

무라시타가 대답했다. "1과 녀석들이라면 알 것 같지만."

"넌지시 물어봐줄래? 그 회사에 대해 아는 범위 내에서 조사해주면 더 좋고."

"알았어. 그 대신 시간을 좀 줘."

닛타는 거기까지 이야기하고 경리부에 돌아와 아무렇지도 않은 얼굴로 평소처럼 업무를 하며 바쁘게 하루를 보냈다. 무라시타에게서 다시 연락이 온 것은 그다음 주 화요일이었다.

"어제 저녁에 1과 가지모토랑 술 마시면서 물어봤어. 오늘 밤에라도 한잔하면서 얘기할까?"

무라시타는 야에스에 있는 어느 가게 이름을 댔다. 닛타도 가본적 있었다. 구이 요리가 주특기인 아담한 가게였다.

약속 시각은 오후 8시. 일을 끝내고 가게로 가니 무라시타는 먼저와서 생맥주를 마시고 있었다. 닛타도 맥주를 주문하고 안주를 몇개 시켰다.

"그래서 어떻게 됐어?"

가볍게 건배한 뒤에 묻자 무라시타가 대답 대신 갑자기 질문을 던졌다. "도메이테크라는 회사, 아냐?"

"어, 이름은 알아."

조금 생각하고 나서 닛타가 대답했다. 각 과에서 제출한 지불 전표는 최종적으로 경리부에 모인다. 상대방을 직접 알지는 못해도 회사 이름과 대강의 지불액 정도는 머릿속에 들어 있다. 분명 도메이테크에는 그럭저럭 되는 액수를 계속 지불하고 있지 않았던가?

"하라시마 과장님이 공급처를 옮긴 건 도메이테크에 주문하던 부품이래."

무라시타가 말했다.

"옮긴 이유는?"

"그건 몰라."

무라시타는 고개를 가로젓고 말을 이었다. "도메이는 설립한 지 십몇 년 된 젊은 회사인데, 사카도 과장님이 마음에 들어서 신규 채용했대. 듣자니 대형 제조업체의 부장이 독립해서 만든 회사이고 단기간에 급성장했다더라고."

"그 회사를 하라시마 과장이 잘랐다는 거야?"

"그래."

맥주잔을 비우며 무라시타가 대답했다. "싹둑 잘랐지. 네지로쿠를 비롯해서 이번에 옮긴 공급처에 지불하는 금액은 매월 수천만 엔이 넘어."

"어떻게 된 일 같냐?"

닛타가 묻자 무라시타는 곰곰이 생각하더니 몇 가지 떠올릴 법한 이유를 열거했다.

"가령 하라시마 과장님이 말하지는 않았지만, 도메이와 뭔가 말썽이 있었다든지."

"말썽?"

"모르지."

무라시타가 풋콩 껍질을 던지면서 말했다. "상대방의 대응이 나빴다든지, 어떤 이유로 하라시마 과장님 심사가 뒤틀렸다고도 생각할 수 있어. 어디에 발주할지는 과장님 흉중에 달렸으니까."

"그렇다고 생산 원가가 높아지면 안 되잖아. 그런 짓을 할까?"

"아니면 신용 불안이라든지."

닛타가 의문을 제기하자 무라시타는 한층 더 뜻밖의 이야기를 했다. "부품 조달업체가 도산하면 생산 계획에 영향이 생겨. 그래서 미리 바꿨다고 생각하면 이유가 되지 않아?"

"그렇군."

가능성은 있다. 하지만 도메이테크가 신용에 어느 정도 불안이 있었는지는 무라시타에게 묻기보다 직접 조사하는 편이 빠르다. 부품 조달업체의 신용 상황은 정기적으로 체크하고, 제출받은 결산 서류는 경리부에서 보관하게 되어 있기 때문이다. 그걸 보면 도메이테크의 실적이 어땠는지 알 수 있다.

"그건 조사해볼게."

닛타가 말했다. "새로운 공급처와 하라시마 과장의 관계는 어때? 유착했다거나 하는 소문은 없어?"

"그건 잘 모르겠는데."

기대가 줄어드는 한마디를 무라시타가 입 밖에 냈다. "예를 들어 네지로쿠의 미사와 사장이랑 하라시마 과장님이 친한지 어떤지는 가지모토도 모른대. 다만 과장님이 얼마 전까지 있던 영업2과에서는 네지로쿠와 거래를 안 했다더라. 그게 사실이라면 과장님이 미사와 사장과 만난 건 1과장이 되고 나서라는 뜻이지. 불과 얼마 전이야. 한 달 정도로 유착이 될까?"

"하지만 1과에서 소문이 돈다고 하지 않았냐?"

"근거는 없어."

닛타는 분개해서 잔에 담긴 맥주를 입으로 가져갔다.

"다만 하라시마 과장님의 판단이 뜬금없어서 다들 이런저런 억측을 해본 모양이야."

"자기 부서에도 이유를 설명하지 않는다는 게 이상하지 않아?"

닛타가 의문을 표했지만 무라시타는 "공급처를 어떻게 할지 일일이 설명하지는 않지"라고 대답했다. 이미 이 화제에서 흥미를 잃어가고 있었다.

"하라시마 과장님이 하는 일이니까 일시적으로는 생산 원가가 올라도 뒤에 가서 이익이 생길 만한 뭔가가 있을지도 모르고."

유착의 가능성은 상당히 낮다고 인정하지 않을 수 없었다.

하지만⋯⋯.

무라시타가 사내 소문에 관한 다른 이야기를 시작했지만 닛타는 건성으로 맞장구를 쳤다. 아무래도 이해가 가지 않았다.

신용 불안이 원인이라면 닛타가 지적했을 때 설명하면 될 것 아닌가. 그런데 하라시마는 그러지 않았다. 왜일까?

그 태도는 아무리 생각해도 부자연스럽다. 이유를 생각하던 닛타에게 곧 당연하다는 듯 한 가지 생각이 떠올랐다.

하라시마는 뭔가 숨기고 있다.

6

일이 일단락된 뒤인 오후 3시쯤, 닛타는 도메이테크라는 회사에 대해 조사하기 시작했다.

거래처 자료를 모아둔 캐비닛을 열고 영업1과 태그가 붙은 서류 중에서 찾던 파일을 끄집어냈다.

문제의 회사에서 제출한 결산서다. 도쿄겐덴에서는 신용 관리를 철저히 하고 있어서, 매년 결산 때마다 거래처에 발주 내용을 보고하라고 요구한다.

파일로 묶인 결산서는 총 3기 분량인데, 최근 서류는 작년 3월분이었다. 올 3월에도 결산을 맞이했을 텐데 그 서류는 없다.

3기, 즉 삼 년분의 결산서 파일을 들고 자리로 돌아와 닛타는 가장 오래된 서류부터 열어보았다. 제9기 결산서다.

매출 30억 엔. 경상이익 2억 엔.

"제법이군."

닛타가 혼잣말을 했다. 창업한 지 단 구 년 만에 이 정도 실적을 얻으려면 '뭔가'가 있어야만 한다. 기술력이든, 영업력이든, 사장의 강력한 연줄이든…… 아니면 셋 다.

경리 업무를 오래 하다 보면 회사를 존속시키는 어려움을 절실하게 느낄 때가 있다.

도쿄겐덴에는 중소기업일 경우 창업 후 일 년 미만인 회사와는 거래하지 않는다는 규정이 있다. 창업 일 년 이내 폐업 비율이 약 30퍼센트에 달한다는 통계가 근거였다. 폐업률은 창업 오 년 후에는 60퍼센트가 되고 그 뒤로는 더 높아진다. 요즘 세상에서 회사를 오래 경영하는 것은 지난한 일이다.

그래서 도메이테크의 실적은 쾌조라 할 만한 인상을 주었다.

파일에 끼워진 회사 개요표를 보았다.

사장은 에기 쓰네히코. 생년월일로 계산해보니 올해 마흔다섯 살인 경영자다. 간단한 프로필에 따르면 대형 부품 제조업체에서 퇴직하고 도메이테크를 차렸다고 한다. 주주 구성은 에기가 60퍼센트 지분을 가진 대주주. 아내가 아닐까 생각되는 에기 준코라는 여성이 20퍼센트. 그 외에는 임원으로 보이는 개인 이름이 줄지어 있었다.

자본금은 3천만 엔. 직원은 백오십 명. 회사 규모로는 이미 영세라고 보기는 어렵고 중소기업 중에서도 큰 부류에 들어간다고 할 수 있다.

제10기 결산서를 보니 매출은 더욱 늘어서 35억 엔에 이르렀고 경상이익도 2억5천만 엔이라 이른바 '매출도 오르고 이익도 오른' 결과였다. 제11기에는 매출 37억 엔, 경상이익도 3억 엔에 조금 못 미칠 정도로 늘어나서 순조로운 상승세를 보이고 있었다. 요즘처럼 경영 환경이 어려운 시대에 이런 회사도 별로 없다.

이 정도면 최근 실적도 좋을 거라고 닛타는 생각했다. 그럼 하라시마가 신용 불안을 이유로 거래를 중단했다고 생각하기는 어렵다.

사가미하라에 있는 도메이테크의 주소를 옮겨 적고 파일을 원래 자리에 돌려놓았다. 다음으로는 도쿄겐덴이 작년 한 해 동안 도메이테크에 얼마를 지불했는지 조사해보았다.

경리부 단말기로 검색하면 그 금액은 간단히 나온다.

지불총액은 일 년간 약 3억 엔.

도쿄겐덴은 도메이테크 매출의 10퍼센트 가까이를 차지하는 대형 거래처였다. 거꾸로 말하면 하라시마가 공급처를 옮김으로써 이 회사가 상당한 타격을 입었으리라는 것도 쉽게 상상할 수 있다.

대체 하라시마와 도메이테크 사이에 무슨 일이 있었을까.

왜 하라시마는 생산 원가가 올라가는데도 공급처를 옮기겠다고 결심했을까.

화면에서 얼굴을 든 닛타는 과장 자리에 아무도 없음을 확인하고 자리에서 일어났다. 오후부터 과장급 회의가 있어서 가모다는 한동안 자리를 비울 터이다.

닛타는 인사부로 향했다.

"잠깐 시간 좀 있어?"

얼굴을 알고 지내는 이가타의 책상까지 가서 말을 걸고는 작은 목소리로 용건을 꺼냈다. "사카도 과장님에 대해 잠깐 얘기 좀 하고 싶어. 인사부로 오셨지? 어디 계셔? 좀 만나게 해줄 수 있을까?"

사카도는 분명 뭔가 알고 있을 것이다. 하지만 이가타는 곤혹스러운 표정을 지었다.

"부장님 관리 사항이야. 휴가 취급인데 우리는 절대 접촉하면 안 되는 걸로 되어 있어."

"왜?"

생각지도 못한 대답에 닛타는 이가타의 얼굴을 가만히 보았다. "뭐 안 좋은 일이라도 있어?"

이가타는 고개만 갸웃거렸다. 접촉 불가라니 온당하지 못한 이야기다.

"직장 내 괴롭힘 정도로 그렇게까지 해?"

닛타가 묻자 이가타는 "괴롭힘 정도라니 무슨 말이야?"라고 대꾸했다. 하지만 곧 "뭐, 확실히 지나치다는 느낌이 들기는 하지" 하고 본심을 입 밖으로 냈다.

"야, 그게 진짜 이유냐?"

문득 마음에 걸려서 닛타가 재차 물었다.

"무슨 뜻이야?"

"아니, 직장 내 괴롭힘 정도로 그렇게까지 하다니 과잉대응이잖아. 실은 사카도 과장을 격리할 다른 이유가 있는 거 아냐?"

"격리할 이유? 그런 게 있을 리 없잖아."

이가타가 가볍게 부정해 보였다.

이가타에게 물어본들 진상은 알 수 없을 것이다. 문득 닛타의 머리에 한 남자가 떠올랐다. 영업부의 핫카쿠.

애초에 괴롭힘 방지 위원회에 고발한 사람이 핫카쿠다. 사건 자체가 표면적인 이유에 지나지 않는다면, 거기에 가담하는 모양이 된 핫카쿠는 뭔가 알고 있을 터이다.

닛타의 마음속에서 하라시마에 대한 분노가 급속히 퇴색하고 있었다. 그 대신 이 사태에 대한 저항할 수 없는 흥미가 솟아올랐다. 무엇과도 바꿀 수 없는 악마의 유혹처럼 닛타를 부추겨 마지 않는 흥미.

희미한 흥분으로 뺨을 붉게 물들이며 닛타는 다음에 놓을 수를 생각하기 시작했다.

7

핫카쿠의 얼굴을 떠올리기는 했지만 실제로 이야기를 듣는 것은 그리 간단한 일이 아니었다. 애초에 영업1과 계장 핫카쿠와 경리부 닛타 사이에는 접점이랄 것이 거의 없다. 친하지도 않은데 괴롭힘 사건의 진의가 무엇인지 물어봤자 간단히 입을 열지 않으리라.

핫카쿠와 공통의 친구가 있는 것도 아니라서 닛타는 어이없이 막다른 길에 부딪혔다.

타개책이 눈앞에 나타난 것은 그다음 주였다.

계기는 핫카쿠가 제출한 영수증이었다. 신바시의 가게 두 군데에서 7만 엔이나 되는 액수를 지불한 접대비. 접대비로 1만 엔 이상을 지출할 경우에는 사전에 신청해야 했지만 핫카쿠는 그 의무를 게을리 했다. 하기야 핫카쿠가 하는 일이니 회사 규칙 따위는 처음부터 무시했을 수도 있다. 어느 쪽이든 비용에 까다로워진 요즘의 접대비로는 파격적인 지출이었다. 요즘은 부장급도 좀체 이런 식으로 돈을 쓰지는 않는다.

접대비로 문제가 일어나면 통상 경리부에서 해당 직원에게 지출 경위를 묻게 되어 있었다.

"지난번 접대비 관련해서 좀 여쭤보고 싶은데요."

오후 4시가 지나 핫카쿠의 책상으로 내선전화를 걸었더니 아니나 다를까 자리에 있었다.

"아아, 그거. 갑자기 돈 쓸 일이 생겨서."

수화기에서 핫카쿠의 귀찮다는 듯한 목소리가 들려왔다. "잘 좀 처리해줘. 나는 과장한테 이야기해놓을 테니까."

닛타가 아양을 떠는 목소리로 대답했다. "계장님, 그렇게 하기는 좀 어려워요. 제가 과장님께 야단맞거든요. 아시다시피 접대 내용을 보고하고 왜 사전 신청이 누락됐는지 설명하게끔 되어 있어서요. 지금 그쪽으로 가도 될까요?"

"지금? 아, 뭐, 그러든지."

잠깐 의아해하다 핫카쿠가 대답했다. 평소에는 호출만 하는 경리부 쪽에서 찾아온다고 하니 뜻밖이었으리라.

닛타는 수화기를 내려놓고 서둘러 영업1과 플로어로 갔다.

이 시각에 회사로 돌아오는 영업부 직원은 거의 없는데, 핫카쿠는 그 얼마 안 되는 사람 중 하나였다. 늘 가장 늦게 나가서 가장 먼저 돌아온다는 소문이 아무래도 사실인 듯하다. 닛타에게 유리한 건 하라시마 과장도 아직 외근중이라 자리에 없다는 점이었다. 핫카쿠와 만날 충분한 이유가 있기는 하지만 덕분에 쓸데없는 소리를 듣지 않아도 된다.

핫카쿠의 책상에 다가가서 꾸벅 고개를 숙였더니, 만년 계장은 말없이 구석에 있는 미팅부스를 가리켰다.

"정말 경리부는 말이야, 만날 그렇게 딱딱한 소리만 하니까 미움받는 거야."

핫카쿠는 얄미운 말을 하고는 접대를 하게 된 '부득이한' 사정을 줄줄 늘어놓기 시작했다. 설득력이 있는 것 같기도 하고 없는 것 같기도 한, 종잡을 수 없는 이야기였다.

참을성 있게 이야기를 끝까지 듣고 나서 닛타는 근심스러운 표정을 지어 보였다.

"난처하게 됐네요."

"난처할 게 뭐 있어, 닛타. 일로 쓴 돈은 경비잖아. 그런 건 기본 중의 기본 아니야?"

경비로 인정받지 못하면 자비로 부담해야 한다. 핫카쿠도 필사적이었다.

"맞는 말씀이기는 한데, 가모다 과장님이 영업1과 경비 내역을 눈여겨보고 있어서요."

"지난달 매출이 나쁜 게 그렇게 문제야? 끈질긴 놈이구먼, 참."

"아니, 그게 아니고요."

혀를 차는 핫카쿠에게 이렇게 말하자 "그럼 뭔데?"라는 질문이 날아왔다. 덕분에 드디어 닛타가 이야기를 꺼낼 순간이 왔다.

"공급처를 옮겨서 생산 원가가 올랐잖아요. 그래서 그렇습니다. 못 들으셨어요?"

"오호."

핫카쿠의 눈 속에서 뭔가가 움직인 듯한 느낌이 들었지만, 무엇인지 확인하기 전에 짐짓 시치미를 뗀 표정 아래로 쓱 사라져버렸다. "못 들었는데. 이야기해줄래? 무슨 일이야?"

"도메이테크라는 회사 아시죠?"

닛타가 슬쩍 말문을 열었다. "그 회사에서 들여오던 부품을 하라시마 과장님이 다른 회사로 바꿔 발주하지 않았습니까? 그것만으로도 매달 몇백만 엔이나 생산 원가가 증가했어요. 그래서 문제가 있다고 보신 거죠."

"하지만 그건 당신네 과장이랑은 관계없는 일 아냐?"

핫카쿠가 말했다. "경리부는 요컨대 예산대로 일이 진행되기만 하면 되는 거잖아. 어디에 발주할지는 하라시마 과장 재량일 텐데."

'잠귀신 핫카쿠'라는 별명이 붙은 무능한 직원이지만 그야말로 바른말만 하고 있었다.

"설명이 없어서요."

닛타가 대답했다. "왜 굳이 비용이 더 드는 곳으로 공급처를 옮겼는지 설명이 전혀 없으셔서 저희도 당혹스러워요."

조신하게, 난처하다는 얼굴을 해 보였다.

"딱히 당혹스러울 일도 없는 거 아냐?"

핫카쿠가 짧은 웃음과 함께 내뱉었다. "관계없는 일은 관계없지.

쓸데없는 일에 끼어들지 않는 편이 좋지 않을까?"

"쓸데없는 일요?"

핫카쿠의 말에 다른 의미가 담긴 듯한 느낌이 들어서 닛타가 되물었다. 중요한 부분이다. "저는 반대로 좀 걱정이 돼서요. 하라시마 과장님이 하청업체랑 무슨 일이 있어서 굳이 바꾼 건가 하는 생각이 들더라고요."

"무슨 일이라니?"

"가령 유착이라든지."

핫카쿠는 앙상한 오른손을 얼굴 앞에서 휘휘 저었다.

"없어, 없어, 그런 일은. 우리 과장한테 그런 배짱이 있겠어?"

"그런가요?"

닛타는 이렇게 말하고 슬쩍 본론을 꺼냈다. "그럼 사카도 과장님은 어떨까요?"

핫카쿠의 얼굴에서 표정이 사라졌다.

늘 두르고 있는 느긋한 분위기가 싹 없어지더니 돌연 의심 가득한 눈빛으로 닛타를 보았다.

"무슨 소리야?"

움찔할 정도로 강한 눈빛을 보내며 핫카쿠가 조용히 물었다. 닛타도 질세라 계속했다.

"사카도 과장님이 거래처와 유착했을까 하는 생각이 들었을 뿐이에요. 예를 들어 도메이테크와 그런 관계였다든지."

닛타를 지그시 볼 뿐 핫카쿠는 한동안 대답하지 않았다. 이윽고 시선을 돌려 살풍경한 부스를 훑다가 다시 닛타를 보았다. 그러고는 "무슨 말인지 모르겠군"이라고 중얼거렸다. 하지만…… 닛타는 확신했다.

핫카쿠는 뭔가 알고 있다.

"사카도 과장님은 지금 인사부 소속인 데다 부장님 말고는 접촉할 수 없다더라고요. 직장 내 괴롭힘 정도로 그렇게까지 할까요?"

살짝 고개를 숙이고 있던 핫카쿠가 눈만 들어서 이쪽을 보았다. 눈빛에 강한 경계심이 감돌고 있었다.

"계장님, 제가 틀렸다면 가르쳐주시겠습니까? 제 생각인데, 사카도 과장님은 도메이테크와 유착 관계였던 거 아닙니까? 그래서 하라시마 과장님으로 바뀌자마자 평소 같으면 있을 수 없는 공급처 변경을 감행한 거죠. 아니, 그전에……."

이제는 무시무시한 얼굴을 하고 있는 핫카쿠에게 닛타가 다그쳤다. "사내에 공표할 수 없는 유착이 있어서 영업1과 과장을 교체한 것 아닌가요? 표면적으로는 계장님이 괴롭힘 방지 위원회에 고발한다는 형태를 취하면서요. 어떻습니까, 계장님?"

"그거랑 내 접대비가 무슨 관계가 있어?"

핫카쿠가 물었다.

"그러니까 직접적인 관계는 없다니까요."

닛타는 입술에 엷은 웃음을 띠었다. "말씀드렸잖아요, 영업1과의 비용에 우리 과장님이 민감해져 있다고요."

"이 일은 가모다 과장도 알고 있나?"

핫카쿠가 날카롭게 찌르고 들어왔다. 닛타는 웃으며 얼버무렸다.

"아니, 이렇게 세세한 부분까지는 신경 쓰시지 않죠. 기껏해야 공급처 변경으로 비용이 올랐다는 이야기 정도입니다. 다만 제가 할 수 있는 만큼은 조사해보려 합니다. 아무래도 마음에 걸려서요."

닛타는 핫카쿠의 눈을 정면으로 들여다보았다. "계장님, 실상은 어떻게 된 겁니까. 뭘 숨기고 계신 거죠? 가르쳐주시겠습니까?"

"도통 무슨 소리를 하는지 모르겠군."

핫카쿠는 몸을 일으켰지만 "도메이테크에 물어볼까"라는 닛타의 혼잣말에 움직임을 딱 멈추었다.

"뭐라고?"

"공급처 변경의 의미를 추궁해봐도 되지 않을까 싶어서요. 고생 안 하게 해주세요, 계장님. 서로 바쁘잖아요."

"너, 진심으로 하는 말이야?"

핫카쿠의 두 눈이 불타고 있었다.

"당연하죠."

이때다 싶어서 닛타는 내처 말했다. 내뱉은 순간 핫카쿠를, 아니 영업부 전체를 적으로 돌렸다는 느낌이 들어서 묘한 고양감에 휩싸였다. 비용, 접대비…… 경리직에 있으면서 회사의 암부로 날카롭게 파고들어가는 자신에게 조금 도취했는지도 모른다.

"저는 철저하게 알아볼 거거든요."

그리고 닛타는 선언했다. "괜히 숨기다가 곤란해지는 건 계장님입니다."

"마음대로 해봐."

이렇게 내뱉고 핫카쿠는 부스에서 재빨리 빠져나갔다. 면담은 그것으로 끝이었다. 문틈으로 영업부 직원이 돌아온 듯한 기척이 느껴져서 닛타도 자리에서 일어났다.

사람을 얕보는 핫카쿠의 태도에 부아가 치밀었다. 어린 시절부터 애지중지 자라온 남자는 자존심에 깊은 상처를 받고 전투 모드로 바뀌었다.

"두고 봐라, 핫카쿠. 너희 따위는 완전히 뭉개줄 테니까."

경리부로 돌아가면서 닛타는 혼자 중얼거렸다.

8

경리부 직원에게 거래 은행 방문은 몇 안 되는 외출 기회 중 하나다. 그날 오후 닛타가 요코하마로 향한 것도 하쿠스이 은행 요코하마 지점에 볼일이 있어서였다.

오테마치에 위치한 도쿄겐덴이 요코하마 지점에 계좌를 개설한 이유는 창업 당시 요코하마 시내에 공장이 있었기 때문이다. 하쿠스이 은행 요코하마 지점과는 그 시절부터 거래해왔는데, 월말이 되면 그곳에서 운용자금 일부를 조달하게 되어 있다. 성가시기 짝이 없지만 은행 거래란 그래야 한다는 이야마 경리부장의 지론 덕에 관례가 되어 이어져왔다.

"대단히 감사합니다."

대출 담당자의 공손한 인사를 뒤로하고 닛타는 오후 2시가 지났을 무렵 지점을 나섰다.

지점은 요코하마 역 앞, 입지가 좋았다. 평소 같으면 그 길로 도쿄역에 돌아갔겠지만, 이날 닛타는 요코하마 선 플랫폼으로 향했다. 그러고는 쾌속열차를 타고 하시모토까지 간 다음, 택시를 잡아타고 메모해둔 도메이테크 주소를 불렀다.

"여기인 것 같네요."

택시기사는 속도를 줄여 도메이테크 간판 앞에 차를 멈추었다. 역에서 이십 분 정도 달린 곳에 있는 공업단지의 한구석이었다. 2층 건물이 꽤 넓은 부지를 차지하고 있었다. 입구 오른편에 3층으로 된 사무소가 있는데, 밖에서 들여다보니 제복을 입은 직원이 보였다.

안에 들어가 인사를 하니 화장기도 붙임성도 없는 젊은 여성이 사람을 평가하는 듯한 눈빛을 하고 다가왔다. 무작정 찾아온 외판원쯤 된다고 생각했는지도 모른다.

"도쿄겐덴에서 나왔습니다."

명함을 내밀자 그때서야 "아아, 매번 감사드립니다"라며 다소 친근함이 담긴 대응으로 바뀌었다.

"사장님 계십니까? 매년 제출하게 돼 있는 결산서를 받으러 왔는데요."

원래는 약속하고 와야 할 자리다. 사장이 있을지 없을지는 모른다.

직원은 잠시만 기다려달라고 하고는 일단 물러나더니 안쪽 책상에 있던 나이 지긋한 남자에게 명함을 가지고 갔다. 남자는 명함과 닛타를 번갈아 보다가 일어나서 "이쪽으로 오십시오"라고 말했다.

닛타를 응접실로 안내한 남자는 매번 감사드린다고 인사하며 명함을 건넸다. 직함이 경리과장인 오십대 후반의 마른 남자였다. 찾아온 이유를 밝혔더니 "지금 사장님을 모셔올 테니 잠깐만 기다려주십시오"라는 말을 남기고는 닛타를 혼자 두고 나갔다.

오 분 정도 기다리자 노크 소리와 함께 키 작고 통통한 남자가 응접실로 들어왔다.

"아아, 안녕하세요."

겉모습만 봐서는 상상도 못 할 만큼 목소리가 굵었다. 남자는 사교적 미소도 짓지 않고 바로 맞은편 팔걸이의자에 앉더니 물었다. "어디 보자, 결산서라고 했던가요?"

야무진 분위기에 온몸에서 바빠 보이는 느낌이 풍겼다. 도메이테크 사장인 에기였다.

"저는 경리부인데, 나오면서 체크해봤더니 최신 결산서를 아직 안 받았더군요."

"아아, 그랬습니까?"

일단 응수한 에기가 다시 물었다. "아직도 결산서를 제출할 필요가 있습니까?"

"신용 관리를 위해, 거래가 있는 회사에게는 받도록 돼 있어서요."

"하지만 이제 거래가 없는데요."

에기는 이렇게 말하고 "모르셨습니까?"라고 닛타에게 물었다.

"요즘 지불이 없는 건 알고 있습니다."

닛타가 대접받은 차에 손을 뻗으며 말했다. "향후에도 거래가 없을 거라는 말씀입니까?

에기는 잠시 딱딱한 눈빛으로 닛타를 보았다.

"아마 없겠지요."

"거래가 없어진 건 하라시마 과장으로 바뀐 이후죠? 무슨 이유가 있었습니까?"

대답까지 몇 초 정도 침묵이 있었다. 닛타가 왜 그런 질문을 하는지 수상쩍게 여기는 눈치다. 입을 열기 전에 닛타의 명함에 다시 한 번 눈길을 주었다. 직함과 이름을 확인했으리라. 이윽고 에기가 대답했다.

"글쎄요, 저는 모릅니다."

"하지만 거래액이 상당하지 않았습니까?"

닛타가 물고 늘어졌다. "월 몇천만 엔 단위입니다. 실례지만 귀사의 매출 규모에서 이 정도 금액은 결코 적지 않은 것 아닙니까? 그런데 이유도 모르신다고요. 하라시마 과장이 발주를 중지한 이유를 설명하지 않았나요?"

"닛타 과장대리님, 결산서 때문에 왔다고 하셨죠?"

에기가 다시 물었다. "그럼 방금 말씀드렸다시피 향후 거래 예정이 없으니 드릴 이유도 없습니다. 거래 중지 이유에 대해 드릴 말씀도 전혀 없고요. 발주 여부는 귀사에서 정할 일입니다. 제가 곧 약속이 있는데 이만 실례해도 되겠습니까?'

에기와의 면담은 그걸로 끝이었다.

원하던 대답을 얻지도 못하고 사무소에서 나와 부지 출구를 향해 걸었다.

에기와 이야기하면 뭔가 알아낼 줄 알았는데 아무래도 쉽게 생각했나 보다. 하지만 에기의 저 완고한 분위기는 뭐란 말인가. 그게 오히려 '뭔가 있다'라는 닛타의 짐작을 확신으로 바꾸어갔다.

입구에서 택시가 한 대 들어왔다. 닛타는 생각에 잠겨 걷느라 알아차리지 못하고 지나갔다가 뒤에서 부르는 소리를 듣고서야 돌아보았다. 막 택시에서 내린 남자를 보고 닛타는 자기도 모르게 발길을 멈추었다.

"아아, 오셨습니까."

닛타가 애매하게 말했다.

"이런 데서 뭐하는 거야?"

힐문하는 어조였다. 하라시마의 눈은 웃고 있지 않았다. 노려보는 통에 닛타는 별안간 긴장해서 심장이 쿵쾅거리는 게 느껴졌다.

"근처까지 온 김에요."

평정한 척해봤다. 여기 들른다는 이야기는 가모다에게도 하지 않았다. 닛타의 독단이다. "그러고 보니 도메이테크에서 결산서를 받지 않았다는 생각이 들어서요."

대꾸가 없다. 믿었는지 아닌지도 모르겠다.

하라시마는 송곳처럼 날카롭게 꿰뚫는 듯한 시선을 보내며 서 있다. 부지에서 차를 돌린 빈 택시가 두 사람 사이로 지나갔다.

"경리부에서 굳이 그런 일까지 하나?"

하라시마가 의심스럽다는 듯이 물었다. "근처 어디에 왔는데?"

"그런 건 딱히 관계없잖아요."

얼버무리려는 닛타에게 하라시마가 다시 날카롭게 물었다. "어디냐고."

"은행요, 은행."

닛타가 퉁명스럽게 내뱉었다. "애초에 영업부에서 결산서를 잘 챙겨 받았으면 제가 일부러 올 필요도 없었어요. 제대로 좀 하시지 그래요"

자기 정당화는 주특기였다. 늘 그렇게 해왔다.

닛타는 대답을 기다리지 않고 등을 획 돌려서 걷기 시작했다.

하라시마가 뭔가 말을 걸까 싶어서 등 뒤에 귀를 기울였지만 도메이테크 부지를 나올 때까지 아무 일도 없었다. 오른쪽으로 꺾으면서 돌아봤더니 사무소로 들어가는 하라시마의 뒷모습이 시야에 들어왔다.

"거래 없어진 거 아니야? 왜 온 거야?"

불가해한 만남에 닛타는 고개를 갸웃했다.

하라시마와 마주친 것은 계산 밖이었다. 뭔가 문제가 될지 자문해 보았다. 문제없다는 결론이 나왔다. 최신 결산서가 없는 것은 사실이다. 경리부 직원인 닛타가 받으러 왔다고 해서 문제는 없으리라.

닛타는 택시를 찾아 큰길 쪽으로 걸어갔다.

```
┌─────────┐
│         │
│    9    │
│  ─────  │
│         │
└─────────┘
```

저녁때가 다 되어 회사에 돌아가자 가모다가 언짢은 기색을 드러 내며 닛타를 불렀다. 가모다가 그런 표정을 보이는 건 대체로 누군 가가 뼈아픈 실수를 저질렀을 때다. 닛타는 며칠 동안 있었던 일을 돌아보면서 조심스럽게 가모다의 책상 앞에 가서 섰다.

"너, 오늘 도메이테크에 갔다며?"

가모다가 험상궂은 표정으로 물었다.

"뭐 하러 간 거야?"

설마 그 일을 지적당하리라고는 생각지도 않았기 때문에 내심 놀 랐지만 닛타는 미리 준비해둔 대답을 꺼냈다.

"결산서를 못 받아서요. 하쿠스이 은행 요코하마 지점에서 볼일 을 본 김에 가볼까 싶었습니다."

"그게 네가 할 일이야?"

의자에 아무렇게나 걸터앉은 가모다가 화난 표정으로 닛타를 보았다. "영업부에 부탁하면 되잖아."

"그럴지도 모르지만 현재 도메이테크에는 발주를 하고 있지 않은 것 같아서요."

"그럼 결산서도 필요 없잖아."

"4월에는 거래가 남아 있었습니다."

이건 용의주도한 논리일 터였다. "사규에 비추어볼 때 최신 결산서는 받아둬야 한다고 생각했습니다."

하지만 가모다는 한층 더 목소리의 볼륨을 높이며 일축했다.

"그런 논리가 통할 거라 생각해? 영업부의 공급처 변경 때문에 찾아갔다면서? 그 일은 잊으라고 했을 텐데."

숨겨도 소용없었다. 가모다는 이미 알고 있다. 하라시마가 사정을 설명했을 것이다.

"하지만 과장님, 그 거래는 이상합니다."

닛타가 하는 수 없이 말했다. "지금까지 매달 몇천만 엔이나 주던 도메이테크와의 거래를 이유도 없이 다른 데로 옮긴 것도 묘하고, 사카도 과장님이 아직 대기 발령 상태인 것도 이상해요. 유착이 있었을 거라고 생각합니다."

유착이라는 말을 들으면 가모다의 태도가 바뀔 줄 알았는데 기대는 어긋나고 말았다.

"그러니까 그런 건 네 착각이라고. 정말 귀찮은 짓을 하는군. 영업부에서 경리부 직원이 멋대로 거래처에 소란을 일으켜서 곤란하다

227

고 클레임이 들어왔어. 이야마 부장님도 역정을 내셨고. 대체 넌 무슨 생각을 하는 거야?"

무슨 말을 해도 가모다에게는 통할 것 같지 않았다. 말 붙일 틈도 없는 가모다의 표정을 잠깐 바라보다 죄송하다고 사죄할 수밖에 없었다.

하지만 가모다는 사죄 한마디로 간단히 물러날 사람이 아니었다.

경리부 전 직원이 귀를 쫑긋 세우고 듣고 있는 가운데 거의 한 시간 가까이 닛타를 집요하게 공격했다. 가모다가 닛타를 향해 내내 드러낸 감정은 미움 그 자체였다. 닛타 때문에 영업부에 약점 잡힌 데다 상사에게 질책까지 당한 분노를 백 배로 해소하는 듯했다.

닛타의 자존심은 갈기갈기 찢겼다. 입 밖에 내지는 않았지만, 거대한 분노의 소용돌이가 몇 겹이 되어 배 속에서 거무칙칙하게 똬리를 틀기 시작했다.

이 돼지 새끼, 죽어라. 돼지 새끼, 죽어버려.

겉으로는 사죄의 말을 반복하면서도 닛타는 속으로 가모다에게 몇 번이고 욕설을 퍼부었다.

그 분노는 이윽고 온 사방으로 옮겨 붙어 전염됐다. 맨 먼저 떠오른 사람은 하라시마였다. 도메이테크에서 불러 세웠을 때의 비난하는 듯한 태도. 그때의 목소리와 표정은 기억의 게시판에 딱 붙어버린 포스터 같았다. 네가 확실히 설명하지 않아서 이렇게 됐는데 그 태도는 뭐야? 하라시마에게 이렇게 말해주고 싶었다. 그런데도 하라시마는 경리부에 클레임을 넣었다. 나쁜 건 내가 아니다. 나쁜 건 그놈들인데 인정하려고도 하지 않는다. 당치도 않은 놈들이다. 게다가 이야마 부장이나 가모다는 명백히 이상한 점이 있는데도 눈을 감고, 그저 체면이 상했다는 이유만으로 나를 질책한다.

이렇게 불합리할 수가 있나.

너희는 다 쓰레기야.

얼굴이 새빨개져서 격노하는 가모다에게 무심코 경멸하는 시선을 보내고 말았다.

"너, 반성은 하고 있는 거야?"

순식간에 가모다의 분노가 다시 불타서 거의 끝나가던 질책이 또다시 질질 이어지고 말았다.

10

제기랄. 썩어빠진 것들. 죽어버려라…….

퇴근길 전차 안에서 닛타는 머리가 분노로 팽창해서 당장이라도 폭발할 것 같았다. 오후 10시가 넘은 시각이라 승객의 반 이상이 취객이었다. 이놈이나 저놈이나 열받게 하는 놈뿐인 것처럼 보였다. 분노가 부글부글 끓어오른 닛타는 사소한 일로 싸움이라도 벌이고 싶을 정도로 짜증이 났다. 학생인 듯한 남자가 다리를 쭉 뻗은 채 조는 태도에 화가 치밀어서 가만히 노려보았지만, 운 좋게 그가 닛타의 시선을 눈치채는 일은 없었다.

승객을 80퍼센트 정도 태우고 신주쿠를 출발한 전철에서 흔들리며 닛타는 어떻게 가모다에게 복수할지만 생각했다. 생각하다 보니 화가 화를 불러서 안면이 달아오르기 시작했다. 극단적으로 공격적인 기분이 들어서 교도 역에서 내릴 때는 문 근처를 막고 서 있던 회사원의 몸을 손으로 밀치며 밖으로 나왔다.

"야, 너."

뒤에서 부르는 소리가 들렸다.

돌아보니 자신이 방금 밀친 회사원이 전차에서 내려 앞을 막아서고 있었다.

닛타와 비슷한 나이대지만 키가 좀 더 크고 탄탄한 체격이었다.

닛타는 잠자코 상대방을 똑바로 보았다.

"왜 밀어?"

남자는 이렇게 말하고 닛타의 양복 옷깃을 오른손으로 틀어쥐었다. 문 근처에 있던 손님들이 이쪽을 보고 있음을 알았지만 이미 피가 들끓은 닛타는 아랑곳하지 않았다.

"방해되니까 그렇지. 역에 도착하면 내리는 손님이 있어. 그 정도도 몰라?"

이 말에 양복을 움켜쥐고 있던 팔이 닛타를 있는 힘껏 앞으로 미는 바람에 균형을 잃고 등 뒤로 헛발을 디뎠다.

"뭐야, 네가 잘못한 거잖아."

격렬한 증오가 치밀었다. 증오가 이 남자 때문인지, 가모다와 있었던 일 때문인지는 모른다. 다만 경험한 적 없을 정도의 증오라는 사실만은 알 수 있었다.

전차가 문을 닫고 플랫폼을 미끄러져 나갔다. 차 안에서 보고 있던 구경꾼은 사라지고 플랫폼에 남은 승객들이 먼발치에서 둘러싸고 있을 뿐이었다.

"뭐라고? 이 새끼가."

남자가 한발 내딛나 했더니 닛타의 안면에 주먹이 날아왔다. 움직임이 재빨랐다. 그때 닛타가 느낀 것은 아픔보다 수치였다. 사람들보는 앞에서 모욕을 당했다…… 닛타는 허용할 수 없는 종류의 굴욕이었다.

닛타는 피 맛이 나는 입술을 손등으로 닦으면서 자신을 때린 남자를 날카로운 눈초리로 올려다보았다. 남자의 의기양양한 눈과 마주쳤다.

손등을 보았다.

플랫폼 불빛을 받아 피부가 젖어 있는 것이 보였다. 피인지 타액인지 분간되지 않았다. 남자는 알코올 냄새를 풍기면서 닛타 앞에서 있었다. 남자는 술에 취해 있었다.

닛타는 아파서 웅크리고 있던 상체를 말없이 폈다.

남자가 경계하며 방어자세를 취했다. 하지만 닛타는 덤벼들지 않았다. 그런 건 세상이 어떻게 돌아가는지를 모르는 저능한 인간이나하는 짓이다. 이 나라에서 싸움으로 이기는 것은 지는 것과 마찬가지다. 닛타는 앞주머니에서 휴대전화를 꺼내 남자가 보는 앞에서 경찰에 전화를 걸었다.

"어떻게 된 거야, 대체."

마중 나온 미키가 처음으로 한 말이었다. 미간을 찌푸린 창백한얼굴과 목소리에서 닛타가 다친 데 대한 걱정보다는 소란을 일으킨

데 대한 분노가 배어나오는 듯했다.

"시비를 걸더니 갑자기 때렸어."

경찰이 와서 사정을 이야기했고, 미키에게는 병원으로 향하는 차 안에서 전화를 걸어 상황을 설명했다. 똑같은 설명을 닛타는 한 번 더 되풀이했다. 진단은 전치 이 주. 경찰의 사정청취가 끝나고 피해를 신고한 뒤, 자정이 다 되어서야 풀려났다. 닛타는 완전히 지쳐 있었다.

"왜 시비를 걸어?"

이해되지 않는다는 얼굴로 미키가 물었다. "뭔가 이유가 있는 거 아냐?"

이 말이 닛타의 신경을 건드렸다. 닛타가 원인을 제공하기라도 했다는 투다.

"전차에서 내릴 때 출구를 막고 있었어. 그래서 밀치고 내렸더니 주먹을 쥐고 덤빈 거야."

"밀치니까 그렇지."

미키는 닛타의 잘못인 것처럼 말했다. "당신이 거칠게 밀었겠지. 비키라고 그러면서."

"무슨 바보 같은 소리야?"

닛타가 넥타이 풀던 손을 멈추고 말했다. 몇 시간 전 남자가 경찰에 연행되는 모습을 보고 조금 가라앉은 화가 다시 끓어올랐다.

"그 사람도 우연히 문 근처에 있었겠지. 누가 내리는 걸 눈치 못 챌 때도 있어. 갑자기 밀면 열받지."

미키는 자신이 옳다고 주장하기라도 하듯 말을 이었다. "당신이
잘못한 거 아니야?"

"웃기지 마."

닛타는 아내에게 눈앞이 흐려질 정도로 분노를 느꼈다.

이 여자가 진심으로 밉다는 생각이 들었다.

사정도 제대로 모르면서 남편을 비난하는 아내. 뭘 안다는 얼굴로
영리한 척한다. 자신이 남편보다 몇 배는 머리가 좋다고 생각하는
여자.

"넌 내 편이야 아니야? 대체 누구 편인데?"

"그런 말이 아니잖아. 그냥 사실을 말하는 거야."

테이블 구석에는 보란 듯이 하와이 여행 팸플릿이 쌓여 있었다.
닛타는 그 팸플릿을 거칠게 움켜쥐고는 있는 힘껏 옆에 있는 휴지통
에 던져 넣었다.

"뭐하는 거야!"

미키가 새된 목소리로 소리쳤다. 닛타는 개의치 않고 휴지통을 발
로 힘껏 찼다. 플라스틱 휴지통은 TV장에 부딪혀 영영 사라지지 않
을 흠집을 낸 뒤 베란다에 면한 창문의 커튼 아래에서 멈추었다.

"당신 같은 사람이랑 결혼하지 말 걸 그랬어."

미키가 말했다.

"나도 마찬가지야."

닛타는 이렇게 말하고는 윗옷을 집어 들어 현관으로 향했다.

"어디 가?"

"밥 먹으러 간다."

닛타가 뒤돌아보며 외쳤다. "넌 내가 밥을 먹었는지 안 먹었는지는 생각도 안 했잖아. 배고파 죽을 것 같다고. 너는 좋겠다. 밥 먹고 목욕하고 날 무시하고. 참 좋은 인생이네."

11

"닛타, 잠깐 보지."

구타 사건 이틀 뒤, 이야마 부장이 닛타를 불렀다. 분명 그 사건에 대해 자세히 물어볼 거라고 생각했다. 하지만 부장실에 들어간 닛타를 기다리고 있던 것은 생각지도 못한 말이었다.

"아직 정식 발령은 안 났지만 자네, 오사카에 가게 될 거야."

눈도 마주치지 않고 앞에 놓인 자료를 보며 이야마가 통보했다.

"오사카……요?"

너무나 갑작스러운 이야기라서 닛타는 처음에 무슨 말을 들었는지 이해하지 못했다. 현실은 한 박자 늦게 뇌리에 스며들었다.

"잠시만요, 부장님. 오사카에 경리부는 없지 않습니까?"

이렇게 말한 순간, 닛타의 머릿속에 새로운 생각이 떠올랐다.

그렇지, 업무 확장에 따른 조직 개혁인가? 지금까지 경리 부문이 없던 오사카에 경리부를 만든다. 그런 의미가 아닐까. 그렇다면 이건 발탁이다. 과장으로 승진될지도 모른다. 하지만 이야마는 돋보기 안경을 위로 밀어 올리고는 언짢기 짝이 없는 얼굴로 닛타를 바라보았다.

"오사카에서 영업을 맡게."

닛타는 말문이 턱 막혔다.

"하지만 저는 줄곧 경리 분야에서……."

"경리는."

닛타의 반론을 가로막고 이야마가 말했다. "……경리는 돈을 다뤄. 인간적으로도 신뢰할 만한 사람이 해야 한다고 보네. 자네, 영업 4과에 있던 하마모토와 불륜 관계였지? 그 친구는 그것 때문에 그만둔 것 아닌가?"

이야마의 말은 갑자기 들이민 나이프의 칼날처럼 닛타의 숨을 멎게 했다.

실제로 닛타는 몇 초 동안 숨 쉬는 것조차 잊은 채 이야마의 얼굴만 물끄러미 보았다. 뭔가 변명해야 한다는 생각은 들었지만 무슨 말을 어떻게 하면 좋을지 떠오르지 않았다.

"사실이라면 그런 부적절한 관계를 가진 사람은 해고하고 싶을 정도야."

이야마는 경멸스럽다는 눈으로 닛타를 노려보았다. "이 인사는 그런 뜻이네. 다음주에라도 정식 발령을 낼 테니 그런 줄 알고 있게."

부장은 테이블 위에서 자료를 탁탁 모으며 닛타의 얼굴에 붙은 반창고를 차가운 눈으로 보았다.

"그 상처는 뭔가. 아무 짓도 안 했는데 시비를 걸어왔다고? 자네 또 쓸데없는 짓을 한 것 아닌가?"

또……?

닛타는 깜짝 놀라 부장을 보았지만 이야마는 이미 자리에서 일어 나서 등을 돌린 뒤였다.

정말로 불륜 때문에 좌천당하는 건가?

자기 책상으로 돌아간 닛타는 자문했다. 그게 원인이라면 더 빨리 이렇게 될 수도 있었을 터이다. 하지만 그렇지 않았다.

만일…… 만일 진짜 이유가 따로 있다면 과연 그건…….

좀처럼 돌아가지 않는 머리로 생각하려 하는데 책상 위 전화가 울렸다.

"오사카 영업부로 간다며."

핫카쿠의 태평한 목소리가 들려왔다. "본인이 얼마나 멍청한지 이제 알았지?"

그 말을 끝으로 전화는 끊겼다.

배 속에서 밀려 올라온 패배감이 머릿속을 가득 채웠다.

대체 뭐란 말인가.

이딴 회사 기필코 그만둘 테다.

하지만 동시에, 요즘 같은 경기에 이직이 쉽지 않다는 사실 정도 는 닛타도 충분히 알고 있었다.

미키에게는 회사에서 메일로 오사카 발령 소식을 알렸다.

"저기, 난 오사카 안 갈 거야."

평소보다 일찍 퇴근했더니 이런 말이 기다리고 있었다.

넥타이를 풀던 닛타는 한순간 손을 멈추고 아내를 보며 "그래?" 라고만 답했다.

미키는 그 이상 아무 말도 하지 않은 채 다시 저녁밥을 준비하기 시작했다.

또 고기 감자조림인가.

그런 생각이 들었다. 이걸로 하와이도 없어졌구나 하는 생각도.

그다음 주 수요일에 오사카로 발령이 났다.

송별회는 역 앞 술집에서 소소하게 열렸다. 혼자 오사카로 떠난 닛타는 석 달 뒤, 아내와 이혼했다.

5화

사내 정치가

1

사노겐을 아는 사람들은 그를 뭐라고 표현할까?

기회를 알아차리는 기민함. 풍향계. 아첨꾼. 속내와 명분을 구분하며 상황에 영합하는 사람. 그리고…… 사내 정치가.

하지만 그런 평판도 이제 옛날이야기다.

사노겐 즉 사노 겐이치로가 영업부 차장을 맡아 어깨로 바람을 가르고 다니던 것은 이 년쯤 전이다. 지금 사노는 고객실이라는 도쿄겐덴의 '변두리'로 쫓겨나 일개 한직에 지나지 않는 '실장'이라는 직함에 겨우 만족하고 있다.

고객실의 주요 업무는 클레임 처리다.

매일 고객이 제기하는 다양한 종류의 클레임에 대응해 적절한 조치를 취한다. 부하는 두 명, 스물일곱 살 된 쓸모없는 남자와 서른두 살 된 눈치 없는 여자다. 둘 다 놀라울 정도로 일을 못한다. 이 자리로 이동이 정해졌을 때 발령 서류를 건넨 기타가와의 말은 지금도 기억한다.

"클레임은 뭉개. 그게 자네 일이다. 어울리지."

영업사원으로서는 필요없다는 통보다. 도쿄겐덴에서 고객의 클레임 따위는 일고의 가치도 없다. 기타가와의 생각이자 회사의 생각이기도 했다.

이 발령 하나로 그때까지 순조롭게 월급쟁이 생활을 하던 사노는 출세가도에서 벗어나 조직의 끄트머리로 쫓겨나고 말았다.

사노는 고토 구에 위치한 아파트에 사는 회사원 가족의 둘째 아들로 자랐다.

부모님은 맞벌이였다. 아버지는 니혼바시의 섬유상사에서 일하는 영업사원이고 어머니는 간다에 본사가 있는 부품 제조업체에서 경리 보조를 했다. 그래서 어릴 적 사노는 늘 집 열쇠를 목에 걸고 다니는 아이였다. 학교에서 돌아오면 어머니가 준비해놓은 간식을 먹고 친구 집으로 놀러 간다. 가끔 친구가 놀러 올 때도 있었지만 부모가 없는 집에서 아이들만 노는 것을 어머니가 별로 달가워하지 않았기에 대개 사노가 친구 집으로 갔다. 그리고 매일 늦게까지 놀다가 오후 6시가 넘어 어머니가 퇴근할 때쯤 되면 집으로 돌아왔다.

가족은 고토 구의 바다가 보이는 아파트 5층에서 살았다. 거실 하나에 방이 셋인 집이었다. 부모님의 월급을 합해 삼십 년 대출로 구입한 중급 아파트에 자랑할 만한 것은 하나도 없었다. 굳이 꼽자면 베란다에서 보이는 항구 풍경이었다.

도쿄 만 저 멀리 늘어선 크레인, 창고, 다양한 크기와 종류의 배. 맑게 갠 날이든 비 오는 날이든, 배가 천천히 움직이는 모습은 온종일 보고 있어도 질리는 법이 없었다. 놀러 갈 데가 없을 때면 사노는 베란다에 서서 그 광경을 바라보며 지냈다.

뱃사람이 되고 싶다. 어린 시절 사노의 꿈이었다. 저 항구에서 배를 타고 나가 세계 각국을 돌아다니는 거다. 외국에는 분명 본 적 없는 아름다운 항구가 있으리라. 거기에는 가슴 두근거리는 모험이 기다리고 있을 것이다. 오래 입어 낡은 반팔 셔츠에 물려받은 반바지, 맨발에 샌들을 아무렇게나 걸쳐 신고 바다를 바라보는 어린 사노의 머리카락을 바닷바람이 흔들고 가면 조수 냄새가 등을 다정하게 쓸어주었다.

고향의 공립 중학교를 나온 사노는 근처의 도립 고등학교에 진학했다.

명문대 진학률이 그럭저럭 되는 학교였지만 거기서 사노의 성적은 중간 정도였다. 별 생각 없이 도내 사립대학 경제학부에 진학한 뒤 그대로 대형 가전판매회사에 취직했다. 뱃사람이 되고 싶다는 어린 시절 꿈은 진작 잊어버렸고, 정신을 차려 보니 지극히 일반적인 인생 길을 걸어가는 자신이 있었다.

회사에서 사노는 아주 좋은 성적을 올렸다.

말을 잘했기 때문이다.

고객은 구워삶고 상사에게서는 환심을 산다. 처세술은 그 회사에서 몸에 익혔다. 그리고 서른 살이 되기 직전, 더 큰 무대를 찾아 도쿄겐덴의 경력직 채용 시험을 쳐서 합격했다. 그 뒤로 이 년 전에 출세 계단에서 발을 헛디디기 전까지, 사노는 좋은 성적을 거두는 우수 영업사원으로서 사내에서 높이 평가받는 존재였다.

사내에서 으뜸가는 정보통으로, 말주변도 좋거니와 일솜씨도 뛰어나다. 당시 영업부 차장이던 사노는 직속 상사인 기타가와에게는 철저히 예스맨으로 굴었다. 상사에게는 알랑거리고 부하에게는 엄격한, 전형적인 중간 관리직다운 태도를 발휘하여 잘나가고 있었다.

하지만 전환점은 갑작스럽게 찾아왔다.

어느 날 임원회의에서 기타가와가 영업 성적 부진은 사노가 무능한 탓이라고 보고했다는 이야기를 전해 들었다.

사노는 격렬한 분노를 느꼈다. 이렇게 열과 성을 다하는데 기타가와는 사노를 버리는 말 정도로밖에 생각하지 않는다.

임원회의에서 있던 일을 사노에게 이야기한 사람은 제조부의 이나바 가나메 부장이었다.

이나바와 기타가와는 견원지간이다. 기타가와는 매출이 늘지 않는 것은 제품이 나쁘기 때문이라고, 이나바는 영업 능력이 부족해서라고 주장한다.

문제의 발언은 사장이 그해 중점 판매 항목으로 꼽은 주택 관련 부문의 매상이 지극히 저조하다는 데서 기인했다.

마침 세상은 미국발 금융 위기에서 시작된 불황의 구렁텅이에 빠져 대규모 지출을 자제하는 풍조가 생겼을 때였다.

역경 속에서 주택 관련 부문 매출은 격감했다. 총괄을 맡은 사람이 사노였는데, 실적 부진은 개인의 능력 때문이 아니라 환경이 요인이라고 할 수 있었다.

사노는 지금도 그 시절 환경에서는 누가 맡았건 똑같은 결과가 나왔으리라고 생각한다.

그런데 기타가와는 책임을 사노 한 사람에게 전가하고 자기 보신을 꾀했다.

용서하기 힘든 발언이었다.

"가끔은 한잔하러 가자고."

이나바의 제안에 응한 것도 기타가와에 대한 불만이 있었기 때문이다. 술집에서 기타가와의 폭군 같은 태도나 억지스러운 영업 방식에 대해 있는 대로 털어놓았다. 거기에 대고 이나바도 마음껏 말을 얹었다. 두 사람은 급격히 의기투합했고 기타가와를 공동의 적으로 하는 동맹관계가 만들어졌다.

기타가와는 사내에서도 엄격한 영업부장으로 통한다.

하지만 사실 세세한 숫자는 사노에게 다 맡기고 부하와는 커뮤니케이션도 한 적 없다. 영업부에서 어떤 문제가 일어나고 있으며 직원들이 어떤 상태로 일하는지 전혀 관심을 보이지 않았다. 그저 목표 수치를 던져놓고 달성하지 못하면 온갖 폭언을 퍼붓는다. 자기이익을 위해서는 사노 같은 오른팔까지 간단히 잘라버린다. 이렇게 사람 마음을 얻지 못하는 방식으로는 잘될 리가 없다. 처음 이나바와 술을 마셨을 때 사노는 의분에 사로잡혀 감정적으로 그런 말을 늘어놓은 기억이 있다.

그 뒤로 이나바와는 이따금 먹고 마시는 사이가 되어 사내의 다양한 문제에 대해 의견을 교환했다. 사노는 계속해서 기타가와에 대한 불만을 이야기했다.

"자네가 기술 계열이면 우리 쪽으로 오라고 할 텐데 말이야."

이나바는 이런 식으로 동정하면서도 사노에게 얻은 정보를 임원회의 때 영업부를 공격하는 데 이용하는 것도 잊지 않았다. 세상의 추세가 그렇다 보니 도쿄겐덴도 실적이 위기에 처하는 바람에 임원급에서 사사건건 책임론이 터져나왔기 때문이다. 이나바는 영업부 실태를 파악해 지적함으로써 아전인수식 논리를 전개할 수 있었다.

어느 날 기타가와가 보좌를 부탁해서 사노도 그 논의 광경을 본적이 있다.

"디자인이 소비자에게 받아들여지지 않으니까 판매가 안 되는 것 아닌가?"

기타가와가 어느 제품을 두고 제조부를 깎아내렸더니 이나바가 즉시 반박했다. "소비자 설문 조사를 실시하자는 부서 내 제안을 묵살했다며? 그런 당신이 뭘 알아. 모순이잖아."

기타가와는 임기응변으로 말도 안 되는 논리를 만들어내 되받아쳤지만, 자리에 앉은 뒤 떨떠름한 표정으로 이리저리 눈을 굴리는 모습은 인상적이었다.

설문 조사 묵살을 지적받은 데 대한 가벼운 동요가 배어나왔다.

꼴좋다.

바람을 읽고 우승마에 올라탄다. 사노는 내심 득의양양해졌다. 사내 정보통으로 알려지는 한편, 물밑에서 이나바와 결탁해 기타가와를 위협한다. 사내 정치가의 진면목이었다.

임원회의에서 논쟁이 생길 때마다, 기타가와는 이나바가 영업부 내부 정보에 정통하다는 사실을 가슴에 새기며 경계심을 강화했으리라. 이나바의 정보원이 사노라는 게 알려지기 전까지.

그때까지 부르면 부르는 대로, 한 달에 한 번 꼴로 이나바와 술자리를 했다. 당시 사노는 뭔가 이유를 붙여서 거의 매일 동료나 거래처의 친한 담당자들과 술을 마셨다. 그래서 이나바와의 자리도 어느새 그런 교제의 일환 같은 느낌이 되어 있었다. 가끔 사노가 이나바를 불러낼 때도 있었는데 이나바는 늘 혼자서 왔다. 사노도 마찬가지였다. 그렇게 하기로 짠 것은 아니지만 서로 떳떳지 못한 느낌이 있었기 때문이리라.

그리고 이 년 전 7월, 이나바가 먼저 쑤기미 요리가 맛있는 가게가 있으니 같이 가자고 제안했다.

둘이서 만날 때는 회사에서 떨어진 곳으로 가는 경우가 많았다. 동료와 마주치는 일을 피하기 위해서다.

가게는 신주쿠 야스쿠니 거리의 건물 7층에 있었다.

"내가 후쿠오카 출신이잖아. 겨울에는 복어지만 복어가 없는 여름철에는 꼭 쑤기미를 먹지."

이나바는 조금 뽐내듯이 말하며 점원이 통에 담아서 보여주러 온 쑤기미에 고개를 끄덕이더니 한차례 일 이야기를 했다. 신제품 기획이 나쁘다는 둥, 제조 라인의 재검토가 사장의 이해 부족으로 늦어지고 있다는 둥 하는 이야기였다. 독설가인 이나바에게서 긍정적인 이야기는 별로 나오지 않는다. 거의 누군가를 비판하는 이야기이다. 한편 사노는 늘 그렇듯 할당량 달성이 어려운 상황을 이것저것 이야기했다. "부장님은 무조건 달성하라는 말만 해요. 달성할 수만 있으면 뭐가 고생이겠어요"라며 기타가와에게 아무 대책이 없음을 조소하고 탄식해 보였다.

쑤기미를 먹어본 것은 그때가 처음이었다.

흰 살 생선으로, 확실히 복어 대신이라고 할 수 있을지도 모른다. 그러나 음식에 관심이 없는 사노에게는 복어든 쑤기미든 큰 차이는 없었다. 어차피 자신의 수입으로는 무리해야 먹을 수 있는 생선이라 흥미도 없었다. 이나바와 먹을 때는 대체로 이나바가 계산했다. 제조부 경비였으니 결국 제조부 정보 수집 활동의 일환인 셈이지만 사노는 그 점을 인식하지 못했다.

가게에는 세 시간 가까이 있었을까? 금요일이라서 손님이 많은데다 요리도 정성껏 하는 곳이어서 시간이 걸렸던 듯하다.

이나바가 계산을 한 뒤 함께 엘리베이터를 타고 지상으로 내려왔다. 엘리베이터가 혼잡해서 이나바가 먼저 내리고 사노가 그 뒤를 따랐다.

느닷없이 팔이 붙잡혔다.

놀라서 돌아본 사노는 자기도 모르게 할 말을 잃었다.

기타가와가 서 있었다.

이미 알코올이 들어간 듯한 얼굴에서는 분노와 빈정거림이 배어 나왔다. "이런 우연도 있군"이라며 사노를 차갑게 응시하더니 몇 미터 앞을 걸어가는 이나바의 뒷모습을 흘끗 보았다.

"사이좋았구나, 너희 둘."

너무 갑작스러운 나머지 변명할 말이 떠오르지 않는 사노에게 이 한마디만 남기고 기타가와는 엘리베이터 홀로 사라졌다.

보름 뒤, 사노에게 고객실 이동 명령이 떨어졌다.

사노는 이른바 '창가 자리'라고 불리는 한직으로 쫓겨났다.

실제로 사노의 책상은 창문에서 가장 가까운 곳이어서 창밖으로 오테마치 거리를 볼 수 있었다. 매일 밖을 뛰어다니던 영업부 시절에는 창문을 바라보며 하루를 보내는 날이 오리라고는 생각지도 못했다.

"어릴 때는 뱃사람이 되고 싶었는데."

매일 창밖을 바라보며 지내는 사이에 사노는 겨우 그 기억을 떠올렸다. 집 베란다에서 바라보던 바다와는 조금도 닮지 않은 콘크리트 바다를 내려다보면서 사노는 절절히 생각했다.

바보다. 나는 왜 뱃사람을 목표로 하지 않았을까?

대체 어느새 그 꿈을 잊어버렸을까?

지금 사노는 도쿄겐텐이라는 중견 제조업체의 직원이고, 장래성 없는 위치에서 매일 썩어가고 있다. 손 쓸 방도도 없이, 쓸모없는 부하에게 짜증을 느끼면서 여기에 있다.

2

아까부터 부하인 고니시가 속닥거리며 열심히 통화를 하고 있다. 내용은 알 수 없다. 이따금 넌더리난다는 듯이 내놓는 "그러니까 그 건"으로 시작하는 대사 덕분에 클레임에 대응중이라는 것을 겨우 알 수 있었다.

사노는 벽에 걸린 시계를 올려다보았다. 오후 3시를 조금 넘은 시각, 사무실 창문으로 들어온 햇빛이 비스듬하게 벽에 그림자를 드리우고 있었다.

대체 언제까지 이야기할 셈이지?

부아가 치민 사노가 파란 파티션으로 막힌 고니시의 책상을 노려보았을 때 "그럼, 먼저 끊겠습니다"라는 소리가 들리더니 한 시간 가까이 계속된 통화가 끝났다.

"고니시."

이름을 부르자 파티션 너머로 고니시가 얼굴을 반쯤 내밀었다. 잠깐만 와보라고 하니 느릿느릿 일어나 사노의 책상으로 걸어왔다.

고니시 다로는 비썩 마른 장신에 창백한 얼굴을 한 시원찮은 남자였다. 사노를 내려다보는 표정에서 지성과 생기라고는 찾아볼 수조차 없다.

"방금 클레임 뭐였어?"

사노가 물었다.

"냉장고 문이 덜컹거린답니다."

고니시가 대답했다. "애가 문에 매달리고 난 뒤로 잘 안 닫히게 됐다네요."

"자네 말이야, 그런 클레임에 시간을 얼마나 쓰는 거야?"

의자 등받이에 기댄 사노는 무서운 눈으로 고니시를 보았다. "대관절 문에 매달려놓고 어쩌라는 건데? 우리 냉장고가 정글짐이야?"

"끈질긴 사람이어서요. 오사키 시에 사는 서른일곱 살 전업주부이고 이름이……."

"됐어. 듣기도 싫어."

변명조차 되지 않는 고니시의 말을 중간에 잘라버렸다. "애초에 자네는 시간을 너무 들여. 그런 전화에는 원래 용도로만 사용하시면 그렇게 되지는 않는다는 식으로 잘 둘러대라고. 자네, 영업 출신 아니야?"

영업 출신이라고는 해도 고니시가 '쓸모없는' 것은 알고 있다. 대학 졸업 후에 신입사원으로 들어와 영업부에 이 년 동안 재직한 뒤

총무부로 이동되었다가 고객실로 왔다. 총무부에서도 쓸모가 없었던 것이다.

"죄송합니다."

고니시가 고개를 꾸벅 숙이고는 입을 다물었다. 사교성이나 영업 센스 같은 것은 찾아보려야 찾아볼 수 없는 이 부하는 그저 고지식 하고 온순하다.

"이제 됐어."

그 말에 고니시가 "저, 이거 고객 리포트에 실을까요?"라고 조심 스럽게 물어보는 바람에 사노는 더욱더 어이가 없어졌다.

"실을 수 있을 턱이 없잖아. 이런 걸 실으면 고객실은 뭐하는 데 냐고 제조부나 영업부에서 십자포화나 맞겠지."

고객 리포트란 고객실이 매달 한 번 작성하는 보고서다. 어떤 클 레임이 있었는지 보고하고 각 부에 개선을 요구하는 것이 목적이다.

매달 사노는 이 리포트 작성에 고심했다.

부주의하게 작성했다가는 "그런 건 고객실에서 설득해야지"라며 거꾸로 무능하다는 소리를 들을 수도 있기 때문이다.

영업부장 기타가와뿐만 아니라 도쿄겐덴 사내에 '클레임은 덮어 야 하는 것'이라는 인식은 일치한다. 게다가 돈도 되지 않는 일은 쓸 모없는 인간들이 조촐히 처리하면 된다는 생각에도 이의는 없었다.

그렇다고 클레임을 전혀 보고하지 않을 수도 없다. 고객실의 필요 성이 의문시되기 때문이다. 둘 사이에서 적당한 균형을 잡는 것이 미묘하고 어려웠다.

그래서 고객실이 작성하는 리포트는 풍파를 일으키지 않을 만한 온건한 내용으로 작성하는 것이 상례였다.

도쿄겐덴에는 이번 달에도 직시할 만한 클레임은 없었다. 이런 의견을 주면서도 어느 정도의 클레임은 고객실이 방파제가 되어 막아냈음을 넌지시 알린다. 그 균형을 맞추는 것이 지금 사노에게 필요한 기술이라고 해도 좋다. 사내 정치라 불린 균형 감각 덕분에 가능한 일이었다.

한소리 들은 고니시가 주뼛주뼛 자리로 돌아가는 뒷모습을 지켜보다 사노는 이번 주에 배달된 고객 클레임 엽서와 편지 더미를 손에 들었다.

고무 밴드로 묶어놓은 이 더미에는 또 다른 부하인 니시나 사토미가 작성한 간단한 목록이 첨부돼 있었다.

클레임인지 아닌지를 기준으로 나눈 다음, 클레임은 긴급성에 따라 A에서 C까지 세 단계로 분류하게 되어 있다. A는 무시해도 되는 레벨, B는 어떤 대응을 검토할 레벨, C는 긴급히 대응해야 할 레벨이다.

목록에 게재된 클레임 수는 오십 건이 넘는다. 도쿄겐덴의 라인업은 주택 관련 제품부터 공업용 제품에 이르기까지 여러 갈래이기 때문에 이 정도면 적은 편이다.

대개 개인 고객이 우편으로 클레임을 제기한다. 녹슬어서 손이 더러워졌다거나 뚜껑을 열 때 이상한 소리가 들린다는 종류가 많은데 니시나는 A로 분류해두었다. 그건 좋다.

하지만 목록을 훑어본 사노는 늘 그렇듯 B와 C가 많다는 데에 두 손 들었다. C는 해당 부서에 연락해서 대응책을 보고해야만 하기 때문이다.

"니시나, 잠깐만."

니시나가 느릿느릿 자리에서 일어나 사노 앞으로 왔다.

"이게 왜 C야?"

편지로 온 클레임이다.

"선반에 있는 물건을 집으려다 균형을 잃는 바람에 귀사 제품인 접이식 의자에 체중을 실었더니 좌판이 떨어져서 다칠 뻔했습니다. 여러 가지 용도로 쓰이는 의자니까 견고성을 높이거나 몇 킬로그램까지 견딜 수 있는지 주의사항을 적어두어야 한다고 생각합니다."

꼼꼼하게 제품명도 기록해놓았다. 연령이 느껴지는 달필이다.

"다칠 뻔했다고 되어 있어서요."

사노는 호통치고 싶은 마음을 간신히 눌렀다.

"하지만 다치지 않았잖아. 우리 회사 접이식 의자가 세상에 얼마나 많이 나가 있는지 알아? 심지어 이런 클레임은 이것밖에 없잖아. 이 사람이 특이하게 사용해서 그런 거라는 생각은 안 들어?"

"아……."

"아는 무슨 아야."

사노는 여봐란 듯이 한숨을 내쉬어서 니시나를 위축시켰다. "이런 클레임을 넘겨주면 제조부도 곤란할 거 아냐. 선반에서 물건을 집을 때 균형을 잃어버려서 어쩌고 하는 이야기, 알 게 뭐야. 이 사람 체중이 얼마나 되는지 몰라도 그럴 때는 통상 상정하는 것보다 더 큰 부하가 걸리겠지. 게다가 이 의자를 어떻게 사용했는지도 안 써놨어. 비를 맞아서 녹슬었는지도 몰라. 간단히 C로 분류하지 마. 이야기가 커지잖아. 아무 일도 아니면 우리 책임 문제가 되니까."

"상황을 조사하는 편이 좋을까요?"

예상치 못한 대답에 사노는 고객실 같은 한직에 있는 자신이 정말로 한심하게 느껴졌다.

"조사해서 어쩔 건데? 이런 건 무시하면 그만이야. 무시해, 무시. 분류는 기껏해야 B겠지."

사노는 얼굴 앞에서 손을 휘휘 저으며 말하고는 혼잣말처럼 중얼거렸다. "그건 그렇고 이런 식이면 이번 달 리포트는 어떻게 하지?"

고객실에 온 뒤, 사노의 머리는 고객 리포트에 대한 것으로 가득했다.

"뭔가 좋은 클레임 없었어?"

묘한 질문이지만 리포트에 싣기 적합한 클레임이라는 뜻이다. 고객실의 고생을 짐작할 수 있고 경청할 가치가 있으면서 크게 개선할 필요는 없는.

생각에 잠긴 니시나에게 사노는 "편집회의 때까지 부탁해"라며 마음대로 이야기를 끝냈다. 고객 리포트에 무엇을 실을지는 셋이서 여는 '편집회의'에서 정한다. 회의라고는 해도 발언하고 결정하는 사람은 늘 사노 혼자다.

이거, 원. 니시나가 인사하고 등을 돌린 순간 사노는 자기도 모르게 천장을 올려다보았다.

시시하다. 매일 이런 일만 되풀이하고 있군.

그리고 '여기 계속 있다가는 바보가 되겠어' 하고 마음속으로 중얼거린 것도 평소와 마찬가지였다.

고객 리포트는 매달 5일에 발행한다.

그전에 우선 골자를 보고서로 작성한 뒤, 부장급 이상이 모여 정기적으로 개최하는 연락회의의 승인을 거쳐 사내 회람용 정기 간행물로 배부한다. 고객실에서 월말 즈음에 여는 정리회의를 편집회의라 부르는 것은 이 때문이다. 보고할 클레임을 선별하고 리포트의 방침을 결정한다.

사노는 아까부터 언짢은 표정으로 팔짱을 긴 채 입을 다물고 있었다.

편집회의 자리다.

사노 앞에는 한 달 동안 모인 클레임 관련 서류가 산더미처럼 쌓여 있었다. 고니시와 니시나도 얼마간 긴장한 얼굴로 회의 테이블에 앉아 아까부터 서류를 뒤적이며 뭔가 생각하는 척하고 있었다. 하지만 귀 기울일 만한 발언은 하나도 나오지 않는다.

"왜 이렇게 변변찮은 클레임뿐이지?"

혀를 차며 사노가 날카롭게 내뱉었다. 도쿄겐덴에서 제조하는 품목은 다방면에 걸쳐 있는데 기술력에는 정평이 나 있었다. 사용법에 따라 제대로 쓰면 중대한 고장이나 손상은 일어날 리 없다.

그런데 지금 눈앞에 쌓인 클레임은 대부분 통상적으로는 상정할 수 없는 사용법에 따른 손상을 주장하는 것, 세세한 문제로 트집을 잡는 병적인 것, 자기가 세상 누구보다 똑똑하고 분별력 있다고 착각하는 바보들의 시답잖은 설교 같은 것뿐이었다.

이런 클레임을 변변찮다고 하는 이유는 분명하다.

전향적이지 않기 때문이다. 덧붙여 건설적이지도 않다.

사노가 원하는 것은 "이 상품은 이 부분이 녹슬기 쉬우니 소재를 스테인레스 같은 특수 금속으로 변경하면 어떤가요" 같은 제안형 클레임이다. 제품을 비방할 뿐인 클레임은 보고할 의미가 없다. 제품 개선 내용이 담긴 클레임이야말로 경청할 가치가 있으며, 그런 클레임을 건져 올리는 데 고객실의 존재 의의가 있다. 나아가 그런 클레임 처리야말로 사노의 사내 지위 향상에 공헌한다 해도 과언이 아니다.

그런데 이번 달에 쓸모 있는 클레임은 전무했다. 그렇다고 제품 자체에 문제가 있어 보이는 중대한 내용도 없다.

사노는 매달 한 번 사장 이하 임원도 참석하는 연락회의에서 고객 리포트를 발표할 기회를 얻는다. 그런데 이대로는 고객실장으로서 존재 의의를 주장하는 자리가 임원들의 낮잠시간이 되어버릴 것이다.

기타가와에게 찍혀 고객실 같은 구석 자리로 밀려나기는 했지만 사노에게는 버릴 수 없는 야심이 남아 있었다. 마음 한구석에는 언젠가 회사의 '본류'로 복귀하고 말겠다는 불꽃이 타오르고 있다.

아직 마흔두 살이다. 그럭저럭 괜찮은 실적을 올려왔다는 자부심도 있다. 다른 인간들이 보면 고작 고객 리포트일지 몰라도 사노는 거기에 장래를 걸고 있었다.

"그러고 보니 영업 방식에 대한 클레임이 몇 건 있었습니다, 실장님."

사노의 열의는 전혀 이해하지 못할 고니시가 말했다.

"오호." 사노는 문득 생각에서 깨어났다. 써 먹을 수 있겠다는 생각이 번뜩인 것은 아니었다. 다만 지금까지 '제품' 클레임만 생각했기에 '서비스'에 대한 클레임도 있었구나 하고 눈앞의 풍경이 달라진 듯한 신선함을 느꼈을 뿐이다.

사노는 어떤 클레임이냐고 물었다.

"영업부 사람들이 매너가 나쁘다는 클레임입니다."

편지를 훑어보면서 고니시가 대답했다.

"여기에 따르면 '여러 번 거절했는데도 찾아오는 데다 오후 7시나 8시에 옵니다. 심지어 9시 넘어서 오는 경우도 있었습니다. 불만을 이야기하면 우리 회사에도 목표가 있다는 등 자기 사정만 내세웁니다. 댁네 회사에서는 영업사원에게 무슨 교육을 하는 겁니까? 이 이상 영업을 집요하게 계속하면 경찰에 이야기하겠습니다.' 비슷한 내용이 두 건 더 있습니다."

사노는 의자 등받이에 기대 엄지손톱을 깨물며 이리저리 궁리해 보았다.

지금까지 고객 리포트에서 영업부 활동을 도마 위에 올린 적은 없었다. 애초에 그런 클레임이 존재하지도 않았다.

하지만 근래 몇 달 동안 비슷한 클레임이 드문드문 눈에 띄기 시작했다.

매출 목표에 대한 기타가와의 압박 탓이겠지만, 사노의 후임인 나카시타가 기합을 넣는 방식이 심상치 않은 것도 큰 영향을 끼치고 있으리라. 영업부는 목표를 달성하기 위해 사노가 지휘했을 무렵에는 생각도 할 수 없던, 악덕 상술이나 다름없는 영업 방식을 묵인하는 듯하다.

"재미있군."

사노가 내심 만족스러워 웃으며 중얼거렸다. 이걸 리포트로 만들어서 발표하면 영업부 차장으로서 자신이 한 일이 얼마나 뛰어났는지도 증명하게 된다.

"고니시, 영업부 관련 클레임을 예전 것까지 뒤져서 픽업해봐. 이번 달 리포트는 그걸 중심으로 가지. 그리고……."

갑자기 눈앞이 확 트인 기분으로 니시나를 돌아보았다. "의자 좌판 이야기 있었지? 그런 종류의 클레임을 또 다른 축으로 놓자고. 그런 걸 몇 개 열거한 다음 이렇게 쓰는 거야……."

사노의 입에서 대사가 술술 흘러나왔다. "제품 결함에는 해당하지 않지만 상정하지 않은 사용법으로 인한 파손을 성토하는 클레임이 늘고 있다, 고객실에서는 고객 계몽에 힘쓰고 있다고. 이렇게 하면 우리가 클레임을 막기 위해 얼마나 노력하는지 잘 알겠지."

이날 사노는 머리가 맑았다.

고민하던 산수 문제의 답을 들은 어린 아이처럼 니시나의 표정이 확 밝아졌다. 뭔가 감상 비슷한 이야기를 하려던 듯했지만 정작 입밖으로 나온 말은 "실장님, 대단하세요" 한마디뿐이었다.

당연하지. 사노는 마음속으로 말했다.

너희와는 머리 구조 자체가 다르거든.

"또 뭐가 있을까?"

좌초하기 직전의 배 같았던 편집회의는 갑자기 순풍을 받고 앞으로 나아가기 시작했다. 이제 리포트 작성에 돌입하면 된다.

두 부하는 특별히 아무 발언도 하지 않았다.

"그럼, 그렇게 정리해줘."

사노는 편집회의를 끝냈다. 두 시간 정도 회의했지만 중요한 사항은 오 분 만에 정해진다. 일이라는 게 왕왕 그런 것일지도 모른다.

기타가와에게 한 방 되갚아줄 수 있다.

자리로 돌아온 사노는 창문으로 바깥 풍경을 내려다보면서 나지막이 웃었다.

4

"다음은 고객실에서 발표하겠습니다."

연락회의의 사회와 진행을 맡은 집행임원 구마가이는 젠체하는 인간이다.

영업부 시절에 싱가포르 지점을 설립한 실적을 평가받아 임원이 됐지만, 그때 몸에 벤 '외국 물'을 아직도 빼지 못했다. 역겹기 짝이 없이 같잖은 남자였다.

그런 개인적 감정은 조금도 내색하지 않은 채 사노는 회의실 구석에서 일어섰다. 이제야 돌아온 순서에 가벼운 흥분을 느끼면서 "나눠드린 자료를 봐주십시오"라고 늘 하는 말을 했다.

말하기 전부터 임원이나 참가자는 대부분 이미 열심히 클레임 정보를 보고 있었지만, 그런 건 아무래도 상관없었다.

"고객실에서 지난달 클레임 상황에 대해 보고드리겠습니다."

사노는 막힘없이 말하면서 임원 가운데 앉아 있는 기타가와의 모습을 슬며시 관찰하는 것도 잊지 않았다.

발표하려 일어선 사노의 자리에서는 기타가와의 옆얼굴을 조금 볼 수 있었다.

표정이 불쾌하다는 듯 굳어 있어 내심 빙긋이 웃었다.

"요즘 고객실로 들어온 클레임 가운데 특히 영업 태도에 관한 것이 증가하는 경향이 있어 개선점을 보고드리려 합니다."

국회 연설 같은 말투를 쓰며 사노는 단어를 골랐다. "밤늦은 방문, 반강제적인 권유, 그뿐 아니라 영업부 직원의 세일즈 토크까지. 도덕을 일탈한 행위에 대한 클레임이 다수 들어오고 있습니다. 고객실에서도 열심히 대응하고 있지만 영업부 내에서도 반성할 점은 반성하시고 고객 대응의 기본을 확인해주시길 바랍니다."

화가 나서 벌게진 기타가와의 얼굴을 보고 사노는 기분이 좋아졌다. 이어서 영업부에 대한 클레임 사례를 구체적으로 나열한 뒤, 암암리에 해이해진 규율이 누구 탓인지 관리 책임을 묻는 언급까지 넌지시 해 보였다.

스스로 생각해도 제법 괜찮은 말주변이다.

십 분 정도인 발언 시간의 대부분을 영업부에 대한 클레임 처리에 할애한 다음 사노는 마지막으로 제품 불만에 대해서도 덧붙였다. 고객실이 고객에게 설명해서 이해시켰다고 한 뒤, 상정하지 않은 사용법으로 인해 불의의 사고가 일어날 수 있음을 제품 기획 단계에서 고려해달라는 내용으로 발언을 마무리했다. 완벽하다.

여운에 젖은 듯한 간격을 두고 구마가이가 기타가와에게 화제를 넘겼다.

"어떻습니까, 기타가와 영업부장?"

"이런 건 말할 가치도 없어."

곧바로 내뱉듯이 발언한 기타가와는 사노에게 분노 어린 시선을 던졌다. 자신에게 맞서는 자는 모조리 밟아온 사람이다. 격정에 사로잡힌 눈을 하고 있었다.

"이 정도의 클레임은 어떤 회사에나 있다고. 영업은 깨끗한 일이 아니야. 경쟁사와 먹느냐 먹히느냐 하는 싸움이지. 고객실은 타사의 영업이 어떤지 모르나 보군. 아니면 조사라도 했나?"

기타가와의 물음에 구마가이가 사노를 돌아보았다. 젠체하며 말 없이 오른손을 내민다.

"아니오, 조사하지 않았습니다."

사노가 대답했다. "고객 클레임이 이 보고서의 골자이고, 저희 목적은 클레임 없는 회사입니다. 타사가 그렇게 하니까 우리도 해도 된다는 논리는 아무래도 이해하기 어렵습니다."

"그러니까 그렇게 해서는 못 판다고 하잖아!"

기타가와의 분노가 폭발했다. "그러니까 영업부 실격 낙인이 찍힌 거야, 넌."

모두가 보는 앞에서 기타가와가 사노를 깎아내렸다.

돌연 치밀어 오르는 굴욕과 분노에 사노는 자기 심장의 고동 소리가 들릴 지경이었다. 그 정도로는 성에 차지 않는지 기타가와가 계속해서 말했다.

"영업부 담당 중에는 밤늦은 시각이 아니면 부재중인 사람도 적지 않아. 오히려 그런 사람이 더 많지. 담당 지역을 효율적으로 돌기 위해 내친 김에 근처 영업 장소에 얼굴을 내미는 건 영업의 기본이야. 이 리포트는 고객의 주장만 일방적으로 싣고 있는데 구체적으로 누가 어떤 제품을 팔았는지는 물어보지도 않았어. 그렇지?"

그 물음은 사노를 향하고 있었다.

"뭐…… 그렇습니다만……."

사노는 모호하게 인정할 수밖에 없었다. 실제로 거기까지 조사하지는 않았다. 어쨌든 전화나 엽서로 오는 클레임은 보낸 사람의 이름조차 알 수 없는 경우가 적지 않기 때문이다.

"그럼 이게 문제라는 걸 어떻게 아나?"

기타가와는 노발대발하고 있었다. "클레임 몇 건 들어왔다고 영업 태도를 고치라는 이야기가 어디 있어? 애초에 태도 문제야, 이게? 대관절 영업부 전체에서 담당이 몇천 건에 교섭 상대가 몇천 건이라고 생각하는 건가? 장난도 정도껏 쳤으면 좋겠군."

분노를 주체하지 못한 기타가와는 뺨을 떨며 들고 있던 볼펜을 책상 위로 내동댕이쳤다.

"클레임이 있는 건 안됐지만 기타가와 부장 말이 맞네."

말한 사람은 하필이면 사장인 미야노였다. 예상도 못 한 전개다. 온몸의 핏기가 싹 가셨다. 손끝이 떨리는 것이 보였다.

"요즘 같은 경기는 예의 바른 영업으로 할당량을 달성할 만큼 녹

록지 않아. 고객실도 좀 더 영업부 사정을 감안해주기 바라네."

"죄송합니다."

총무부장 나가세가 사과했다. 고객실은 조직 구조상 총무부에 달려 있는 형태이다. 머리를 숙였던 나가세는 얼굴을 들면서 무시무시한 표정으로 사노를 노려보았다. 너 때문에 내가 사죄를 하게 됐지 않느냐고 말하는 것 같다.

"한 말씀 더 드려도 괜찮겠습니까?"

제조부장 이나바가 새로 발언권을 요청했다. "아까 고객실장이 상정하지 않은 사용에 대해 지적했습니다. 그에 관해 한 가지 말씀 드리려 합니다."

이나바는 사노 쪽은 아예 보지도 않았다. 과거에 식사를 함께하던 저 남자는 사노가 한직으로 쫓겨나자마자 모든 접촉을 끊었다. 사노 쪽에서 식사하자고 한 적도 있지만 결코 응하지 않았다. 두세 번 그런 일이 생기는 사이 이나바의 생각을 알게 되었다. 요컨대 사노는 이제 이용가치가 없어진 것이다.

"제품 기획 단계에서 그런 문제까지 감안하기에는 무리가 있습니다. 고객 중에 다양한 사람이 있음은 잘 압니다만, 제품이란 어디까지나 어떤 목적을 위해 만들기 마련입니다. 본 목적을 벗어난 사용법으로도 고장이나 손상이 없게 만들라고 하면 제조라는 일은 거의 성립하지 않게 될 겁니다. 그래서 취급 설명서가 있는 겁니다. 따라서 여기 보고된 사안도 리포트 형태로 사내에 배부하기에는 적합하지 않습니다. 삭제를 요청하는 동시에 고객실에서는 좀 더 상식적으로 판단해주십사 부탁하고 싶군요."

"그렇다고 하시는데 사노 실장, 뭔가 반론이 있으면 해보십시오."

구마가이가 거슬리는 말투로 말했다.

"여기에 올린 클레임은 실제로 고객이 제기한 겁니다."

이제는 활기를 잃은 목소리로 사노가 약한 반론을 시도했다. "사실이 갖는 무게를……."

"사실이 갖는 무게가 뭔가?"

기타가와가 언성을 높이며 말을 끊었다. 경멸하는 눈초리다. "난 이 사실을 어떻게 해석할 건지 이야기하는 거야. 네 결론은 너무 성급하잖아."

"그러니까 저희는 실제로 고객의 목소리를 바로 접하고 있기 때문에……."

"무슨 말인지는 알겠네."

냉정한 말투로 미야노가 끼어들었다. "각 부서 나름의 사정은 있겠지만, 클레임은 클레임이야. 본 건은 각 부서에 가지고 가서 지적 사항을 검토하길 바라네."

미야노는 도쿄겐덴에 사원으로 입사해서 사장까지 올라간 사람이다. 지적이고 공정하다는 사내 평판대로, 기타가와와 이나바에게 공격당한 사노의 지적을 경중이야 어떻든 받아들이려 해준 것이 유일한 구원이었다.

하지만 기타가와와 이나바 두 사람은 용서할 수 없다. 자신의 출세와 보신을 위해 사노를 이용하고 또 폄하했다. 그런데도 속 편하게 회사의 중추로서 영향력을 발휘하고 있고 자신은 고객실이라는 한직으로 밀려났다. 너무 불합리하지 않은가.

기타가와에게, 그리고 이나바에게 언젠가 반드시 복수할 것이다. 어떤 형태로든.

그러나 지금의 사노는 클레임 대책이라는 한가한 일을 떠맡은 변방의 인간에 지나지 않는다. 무슨 말을 한들 아무도 귀 기울이려 하지 않을 것이다.

나는 개미지옥에 빠졌어. 사노는 생각했다. 한번 빠지면 아무리 발버둥 쳐도 기어 올라갈 수 없는 개미지옥이다. 발버둥 칠수록 모래 경사를 줄줄 미끄러져 내려간다. 오늘 회의처럼.

사노는 회의가 끝나자마자 맨 먼저 회의실에서 나와 달아나듯 고객실로 돌아왔다.

"고객 리포트, 다시 쓰게 됐어."

입을 떼자마자 이렇게 전했더니 고니시와 니시나가 동시에 놀라는 소리를 냈다.

"왜요, 실장님?"

니시나가 물었다. "이제 인쇄에 넘기기만 하면 되는데요."

"그래서 뭐?"

내면에서 이글이글 타는 분노를 고스란히 담아 부하를 노려보았다. 그 격렬함에 니시나가 반론할 말을 삼켰다.

"야, 고니시. 클레임 일람표 가져와봐."

편집회의부터 다시 해야 한다.

고니시가 허둥지둥 가져온 클레임에는 며칠 사이에 새로 추가된 것이 있었다.

의자 좌판을 고정한 나사 파손.

이런 클레임이 눈에 들어왔다. 접이식 간이의자다.

또?

이번에는 뭘 어떻게 사용한 거야? 의자에 몇 명이나 올라갈 수 있는지 기네스기록에 도전이라도 했나?

하지만 그런 일은 없었다. 문제의 의자는 평범하게 사용하던 중 부서졌다. 단 하나 문제가 있다면 의자에 앉으려던 사람이 100킬로그램이 넘는 거구인 데다 앉을 때도 조심스러웠다고는 하기 어렵다는 점이었다.

도내 한 단체의 직원이 보낸 클레임 편지에는 사용 상황이 상세하게 적혀 있었다. 그리고 "이 정도로 나사가 파손되다니 아무래도 이해가 되지 않습니다"라고 소극적인 분노를 표명하고 있었다.

사노는 편지에서 얼굴을 들고 곰곰이 생각에 잠겼다.

"고니시."

사노는 부하를 불러 편지에 언급된 의자의 모델번호를 메모해 건넸다. "이 의자에 관한 클레임이 또 없는지 조사해봐. 분명 더 있을 거야. 어쩌면 진짜 고객 리포트를 쓸 수 있을지도 모르겠어."

5

"실장님, 연락이 됐습니다. 시부야에 있는 단체인데, 이게 우리한 테 편지를 보낸 담당자 이름입니다."

고니시가 내민 메모에는 '사단법인 아시아교류개발협회 모리시 마'라고 되어 있었다.

"무슨 단체야, 이건?"

사노가 메모를 흘끗 보고 고개를 들었다.

"전자부품 업계 단체 같아요. 아시아에 제조 거점이 있는 회사끼 리 자금을 분담해서 연수나 정보 수집을 한답니다."

모리시마는 그곳의 총무담당 이사였다. "오늘 내일이면 시간을 낼 수 있다고 해서 오늘 오후 2시에 약속을 잡아두었습니다."

사노는 메모에 적힌 시부야 구로 시작하는 주소를 바라보았다. 고 객실에 온 지 이럭저럭 이 년이 됐지만 클레임과 정면으로 마주하는 일은 이번이 처음이라 해도 좋았다.

1시 넘어서 회사를 나선 사노는 전철을 갈아타고 요요기 역까지 갔다. 클레임을 보낸 단체는 역에서 도보 십오 분 정도 거리에 위치한 건물 5층에 입주해 있었다. 엘리베이터 홀에 들어가도 바깥 소음이 울렸다. 그 소음이 노후화된 건물 상태와 어우러져 자못 쓸쓸한 인상을 주었다.

5층까지 올라가 위쪽 절반이 불투명 유리로 된 문을 열고 안으로 들어갔다.

책상이 몇 개 늘어서 있지만 직원은 열 명도 안 되는 작은 살림이었다. 인사를 하자 안쪽 책상에서 초로의 남자가 나와서 "모리시마입니다"라고 인사했다. 조금 헐렁한 바지를 입었고 걷어 올린 와이셔츠 밑으로 묘하게 앙상한 손이 나와 있었다.

"불편을 끼쳐드려 정말 죄송합니다."

사노는 깊숙이 고개를 숙였다. 그러고는 변변찮은 것이라며 회사 근처 화과자 가게에서 산 상자를 내밀었다. 내용물은 1500엔 하는 긴쓰바_{한천을 넣어 사각형으로 만든 통팥에 얇은 밀가루 피를 입혀 구운 과자} 열 개이다.

불평 한마디쯤은 들을 줄 알았지만 모리시마는 담담한 표정으로 사노의 사과를 받아들이더니 "이쪽입니다" 하며 걸음을 뗐다.

안내한 곳은 같은 층에 있는 회의실이었다.

교실 크기쯤 되는 공간에 연단과 화이트보드가 있었다. 회원사 직원을 상대로 연수회 등을 개최하는 곳임을 쉽게 추측할 수 있었다.

이날은 연수가 없는지 텅 비어 있었다.

긴 테이블을 접어서 벽 쪽에 쌓아놓았고 뒤쪽 벽에는 접이식 의자가 몇십 개쯤 모여 있었다.

모리시마는 의자가 있는 곳까지 걸어가더니 따로 놓아둔 의자 하나를 가지고 왔다.

"이겁니다."

이렇게 말하고 의자를 펴 보였다.

좌판이 비스듬하게 기울어져 있었다. 모리시마가 그것을 위아래로 흔들었다.

"아아, 죄송하게 됐습니다."

사노는 의자 옆에 쪼그리고 앉아 원래 고정 나사가 있던 자리를 찬찬히 바라보았다.

"볼트가 부러졌죠?"

모리시마가 이렇게 말하며 의자를 뒤집더니 좌판 안쪽에 붙여둔 테이프를 떼어 사노에게 보여주었다.

부러진 나사다.

"없어지면 안 될 것 같아서 이렇게 붙여 놓았습니다."

"감사드립니다."

사노는 유순한 얼굴로 말하고는 테이프에 붙은 나사를 떼어내 찬찬히 살펴보았다. 수첩을 꺼내 의자 등받이 뒤에 붙은 플레이트에서 모델번호를 확인한 다음 제조번호를 옮겨 적었다.

"제가 이 좌판이 부서질 때 마침 보고 있었는데요."

모리시마가 이야기를 꺼냈다. "연수중에 발언을 마친 사람이 앉

273

는 순간 뚝 소리와 함께 뒤집어졌어요. 다행히 다치지는 않았지만 위험하다 싶었습니다."

모리시마에 따르면 그때 의자에 앉은 사람은 100킬로그램이 넘는 남성이라지만, 애초에 그 정도 부하로 부서질 물건이 아니다.

"정말 죄송합니다."

사노는 사죄하고 나서 한 번 더 부러진 나사를 곰곰이 보았다. 길이 5센티미터 정도 되는 나사가 무참히 끊어져 있었다. 좌판 구조가 나사에 상정한 것 이상의 부하를 주었을지도 모른다. 나사 구멍에는 부러진 나사 끝이 아직 끼워져 있었다.

"일단 이 의자를 가지고 간 다음, 곧장 새 제품을 보내드리려고 하는데 괜찮으실까요?"

"가능하면 그렇게 해주세요."

모리시마가 말했다. "이미 이 년 정도 써서 보증 대상이 될지 안 될지 몰랐거든요."

"아뇨, 그 문제는 신경 쓰지 마십시오."

송구스러운 표정으로 사노가 말했다. "그보다 이렇게 알려주셔서 감사합니다. 앞으로 이런 일이 없게끔 유의하겠습니다. 계속 애용 부탁드립니다."

사노는 깊숙이 고개를 숙인 다음 모리시마 앞을 떠났다.

파손된 의자를 가지고 돌아온 사노는 고니시에게 모델번호와 제조번호 메모를 건넸다.

"이거 언제 만들어진 건지 조사해줘."

온라인 단말기와 마주한 고니시는 곧장 사노가 원하는 정보를 가지고 왔다.

"이 년 전 2월입니다."

"광저우에 있는 겐덴공사야?"

사노가 묻자 "아뇨. 다카사키 공장입니다"라는 예상 밖의 대답이 돌아왔다.

지금까지 단순 양산품은 대부분 십오 년 전에 설립한 중국 공장에서 만들었다. 그런데 일부 제품의 완전 자동화가 가능해졌고, 접이식 의자는 다시 국내 공장에서 생산중이라고 한다. 그편이 중국 인건비에 의지하는 것보다 비용이 적게 든다. 다카사키 공장은 일본 내 세 군데 흩어져 있던 생산 거점을 집약한 최신예 공장이다.

상품기획부에서 접이식 의자를 담당하는 사람은 나구라라는 삼십대 중반의 남자였다.

직접 찾아갔더니 나구라는 달라붙어 있던 컴퓨터에서 몸을 떼어내다시피 하며 일어나서 사노가 눈앞에 놓은 의자를 한동안 바라보았다.

"좌판이 떨어졌다는 클레임이 있었어. 이게 그 물건이야. 어떻게 생각해?"

나구라는 플로어 구석에 있는 미팅부스까지 의자를 들고 가서 빛이 들어오는 밝은 곳에서 찬찬히 관찰하기 시작했다.

신경질적으로 보였다. 은테 안경을 쓰고 도쿄겐덴 로고가 들어간

겉옷을 걸친, 말수 적은 사람이기도 했다. 나구라는 한 마디도 하지 않은 채 좌판의 나사 구멍을 들여다보더니 수긍이 갔는지 곧장 다른 나사를 풀기 시작했다.

과묵한 작업이 이어지는 동안 사노는 어떤 상황에서 좌판이 파손됐는지 술술 풀어놓았다.

"다치지 않아서 망정이지 이거 위험한 거 아냐?"

그렇지 않아도 창백하던 나구라의 얼굴이 한층 더 파래지는 모습을 사노는 보고 있었다.

설계 미스라면 나구라의 책임이기 때문이다.

좌판을 떼어낸 나구라는 확대경을 꺼내 나사 구멍 주변의 마찰 정도를 조사하기 시작했다. 파손 부분을 세심하게 들여다보더니 이번에는 다른 나사 구멍을 관찰했다.

"설계상, 나사가 외부 간섭으로 인해 손상되는 일은 있을 수 없겠네요."

이윽고 나구라가 안심한 듯 말하고 "정말 그것만으로 부러졌다고 합니까?"라고 사노가 이야기한 상황에 의문을 제기했다.

"그런 것 같던데."

수수함을 그림으로 그려놓은 듯한 모리시마가 거짓말하는 것처럼 보이지는 않았다. 거짓말할 셈이었다면 굳이 100킬로그램이 넘는 거구가 앉았다고 할 리 없다.

"100킬로그램 넘는 남자가 어떤 식으로 앉았다고 합니까?"

"어떤 식으로 앉았든 앉은 사실에는 변함이 없잖아. 부서지면 곤란하지."

맞는 말이다.

"그렇죠."

나구라도 인정했다. 인정했기 때문에 입을 다물었다. 그러더니 혼
잣말처럼 중얼거렸다. "설계에 문제가 없다면 소재인가?"

"소재?"

사노가 물었다. "무슨 뜻이야?"

"좌판에 사용한 강철의 강성에 문제가 있거나 나사 강도에 문제
가 있는 거죠."

"조사할 수 있나?"

"시간이 좀 걸리는데 그래도 됩니까?"

"상관없어. 단 제조부에는 비밀로 해주겠어?"

사노의 의뢰에 나구라는 깜짝 놀랐다.

"안 그래도 찍혔거든." 이 말에 겨우 수긍하는 얼굴이 되었다.

"이나바 부장님이 좀 시끄럽기는 하니까요."

"설계 때문이 아니면 제조 문제라는 거잖아. 그 사람이 사전에 알
면 조사에 참견할지도 몰라. 그러면 고객실로서 공정성을 담보할 수
없게 되지."

사노가 그럴듯한 의견을 입에 담았다.

"그리고 영업부에도 비밀이고요."

나구라가 재미있는 소리를 했다. 확실히 그 말대로다. 원가를 계
산해 공급처를 선정하는 것은 영업부의 역할이기 때문이다.

두고 보라지.

지난번 임원회의에서 창피당한 일을 떠올리며 사노는 마음속으로 중얼거렸다.

그러기 위해서라도 일을 신중하게 처리해야 한다.

일단은 클레임의 원인을 철저하게 추적해서 책임 소재를 밝히는 것이 중요하다. 그런 뒤에 지금까지와는 좀 다른 '고객 리포트'를 발행해주지. 무조건적인 호통이나 말도 안 되는 논리로는 발뺌할 수 없을 내용을 들이대는 거다.

이제 무서울 것은 없다.

사노는 지금, 진심이었다.

6

"실장님은 어떻게 생각하십니까?"

나구라를 만난 이야기를 해주자 고니시가 작은 동물 같은 눈으로 사노를 보았다. 백지화된 고객 리포트를 다시 작성하기 위한 편집회의다. 회의라고는 해도 분위기는 오후 3시가 넘은 시각에 열린 다과회와 그리 다르지 않다. 사노는 차에 곁들이는 과자를 이것저것 입에 넣고 니시나가 끓인 차를 마시면서 의자 등받이에 기댄 채 시선을 천장으로 옮겼다.

"음, 글쎄. 아마 제조상의 문제가 발견되지 않을까?"

그럼 고객 리포트로 이나바에게 한 방 되돌려줄 수 있다.

"실장님, 과거 삼 년간의 클레임을 확인해봤는데 접이식 의자에 관한 클레임은 총 마흔 건 가까이 있습니다."

고니시치고는 제법 눈치 빠르게 움직였다고 생각하면서 사노는 그가 건넨 클레임 목록을 읽었다.

좌판이 떨어졌다는 클레임은 일곱 건이었다. 그 외에는 접다가 손가락이 끼었다거나 시트가 탈색됐다는 종류였다.

"일곱 건이나 있어?"

사노가 놀라서 얼굴을 들었다. 의자 좌판이다. 그런 게 떨어져서야 안심하고 앉을 수도 없다. 지금까지 몇만, 몇십만 개의 접이식 의자를 제조하고 판매해왔는지 모르지만, 이런 클레임은 단 한 건도 있어서는 안 된다. 그걸 지금껏 고객의 사용 방식이 잘못됐다고 치부해왔다. 사노는 분노와 죄책감을 느꼈다. 그리고 더 빨리 문제 삼을 걸 그랬다는 일말의 후회도.

"그렇지만 또 임원회의에서 트집 잡혀서 다 흐지부지되는 건 아닐까요?"

니시나가 입 밖에 낸 불안에 사노는 무겁게 대답했다. "그게 문제야. 상품기획부의 나구라에게는 제조부와 영업부에 비밀로 조사해달라고 해두었어. 자네들도 발설하지 않도록 해. 만에 하나 새어나가면, 경우와 사정에 따라서는 우리의 존속도 문제가 되니까."

자랑은 아니지만, 불면 날아갈 고객실이다. 기타가와와 이나바가 합세해서 없애려고 마음만 먹으면 눈 깜짝할 사이에 꺼져버릴 운명이다. 그러고는 순종적인 사람을 배정한 뒤 이름을 바꾸어 다시 태어날 것이다. 그때 여기 있는 세 사람은 조직의 맨 끝으로 쫓겨나 정년까지 수감자나 다를 바 없는 회사원 인생을 보내게 되리라.

그렇게 둘까 보냐.

과자를 또 하나 집어먹으며 사노는 생각했다.

"지난번 그 건 말인데요."

나흘 뒤, 나구라에게 조사 결과에 대해 설명을 들었다. 시간을 달라더니 재빨리 조사한 모양이었다.

고맙다고 인사하자 나구라는 "늘 여기저기서 불평만 듣는 몸이니까요"라며 본심을 내비쳤다.

상품기획부 구석에 있는 부스였다.

"이나바 부장님은 무슨 문제가 있어도 어지간해서는 제조부 실수를 인정하지 않거든요. 대개는 설계를 복잡하게 해서라는 등 우리 탓으로 돌리죠."

"서로 이해관계가 일치한 것 같군."

사노는 빙긋 웃고는 "그래서 어떻게 됐어?"라고 물었다.

나구라는 주머니에서 나사 두 개가 든 작은 비닐봉투를 꺼내 테이블 위에 놓았다. 끊어진 나사, 그리고 같은 품번의 나사가 하나 더 들어 있었다.

"여러모로 조사해봤습니다. 설계부터 제조, 소재까지 철저히요. 결론부터 말씀드리죠."

나구라가 비닐봉투에서 나사를 꺼내 손끝으로 집어 올렸다. "이 나사의 강도 부족이 파손 원인입니다."

"나사의 강도 부족……?"

제조에 문제가 있기를 내심 기대하던 사노는 조금 낙담했다.

"저희가 정한 규격을 충족하지 못해요. 강도에 문제가 있죠. 그래서 파손된 겁니다."

"요컨대 나사가 불량품이라는 건가?"

"그런 셈입니다."

나구라가 이렇게 말하며 사노 앞에 설계도를 펼쳤다. 나구라가 그린, 문제의 접이식 의자 도면이었다.

도면 아래쪽에 소재 관련 정보가 기재되어 있었다. 나구라는 앞주머니에 꽂아둔 볼펜을 꺼내 한 부품번호에 표시했다.

"이게 이 의자에 사용된 나사입니다."

"제조처는 어딘지 알아?"

"저희는 모릅니다. 영업부가 알죠."

나구라가 대답하더니 "다만 여기에는 심상치 않은 사정이 있는 것 같습니다" 하고 덧붙였다. 그러고는 다른 나사를 집어 올렸다.

"이건 이 클레임을 조사하기 위해 모은 몇 가지 나사 중 하나인데, 규격에 맞는 강도예요."

사노는 잠자코 나사를 건네받아 손끝에서 빛나는 은색의 작은 물체를 응시했다.

"규격에 맞는……?"

무의식적으로 나구라의 말을 따라한 사노가 물었다. "규격을 충족하는 제품과 그렇지 않은 제품이 혼재돼 있다는 말이야?"

"그렇습니다." 나구라는 석연치 않은 표정으로 눈썹 부근을 손가락으로 긁었다.

"제조처는 같은데 나사 강도에 편차가 있다고 해석하면 될까?"

"어떤 이유로 그렇게 됐음은 부정할 수 없겠지요. 제조처가 바뀌었다고도 생각해볼 수 있습니다."

"제조처가 바뀌었다……?"

사노가 물었다. "그걸 어떻게 알아?"

"이걸 조사하느라 고생 좀 했습니다."

한마디 곁들이며 나구라가 새 목록을 꺼냈다. "샘플 수가 이 정도면 충분할지 모르겠지만 사내에 있는 동일 모델 접이식 의자를 모조리 찾아봤습니다. 제조번호부터 제조연도까지 검색해서 표로 정리했는데……."

제조연도별로 정보가 늘어선 표를 보니 명확한 경향이 있었다.

"보시면 아시겠지만 오래된 의자의 나사는 전부 규격을 충족합니다. 반면 강도 부족이 확인되는 나사는 삼 년쯤 전에서 현 시점 근처에 집중돼 있어요."

"그렇군."

사노는 눈을 반짝이며 나구라를 보았다. "가르쳐줘. 이걸로 뭘 알수 있지?"

그러자 나구라는 테이블에 볼펜을 놓고 사노를 똑바로 보았다.

"그 인과관계를 알아보는 게 실장님 일 아닙니까?"

7

문제의 접이식 의자 '라쿤'은 십 년 전부터 제조해왔다. 니시나에게 내부규정에 따라 서류가 남아 있는 칠 년 전 클레임기록까지 조사해보라고 명령했다.

"라쿤에 대한 클레임은 칠 년 동안 전부 서른여덟 건 있었습니다. 좌판 탈락과 나사 파손에 관한 클레임은 삼 년 전부터 나오기 시작했습니다. 그 이전에는 보이지 않습니다."

고객실에서 열린 편집회의다.

원래 리포트에 게재할 클레임 이야기를 나누는 자리이지만 이날은 접이식 의자 문제에 대한 긴급대책회의가 되었다. 조직 가장자리로 밀려난 '변방'의 의지를 보여줄 때다.

여느 때와 달리 진지한 얼굴로 보고한 니시나는 하얀 회의 테이블 너머로 일람표를 건넸다.

확실히 클레임 변화는 나구라의 간단한 조사와 일치했다.

"역시 뭔가 있군."

사노는 과연 그게 무엇일지 생각했다. 목적은 기타가와와 이나바에게 한 방 되갚아주는 것이므로 영업부와 제조부 과실로 직결되는 문제인 편이 바람직하다. 임원회의에서 두 사람이 당황하는 모습을 보고 싶다.

"이로써 내릴 수 있는 결론은……."

사노가 머리를 정리하면서 말했다. "제조를 시작했을 때는 분명 규격을 따랐는데 어떤 이유로 삼 년 전부터 강도가 부족한 규격 이하 나사로 바뀌었다는 거지. 이 나사의 제조업체를 알고 싶은데."

나구라가 말했듯 업체 관리는 영업부의 일이다. 도쿄겐덴에서는 상품기획부가 제품을 기획하고 설계까지 맡는다. 말하자면 나구라가 있는 상품기획부는 인원이 적은 약소 부서이고, 제조는 대부분 제조부 담당이었다. 상품기획부에서 설계했다 해도 사내 권력 관계로 볼 때 제조부가 고개를 끄덕이지 않으면 제품은 만들어지지 않는다. 품질을 유지하고 사내에서 압도적인 권력을 가진 곳은 어디까지나 제조부이며, 제조부가 지시하는 필요 부품을 사들이는 것이 영업부의 일이었다.

영업부는 일반 기업의 구매 담당이 하는 역할을 하면서 판매 가격을 정하고 채산 관리를 하며 수익을 벌어들인다. 굳이 구매부를 두지 않는 이유는 매입과 판매라는 금전의 '지출'과 '수입'을 일괄 관리함으로써 수익 관리를 철저히 할 수 있기 때문이다. 제품별로 영업부 담당자가 있어서 채산 관리를 도맡는 것은 도쿄겐덴의 특징이었다. 영업부의 목소리가 큰 것도 당연한데, 이 때문에 구조적으로 제조부와의 알력이 생긴다.

"영업부 담당은 조사해봤습니다."

웬일로 고니시가 눈치 빠르게 움직인 모양이다.

"누구였어?"

"하라시마 과장님입니다."

"하라시마……."

영업부에 있었으니 하라시마는 안다. 전임 1과장인 사카도가 반 년 전 직장 내 괴롭힘을 이유로 설마설마하던 경질을 당했다. 부임한 지 얼마 안 된 하라시마에게 삼 년 전 사정을 물어본들 과연 알까. 게다가 하라시마에게 문의하는 것은 좀 걱정된다. 기타가와 귀에 들어가면 이쪽의 움직임을 간파당한다.

"조금 더 밑에 있는 녀석이 좋겠는데."

사노가 말했다. "슬쩍 물어볼 만한 사람 없어?"

이렇게 말하면서 영업1과의 면면을 머릿속으로 떠올려보았다. 기타가와나 하라시마에게 알리지 않고 이야기를 들려줄 사람이어야 한다.

한 사람 있었다.

'잠귀신 핫카쿠', 즉 야스미다.

핫카쿠는 영업부 내에서 독특한 위치를 차지하고 있다. 무기력한 만년 계장이지만 핫카쿠에게만은 기타가와 영업부장도 별말 하지 않는다. 입사 동기라는 친분도 있겠지만, 변변히 일도 하지 않는 핫카쿠 같은 남자를 이동시키지도 않고 줄곧 계장으로 두면서 영업 1과에서 말려죽이고 있었다.

핫카쿠와는 영업부 시절 비교적 친하게 지냈다고 생각한다. 기타가와에게 찍혀 고객실로 이동하게 됐을 때는 위로의 말을 건네주기도 했다. 핫카쿠라면 기타가와나 하라시마의 눈치를 보지 않고 이야기를 들려주지 않을까?

다만 갑자기 나사 제조업체에 대해 묻는 것도 부자연스러우니 뭔가 '계기'가 필요할 것이다. 물론 그런 걸 생각해내는 것은 사노의 주특기였다.

그날 오후 4시가 지나기를 기다렸다가 사노는 슬쩍 영업부 플로어를 들여다보았다.

사무 일을 하는 여성 직원을 빼면 거의 다 외근을 나가 빈 플로어에서, 평소처럼 가장 먼저 복귀한 핫카쿠가 캔커피를 마시고 있었다.

"계장님."

다가가 말을 걸자 책상에서 잡지를 보던 핫카쿠가 얼굴을 들었다.

"잠깐 시간 괜찮으세요?"

"어디 사는 바보가 나한테 클레임이라도 걸었어?"

핫카쿠의 대꾸에 쓴웃음을 지으며 사노가 말했다. "그런 거 아니니까 안심하세요." 그러고는 인쇄한 서류 한 장을 핫카쿠에게 내밀었다.

"이런 클레임이 들어와서요."

사노는 서류를 읽는 핫카쿠의 표정을 보았다.

이 년 전에 귀사의 '라쿤'이라는 접이식 의자를 샀습니다. 그런데 지난달 협회 이벤트에서 사용하던 중 사람이 자리에 앉자마자 좌판이 떨어져버렸습니다. 보니까 나사가 파손돼 있었습니다. 특이하게 사용하지도 않았는데 부서지다니 아무래도 이해가 안 됩니다. 어떻게 된 일인지 조사해서 답변해주시기 바랍니다.

웹사이트에 투고된 클레임이라는 사실은 인쇄한 서류를 보면 알 수 있다. '사단법인 아시아교류개발협회 모리시마'라는 투고자 이름이 들어가 있었다.

아시아교류개발협회의 모리시마가 클레임을 건 것은 사실이다. 편지로 왔을 뿐. 지금 핫카쿠에게 보여준 글은 사노가 쓴 것이었다. 미리 준비한 '속임수'다.

"어이구."

핫카쿠가 관심 없는 얼굴로 서류를 돌려주었다. "고객실도 고생이 많겠어. 이런 것도 대응해야 하니."

나는 모르겠다는 투다. 전혀 무관심한 태도였다.

"그러게 말이에요."

사노가 태연하게 대꾸했다. "참 곤란합니다. 다만 이런 단체의 직원은 질이 나빠서요. 형식적으로나마 대응해두지 않으면 무슨 소리를 할지 몰라요. 제가 서류를 만들 테니 라쿤에 쓰이는 나사의 제조 처를 알려주시겠어요?"

"모르겠는데. 과장 담당이라서."

핫카쿠가 대답했다. "과장한테 물어봐."

"물어보기가 좀 그래요."

사노가 난처하다는 얼굴로 말했다. "요전에 임원회의에서 기타가 와 부장님한테 된통 당했는데 하라시마 과장한테까지 물어봤다가 는 또 뭐가 불만이냐는 이야기가 나올 거예요. 부탁 좀 드릴게요, 계 장님."

"그럼 포기해야지."

핫카쿠는 매몰차게 말하고는 사노를 무시한 채 잡지를 읽기 시작 했다.

그 옆얼굴을 사노는 슬쩍 관찰했다.

평정을 가장하고 있지만 어딘지 묘하게 딱딱하고 험악한 기색이 엿보였다.

뭔가 있다.

"어쩔 수 없겠네요. 대단한 클레임도 아니고."

사노 또한 무관심한 척 대꾸했다. "계장님이 그렇게 말씀하신다 면 나사업체를 확인해본들 별거 없다고 생각하는 편이 맞겠네요."

"그렇고말고."

사노는 핫카쿠의 대답을 한 귀로 흘리고 "바쁘신데 죄송했습니 다"라는 한마디와 함께 등을 돌렸다.

이봐. 부르는 소리가 날아온 것은 두세 발짝 걸었을 때였다.

사노가 돌아보자 핫카쿠가 말했다. "쓸데없는 일에 끼어들지 않는 편이 좋아."

순간적으로 말문이 막힌 사노에게 핫카쿠가 계속해서 말했다.

"일을 하는 데는 방식이라는 게 있어, 방식이라는 게."

"무슨 말씀이십니까, 계장님?"

사노가 거짓 웃음을 지었다. "그렇다면 계장님은 그 방식을 아십니까?"

핫카쿠는 말없이 깊은 시선을 보내왔다. 말로는 할 수 없지만 뭔가를 웅변하는 듯한 눈빛이었다. 하지만 이내 아무 말도 하지 않고 얼굴을 돌려버렸다.

사노는 가볍게 인사하고 그 자리를 떠났다. 영업부 플로어를 나섰을 무렵, 사노의 생각은 핫카쿠의 불가해한 발언의 의미에서 나사 문제로 옮겨갔다.

핫카쿠가 도움이 안 된다면 나사 제조처를 조사할 방법이 뭐가 있을까? 썩 내키지는 않지만 경리부에 부탁해서 하라시마가 넘기는 지불 전표라도 보여달라고 할까?

융통성이라고는 없는 경리과장 가모다의 얼굴을 떠올리자 그 생각은 싹 사라졌다.

달리 뭔가 손쉬운 방법이 없을까?

그때 그야말로 안성맞춤인 '해결책'이 걸어오는 모습을 보고 멈춰 섰다.

서류 케이스를 옆구리에 끼고 걸어오는 사람은 영업부 직원 다니구치 유키였다. 베테랑인 다니구치는 명랑한 데다 물정에 밝고 사람을 잘 돌본다. 일을 부탁해도 싫다는 얼굴 한 번 하지 않을뿐더러 심지어 완벽히 해내기 때문에 영업부 차장 시절에는 꽤나 의지했다.

　"어이, 다니구치."

　다니구치는 눈을 조금 크게 뜨더니 웃는 얼굴로 말했다. "아아, 실장님, 오랜만이에요." 같은 회사 안에 있지만 고객실로 간 뒤로는 얼굴을 마주하는 것도 오랜만이다.

　"미안한데, 한가할 때라도 좋으니 부탁 하나만 해도 될까?"

　다니구치를 복도 구석으로 데려간 사노는 목소리를 낮추었다.

"네지로쿠라……."

회사 이름은 기억에 희미하게 남아 있었다.

정성껏 회사 개요표까지 첨부해준 다니구치의 일솜씨는 늘 그렇듯 완벽했다. 영업부 차장이던 사노의 부탁에 아무 의심도 하지 않고 기대 이상의 결과물로 응답해주었다.

오후 7시를 넘은 고객실이었다. 다니구치는 영업부 일을 마친 뒤 사노가 부탁한 조사를 하고서 일부러 가져다주기까지 했다. 고니시와 니시나 두 사람이 일을 하면서 다니구치의 이야기에 귀를 곤두세우고 있었다.

"오사카에 있는 회사예요. 조사해보니 하라시마 과장님이 오신 뒤로 이 회사에 나사 제조를 의뢰하고 있더라고요."

"하라시마로 바뀐 뒤?"

사노는 무심코 되물었다. 하라시마가 영업1과장이 된 것은 반년 전이다.

"그전에는 어디에 의뢰했던 거지?"

"도메이테크라는 회사였어요."

들어본 적 있다. 방문한 적은 없지만 서류로 몇 번 봤기 때문이다. 사노가 영업부 차장이던 이 년 전에는 상당한 양의 부품을 발주하던 하청이었을 터이다.

다니구치에게는 라쿤에 사용된 부품번호를 알려주고 알 수 있는 범위 내에서 역대 제조처를 조사해달라고 부탁했다.

도메이테크의 회사 개요표까지 꺼내며 다니구치가 설명을 계속했다.

"이 부품은 사카도 과장님 시절에는 줄곧 도메이테크에 발주했어요. 하라시마 과장님으로 바뀌고 얼마 후부터 네지로쿠에 발주하게 된 것 같아요."

"업체를 옮겼다는 건가."

사노가 물었다. "왜일까?"

다니구치가 고개를 갸웃했다. "모르겠어요. 하지만 원래 이 나사는 네지로쿠에서 제조하고 있었거든요."

다니구치가 뜻밖의 이야기를 했다. "라쿤 제조를 시작했을 때의 기록도 그렇게 되어 있고 오 년쯤 전 기록을 봐도 그래요."

"잠깐만. 그러니까 이렇게 된 건가?"

오른손을 들어 다니구치를 제지한 사노가 이야기를 정리했다.

"기획 당시부터 약 칠 년 동안은 네지로쿠가 제조했고, 그 뒤 사카도가 도메이테크로 갈아탔다. 그걸 하라시마가 원래대로 되돌렸다."

"그렇게 되죠."

다니구치의 어깨 너머로 고니시가 얼굴을 들고는 이쪽을 보고 있었다.

나사에 문제가 발생한 시기가 나구라의 지적대로 삼 년 전이라면, 그 나사는 도메이테크에서 제조했을 가능성이 높다.

사노는 도메이테크의 회사 개요표를 찬찬히 살펴보았다. 본사는 사가미하라 시. 회사 규모는 그럭저럭 되지만 역사는 짧다. 이 회사는 나사의 강도 부족을 인식하고 있었을까?

"이 공급처 변경이 꽤 화제가 됐어요."

다니구치의 말에 생각에 잠겨 있던 사노는 얼굴을 들었다.

"무슨 말이야?"

"하라시마 과장님이 도메이테크에 발주하던 부품을 전부 철수시켰거든요."

"철수…… 전부 다?"

사노가 물었다. "이유는 알아?"

"소문이기는 한데……."

다니구치가 조금 작은 목소리로 대답했다.

"도메이테크는 벤처 기업인데 사카도 과장님이 마음에 들어했어요. 그러니까 하라시마 과장님이 자기 힘을 과시한 거 아니냐는 거죠. 나는 사카도와 다르다고."

사노는 다니구치의 얼굴을 빤히 보았다.

"도메이테크 발주량이 얼마나 되는지 알아?"

"조사해봐야 정확히 알 수 있지만 연간 3억 엔은 될걸요."

사노는 회사 개요표에 기재된 연 매출 37억 엔이라는 숫자를 보았다. 이 회사는 매출의 약 10퍼센트를 도쿄겐덴을 통해 올렸다는 이야기다. 거래가 없어졌다면 그것만으로도 적자가 될 가능성이 크다. 독단으로 그랬다면 전제군주도 울고 갈 터무니없는 횡포라 할 수 있겠지만, 하라시마가 과연 그런 짓을 할까?

아니, 아니다.

성실하고 정직한 하라시마가 연간 3억 엔이나 발주하던 하청을 잘랐다면 그럴 만한 이유가 있었을 터이다.

그때, 앞에 놓인 나사 관련 자료를 보던 사노에게 무시무시한 가설이 생생히 떠올랐다.

도메이테크가 제조하던 나사는 불량품이다. 그러니 하청에서 제외했다. 그렇다면…….

여기가 중요한데, 하라시마는 불량 나사를 사용한 접이식 의자가 대량으로 유통중이라는 걸 인지했을 가능성이 있다.

아니, 하라시마만이 아니다. 기타가와 영업부장, 그리고 제조부의 이나바도 틀림없이 알고 있다. 하라시마가 혼자만의 생각으로 그런 일을 할 리가 없기 때문이다. 하라시마는 분명히 상사인 기타가와에게 보고했으리라.

놈들은 알면서도 숨기고 있다.

"저기, 다니구치."

사노가 물었다.

"최근에 라쿤을 리콜한다든지 하는 이야기는 없어?"

"리콜요?"

다니구치가 눈을 휘둥그렇게 뜨고 사노를 보았다. 그러고는 의아한 표정으로 말했다. "아뇨, 저는 들은 적 없는데요."

"그래? 고마워. 다음에 밥 살게."

다니구치는 미소를 지으며 일어나 고객실에서 나갔다.

"실장님, 지금 그 이야기……."

책상에서 일어나서 다가온 고니시가 진지하기 짝이 없는 눈빛으로 사노에게 말했다. "설마 리콜 은폐는 아니겠죠?"

"잠깐만, 고니시."

이마에 손가락을 세게 문지르면서 사노가 말했다. "성급히 결론 내리지 마. 도메이테크부터 조사해보자. 이야기는 그 다음이야."

9

"이거, 뭐에 쓰이는 거예요?"

두 번째 조사를 부탁했을 때는 다니구치도 당황스러운 얼굴로 물었다. 도메이테크가 제조하던 모든 부품의 명세를 알고 싶으니 조사해달라고 했다.

"아직 비밀인데 이 회사가 제조하던 부품과 관련된 클레임이 있어서 말이야."

그 자리를 모면하기 위한 거짓말이 통할 상대가 아니기 때문에 사노는 신중하게 대답했다. "그렇지만 큰 문제도 아니다 보니 하라시마 과장한테 부탁하기도 민망하더라고. 고객 리포트에 실을지 말지도 모르거든."

반은 거짓말이다. 영업부의 리콜 은폐를 폭로하기 위한 조사라고 솔직히 말하면 아무리 다니구치라도 주저하리라.

다니구치는 뭔가 묻고 싶다는 눈길을 보내면서도 더 파고들지는 않고 "나중에 해도 괜찮아요?" 하고 물어서 사노를 안심시켰다.

"아아, 물론이지. 한가할 때 해주면 돼."

경계하지 않게 편안한 말투로 덧붙였다. "별것 아닌 이야기니까."

상황을 파악하는 일로 머리가 꽉 찬 사노에게 다니구치를 속인다는 죄책감은 없었다.

다니구치는 오후 5시가 넘어 명세표를 가지고 왔다.

라쿤의 나사에 부여된 부품번호에는 노란 마커로 표시돼 있다. 그 외에도 서른 종류 정도의 나사를 도메이테크가 제조했다.

"고마워."

사노가 감사 인사를 했다. 다니구치는 "실장님, 정말로 밥 사주셔야 돼요"라고 웃으며 말한 뒤 돌아갔다.

"숫자가 상당하네요. 어떻게 하죠?"

고니시가 물었다. 일단 생각하는 척하지만 고니시에게서 쓸모 있는 아이디어가 나오는 경우는 좀체 없다. "도메이테크에 가서 이야기를 들어볼까요?"

"찾아가서 댁네 나사는 불량품이냐고 물어볼 거야?"

사노가 어이가 없다는 듯이 물었다. "영업부 담당자도 아닌데 그런 이야기를 어떻게 해. 그보다는 실제품을 확보할 수 없을까?"

"실제품요?"

고니시가 입을 벌렸다. "어떻게요?" 그걸 생각해주기를 바랐건만 고니시 머릿속의 나사도 불량품이다.

"재고야."

사노가 대답했다. "도메이테크에서 매입한 나사를 공장에서 보관하고 있지 않을까?"

"하지만 실장님. 제조부의 발밑으로 뛰어들게 되는 셈인데 괜찮을까요?"

니시나가 놀란 얼굴로 물었다.

"그건 이쪽이 어떻게 하느냐에 따라 다르지."

이렇게 말한 사노는 잠시 생각하다 말했다. "고니시, 기획서 하나만 써줘."

"기획서요?"

고니시가 멍하게 물었다. "어떤 기획서요?"

"고객 서비스의 일환으로 공장 견학 투어를 기획하는 거야. 그걸 가지고 다카사키 공장에 간다."

사노는 부공장장인 마에카와를 잘 알았다. 기획서를 가지고 마에카와를 찾아가면 설마 도메이테크에서 제조한 부품을 조사하러 왔다고 의심하지는 않을 것이다.

"최대한 빨리 작성해줘."

그 뒷일은 다카사키 공장에서 마에카와를 만난 다음 생각한다. 어떻게든 되겠지.

"오호, 공장 견학 투어라. 괜찮은데?"

예상 밖으로 마에카와의 평가는 아주 좋았다. "역시 현장에서 만드는 모습을 보는 편이 제일 좋지. 아, 이렇게 열심히 만드는구나 하고 알아줄 거 아냐?"

"대학생 투어 같은 걸 하면 우리 회사에 오고 싶다는 학생도 늘지 모르지."

사노는 대충 만들어낸 기획서를 앞에 두고 말했다. 그러고는 이렇게 덧붙이며 자리에서 일어섰다. "내가 요새 공장을 제대로 본 적이 없는데 안내 좀 해주겠어?"

"그럼 그럼. 각 라인장한테도 이야기해뒀으니까 천천히 돌아봐."

다소 긴장한 얼굴의 고니시와 함께 사무소를 나온 사노는 마에카와가 안내해주는 대로 공장 안에 발을 들였다.

입구에서 받은 헬멧을 쓰고 초록색 바닥 위에 노란 선으로 그어 놓은 유도로를 따라 걸어간다.

공장은 전부 네 동이고 각각 1만 평방미터 규모였다. 둘러보기만 해도 하루는 걸린다.

"맨 처음에 볼 건 공업용 로봇 팔이야. 여기서부터 한동안은 공업용 기계 생산 라인이지."

마에카와는 이후 설명을 현장의 라인장에게 맡기고 같이 따라왔다. 제조 현장이라는 곳은 재미있었다. 사노가 뱃속에 품은 목적과 전혀 다르기는 했지만, 이 기획 자체는 의외로 나쁘지 않겠다는 생각이 들었다.

공업용 기계 생산 라인에서 시작해 중간에 점심을 먹고 차량 관련 전기전자 제품, 통신기기 관련 제품 등 대량 생산 현장을 차례차례 돌아보았다. 거의 한 시간 가까이 지났을 무렵에야 사노는 마침 내 접이식 의자 전자동 라인에 도착했다. 도중에 볼일이 생겼다며 마에카와가 사무소로 돌아간 점도 사노에게는 유리했다.

"전에는 양산이 정해지면 부가가치가 높은 일부 제품을 제외하고 대부분 중국 공장으로 이관했습니다. 그런데 전자동으로 하면 국내 제작이 싸거든요."

안내를 맡은 라인장 나이토가 이렇게 말하며 바로 지나가려다 사 노와 고니시가 멈춰 서 있는 것을 보고 의아한 얼굴을 했다.

"뭐가 있습니까?"

"아뇨, 아뇨."

사노가 웃음을 띠며 얼굴 앞에서 손을 휘휘 저었다. "우리한테는 여러 클레임이 들어오는데 접이식 의자에 관련된 게 꽤 많거든요."

이렇게 말하자 나이토도 조금 흥미를 느낀 얼굴이 되었다.

"나중에 접이식 의자의 나사도 보여주실 수 있습니까? 나사가 빠 졌다는 클레임이 많아요."

이렇게 말하자 나이토가 물었다. "아아, 이 다음에 안내할 창고에 있습니다. 나사가 문제인가요?"

"그렇습니다."

사노는 미간을 찌푸리며 난처하다는 얼굴을 만들어 보였다. "샘 플을 받을 수 있으면 좋을 텐데요. 우리도 실물을 보면서 이야기하 는 거랑 보지 않고 이야기하는 건 전혀 다르니까요."

"그건 그렇겠지요. 짐작이 갑니다."

301

나이토는 사노의 말을 순순히 믿고 다시 걷기 시작했다.

자재 창고에 도착한 것은 그로부터 얼마 뒤였다.

생산 효율을 우선해서 동 배치를 정한 결과, 창고는 어디에서나 같은 거리인 중앙에 위치해 있었다. 각 동은 창고를 ㄷ자로 에워싸듯 서 있다. 생산 계획에 근거해 조달된 자재는 창고에 쌓여 있다가 필요한 수만큼 제조 현장으로 운반된다. 창고는 제조 부문별로 분류되어 있고 입출고는 컴퓨터로 관리한다. 도쿄겐덴이 자랑하는 재고 관리 시스템이 작동하고 있었다.

나이토는 창고 관리인에게 가볍게 손을 들어 보이고는 창고 안으로 들어갔다.

아까 이야기했기 때문이겠지만, 바둑판처럼 배치된 통로를 걸어 나이토가 맨 처음 안내한 곳은 천장까지 쌓인 나사의 산 앞이었다.

"나사는 다른 부품과는 달리 자잘하기도 하고 채산을 생각해서 어느 정도 공통된 규격을 채택하기 때문에 한군데 모아놓죠."

사노는 무심코 고니시와 눈짓을 주고받았다. 그러면 찾는 수고를 덜 수 있다.

"그렇군요. 라쿤에 쓰이는 나사는 뭐지? 아아, 이건가?"

나사는 부품번호별로 줄지어 있었다. 번호를 눈으로 쫓던 사노는 문제의 나사를 보관하는 상자를 발견하고 들여다보았다. 어둠침침한 창고 안에서 나사는 짙은 회색빛을 발하고 있었다.

"나이토 씨, 여쭤보고 싶은 게 있는데 요즘 이 나사는 제조처를 변경했다더라고요. 오래된 나사는 어떻게 하십니까?"

"라벨이 붙어 있죠? 제조처가 바뀌면 부품번호도 바뀌거든요. 정식으로 폐기 처분할 때까지는 여기에 둡니다. 마음대로 폐기하면 장부와 어긋나니까요."

플라스틱 상자를 잘 보니 부품번호뿐 아니라 제조처 이름도 적혀 있다.

"투어 기획과는 관계없습니다만, 고객실 업무에 참고가 돼서 그러는데 이 선반을 잠깐만 보여주실 수 있을까요? 그리고 몇 개만 있으면 되니까 각각 샘플을 좀 얻고 싶은데요."

"편하게 보세요. 그럼 저는 먼저 가 있을 테니 끝나면 연락주시겠습니까?" 나이토는 이렇게 말하고 자리를 떠났다.

"고니시, 명세표."

사노가 짤막하게 내뱉었다. 그때까지의 온화한 표정은 간데없었다. 고니시가 안주머니에 접어 넣어둔 명세표를 펼쳤다.

"읽어봐."

부품번호가 붙은 상자를 발견하면 라벨에 인쇄된 '도메이테크'라는 회사명을 확인한 뒤 주머니에 숨겨둔 투명 비닐봉투에 나사를 몇 개씩 집어넣었다. 미리 유성펜으로 부품번호를 적어놓은 봉투다. 준비는 완벽했다.

십 분 만에 사노는 명세표에 기록된 나사를 대부분 입수할 수 있었다. 나머지는 이미 결품 처리한 모양이다. 하지만 라쿤의 나사를 비롯해 도메이테크의 나사를 대강 손에 넣었으니 더할 나위 없는 성과였다.

이나바는 소닉의 군마 공장에서 열린 회의를 마치고 다카사키 공장 부지 안에 들어섰다. 마침 사무동 현관에서 나온 두 사람이 보였다.

고객실의 사노와 부하로 보이는 젊은 남자다.

이나바를 태운 회사 차와 엇갈려서 공장 차량에 올라탄 두 사람이 공장을 빠져나갔다.

"희귀한 손님이군."

두 사람을 배웅하던 부공장장 마에카와에게 말하며 사무소로 들어갔다.

"공장 견학 투어를 기획하고 있답니다. 고객 이해 촉진이 클레임을 없애는 비결이라면서요."

"한심하기는."

이나바가 내뱉었다. "공장 견학을 한다고 클레임이 줄어들 리가 있나. 듣기는 좋지만 경비만 들고 아무 효과도 없을걸."

"그럴지도 모르지만 저 사람들도 열심히 하는 모양이에요."

아는 사이이기도 해서 마에카와는 사노를 감싸는 발언을 했다. "연구에 열심이라고 해야 하나, 아까도 클레임이 많이 들어온다면서 나사 샘플을 가지고 갔습니다."

이나바가 차를 마시려 입으로 가져가던 손을 멈추었다.

"나사? 어디 나사?"

"접이식 의자라든지 이런저런 데 들어가는 거요."

마에카와가 사무소의 자기 자리에 놓아두었던 보드를 집어 들고 대답했다. 나중에 출고 관리에 넘겨야 해서 샘플로 반출한 나사의 종류와 개수를 보드에 적어두었다.

이나바는 한동안 보도를 들여다보더니 창문 너머 아까 두 사람을 태운 차가 나간 방향으로 눈길을 던졌다.

"소닉 회의는 어땠습니까?"

마에카와의 질문에 이야기는 이날의 원래 주제로 옮겨 갔다.

"예상대로 내달쯤부터 5퍼센트 생산 조정이 있을 거라는군."

"뼈아프네요."

이렇게 말하면서 자료를 펼치기 시작한 마에카와에게 이나바가 물었다. "어떤 클레임이래?"

갑자기 이야기가 돌아가는 바람에 마에카와는 순간 눈이 휘둥그 레져 의아한 얼굴로 대답했다. "아, 거기까지는…… 물어볼 걸 그랬 습니까."

"아니, 됐어."

이나바가 말했다. "내가 나중에 물어보지."

본사로 돌아간 사노는 그날 저녁, 샘플 나사를 곧장 나구라에게 가져갔다.

"이 나사는 전부 라쿤에 쓰이던 나사를 제조한, 도메이테크라는 회사 제품이야."

사노는 이렇게 말하고 나서, 공급처가 타사로 바뀌었음을 나구라 에게 알렸다.

"공급처 변경요……?"

팔짱을 끼고 이야기를 듣던 나구라는 손 앞에 놓인 비닐봉투를 집어 들었다. 그러고는 공급처를 옮긴 이유가 적혀 있기라도 하다는 듯 찬찬히 바라보았다.

"이 나사들이 규격을 따랐는지 조사 좀 해줘."

"알겠습니다. 맡아두죠."

나구라는 테이블에 놓인 나사를 봉투째 가까운 박스에 넣었다.

"하루 정도 시간을 주실 수 있을까요? 정밀 조사해서 보고하겠습니다."

"부탁해."

사노는 한마디를 남기고 자리에서 일어났다.

10

"이봐, 사노."

점심시간에 근처 커피숍에서 회사로 돌아가려는 사노를 이나바가 불렀다. 눈치채고 있었지만 눈을 피하며 옆을 지나치려던 사노는 이나바가 불러 세우는 바람에 반걸음쯤 지나간 곳에서 발길을 멈추었다.

"다카사키 공장에 갔다면서? 뭐 때문에?"

사노는 이나바의 눈빛을 살폈다.

"공장 견학 투어를 기획하려고요."

대꾸가 없는 대신 잠깐 뭔가 헤아리는 듯한 틈이 생겼다. 불쾌하다고 얼굴에 쓰여 있다. 예전에 같이 식사하자고 부르던 때에는 보인 적 없는 표정이다.

"그런 기획을 세울 거면 사전에 나한테 넘겨. 그러면 다카사키 공장까지 가는 신칸센 비용도 절약할 수 있을 텐데. 나는 그런 기획 인정하지 않을 거거든."

"유의미한 기획이라고 생각합니다만."

사노가 무표정하게 대답했다. 연락회의에서 있었던 일이 똑똑히 떠올랐다. 사노를 실컷 이용해 먹은 이나바는 이용 가치가 없다고 판단하자마자 냉철하게 잘라버렸다. 이 남자에게 사노는 그저 발판에 지나지 않는다.

"나사를 챙겨갔다던데. 어쩔 생각이야?"

"못 들으셨습니까? 클레임이 많아서요."

사노가 이나바를 보며 말했다. 들켰다면 어쩔 수 없지만 샘플은 이미 채집했다. "어떤 나사인지 확인해보려고요."

"쓸데없는 짓은 안 해도 돼."

이나바가 낮은 목소리로 말했다. 분노를 가득 담은 목소리다. "민원 담당은 민원이나 처리하고 있으면 된다고. 시시껄렁한 짓을 하다가는 고객실장이라는 직함까지 없어질 거야. 그래도 상관없나?"

"오해하시면 곤란합니다. 저는 민원과 마주하고 있습니다, 이나바 부장님."

사노가 억지로 웃음을 지으며 말했다. 말투는 온화했지만 눈에는 숨길 수 없는 적개심이 드러났을 터이다. "라쿤의 좌판이 탈락한다는 클레임이 끊이지 않습니다. 이상하게 사용했기 때문이라고 말씀하시고 싶은지 모르지만, 최근 삼 년 사이에 제조된 의자에는 분명한 결함이 있어요. 나사요. 알고 계셨던 거 아닙니까?"

이나바는 시선을 사노에게 고정한 채 대답하지 않았다.

"다음 고객 리포트를 읽어주십시오. 어떻게 된 일인지 똑똑히 써놓을 생각이니까."

"너, 네가 어떻게 될지 알고는 있어?" 위협으로도 들리는 말이다.

"글쎄요, 어떻게 될까요?"

사노는 자신이 돌아갈 수 없는 다리를 건너고 있음을 의식했다. 실력자 이나바와 정면에서 대치한 이 순간, 사노가 거는 것은 자신의 회사원 인생 그 자체다. "불량이 있으면 확실히 보고해야죠. 고객 리포트는 원래 그래야 하지 않습니까? 그럼…… 실례하겠습니다."

이렇게 말하고 사노는 이나바에게서 곧장 등을 돌렸다.

"이나바 부장한테 한 소리 들었어. 쓸데없는 짓 하지 말라더군."

고객실로 돌아간 사노의 말에 고니시와 니시나는 똑같이 불안한 표정을 지었다.

"나사 건이 들켰습니까?"

"그런가 봐."

일부러 홀가분한 말투로 대답했지만 고니시가 얼굴빛을 바꾸고 말했다.

"괜찮을까요, 실장님? 위험한 건 아닐까요."

"이제 와서 별수 없지. 아마 정의는 우리 쪽에 있을 거야."

사노는 믿음직스럽지 못한 대사와 함께 의자 등받이에 몸을 기댔다. 그러고는 심각한 얼굴로 머리 뒤에서 두 손을 깍지 꼈다.

지금 할 일은 기다리는 것뿐이다. 하지만 그것도 곧 해결된다. 아마도 앞으로 몇 분만 있으면…….

벽에 걸린 시계를 올려다보았을 때, 고객실 입구에 나구라가 모습을 보였다.

자리에서 일어난 사노는 잠자코 옆의 회의 테이블을 가리켰다. 허둥지둥 일어선 니시나가 긴장한 얼굴로 차를 끓이기 시작했다. 고니시도 사노 옆의 의자를 끌어와 앉았다.

"검사 결과입니다."

나구라가 내놓은 자료를 고니시와 함께 들여다보았다. 나구라는 피곤에 지친 얼굴로 설명을 계속했다.

"나사는 모두 서른두 종. 문제의 라쿤에 들어가는 나사는 샘플 다섯 개가 전부 강도 부족입니다."

"뭐?"

사노가 내뱉었다. 짐작대로다. 고객 리포트로 발표하면 필시 문제가 되리라. 기타가와와 이나바의 얼굴이 볼 만하겠다. "도메이테크 나사를 사용한 접이식 의자가 몇 개나 생산됐는지가 문제군. 회수해서 수리하려면 비용이 상당히 들겠지. 어떻게 생각해, 나구라?"

얼굴을 들자 나구라의 암담한 눈이 기다리고 있었다. 이쪽을 보는 듯하면서도 초점은 사노의 등 뒤로 가 있다. 들어올 때부터 나구라는 어딘지 눈치가 이상했다.

"나구라? 왜 그래?"

먼 곳을 보고 있던 초점이 겨우 되돌아왔다. 얼굴에 서글픈 미소를 띠고 있다.

"접이식 의자 같은 걸 걱정할 때가 아닐지도 모릅니다."

나구라가 이상한 말을 했다.

"그게 무슨 말이야?"

"서른두 종의 나사 가운데 이번 테스트에서 규격에 맞는 건 삼분의 일인 열 종밖에 없었습니다. 남은 스물두 종은 테스트 결과 샘플 전부가 불량품이거나 일부 불량품입니다. 하지만 특히 문제는 이 세 종이에요."

나구라는 주머니에서 볼펜을 꺼내 명세표에 늘어선 부품번호 몇 개를 체크했다.

"무슨 나사인데?"

부품번호만으로는 어디에 쓰이는 나사인지 알 수 없다.

"전부 합금으로 만든 특수 나사입니다."

나구라의 목소리는 당장이라도 끊어질 것처럼 가는 데다 떨리고 있었다. "조사해보니 이 제품에 사용됩니다."

나구라가 내놓은 자료에 제조번호가 세 개 적혀 있었다.

도쿄겐덴의 사내 규정에 따라 'R'로 시작하는 제조번호가 '의자'라는 것은 알겠지만 정확히 무슨 의자인지는 알 수 없다.

사노가 눈으로 물었다. 나구라의 입에서 대답이 흘러나왔다.

"열차 의자입니다."

옆에서 고니시의 몸이 굳어지는 것을 알 수 있었다. 사노를 향한 시선에는 경악이 담겨 있었다.

"아니, 열차만이 아닙니다. 항공기용 의자에도 사용되고 있어요. 전세계의 고속철도와 비행기에 탑재된 도쿄겐덴 의자가 강도 부족일 가능성이 있습니다. 이걸 리콜하면 우리 회사는 끝이에요."

나구라가 돌아간 뒤 편집회의를 열었다. 늘 그렇듯 고객실의 세 사람만 참석하는 작은 회의다.

"어떡하죠, 실장님?"

고니시가 조심스럽게 물었다. "이 이야기를 씁니까?"

니시나도 사노를 물끄러미 바라보고 있었다.

뭐라고 대답해야 할지 알 수 없었다. 이 사태를 어떻게 생각해야 하나? 나는 무엇을 해야 하나?

상황은 이미 고객실이 관여할 수준을 넘어서 있었다.

고민에 빠진 사노는 의자를 돌려 사무실 창밖으로 보이는 오테마치 일대에 시선을 던졌다.

늦가을 햇빛이 눈에 들어온 순간 사노의 뇌리에 항구 풍경이 펼쳐졌다. 어린 시절 베란다에서 보던 그 광경이다.

삼십 년이 지난 지금 자신이 바라보는 것은 콘크리트와 아스팔트의 바다이다.

천진난만하게 줄곧 바다나 볼 수 있다면 얼마나 행복했을까. 배를 타고 세계를 여행하는 인생이라면 얼마나 근사했을까. 그런데…….

나는 대체 어디서 길을 잘못 든 거지?

가
짜
사
자

1

그날, 사전 연락도 없이 기타가와 마코토의 집무실에 들어온 제조부장 이나바는 11월인데도 얼굴이 새빨개져서 이마에서 땀을 흘리고 있었다. 사람들을 내보내고 두 사람만의 비밀스러운 회의를 시작했다.

"내 앞으로 이런 게 왔어. 여기도 왔지?"

의아해하며 이나바가 내민 서류를 받아든 기타가와는 '나사 강도 부족에 따른 제품 리콜 건'이라는 제목을 보자마자 숨을 죽였다.

보낸 사람은 고객실의 사노다. 여러 명의 수신인 중에는 이나바와 기타가와뿐만 아니라 사장인 미야노의 이름도 있었다.

기타가와는 낮은 목소리로 알아들을 수 없는 말을 했다. 미결재함에 고객실에서 온 봉투가 있었음을 다시금 깨달았다. 친전親展이라는 도장이 찍혀 있기는 하지만 어차피 시시껄렁한 서류일 거라 생각해 미뤄놓고 있었다. 열어보니 역시 이나바가 받은 것과 동일한 고발문이다.

"이대로는 위험해. 어쩔 거야?"

이나바가 응접세트의 소파에 앉아서 물었다. 이렇게 된 데에는 기타가와의 책임이 크다는 투다.

대답하기 전에 한 번 더 서류를 훑어보았다.

고객이 보낸 정보를 바탕으로 고객실에서 조사한 결과, 도메이테크 주식회사(이하 도메이 사)가 제조하는 여러 종류의 나사에서 강도 부족이 판명되었다. 불량품 나사를 사용한 분야는 다방면에 걸쳐 있으며, 일부는 국내외 고속철도와 항공기 좌석에도 사용되어 해당 제품의 품질관리상 중대한 문제를 초래하고 있다.

자기도 모르게 혀를 차게 되는 내용이었다.

……도메이 사는 사카도 전 영업1과장이 거래를 시작, 그 후 금년 6월에 하라시마 현 영업1과장이 거래를 중단하기까지 약 삼 년에 걸쳐 매입가 기준 10억 엔 상당의 부품을 당사에 납품했다. 당사에서는 해당 부품을 다수 사용하여 약 이십 종의 제품을 제조하고 있다. 판매처는 국내외 수십 사에 이르는데 많은 제품이 법률이 규정한, 또는 거래처가 지정한 강도를 밑돌고 있을 가능성이 높다.

고발은 이렇게 이어졌다.

　하라시마 영업1과장이 도메이 사와의 거래를 갑자기 중단했으나 영업부에서는 종전부터 부정을 파악하고 있었으리라 추측되며, 제조부 또한 은폐에 가담했을 것이라 짐작된다. 이러한 대응은 영업부 기타가와, 제조부 이나바 두 부장의 지시를 따른 것이라 생각하지 않을 수 없다. 따라서 전사적 차원의 제삼자위원회 설치와 본격적인 조사를 통해 적절한 대응책을 강구하도록 고발하는 동시에 제언하는 바이다. 끝.

"사노는 네 부하였잖아. 입 좀 막아줘."

이나바가 냉담하게 말했다.

"나보다 네가 더 친하지 않아?"

기타가와가 비아냥거렸다. 이나바는 자기 이익을 위해서라면 이용할 수 있는 것은 뭐든지 이용한다. 그런 사람이다. 기타가와의 부하이던 사노에게 접근해 영업부의 약점을 뒤지던 것이 이 년쯤 전이다.

그 일로 사노에 대한 믿음을 잃은 기타가와는 인사부에 이야기해서 사노를 영업부 차장에서 고객실로 이동시켰다.

"그쪽에서 접근한 거야. 너 대신 푸념을 들어준 거라고. 오해하면 곤란해."

이나바의 변명을 기타가와는 냉소와 함께 흘려들었다.

"내친 김에 제조부에 데려가지 그랬어."

사노에 대한 기타가와의 평가는 결코 높지 않다. 아니, 오히려 낮다. 어쨌든 한결같이 약삭빠른 인간이었기 때문이다. 영업부 직원들이 고생해서 얻은 성과를 냉방 잘 되는 방에 앉아 기다리는 듯한 면이 있었다. 몸소 움직이지 않는 주제에 부하가 실패하면 엄하게 질책하는 모습은 질 나쁜 중간 관리직 그 자체였다. 동시에 학생 시절부터 혐오하던 경박한 동료들의 모습과도 겹쳐졌다.

그런 인간이 하필이면 기타가와에게 반기를 들고 나섰다.

"사노의 목적은 뭐야?"

이나바가 물었다. "제삼자위원회 어쩌고 하지만 그게 노림수는 아닐 거잖아. 자리를 원하는 거 아냐?"

비뚤어진 관점 같지만 기타가와 역시 그런 느낌이 없지는 않았다.

사노는 정의감이 강한 타입이 아니다. 사내 정치가라고 야유받을만큼 타산적이다. 이 회사를 어떻게 해보겠다는 대의가 있을 리도 없고 전부 자기만족을 위해서일 것이다.

"그럴지도 모르지. 아니면 그저 우리한테 원한이 있을 뿐이거나."

"자리 하나 던져주면 어때?"

이나바가 말했다. "결국 지금 위치가 불만인 거야. 적당한 자리에 앉혀주면 입을 닫겠지. 영업부에 복귀시키는 편이 낫지 않아?"

"말도 안 되는 소리."

기타가와가 일축했다. "영업부에 사노에게 줄 자리는 없어. 내 전임자가 말주변에 넘어가서 차장으로 올려버렸지만 애초에 그렇게 일을 안 하는 놈은 본 적이 없다고. 으스대고 앉아만 있으면 알아서 돌아가던 지난 시절의 관리직 같아. 거기다 실력도 없는 주제에 입만 살아서 자기가 누구보다도 머리가 좋은 줄 알지. 자기 평가와 객관 평가에 차이가 있는 놈이거든. 고객실 실장 자리도 아까워. 이런 건 설득하면 돼. 그 수밖에 없어."

기타가와는 위기감이 들기보다는 분노가 치밀었다. 하지만 이나바는 설득하지 못한다. 명확한 이유는 없지만 반쯤 직감으로 그렇게 생각했다. 기타가와는 고발문을 도로 봉투에 넣어 미결재함으로 던지며 말했다. "내가 이야기해보지."

2

그날 오후, 기타가와는 고발문을 들고 고객실이 있는 3층으로 향했다.

"잠깐 시간 좀 있나?"

사노는 기타가와가 무슨 접촉을 해오리라고 예상하고 있었는지 잠자코 따라왔다.

"어떻게 된 일이야?" 가까운 소회의실에 들어간 기타가와가 노기를 띤 목소리로 물었다.

애초에 감언이설로 상대방을 회유한다는 선택지는 기타가와에게 없었다. 위압과 큰소리는 기타가와의 유일한 부하 장악 기술이었다.

"문서에 쓴 그대로입니다. 반론이 있으시다면 듣고요."

사노의 뺨은 굳어 있었다. 겁 많은 남자가 최대한 허세를 부릴 때의 표정이다.

"반론?"

기타가와가 의문형으로 내뱉었다. "네 망상이잖아. 철회해!"

가지고 온 고발문을 있는 힘껏 책상에 내동댕이쳤다. 사노는 미동조차 하지 않고 기타가와를 보고 있었다.

"그 문서는 사장님한테도 보냈습니다. 이제 와서 물러설 수는 없어요."

기타가와는 화가 난 나머지 할 말을 잃고 상대를 노려보았다. 사노가 말을 이었다. "협박이나 다를 바 없는 방식으로 묵살하려 해도 소용없습니다. 이제 저는 부장님 부하가 아니에요. 부장님이 보기에는 하찮은 부서일지 몰라도, 고객실 실장으로서 해야 할 일을 할 생각입니다."

지금까지 기타가와를 대놓고 거역한 부하는 없었다. 아니, 설사 있었어도 그런 놈은 철저히 밟아 뭉갰다.

"우쭐대지 마, 사노. 각오는 되어 있겠지?"

상대를 노려보며 낮고 위협적인 목소리로 말했다. "이런 건 고객실 업무가 아니야. 너는 그냥 손님들이 보내는 클레임만 처리하면 된다고."

"이건 회사의 근간과 관계되는 문제 아닙니까?"

사노가 반론했다. "계속 은폐할 생각입니까? 결국 자기 보신을 위해서 그러는 거잖아요."

"아니야!"

불현듯 감정이 용솟음쳐서 기타가와가 소리쳤다. 결코 자기 보신이 아니다. 기타가와에게는 전부 회사를 위해서 하는 일이라는 자부심이 있었다. "네가 똑똑한 줄 알지? 흉내 나게 일하는 모습을 높은 데서 바라보며 부하들에게 잘난 척 이래라저래라 참견했잖아. 하지만 그러는 동안 네가 직접 마무리한 교섭이 몇 개나 돼? 영리한 척 의자에 앉아서 손에 흙 한 번 안 묻히려 하고. 그런 놈이 생각하는 거라고는 자기 자신밖에 없겠지. 자기 생각만 하는 놈은 회사를 위해 땀 흘려 일하는 사람을 이해 못 해. 그러니 무슨 일이 있으면 그건 자기 보신을 위한 거라고 안일하게 결론 내지. 그게 네 한계야."

파랗게 질려 있던 사노의 뺨에 붉은 기가 도는 것을 보고 기타가와는 보복의 기쁨을 느꼈다. 사노가 고발이라는 수단을 취한 것의 옳고 그름은 차치하더라도, 도깨비 목이라도 땄다는 듯 의기양양한 이 남자를 끝까지 밟아주고 싶다는 충동이 기타가와를 사로잡았다.

"뭐, 상관없습니다. 사실이 무엇인지는 조만간 제삼자로 구성된 조사위원회가 밝혀줄 테니까요."

사노의 시건방진 말투에 기타가와의 혐오감은 점점 더 깊어갔다.

"이딴 망상을 진지하게 취급할 거라고 생각해?"

"물론이죠."

사노가 적의에 찬 목소리로 대꾸했다. "이 사실을 알면 사장님이 어떻게 판단하실지 기대되네요, 기타가와 부장님. 그때 대체 어떤 변명을 하실지 구경할 생각입니다. 그럼, 바빠서 이만."

사노가 일방적으로 자리에서 일어나면서 면담은 끝났다.

"또 뭐 귀찮은 일이라도 있었어?"

눈을 가늘게 뜨고 술집의 어딘가를 보며 담배를 피우던 기타가와는 옆자리의 핫카쿠에게 시선을 돌렸다.

야에스 뒷골목에 있는 기타가와의 단골 술집이었다. 빈말로도 깨끗한 가게라고는 할 수 없지만 안주와 술이 맛있다. 그리고 가격은 일대의 시세에 비해 약간 쌌다.

이날 퇴근 준비를 하던 핫카쿠에게 한잔하자고 말을 건네 사람은 기타가와였다.

기타가와는 영업부장, 핫카쿠는 만년 계장이라 사내 지위는 크게 다르지만, 입사 동기라서 편하다 보니 반말로 대화한다.

"뭐, 조금."

핫카쿠가 조용히 다음 말을 재촉하기에 기타가와는 "사노가 고발문을 보냈어"라고 덧붙였다.

"오호. 그러고 보니 요전에 나사 제조처를 가르쳐달라고 하더군."

핫카쿠가 놀라는 기색 하나 없이 생각지도 못한 말을 꺼냈다.

"그래서 어떻게 했는데?" 기타가와가 당황해서 물었다.

"그런 건 내가 아니라 하라시마한테 물어보라고 했지."

지난번 연락회의에서 사노는 접이식 의자 사고에 대해 보고했다. 그게 비밀에 접근하는 계기가 되었으리라. 이나바에 따르면 다카사키 공장까지 가서 나사를 가져왔다고 한다. 사노는 고발 근거를 이미 손에 넣었다.

"그래서 하라시마한테 물어봤을까?" 기타가와가 물었다.

"아니, 안 물어봤겠지. 하라시마한테 물으면 또 귀찮아질 거라고 생각하는 모양이었으니까."

핫카쿠의 대답에 기타가와는 잠깐 입을 다물었다가 이야기를 꺼냈다. "너, 사노와 사이좋게 지냈지?"

"그래서?" 핫카쿠가 눈을 가늘게 떴다.

"귀찮은 일이 생기지 않게 그놈한테 경고해줘. 생각을 바꾸지 않으면 재미없을 거라고."

핫카쿠는 지나가는 점원에게 차가운 일본주를 한 잔 더 시키고는 담배에 불을 붙였다.

"그런 일은 거절이야."

핫카쿠가 중얼거리듯이 말하더니 연기에 눈을 가늘게 뜨고 기타가와를 보았다. "이제 와서 어쩌라는 거야. 애당초 사노가 옳잖아."

"그놈은 자기 생각뿐이야. 회사에 대해서는 아무 생각도 없어."

기타가와가 단정 지었다.

"자기 생각뿐이든 아니든, 그런 거랑은 상관없잖아?"

핫카쿠가 쉰 목소리로 말했다. "옳은 건 옳은 거야. 잘못된 건 잘못된 거고. 그 외에 뭐가 있어. 부정을 저지른 사람은 사카도이고, 너희는 그걸 은폐하고 있어. 나를 속여서 말이야. 넌 진심으로 네가 하는 일이 옳다고 생각해?"

쓸데없는 혼란을 초래하지 않고 사카도를 과장 자리에서 자르기 위해 괴롭힘 방지 위원회에 고발해주겠느냐고 부탁한 사람은 기타가와였다. 핫카쿠는 마지못해 응했지만, 일을 은폐하는 방향으로 움직인 것이 달갑지 않은 모양이다.

"회사가 어떻게 되겠어?"

기타가와가 말했다. "이런 일이 드러나봐, 우리 회사는 잠시도 못 버텨."

"적당히 하지 그래."

핫카쿠의 목소리는 나지막했지만 거기에는 감출 수 없는 분노가 서려 있었다. "나사는 교통수단 좌석에도 사용되잖아. 이러는 동안에도 전세계에서 승객을 태우고 있다고. 그건 어떻게 생각하는 거야? 나는 은폐하라고 그 이야기를 보고한 게 아니야."

"그럼 열차와 비행기를 다 세워?"

의미 없는 반론이라고 생각하면서 기타가와도 반박했다. "좌석을 교환하러 갈 거니까 그때까지 기다리라고 할까? 휴업 피해를 보상하고 전세계에 몇만 개나 판매한 좌석을 떼어내 새것으로 교환한다? 우리한테 그럴 여력은 없어. 그 정도는 너도 알잖아."

"영혼을 판 남자의 말로가 고작 이거냐."

핫카쿠는 기타가와에게 경멸 어린 시선을 던졌다. "야, 가짜 사자. 말해봐, 너한테 사노나 사카도를 탓할 자격이 있어?"

4

홀어머니 밑에서 외아들로 자란 기타가와는 아버지를 모른다. 무사시코스기에서 간단한 음식을 파는 식당을 했다는 아버지는 기타가와가 세 살 때 세상을 떠났다. 경트럭을 몰고 우오가시에서 집으로 돌아오던 길에 신호를 위반한 덤프트럭과 충돌했다.

많은 사람이 상복을 입고 모인 장례식의 무거운 분위기는 저 멀리 보이는 환상처럼 어슴푸레한 조각이 되어 기타가와의 뇌리에 남아 있다. 하지만 아버지가 어떤 사람이었으며 어떤 목소리로 이야기했는지, 어린 기타가와를 얼마나 귀여워해주었는지는 기억나지 않는다. 술을 잘 못 마시는 온순하고 근면한 사람이었다고 어머니가 이야기해주었다. 그렇다면 기타가와는 아버지가 아니라 어머니를 닮았는지도 모른다.

아버지가 세상을 떠난 뒤에 어머니는 혼자서 식당을 꾸려나가기 시작했다. 지기 싫어하고 늘 밝은 어머니였다. 남편을 잃은 삼십대의 말쑥한 여자라는 점도 남자 손님의 관심을 끄는 이유였을지 모른다. 아버지가 하던 시절에는 어땠는지 모르지만 어머니의 식당은 무척 번성해서 카운터가 늘 단골손님으로 가득했다. 어머니는 오후 5시에 가게를 열어 자정에 문을 닫을 때까지 쉬지 않고 일했고, 그렇게 번 돈으로 기타가와를 대학까지 보내주었다.

번창한다고 해봤자 작은 가게다. 양심적인 가격으로 단골손님을 끌기는 했지만 바쁜 데 비해 벌이는 적었다. 기타가와를 대학에 보내기 위해 어머니가 얼마나 고생하는지는 알고 있었다. 경박한 테니스 동아리나 친목 모임으로 흥청거리는 동급생 틈에서 기타가와만은 동아리 활동도 하는 둥 마는 둥 하고 한가할 때면 아르바이트를 하는 사교성 없는 학생이었다. 가능한 한 학비를 벌어서 어머니를 편하게 해드릴 필요가 있었기 때문이다. 놀고 싶은 생각은 그다지 없었지만, 부모 돈으로 놀러 다니는 친구들을 보면 정신적 차이가 너무 커서 부아가 치밀었다.

위기감도 문제의식도 없이 그저 현 상태에 안주하면서 아무것도 생각하지 않는 놈들. 침 뱉어 마땅한 경박스러운 멍청이들. 학창시절 기타가와의 마음속에는 그런 사람들에 대한 혐오감이 싹텄다.

창립한 지 얼마 되지 않은 도쿄겐덴에 취직한 뒤에도 그 생각은 달라지지 않았다. 이십팔 년 전 일이다.

입사 동기 중에서도 기타가와는 일에 대한 자세가 누구보다 엄격했고 주위에서 놀랄 만한 실적을 올렸다. 그러는 한편 동료의, 직급

이 올라간 뒤로는 부하의 헐렁한 업무 태도를 용서하지 않았다. 다소 게으름을 피워도 굶어죽지는 않을 거라는 물러터진 월급쟁이 근성도 용납하지 못했다. 조직에 그저 매달려 있을 뿐인 무리를 철저하게 혐오하고 배제해왔다.

기타가와의 업무 태도는 일찍이 고도성장을 지탱한 열혈사원 그 자체였다. 타고난 거친 기질과 체중 90킬로그램의 튼튼한 몸 덕분에 누구나 포기할 법한 상황에서도 끈기를 발휘할 수 있었다. 입사와 동시에 주택 관련 자재를 취급하는 산업과에 배정된 기타가와는 그런 노력을 통해 소닉에서 부과한 목표를 차례차례 완수해나갔다. 도쿄겐덴이 주요 자회사로 성장하는 것을 밑에서부터 지탱했다.

당시 기타가와에게 붙은 별명이 사자였다. 성난 사자처럼 맹렬히 일했기 때문이다.

모회사가 나서서 산업과, 즉 현재의 영업1과를 중점 강화하게 됨에 따라 나중에 소닉의 중역이 되는 나시다가 과장으로 부임했다. 기타가와 입사 오 년 차의 일이었다. 당시 기타가와는 계장이었는데, 그 무렵 사내에서 실적을 올려 기타가와와 함께 계장으로 승진한 핫카쿠가 산업과로 이동됐다. 기타가와와 핫카쿠 두 계장이 바퀴가 되어 나시다 과장을 지탱하는 체제가 만들어진 것이다.

두 개의 바퀴로 지탱한다고 하면 듣기는 좋지만, 사실상 거의 불가능할 정도로 높은 목표치를 할당받고 완수해나가는 지옥 같은 나날이었다.

핫카쿠 팀은 일체형 욕실 등 주택 내부 제품을, 기타가와 팀은 온

수설비나 태양열 시스템 등 주로 실외 제품을 담당했다. 각 팀에는 사내에서 엄선한 직원이 몇 명 속해 있었다.

격무였다. 나시다 과장이 오전 7시 반에는 회사에 나오다 보니 거기 맞춰 전원이 7시대에 출근했다. 아침에 전날 성과 보고나 서류 작성을 끝낸 다음, 오전 9시가 되기 전에 일제히 영업을 하러 뛰어나갔다. 소닉에서 내려온 나시다는 숫자에 까다로운 관리형 상사였는데, 목표치 미달을 결코 용납하지 않았다. 매출을 위해서는 도덕이고 뭐고 없었기에 기타가와도 수치를 달성할 수 있다면 뭐든지 했다. 고령자나 거래처를 대상으로 한 밀어넣기 판매, 업자 향응 제공, 주택 판매회사 담당자에 대한 은밀한 리베이트…… 중요한 것은 어떻게 팔았느냐가 아니라 팔렸느냐 아니냐였다.

나시다 체제가 일 년을 넘어서자 실적이 오르는 대신 직원 몇 명이 몸을 버리거나 정신에 이상이 생겨 사직 내지 휴직을 하게 됐다. 기타가와의 수하에도 회사에 나올 수 없게 된 직원이 하나 있었는데, 나시다는 무단결근을 이유로 인정사정없이 과 바깥으로 내쳐서 주위를 전율시켰다. 소닉의 위세를 등에 업은 나시다에게 맞서는 사람은 사장을 포함해 사내에 아무도 없었다. 나시다가 뭐라고 하면 그것이 곧 규칙이었다. 영업부장조차 반론 한마디 하지 못했다.

하지만 나시다 같은 상사 밑에서 일하는 것이 기타가와는 오히려 마음 편했다. 혐오스러운 정신 구조에서 벗어나지 못하는 동료와 부하를 변함없이 철저하게 윽박지르고 부정했는데, 나시다는 거기에 절대 관여하지 않았다. 기타가와가 실적을 올리기 때문이었다. 원래

부터 가지고 있던 엄격함과 끈기를 발휘해서 착실히 쌓아올린 실적. 이 실적이라는 절대적 사실 앞에서는 다른 직원들이 이야기하는 목표치 미달의 어떤 이유도 통용되지 않았다.

그런 기타가와에게도 모회사가 설정한 목표를 완수하는 일은 간단하지 않았다. 그해 할당치를 달성하면 이듬해에는 소닉에서 더 높은 할당치가 내려왔다. 열심히 하면 열심히 할수록 자신의 목을 조르게 되는 구조다. 부하를 질타할 뿐 아니라 자신도 밤늦게까지 뛰어다니던 기타가와조차 목표치 달성이 어려워졌다.

당시 기타가와가 수주를 따려고 작업하던 곳은 야마토제작소라는 대규모 회사였다. 이 회사가 제조해서 간토전철에 납품할 예정인 신형 차량에 탑재될 좌석을 수주하는 것. 이것이 당시 기타가와에게 내려온 회사의 명령이었다.

수주만 한다면 새로운 사업 분야를 개척할 수 있음은 물론, 거액의 수익이 굴러 들어올 것이다. 그리고 목표치도 달성할 수 있다.

할 수 있는 일은 전부 했지만 마지막까지 해결할 수 없는 과제가 있었다.

원가다.

수주는 경합으로 결정된다.

기타가와는 정보를 수집해 대략적인 낙찰 가격을 파악하고 있었다. 그런데 제조 원가를 아무리 줄여봐도 타사보다 조금 높았다. 어떻게든 한 단계 더 인하하지 못하면 타사에 뺏긴다.

머리를 싸쥐고 있던 어느 날, 외근에서 돌아온 기타가와에게 제조부장이 원가를 적은 메모를 가지고 왔다.

"이걸로 해보겠어?"

메모를 본 기타가와는 놀라서 얼굴을 들고 물었다.

"이게 정말 가능합니까?"

거기에는 기타가와가 원하던 원가를 한층 더 밑도는 숫자가 적혀 있었다.

"그건 너 하기 나름이지." 눈이 휘둥그레진 기타가와에게 제조부 장이 건넨 말은 뭔가 숨은 뜻이 있어 보였다.

"물건을 팔려면 지혜가 필요해."

제조부장이 말했다.

"지혜요?"

뜻을 파악 못 하는 기타가와에게 제조부장은 내화성 등 데이터를 날조한다는 무서운 계획에 대해 이야기했다.

날조. 멈칫한 기타가와에게 제조부장이 말했다.

"장사라는 건 판 사람이 이기는 거야. 일단 좌석이 열차에 설치되고 나면 내화성이 얼마나 되는지, 어느 정도 충격까지 견딜 수 있는지는 알 수 없어. 강도가 떨어진다 한들 터무니없이 큰 사고라도 일어나지 않는 한 확인하지 못하거든. 게다가 그렇게 큰 사고는 우리회사 제품이 아닌 다른 과실로 일어나지. 다시 말해 우리 과실을 이것저것 탓할 놈은 있을 리 없다는 거야."

"이것 말고 원가를 인하할 방법은 없습니까?"

기타가와가 물었다.

"없어."

제조부장이 딱 잘라 대답했다. "너는 근본적으로 무리한 요구를 하고 있어. 네가 말하는 가격으로 거래하면 우리는 아무리 해도 적자야. 상쇄하고 흑자로 만드는 건 불가능하다고."

기타가와는 무슨 일이 있어도 이 거래를 손에 넣으라는 엄명을 받고 있었다.

"이 사실을 아는 사람은요?"

잠시 생각하고 나서 기타가와가 물었다. 두개골이 지끈지끈 뜨거워지는 것이 느껴졌다. 목이 타서 몇 번이고 마른침을 삼켰다.

"나하고 너…… 둘뿐이야."

제조부장이 나지막한 목소리로 대답했다. "제조하는 사람들은 지시대로 만들기만 하지 강도에 대해서는 몰라."

"생각할 시간을 좀 주십시오."

기타가와가 결심하게 된 계기는 다음 날 아침에 열린 영업회의였다. 나시다 과장은 실적이 낮다며 노발대발 날뛰었다. 나시다의 말에 따르면 목표치는 절대적이고 미달은 죽을 만큼 나쁘다. 기타가와는 야마토제작소와 교섭하는 데 너무 많은 시간을 쓰는 바람에 타사 영업에 소홀했다. 이 건을 따는 것 말고는 목표치를 달성할 방법이 없었다.

위가 죄이는 것 같던 회의를 끝내고 나시다의 서슬에 새파랗게 질린 부하들과 함께 자리로 돌아왔다. 기타가와가 가장 먼저 한 일은 책상 위 전화기를 들어 제조부장에게 연락하는 것이었다.

그전에도 갖가지 야비한 방식으로 물건을 팔아왔다는 자각은 있었다. 하지만 진짜 부정에 손댄 것은 이때가 처음이었다.

아무에게도 들킬 리 없다고 생각했다.

실제로 원가의 비밀을 깨달은 사람은 아무도 없었다. ……그렇게 보였다.

기타가와가 눈부신 실적을 올리는 동안 핫카쿠는 점차 나시다와 부딪치기 시작했다.

기타가와와 어깨를 견주는 에이스였던 핫카쿠가 회의에서 공공연히 반대 의견을 개진하며 나시다의 방식을 비판했다. 나시다의 반응은 격렬하다고밖에 표현할 수 없었다. 핫카쿠가 목표에 미달했다는 이유로 회의에서 끝없이 호통치며 괴롭히는 날이 이어졌다.

핫카쿠와는 입사 동기여서 개인적으로 친했다. 일에 엄격한 사람이란 것도 알고 있었다. 그런 핫카쿠가 공공연히 나시다를 비판하고 나선 이유를 기타가와는 나중에 알았다. 나시다의 지시에 따라 고령자를 대상으로 닥치는 대로 영업을 했는데, 어느 날 고액 계약에 괴로워하던 한 손님이 자살한 것이다.

핫카쿠도 고집이 세서 나시다가 아무리 괴롭혀도 영업 방식이 잘못됐다는 주장을 꺾지 않았다.

"네가 그런 식으로 반론한다고 나시다 과장의 생각이 바뀌지는 않아."

어느 술자리에서 이렇게 말한 기타가와에게 핫카쿠는 "난 영혼까지 파는 장사는 하고 싶지 않아"라고 대답했다.

기타가와에게 너는 영혼을 팔고 있다고 말한 것과 다름없었다.

목표치를 달성하기 위해 영혼을 판 거라면 그런 목표치를 할당하는 모회사도, 상황을 공공연히 묵인하는 회사도 다 똑같다는 이야기 아닌가. 회사에 재직하는 이상 비난할 자격은 없다.

"그럼 회사를 그만두지 그래."

기타가와의 말에 핫카쿠는 경멸 어린 시선을 던지며 말했다. "너한테 그런 말을 할 자격이 있어?"

그 눈을 본 순간 기타가와는 등줄기가 오싹해지는 기분 나쁜 예감이 들었다.

"무슨 말이야?"

"꽤 대단한 실적을 올리는 모양인데, 정말 그거면 다 괜찮아? 넌 가짜 사자네."

날카로웠다. 핫카쿠는 그 이상 아무 말도 하지 않았지만 기타가와는 단박에 깨달았다. 이 녀석은 알고 있다고.

결국 이 부정은 오 년 정도 이어지다 제조부장이 정년퇴직하기 반년 전에 간토전철이 규격을 변경하면서 끝났다. 누구에게도 들키지 않았다…… 단 한 사람, 핫카쿠를 제외하면.

5

오테마치에서 메구로 선과 바로 이어지는 지하철을 타고 신마루 코 역에 내렸다. 집은 걸어서 십 분 거리다. 십오 년 전에 2층 주택으로 개축해서 1층에는 어머니가, 2층에는 기타가와와 아내 그리고 올해 고등학교 삼 학년이 되는 외아들 히로히데 셋이서 살고 있다.

집에 돌아가니 히로히데가 소파에 드러누워 텔레비전 드라마를 보고 있었다. 자기 아들이니까 그렇게 공부를 잘할 것 같지는 않지만, 대학 입시를 앞둔 고등학교 삼 학년이 별 위기감도 없이 빈둥거리는 모습을 보면 자기도 모르게 설교 한마디쯤은 하고 싶어진다.

"너 공부는 했냐?"

기타가와와 달리 히로히데는 홀쭉하고 선이 가는 아이였다. 아내도 기타가와와 마찬가지로 천성이 거친 면이 있기에, 어쩌면 세상을 떠난 할아버지의 피를 이어받았나 싶기도 했다.

"네, 네."

귀찮다는 듯 말한 아들은 냉큼 일어나 거실에서 나갔다. 그러고 보니 안녕히 다녀오셨느냐고 인사 한마디 없지 않았나 생각했을 때 방문이 쾅 닫히는 소리가 들렸다.

"저 녀석, 괜찮은 거야?"

"언제까지 공부하라고 할 거야?" 아내에게 푸념했더니 뾰족한 말이 돌아왔다. "벌써 고등학생이잖아."

도내 건설회사에서 사무원을 하는 아내는 기타가와의 발언을 비난하는 투였다.

"당신도 한마디 해. 어차피 학교 갔다 와서 줄곧 텔레비전만 봤을 거 아냐, 저 녀석."

"몰라. 나도 바쁘단 말이야."

아내는 퉁명스럽게 말하고 자기가 마실 차를 끓이더니 읽고 있던 신문에 눈길을 주었다.

회사에서는 마음에 안 드는 일이 있으면 철저히 불평하는 기타가와이지만 집에서는 달랐다. 아내에게 싫은 소리 한마디 정도는 하고 싶은 마음을 누르고 냉장고에서 맥주를 꺼냈다.

"술 먹고 왔잖아?"

아내가 또 말했다. "너무 과음하는 거 아냐?"

시끄러워, 라는 말을 꾹 삼키고 기타가와는 잠자코 맥주를 목으로 넘겼다.

가정의 따뜻함, 편안함, 단란함…… 기타가와는 그중 아무것도 느낀 적이 없었다.

기타가와가 가정에서 느끼는 것은 서먹서먹함과 약아빠진 아내를 향한 반감, 마음대로 되지 않는 아들에 대한 짜증스러움이다.

악착같이 일한 결과가 이건가. 행복하냐고 누가 묻는다면 어떻게 대답하면 좋을지 알 수 없었다.

이런 걸 바란 게 아니었다.

그날 밤 기타가와는 꼬리를 무는 부정적인 생각에 갇혔다. 사노를 어떻게 설득할지도 결정하지 못했고 핫카쿠에게 가짜 사자라 불린 일에도 연연했다.

제삼자로 된 조사위원회가 열리지 않는다는 것을 알면 사노는 어떤 행동에 나설까?

이 이야기가 외부로 새어나가는 일은 어떻게든 막아야만 한다.

그렇게 되면 도쿄겐덴에 기타가와가 있을 곳은 없다. 아니, 이 사회에 도쿄겐덴이 있을 곳은 없다.

"당신, 취했어?"

아내의 언짢은 목소리에 정신을 차렸다. 이미 빈 잔을 줄곧 손에 쥐고 생각에 잠겨 있었던 모양이다.

기타가와는 캔에 남은 맥주를 마저 따라 단숨에 들이켰다. 쓴맛뿐이어서 얼굴을 찡그리고는 씻고 온다며 자리에서 일어났다.

6

기타가와는 다음 날 오전 6시에 일어났다. 직접 빵을 토스터에 넣고 기다리는 동안 신문을 펼쳤다.

요즘 들어 사회면을 가장 먼저 펼쳐본다. 헤드라인을 대충 훑어본 뒤 도쿄겐덴 제품 관련 기사가 없음을 확인하고 가슴을 쓸어내린다.

아침 뉴스와 신문을 보는 게 무서워졌다.

국내 결함 상품을 비밀리에 수리하는 작업이 끝날 때까지는 어림잡아 이 년이 걸린다. 해외의 철도와 항공회사까지 포함하면 오 년 가까운 시간이 필요하다. 항공기 수명은 약 오십 년. 선진국에서는 처음 십 년 정도만 사용하고, 그 뒤에는 개발도상국 등지로 팔아버리기 때문에 오래 끌면 그만큼 수리하기 어려워진다.

강도 부족이 내부 고발을 통해서만 폭로된다고 단정할 수는 없다. 실제로 고객실에는 제품 결함에 대한 클레임이 몇 건 들어와 있다.

철도나 항공기 사고로 같은 일이 일어나지 말라는 법은 없다. 언제 어디서 비밀이 새어나갈지 모른다는 불안감 탓에 마음 편할 새가 없었다.

그날은 바쁘다 보니 자택에서 바로 요코하마에 있는 거래처로 가서 협의를 하고 중간에 점심을 먹었다. 몇 군데 회사를 더 돌다가 회사로 복귀하니 오후 4시가 넘어 있었다.

자리에 쌓인 서류를 결재한 뒤, 기타가와는 고심 끝에 고객실로 발길을 옮겼다. 사노와 이야기 나누지 않고는 아무것도 해결되지 않는다는 생각이 들었다. 소용없다고 생각하기 전에 해본다. 이 말은 우수 영업사원이던 시절부터 기타가와의 행동 지침이기도 했다.

마침 사노는 고객실 안쪽 책상에서 모니터를 보고 있었다.

기타가와는 사노에게 말없이 손짓했다. 부하를 부를 때처럼. 사노는 조금 주저하는 기색을 보였지만 잠자코 따라왔다.

사노를 어떻게 설득할지 하룻밤을 생각했지만 정리가 되지 않았다. 그런데 영업부 플로어에서 이곳으로 오는 불과 몇 분 사이에 뭔가에 이끌리기라도 한 것처럼 방향성이 보였다. 신기하다고밖에 할 수 없었다.

"고발문 말인데."

회의실 문을 닫고 기타가와가 말을 꺼냈다. "이런 문제는 질질 끌어봐야 좋을 게 없으니 확실히 말하지. 네가 지적한 내용은 대부분 옳아."

사노는 가만히 탐색하는 듯한 눈빛으로 기타가와를 보았다.

그 눈에 경악은 담겨 있지 않았다. 무언가 있다면 경계심이겠지만 사노는 그런 감정조차 밖으로 드러내지 않았다. 기타가와가 말을 이었다.

"영업부 핫카쿠가 사카도가 저지른 부정을 눈치챘어. 반년 전 일이지. 원가 인하를 우선한 나머지 나사 강도에 문제가 있다는 사실을 알면서도 들여와서 철도와 항공기용 좌석을 제조, 납품했어. 이 좌석은 국내외 다수 거래처에 납품되어 이용되고 있다. 사카도가 부정을 인정은 했지만, 상의한 결과 이 문제를 공개적으로 다룰 수 없다는 결론이 났어. 사카도는 인사부로 이동 조치했고, 지금은 하라시마가 비밀리에 대책을 마련하고 다니는 중이야. 참고로 나도 이나바도 이 부정을 지시한 적은 없어. 다만 이 사태가 가져올 영향을 고려한 결과 하는 수 없이 은폐에 가담했을 뿐이야. 이 일이 세상에 알려지면 우리 회사는 아마 살아남지 못할 거다. 그때는 너나 나나…… 길거리에 나앉게 되겠지."

사노의 눈이 가늘어졌지만 무슨 말이 나오지는 않았다.

"고발해봤자 얻을 건 하나도 없어."

"그러니까 아무것도 하지 마라, 이 말씀이십니까?"

사노가 낮은 목소리로 물었다.

"아무것도 하지 않는 게 아니야. 이 일을 은폐하는 일을 하고 있어. 이 회사를 지키고 우리의 생활을 지키기 위해서. 너, 그 나이에 구직 활동을 하고 싶어? 여기보다 더 조건 좋은 직장이 있을 것 같아? 세상이 그렇게 녹록하지 않다는 것 정도는 알고도 남잖아."

"그럼 책임을 지세요."

사노가 내뱉었다. "사카도에게 모든 책임이 있다는 듯이 말하지만, 영업부장의 관리 책임도 물어야 하지 않겠습니까? 이렇게 중대한 이야기입니다. 사카도 혼자 경질되고 끝날 일이 아니에요. 부장님도 사임해야 하는 것 아닙니까?"

이게 이놈이 노리는 거였나.

말문이 막힌 기타가와에게 사노는 한층 더 강하게 요구했다. "고발문을 철회한다면 사임이 조건입니다. 이런 불상사를 일으킨 영업부장이 태평하게 자리에 앉아 있다니 이상하지 않습니까. 사임하세요, 기타가와 부장님."

"나는 이 일을 끝까지 지켜봐야 할 책임이 있어. 지금 비밀리에 수리를 진행하고 있으니 그게 끝난 뒤에 생각해보지."

기타가와는 당장 그 자리를 모면하기 위한 변명을 입에 올렸다. 물론 처음부터 그만둘 생각은 없다. 하물며 사노의 말을 듣고 그만두다니 있을 수 없는 이야기다.

"결국 자기 보신 아닙니까."

"아니야."

기타가와가 날카롭게 고개를 저었다. "지금 다 내팽개치면 누구는 후임자가 될 사람에게 민폐일 뿐이야."

"그런 변명이 사장님한테 통할까 모르겠네요."

사노는 빈정거리듯이 말하고는 잠시 입을 다문 기타가와를 의기양양한 눈빛으로 바라보았다. "아니면 지금 그 말을 사장님 앞에서도 할 수 있습니까? 제멋대로라고 생각하시겠죠. 불상사를 은폐하고 비밀리에 수리하면서 빠져나가겠다? 사카도 한 사람에게 책임을 떠넘기고 부장 자리에 남아서? 말도 안 돼요. 아시겠지만 고발문은 당신들한테만 보낸 게 아니거든요. 사장님한테도 보냈다고요."

"그래서?"

기타가와가 물었다. "내가 독단으로 은폐했다고 생각하는 건가?"

"그럼 중역회의에서 결정하기라도 했습니까?"

"아니……."

기타가와는 살풍경한 회의실 바닥에 시선을 떨구었다가 다시 대치중인 상대를 보았다. "그렇지 않아. 하지만 너는 이 사태의 중요한 부분을 하나 이해하지 못했어."

이 말에 사노는 탐색하듯이 기타가와의 눈을 들여다보았다.

"무슨 뜻입니까?"

"은폐는 내가 지시한 게 아니야."

기타가와가 대답했다.

"그럼 누구 지시인데요?"

사노가 아래턱을 내밀고 날카로운 눈빛으로 말했다. "가르쳐주시죠. 이나바 부장님과 논의해서 정했다고 하실 건 아니죠?"

"그게 아니야."

고개를 옆으로 저은 기타가와는 사내 정치가인 척하는 남자를 노려보며 천천히 이야기를 시작했다.

7

"기타가와, 잠깐 할 이야기가 있는데."

반년쯤 전, 핫카쿠가 찾아와 이렇게 말했다. 제멋대로 부장실 소
파에 앉은 핫카쿠는 영업1과에서 취급하는 제품의 일람표를 펼쳐
보였다. 앞부분에 빨간 볼펜으로 뭐라고 표시되어 있다.

"뭐야 이건?"

바쁜 때 영문 모를 자료를 보게 된 기타가와는 짜증이 났다.

"우리 과장이 취급하는 제품의 일람표야."

핫카쿠가 대답했다. "요전에 다른 자료를 만들다 깨달았는데 이
제품의 수익률이 약간 높아졌어. 왜인지 알아?"

"사카도가 원가를 낮췄기 때문이잖아."

평소답지 않게 험악한 핫카쿠의 얼굴을 보면서 기타가와가 짜증
스럽게 대답했다.

"아니야."

핫카쿠가 기타가와의 말을 부정했다.

"이봐, 핫카쿠. 나는 지금 바빠. 시시한 이야기는 나중에……."

"규격에 어긋나는 부품이 사용되고 있어."

기타가와의 말을 자르며 핫카쿠가 말했다. "……그래서 싼 거야."

기타가와는 핫카쿠의 얼굴을 똑바로 보며 한동안 아무 말도 하지 않았다. 지금 들은 이야기를 반추해서 다시금 의미를 곱씹어보았다. 충격은 한 발 늦게 찾아왔다.

"무슨 부품이?"

되묻는 소리가 목에 걸린 것처럼 갈라졌다.

"나사야." 핫카쿠가 대꾸했다.

"나사?"

"강도가 부족한 나사가 사용되고 있어."

자료를 넘겨보니 수기로 품번이 몇 개 적혀 있었다. 핫카쿠의 독특한 필체다.

"한 달쯤 전에 지인에게서 접이식 의자가 부서졌다는 이야기를 들었어. 작년에 3백 개 판매한 사립고등학교의 교사야. 곧장 새 의자와 교환해주었는데, 아무래도 마음에 걸려서 공장에 간 김에 부러진 나사의 강도를 조사해봤지. 그래서 알게 됐어. 확실히 알아보려고 이나바에게 이야기해서 몰래 검사해봤는데 틀림없어."

"우리가 만든 부품이야?" 온몸에서 핏기가 사라지는 것을 느끼면서 기타가와가 물었다.

"아니. 도메이테크라는 회사에서 만든 거야."

회사 이름은 알고 있다. 사카도가 몇 년 전에 채택한 새 업체일 터이다. 위가 아파오기 시작해서 생각해야 할 내용이 정리되지 않았다.

지금은 무기력하게 놀고 있지만 원래 핫카쿠는 유능했다. 의자에 들어가는 나사의 강도가 부족하다는 사실을 단서로 제조처를 조사한 뒤, 그 회사 나사를 사용하는 제품을 찾아내 강도를 검증했다.

처음에 보여준 일람표에 있는 표시는 나사가 규격에 합치하는지 기록한 것이었다.

"규격에 맞지 않는 제품이 이렇게 많아?"

기타가와는 할 말을 잃었다. 머리를 싸쥐고 싶었다. 어떻게 대처해야 하는지는 생각할 필요도 없다. 강도 부족 나사를 규격대로 만든 나사로 교환한다. 접이식 의자는 그나마 낫다. 철도나 항공기에 부착된 의자를 교환하는 것은 불가능에 가깝다.

만일 도쿄겐덴이 강도 부족에 대해 발표하면 전세계의 철도와 비행기는 운행을 중단하게 된다. 얼마나 많은 승객에게 영향을 줄 것이며 얼마나 많은 손해가 생길 것인가. 사회적인 영향은 헤아릴 수도 없다.

"사카도는…… 사카도는 알고 있어, 이 사실을?"

마침내 이렇게 물은 기타가와에게 핫카쿠는 무서울 만큼 진지한 눈빛으로 말했다.

"문제는 그거야."

사카도 노부히코는 마음에 드는 부하였다.

사카도가 대졸 신입사원으로 도쿄겐덴에 입사했을 때 기타가와는 영업1과장이었다. 인사부가 짠 로테이션 연수에 따라 반년 동안 공장이나 판매점 근무를 거친 뒤 영업1과로 온 사카도의 첫 인상은 '믿음직스럽지 못한 놈'이었다.

여리여리하게 마른 큰 키에 사람을 대하는 태도가 좋고 비뚤어진 데가 없다. 어떤 지시도 순순히 따르며 싫은 얼굴 한 번 하지 않는다.

하지만 기타가와가 좋아하는 스타일은 굳이 고르라면 자신이 그랬듯이 성격이 강한 부하다.

기가 세고 지기 싫어하는 사람. 어떤 상황에서도 주관대로 밀고 나가는 고집과 강인한 의지가 느껴지는 풍모. 그것이야말로 혹독한 영업 분야에서 실적을 올리는 데 필요한 자질이라고 기타가와는 믿고 있었다.

사카도와 함께 기타가와 수하로 배정된 에구치라는 신입이 있었는데, 기타가와는 처음에 그쪽에 더 기대를 걸었다.

대학의 명문 럭비부 출신이라는 에구치는 190센티미터에 90킬로그램이 넘는 거구로, 자리에 있기만 해도 위압감을 주었다. 게다가 역경을 몇 번이나 극복한 역전의 용사 같은 얼굴이었다.

영업1과가 올리는 수익에는 두 개의 기둥이 있었다. 하나는 일체형 욕실 같은 주택 관련 부문이고, 다른 하나는 교통기관 전반에 좌석 등을 공급하는 산업 관련 부문이다. 수익은 산업 관련 부문이 더 많았다. 기타가와는 처음에 에구치를 산업 쪽에, 사카도를 주택 쪽에 배정했다. 영업1과 직원들이 받은 인상도 기타가와와 다르지 않아서 대형 신인 에구치에게 기대를 거는 목소리가 압도적이었다. 사카도는 그 그늘에 가려 큰 기대를 받는 일도 없이 조용히 사회인 생활을 시작했다.

하지만 여섯 달 뒤, 사카도의 실적은 에구치를 훨씬 웃돌았다.

산업 관련 제품 쪽이 더 큰 금액이 움직여 유리한데도 두드러지는 성적을 냈다.

기타가와뿐만 아니라 다른 직원도 분명 놀랐을 것이다. 대단찮게 여긴 다크호스가 에구치는 물론 자신들조차 능가하는 실적을 가지고 왔다.

무엇보다 눈에 띄는 것은 신규 개척이었다. 사카도는 여섯 달 사이에 이미 굵직한 신규 거래처를 획득했다. 새로 주택 건설에 뛰어들려던 부동산회사를 공략, 신축 아파트에 일체형 욕실 관련 제품을 공급하는 계약을 체결한 것이다.

에구치의 존재가 단숨에 희미해지는 놀라운 승리였다.

하지만 겨우 시작에 불과했다.

에구치와 담당을 바꾸자마자 사카도는 연거푸 깨끗한 안타를 날리더니 삼 년이 지나자 모두 인정하는 영업1과 에이스로 성장했다.

사카도는 그 뒤로도 기대를 저버리지 않는 활약을 이어나갔다. 그동안 기타가와는 과장에서 부장대리로 직함을 바꿔 달았고, 부장으로 올라갔을 때는 인사부에 직접 이야기해서 사카도를 영업1과 과장으로 앉혔다.

사카도는 아무리 사내 평가가 높아져도 겸손한 태도를 버리지 않았다. 원래 그런 성격이었을 것이다. 늘 밝았고 사람을 대하는 태도도 좋았다. 자신의 업무에는 엄격했지만 그 엄격함을 타인에게 들이대는 경우는 없었다. 그 점에서 사카도는 기타가와보다 인간적으로 위였다.

　기타가와 또한 젊은 시절부터 지나치게 높다고 할 만한 목표치를 계속 달성해왔으니 잘 알지만, 사카도는 보이지 않는 곳에서 엄청나게 노력했을 것이다. 도쿄겐텐의 사업 분야는 기다리고 있으면 알아서 주문이 들어올 정도로 만만하지 않기 때문이다. 경쟁사와 격전을 벌이며 낮은 가격으로 이익을 확보해야 하는, 그야말로 지혜와 체력을 요하는 일이었다. 따라서 자사 제품을 철저히 분석하는 한편 시장이 원하는 제품은 무엇인지 늘 생각해야 한다. 상품기획부나 제조부와도 면밀히 협의해야 한다. 사카도는 분명 분석력과 실행력에서 남들보다 뛰어났다.

　과장이 된 뒤 사카도가 보인 활약은 늘 기타가와가 요구하는 수준 이상이었다. 할당한 목표치를 완수하고 수익의 기반을 다져주는 믿음직스러운 과장. 기타가와는 사카도의 업무 능력을 칭찬했으면 했지, 설마 그 뒤에 속임수가 있으리라고는 의심조차 하지 않았다.

　하지만 사카도 혼자 다른 세상에서 살아가는 것은 아니었다. 누구나 똑같이 혹독한 상황 속에서 목표치에 쫓기며 어떻게 목표를 달성할지 필사적으로 생각하고 끝까지 괴로워한다. 사카도도 예외는 아니었다.

핫카쿠에게 이야기를 들은 날 밤, 사카도에게 사실 관계를 확인한 기타가와는 미야노 사장에게 전부 보고했다.

미야노는 엄청나게 경악하고 또 당황했다.

긴 세월 동안 소닉의 낙하산이 사장 자리를 차지하던 도쿄겐덴에서, 미야노는 처음으로 탄생한 자사 사원 출신 사장이었다. 소닉에서 독립하기 위해서도 미야노 체제를 어떻게든 성공시킬 필요가 있었다. 이 일은 미야노에게도 도쿄겐덴에도 통한스럽기 그지없는 불상사였다.

그 자리에 사카도를 호출한 미야노는 펄펄 뛰면서 화를 내다가 이윽고 질책할 말도 다 떨어져버리자 축 늘어져서 움직이지 않았다.

행동에 나설 필요가 있다. 이 사태에 사장으로서 어떤 경영 판단을 내릴 것인가.

답이 간단히 나올 만한 일이 아니었고, 실제로 미야노가 각오를 정하기까지 꼬박 이틀이 걸렸다.

사장실에 기타가와와 제조부장 이나바가 불려갔다.

두 사람을 앞에 둔 미야노는 한동안 입을 꾹 다물고 아무 말도 하지 않았다. 자신의 결단이 얼마나 무거운지 알고 있었기 때문이다. 미야노 본인도 그 무게에 짓눌리고 있음이 느껴졌다.

"결론부터 말하지."

천천히 입을 뗀 미야노가 한 말은 예상 밖이었다.

"이 건, 은폐해."

8

앞에 있는 남자의 눈에서 순식간에 광채가 사라졌다. 얼굴에서 표정이 떨어져나간다.

미야노는 엄격한 사람이다. 부하가 저지른 부정을 용서하지 않는 엄한 리더의 존재가 사노에게는 최후의 보루였을 터이다.

"설마……."

사노의 입에서 갈라진 목소리가 새어나왔다.

"화가 나나? 기가 막힌가? 하지만 말이야, 이게 지금 도쿄겐덴이 취할 수 있는 최선책이야. 네가 좋든 말든 우리에게 남은 수단은 이것밖에 없어."

사노는 아무 대답도 하지 않았다. 그런 상대를 향해 기타가와는 되레 뻔뻔하게 말했다. "우리는 사운을 걸고 이 일을 은폐하고 있어. 한 번 더 묻지. 너, 길거리에 나앉고 싶어? 그러고 싶지 않으면 입 달고 있어. 그리고 누구에게도 발설하지 마."

천천히 자리에서 일어선 기타가와는 그대로 나가려다 문득 뒤를 돌아보았다. 넋이 나간 채 어깨를 축 늘어뜨린 남자를 흘끗 보고는 잰걸음으로 회의실에서 벗어났다. 사노에게 더는 이 일을 들고 나설 기력이 없으리라.

"이해시켰습니다."

기타가와가 그날 밤 사장실로 찾아가 보고하자 수고했다는 짤막한 대답이 돌아왔다. 책상에 펴놓은 서류를 계속 내려다보는 미야노에게 인사하고 물러났다.

영업부로 돌아가면서 며칠 계속 고민하던 현안에서 해방됐다는 사실에 안도의 한숨을 내쉬었다.

"사노를 구워삶았나 봐?"

집무실로 돌아가자 하필 그날따라 늦게까지 야근하던 핫카쿠가 불쑥 다가와서 말했다.

"어떻게 알아?"

"얼굴에 써 있어."

핫카쿠가 말했다. "그건 거짓말이고, 아까 사노와 회의실에 들어가는 걸 봤거든."

핫카쿠는 손에 들고 있던 도넛을 가볍게 들어 보였다. 회의실이 있는 3층에는 올해 여름 무렵부터 무인 도넛 판매 코너가 생겼다.

"어떻게 구워삶았어?"

"어떻게고 뭐고, 있는 그대로 이야기했을 뿐이야."

기타가와가 대답했다. "사실을 알면 누구라도 수긍할 수밖에 없어. 아니야?"

핫카쿠의 입에서 나온 말은 "너 바보구나"였다. 회사에서 기타가와를 면전에서 바보라고 부르는 사람은 핫카쿠밖에 없다. 하지만 그런 말을 들어도 그다지 화가 나지 않으니 희한한 노릇이었다.

"왜지?"

얼빠진 소리처럼 들리지 않게 조심하며 기타가와가 물었다. "뭐가 바보라는 건지 말해."

"수긍하지 않을 수 없다는 발상밖에 못 하니까."

핫카쿠가 말했다. "넌 그렇게 단정하고 있지? 하지만 정말로 그래? 정말 그것밖에 방법이 없어?"

"없어." 기타가와가 단언했다. "그러니까 그러고 있는 거잖아. 사노도 분명 그렇게 생각했을 거야."

기타가와는 의기소침해 있던 남자의 모습을 아무런 감흥도 없이 떠올렸다.

사노는 고발문으로 기타가와와 이나바의 경질을 노렸다. 아마 그러면 자신도 영업부에 복귀할 수 있다고 기대하지 않았을까.

쿠데타라고 할 수 있는 시도는 실패로 끝났다. 기타가와 또한 고발을 불문에 부침으로써, 비밀을 공유함으로써 사태를 마무리 지으려 하고 있다.

"결국 사노도 바보인가."

352

핫카쿠가 이렇게 중얼거리더니 도넛을 맛있게 먹으면서 유유히 자리로 돌아갔다.

한 건 해결.

기타가와는 그 뒷모습을 보며 마음속으로 중얼거렸다. 내선으로 무라니시 부사장의 호출을 받은 것은 이틀 뒤의 일이었다.

부사장실에 들어가자 무라니시는 어쩌된 일인지 굳은 표정으로 맞이하더니 손짓으로 소파를 권했다.

용건도 모르는 채 자리에 앉은 기타가와 앞에 무라니시가 한 통의 편지를 내놓았다.

내용물은 꺼내서 봉투에 클립으로 고정해놓았다.

"익명으로 고발이 들어왔네."

기타가와는 자기도 모르게 편지에 손을 뻗었다.

순식간에 눈앞이 새하얘지더니 편지를 든 손이 떨리기 시작했다. 편지에는 사노가 보낸 고발문과 거의 같은 내용이 적혀 있었기 때문이다.

그 새끼가…….

그제 보았던 사노의 실의에 빠진 표정을 떠올리며 기타가와는 속으로 욕을 퍼부었다.

"이런 일이 있었나?"

무라니시가 물었다. 일말의 거짓이나 변명도 용서하지 않겠다는 냉엄한 눈이 기타가와를 보고 있었다.

"사실이라면 소닉에 보고해야 해. 자네에게 진실을 듣고 싶네."

기타가와는 예상조차 못한 사태에 당황해서 어쩔 줄 몰라 하며 필사적으로 변명할 말을 찾았다.

무라니시는 소닉에서 나온 이른바 감시자였다. 은폐에 관해 절대 알아서는 안 될 사람이다.

기타가와는 깎아지른 절벽에 내몰린 사자가 되었다. 하늘을 향해 튀어나온 절벽 끝에 서서, 불어오는 바람에 갈기를 곤두세우며 허공으로 한발 내디디려 하고 있는 사자. 기타가와만 굴러떨어지는 것은 아니다. 도쿄겐덴도 마찬가지다.

"확실히 말하게."

무라니시가 따지듯 물었다. "이제 와서 숨겨봤자 소용없으니까. 어느 쪽인가?"

기타가와는 눈을 감고 심호흡을 되풀이했다.

물러설 곳은 없다.

이제 사자에게 남은 건 지면을 느낄 수 없는 공간에 살짝 발을 내딛는 일뿐이다.

어
전
회
의

1

무라니시 교스케 앞에서 영업부장 기타가와는 절망적인 표정을 짓고 있었다.

"이야기는 그게 끝인가?"

기타가와는 부하에게 호쾌하게 호통치는 평소 모습은 찾아볼 수도 없이 얼굴이 창백했다. 눈빛이 이리저리 흔들리고 있었다.

"네, 이상입니다."

이윽고 한마디가 흘러나왔다. 무라니시는 말없이 의자 등받이에 기대면서 벽에 걸린 시계를 올려다보고 놀란 듯이 눈썹을 꿈틀거렸다. 오후 4시다. 기타가와의 고백을 한 시간 넘게 듣고 있었던 셈이다. 너무 놀라운 내용에 시간 감각조차 잃고 있었다.

"이제 됐어, 가봐."

분노, 경악, 곤혹, 초조, 동요, 그리고 또…… 분노. 그 시간 동안 줄곧 무라니시를 가지고 논 것은 무질서한 감정의 격류였다.

무라니시는 어찌해야 좋을지 알 수 없었다. 그 모든 감정이 소화되지 않은 채 배 속에서 이리저리 뒤섞여서 여전히 소용돌이치고 있었다.

해결 방법을 찾을 수 없다.

애초에 무라니시가 고군분투한다고 어떻게 될 문제도 아니었다.

기타가와가 나가고 없는 집무실에서 혼자 고민하던 무라니시는 자리에서 벌떡 일어났다. 그러고는 데스크매트에 끼워놓은 소닉의 부문별 전화번호부를 손가락으로 훑으며 전화 걸 상대를 찾았다. 어떤 번호를 손가락으로 짚고 책상 위의 전화를 들었다가 문득 움직임을 멈추었다.

이 일은 아마 사회적으로 큰 문제가 될 것이다. 그런 일이 소닉에서 파견된 자신의 회사에서 일어났다는 사실에 대해 책임을 피할 수는 없다.

각오를 다지기 위한 짧은 틈이었다.

옛 보금자리인 소닉 총무부에 전화를 걸었다. 용건을 알리지 않고 총무부장 기우치 노부아키에게 연결해달라고 했다.

"시간 좀 내주겠나? 긴급히 상담할 문제가 있어."

이 년 전 도쿄겐덴으로 오기 전에 무라니시는 소닉의 중역이었다. 기우치는 소닉 입사 연차가 무라니시보다 이 년 아래다. 무라니시는 영업 분야를 중심으로 일해와서 총무 분야의 기우치와 함께 일한 적은 없지만 면식이 있는 사이였다.

"7시에 식사 자리가 있어서 그 전이면 됩니다."

"지금 바로 가도 되나?" 일 처리가 신속한 무라니시답게 지체 없이 물어보았다.

"물론이죠."

그럼 바로 가겠네, 하고 수화기를 놓았다. 무라니시는 도쿄겐덴이 입주한 오피스 빌딩에서 나와 빠른 걸음으로 같은 오테마치에 있는 소닉 본사로 향했다.

2

기우치의 집무실은 소닉 본사 15층 임원 플로어에 있다.

"오랜만입니다. 앉으십시오."

비서의 안내를 받아 들어가자마자 자리에서 일어난 기우치는 무라니시에게 소파를 권하고 자신도 맞은편 팔걸이의자에 앉았다.

가느다란 은테 안경을 쓰고 백발을 칠 대 삼으로 가른 기우치는 속을 알 수 없는 사람이다. 치아는 보이고 있지만 웃지는 않았고, 안경 안쪽에서 이쪽을 보는 눈에서는 감정을 읽어낼 수 없다. 블라인드를 친 듯한 눈이다.

하지만 총무부장으로서 다양한 사태에 대응하고 때로 위험한 무리와도 대치해야 한다면, 사내에 기우치만 한 적임자는 없었다.

"당기 실적은 그럭저럭 나쁘지 않은 것 같네요. 역시 무라니시 부사장님이십니다."

기우치가 무난한 이야기를 건넸다. 비서가 차를 가지고 왔다 다시 물러갈 때까지 이야기할 만한 가벼운 화제지만, 그조차도 무라니시에게는 가슴에 가시가 박히는 듯한 아픔을 주었다.

"표면적인 실적은 보고대로지만, 실은 아주 곤란한 일이 생겼어. 이걸 좀 봐주겠나?"

본론을 꺼낸 무라니시는 양복 안주머니에 넣어온 문서를 테이블 위로 밀었다. 무라니시에게 온 고발문이다.

기우치의 표정이 순식간에 굳어졌다.

"그래서 어느 쪽입니까?"

문서를 읽은 기우치의 눈빛은 아까와는 딴판으로 날카로워졌다.

"유감스럽지만 사실이라는군."

기타가와에게 들은 이야기를 해주자 기우치는 고발문은 누가 보낸 거냐고 물었다.

"아직 모르네."

무라니시가 솔직히 대답했다. "확인할 여유도 없었거든."

편지에 보낸 사람 이름은 없었다. 그날 오후에 사내연락편_{사내 문서} 송달을 위한 자체 우편 체계 봉투에 들어 있던 것을 비서가 가져다주었는데 보낸 사람에 관한 정보는 전무했다.

"뭐, 이런 종류의 이야기는 왕왕 내부 고발로 밝혀지는 법입니다만……."

꼰 다리 위에 두 손을 깍지 끼고 의자에 기대앉은 기우치의 판단은 빨랐다. "내일 아침에 별건으로 어전회의가 열릴 예정입니다. 그 자리에서 상의해보는 건 어떻습니까? 빠를수록 좋을 테니까요. 지금 사장님과 부사장님 두 분 다 외부에 계시니까 제가 나중에 개략적인 설명을 드리겠습니다."

"내가 직접 하지 않아도 괜찮겠나?"

"회사에 돌아오시는 시간이 늦어질 것 같으니 제가 하겠습니다. 어쨌든 내일 아침 일찍부터 의논하게 될 테니, 부사장님은 도쿄겐덴 상황을 가능한 한 확실히 알아봐주세요. 애매한 이야기를 올릴 수도 없으니 그편이 효율적입니다."

소닉 사장인 도쿠야마 이쿠오가 참석하는 회의를 임원들은 어전회의라고 불렀다. 중역이 대거 모이는 경우도 있고 필요한 최소 임원만으로 진행될 때도 있다. 경영 효율을 높이기 위한 기동적인 회의인데, 회의록이 작성되지 않는다는 점에서 중역회의와 결정적으로 달랐다. 여기서 논의되는 내용은 외부에 새어나가지 않는다. 참석자의 기억에만 남는다.

"누가 나오나?"

사장과 부사장 그리고 기우치 세 사람은 어전회의 고정 멤버다. 그 외에 누가 참석하느냐는 뜻이다.

"나시다 상무님과 가도와키 상무님이 나오기로 돼 있습니다. 국내 영업 강화책을 논의하기로 해서요."

나시다라는 이름이 나왔을 때 무라니시는 얼굴을 찌푸렸다. 나시다는 국내 영업 담당 총괄상무이고 가도와키는 국제 담당 상무다. 나시다가 과거에 무라니시와 라이벌 관계였다는 사실은 소닉에서 유명한 이야기이다.

하지만 이 년 전에 한쪽은 본사 상무로 올라가고 무라니시에게는 도쿄겐덴 부사장 발령이 나옴으로써 승부는 판가름 났다.

"잘 좀 부탁하네."

무라니시의 한마디와 함께 간단한 회의는 끝났다.

무라니시는 히로시마 현의 한 벽촌, 금속 가공 일을 하는 집에서 태어났다.

위로 누나 둘이 있는 막내였다. 아버지는 직원이 서른 명쯤 되는 작은 회사를 경영했지만, 경영 상태가 견실해서 집안은 그럭저럭 유복했다.

어린 시절부터 책을 좋아해서 늘 도서관에서 빌려온 책을 들고 다니던 문학소년 무라니시는 학교 성적도 좋았다.

부모님이 교육에 열심이기도 해서 무라니시는 지역 국립대학의 부속 고등학교를 거쳐 규슈에 있는 국립대학으로 진학했다. 슬슬 진로를 결정할 시기가 됐을 때 아버지는 무라니시에게 가업을 물려받으로고는 하지 않았다.

"이런 조그만 회사는 이어받지 않아도 돼."

대학 삼 학년 여름방학이었다. 고향에 돌아와 있던 무라니시는 갑작스러운 말에 순간적으로 귀를 의심했다. 저녁을 먹기 전에 아버지와 둘이 소주를 마시고 있었다. 애주가인 아버지는 아들과 단둘이 술을 주고받는 것이 낙이었다.

"어? 안 그래도 돼?"

취해서 하는 말인 줄 알았다. 하지만 아버지는 알코올에 붉어진 번들번들한 뺨에 자못 진지한 눈빛을 하고 또 다시 말했다.

"응, 안 받아도 돼."

뜻밖의 말에 무라니시는 어리둥절하다기보다 맥이 빠졌다.

가업을 이어받을지 말지 아버지와 한 번도 이야기 나눈 적 없었다. 서로 어떻게 생각하는지 알고 있었기 때문이다. 아버지는 이어받기를 바랐고, 무라니시는 일반적인 학생이 그렇듯 제가 원하는 회사에 취직하고 싶었다.

이야기하면 부딪칠 거라고 생각했기에 지금까지 그 화제는 교묘히 피해왔다.

"정말로 괜찮아?"

되레 의문스럽게 여긴 무라니시가 아버지의 얼굴을 조심스럽게 살펴보았다.

"앞으로는 규모가 작으면 안 될 거다. 지금은 괜찮아도 앞으로 이십 년 동안 번성하기는 어려울 테니까. 작다는 건 약하다는 거야. 너한테 더 어울리는 무대가 있을 거다. 회사가 계속 살아남을까 걱정하는 것만큼 피 말리는 일이 없어. 그런 건 내 대까지만 해도 충분해. 넌 좋아하는 곳으로 가면 된다. 거기서 힘을 시험해봐. 인간에게는 다 자기한테 맞는 그릇이라는 게 있어. 너한테 우리 회사는 맞는 그릇이 아닐 게다."

이렇게 말하는 아버지의 옆얼굴은 조금 쓸쓸해 보였다.

"아버지, 나한테 기대가 너무 큰 거 아냐?"

무라니시가 말했다. "난 그렇게 큰일은 못해. 큰 회사에 들어가서 잘 해낼 수 있을지도 모르겠어. 단지 큰 회사에서는 내가 좋아하는 일을 찾을 수 있지 않을까 싶은 거지. 솔직히 일을 한다는 게 어떤 건지도 잘 모르겠고."

"일이 어떤 것인지는 곧 알게 될 거다. 한마디만 하마."

아버지가 말했다. "일이란 말이지, 돈을 버는 게 아니야. 사람들한테 도움이 되는 거야. 사람들이 기뻐하는 얼굴을 보면 즐겁거든. 그렇게 하면 돈은 나중에 따라와. 손님을 소중히 여기지 않는 장사는 망해."

아버지가 일에 대해 이야기한 적은 거의 없었던 만큼 이 말은 무라니시의 가슴속 깊이 스며들었다.

이듬해 혹독한 취업 전선을 이겨내고 무라니시는 종합 전자기기 업계의 강자 소닉에 입사했다.

맨 처음 배정된 곳은 오사카 본사였다. 다카라즈카 시내의 독신 기숙사에 들어가서 오사카 시내 교바시에 있는 회사로 출퇴근했다. 가전사업부의 지역 담당 부서 소속이었다. 쉽게 말해 시내의 가전제품 판매점을 돌며 소닉 상품을 파는 일이었다.

사무직으로 입사한 무라니시의 동기는 400명이었다. 대부분 이렇게 조직의 말단에서 스타트를 끊었다.

무라니시가 신입일 때 판매 일에서 올린 실적은 동기 가운데 상위권이기는 했을 테지만 별반 눈에 띌 정도는 아니었다.

삼 년째에 도쿄 본사로 이동하여 아키하바라 일대의 양판점 영업을 맡았을 때도 분명 실적은 상위권이었지만, 화려하게 활약한 것은 아니었다.

무라니시의 장점은 필요한 제품을 필요한 만큼 판다는 자세로 일관한다는 점이었다. 판매 목표가 있다고 억지로 밀어넣어 상대에게 부담을 전가하는 식의 실적 쌓기는 일절 하지 않았다. 동기 중에서 실적이 제일 좋은 영업사원이 실태에 맞지 않는 밀어넣기 판매로 무작정 성적을 올리는 가운데, 무라니시는 노력과 시간을 아끼지 않고 누구보다도 많은 판매점에 발길을 옮기며 적당한 양을 팔았다. 들쭉날쭉하지 않고 착실하게 일을 해서 고객 신뢰도 두터웠다.

언뜻 보기에는 눈에 띄지 않지만 우수한 영업사원. 그런 무라니시의 자질을 간파한 사람은 당시 영업부장 기요시마였다. 기요시마는 가전제품 판매점을 바지런히 돌아다니다 무라니시가 어떻게 일하는지 알게 된 뒤로 사사건건 무라니시를 밀어주었다.

기요시마 덕분에 무라니시는 출세가도를 달렸고, 마흔 살 때는 간사이 지역 총괄 리더가 됐다. 거기서도 견실한 영업 자세를 발휘하여 매출을 끌어 올리는 데 성공했고, 그 뒤로도 차근차근 실적을 쌓아 쉰두 살에 영업2부장이 되면서 마침내 중역회의에 이름을 올렸다.

동기 가운데 가장 빨랐다. 하지만 무라니시의 동기 중에 그해 중역이 된 사람이 또 있었다. 나시다 모토나리다.

마찬가지로 영업 분야를 걸어온 나시다는 성격이나 일하는 방식이 무라니시와는 정반대였다. 정공법으로 접근하는 무라니시와 달리, 길이 없는 곳을 개척하여 무작정 목표를 손에 넣는 타입이었다.

400명이 함께 시작한 레이스지만 이제 무라니시와 나시다 두 사람만 남아 있었다. 누군가가 위로 올라가고 누군가는 소닉 임원 인사의 관례에 따라 자회사로 나간다. 둘 중 누구를 고를지는 사장인 도쿠야마 이쿠오가 결정한다.

도쿠야마는 무라니시가 아니라 나시다를 선택했다.

인사 발표가 났을 때 도쿠야마의 집무실로 불려간 무라니시는 왜 나시다인지 이유를 들었다.

소닉이 처해 있는 역경. 그것이 이유였다. 경쟁에서 이기고 살아남으려면 조직에는 나시다처럼 무리해서라도 강행하는 사람이 필요하다고 도쿠야마는 말했다.

"이해해주겠나?"

사려 깊은 도쿠야마는 이렇게 물었지만 이미 정해진 인사를 이해하고 말고도 없다.

"잘 알았습니다."

분해하지도 않고 담담하게 통지를 받아들인 무라니시는 삼십이 년 동안의 회사원 인생을 회상하며 오히려 상쾌한 기분을 느꼈다.

그동안 가장 괴로웠던 건 마흔 살이 됐을 무렵 아버지가 쓰러진 일이었다.

소닉을 그만두고 여전히 그럭저럭 매출을 올리는 아버지의 회사를 이어받아야 할까. 이렇게 생각한 무라니시는 병실로 달려가 아버지에게 말했다. "내가 할까?" 하고. 그때 무라니시는 이미 영업 총괄이라는 위치에서 비즈니스의 겉과 속을 샅샅이 알았을 뿐 아니라 매니지먼트에도 정통했다는 자신감이 있었다. 내가 나서면 어떤 회사라도 잘 경영할 수 있다고.

"안 해도 돼."

천장을 지그시 바라보던 아버지의 입에서 그 한마디가 흘러나왔다. "너한테는 지금 하는 일이 어울린다. 지금처럼 하면 돼."

결국 아버지는 그대로 세상을 떠났다. 지역 기업에서 근무하던 매형이 마침 정년을 앞두고 있던 터라 회사를 그만두고 사장이 되었다. 회사는 그 뒤로 십 년 가까이 찔끔찔끔 경영이 악화되다가 무라니시가 쉰 살이 됐을 때 결국 폐업했다. 매형은 경영자 그릇이 아니었다.

회사를 청산한 뒤에도 혼자가 된 어머니에게 충분한 자산이 남았다는 사실은 다행이었다. 자신이 뒤를 이었다면 회사를 더 크게 만들 수 있었으리라는 생각은 봉인한 채 매형에게는 감사 인사를 전했다. 회사의 토지와 건물이 남의 손으로 넘어갈 때는 이사를 돕기 위해 귀성했다. 그런 무라니시를 보고 맏아들이 회사를 물려받지 않았기 때문이라고 말하는 사람은 아무도 없었다. 무라니시가 소닉에서 성공한 덕도 있었겠지만 생전에 주위 사람에게 후계 문제를 깔끔히 설명해놓은 아버지 덕분이었다.

가족을 비롯해 많은 사람이 뒷받침해주었다.

그 사실을 실감할 수 있다는 것이 무라니시의 힘이었다. 물론 일에서도 누가 자신을 지탱해주는지 잘 알고 있었다. 선배, 후배, 스태프 그리고 무엇보다 고객이다.

고객을 중요하게 여기지 않는 행위, 고객을 배신하는 행위는 결국 자기 목을 조르게 된다. 그 점을 알았기에 고객에게 무리한 판매를 하지 않았다. 고객을 위한다는 생각으로 성실히 일해왔다.

이것이 일에 대한 무라니시의 일관적인 생각이었다.

그래서 자신의 발밑에서 일어난 부정에 분노를 금할 수 없었다. 특히 부정의 근간에 고객을 경시하는 태도가 어른거린다는 점은 더욱 용서하기 힘들었다.

지금은 확실히 안다. 그때 아버지가 한 말은 비즈니스 종사자가 결코 잊어서는 안 되는 금언임을.

손님을 소중히 여기지 않는 장사는 망한다.

4

다음 날 오전 8시 30분, 무라니시는 다시 소닉으로 갔다.

이십 분 전에 총무부를 방문해 의사 진행을 어떻게 할지 확인하고, 한때 익숙하게 드나들던 15층 임원실로 향했다.

"어, 보기 드문 손님이 오셨네."

먼저 와 있던 나시다가 말했다. 새까만 머리카락을 칠 대 삼으로 가른 영업 담당 상무는 늘 그렇듯이 외고집이 얼굴에 드러나 있다. 나시다와는 프로젝트 진행 방식을 두고 늘 언쟁을 벌였고, 위치에서 선명한 차이가 생긴 뒤에도 서로 라이벌 의식이 없어지지는 않았다.

"좀 난처한 일이 생겨서."

나시다는 대답하지 않았다. 입술에 걸린 웃음은 승자의 여유란 건가. 그 모습을 본 순간 무라니시는 마음속 깊은 곳에서 나시다를 경멸하고 있음을 강하게 의식했다. 나시다가 일하는 방식은 잘못됐다.

"아아, 안녕들 하십니까."

무라니시 바로 뒤에서 국제 담당 상무인 가도와키가 들어와서 평소처럼 싹싹하게 인사한 뒤 나시다와 잡담을 시작했다. 기우치가 권하는 대로 나시다 반대편 자리에 앉은 무라니시는 회의 전의 편안한 분위기에 적응하지 못하고 혼자 미간에 주름을 잡고 기다렸다.

회의가 시작되면 이 분위기는 흔적도 없이 사라지고 회의실은 사나운 눈보라가 치는 한겨울로 변해버리리라. 그때 나시다가, 도쿠야마 사장이 어떤 얼굴을 할까? 무라니시에게 어떤 말을 던질까? 그걸 생각하니 우울해졌다.

이윽고 문이 열리는 소리와 함께 도쿠야마와 부사장 다베가 들어왔다.

경직된 표정을 보고 무라니시는 이야기가 전해졌음을 직감했다.

아니나 다를까, 기우치가 "시작할까요"라고 말하자마자 "더 이른 단계에서 알 수는 없었나?" 하고 갑작스러운 질문이 날아왔다.

질문하는 도쿠야마의 눈빛에는 의심과 짜증이 뒤섞여 있었다. 무슨 일인지 모르는 나시다가 무라니시를 놀란 얼굴로 바라보았다.

"사내에서 은폐 공작이 벌어지고 있었습니다."

고뇌에 찬 표정으로 무라니시가 말했다. "도쿄겐덴 직원끼리 정보를 은닉하고 이미 비밀리에 수리 작업에 착수한 상황입니다."

기우치가 배부한 자료가 참석자들 손으로 건너가자, 내용을 확인한 나시다가 아연실색한 표정으로 얼굴을 들었다. 가도와키는 불쾌한 얼굴로 입을 다물었고, 다베는 팔짱을 낀 채 회의실의 한 점을 노려보며 움직이지 않았다.

무라니시가 불상사의 실태와 알게 된 경위를 설명하자 다베가 물어뜯었다. "대체 도쿄겐덴의 거버넌스는 어떻게 된 거야? 미야노 사장에게 이야기가 올라갔다면 부사장인 자네를 경유해야 하잖아. 왜 그 과정이 없었나?"

"그 사람들 입장에서 저한테 알리는 건 소닉에 알리는 것과 매한가지입니다."

얼굴을 찡그리면서 무라니시가 말했다. "그 사람들에게는 강한 위기감이 있어요. 알려지면 큰일이라는, 지극히 내향적인 위기감이기는 합니다만."

어제 기우치를 찾아와 어전회의에 참석하기로 하고 회사로 돌아가자 미야노 사장이 대기하고 있었다. 기타가와의 보고를 받고 황급히 무라니시와 면담하려 했을 것이다. 하지만 나오는 말은 책임을 회피하는 변명뿐 반성도 없거니와 건설적인 의견도 없었다.

말도 안 된다는 듯이 다베가 천장을 올려다봤다.

"어떻게 처리할까요?"

기우치가 물었다. "발표한다면 그런 방향으로 조정하겠습니다. 다만 이 정도의 불상사를 은폐할 수는 없지 않을까 합니다."

총무부장 기우치는 위기관리에 대해서 다른 사람들보다 조금 더 잘 알았다. 발언 내용은 그야말로 정론이었지만 도쿠야마는 바로 대답하지 않았다. 발표했을 때의 영향을 검토하고 있음이 틀림없었다. 그때 도쿄겐덴이 살아남을 수 있으리라는 확증은 없다. 자회사에서 벌어진 일이라 해도 소닉에서 배상을 대신 떠맡는 등 책임 문제로 발전할 가능성도 있다.

"발표했을 때의 비용을 확실히 알아보고 나서 해야 하지 않겠습니까, 사장님."

나시다가 의견을 말했다. "영향이 어느 정도나 생길지 모르는 상황에서 사실만 발표해봤자 오히려 고객에게 혼란을 줄 뿐입니다. 그걸 성의라고 하기는 어렵습니다."

이 또한 정론이었다. 어전회의는 정답이 없는 문제에 직면하려 하고 있었다. 판단 기준은 돈과 도덕을 어떻게 조정하느냐에 따라 얼마든지 바뀐다.

"이미 인선을 마쳐서 오늘내일 중으로 조사팀을 파견할 준비는 되어 있습니다."

기우치가 지체 없이 덧붙이자 도쿠야마의 생각도 가닥을 잡은 것 같았다.

"알았네."

도쿠야마가 말을 이었다. "상황 파악이 먼저야. 조사팀은 가급적 신속하게 결론을 내도록. 발표는 그 뒤에 한다. 그러면 되겠나?"

무라니시는 그저 고개를 숙이고 따를 수밖에 없었다.

삼십 년 남짓한 월급쟁이 생활에 갖가지 일이 있었다.

관리직이 될수록 사고, 실수, 불상사에 따른 손해나 배상 문제와 접할 기회는 많아진다. 무라니시도 수차례 대응을 지시하거나 스스로 해결하기 위해 뛰어다녔다.

하지만 이번에 상대하는 사건…… 무라니시의 사고회로에서 이 일은 그야말로 '사건'일 뿐이었다. 그런데 성질이나 영향력에서 지금껏 경험해온 것과는 차원이 달랐다.

조사 결과를 기다렸다가 대응을 검토하겠다는 도쿠야마의 생각은 지당하다. 그러나 조사하지 않아도 이 사건이 초래할 경제적 손실이 1백억 엔대, 아니 아마도 1천억 엔을 넘어서리라는 사실은 쉽게 예측할 수 있다.

문제의 나사는 수많은 공공 교통기관의 좌석 등에 사용되고 있다.

가령 운행 예정인 비행기를 멈추기만 해도 엄청난 배상액이 들 것이다. 강도가 부족한 제품을 리콜한 단계에서 취항중인 노선의 비행이 전부 취소되는 악몽 같은 사태까지 벌어질 가능성도 있다.

한편, 대응을 검토한다 해도 이만저만한 일이 아니다. 도쿄겐덴이라는 회사의 존속이 걸린 문제일 뿐 아니라 자회사의 불상사와 연결적자로 소닉이 얻을 데미지도 가늠할 수 없을 정도이기 때문이다.

어전회의 참석자는 하나같이 비즈니스에 일가견이 있는 사람들이다. 도쿠야마가 지시한 조사 결과를 기다릴 필요도 없이 머릿속에서 바로 참담한 결말을 상상했으리라. 그건 그렇다 치더라도…….

이렇게 커다란 사건이 일어난 줄 꿈에도 모르고 태평하게 앉아 있었다는 사실에 부아가 치밀었다. 짜증스러운 마음은 곧장 미야노나 기타가와를 향하며 맹렬한 기세로 무라니시의 배 속에서 소용돌이치기 시작했다.

도쿄겐덴이라는 회사의 부사장이 된 지 이 년. 좋은 회사를 만들기 위해 나름대로 노력을 계속했다. 도쿄겐덴 직원들과도 격의 없이 지내왔다고 생각했다.

하지만 미야노와 기타가와는 이 불상사가 발각됐을 때 무라니시에게 일절 알리지 않았다.

이유는 명백하다. 무라니시가 외부인이기 때문이다. 소닉의 수하 정도로 생각하는지도 모른다.

결국 어떻게든 이 회사에 동화되려던 무라니시의 노력은 아무 의미도 없었다.

"사장님께서 바로 뵙고 싶다고 하십니다."

어전회의를 마치고 회사로 돌아온 직후에 사장 비서에게서 연락이 왔다.

또 변명인가.

미야노에 대한 무라니시의 신뢰는 기타가와의 증언으로 산산조각 나서 이제는 의심과 배신의 덩어리로 바뀌었다.

오늘 아침 무라니시가 소닉에 갔음을 알고 전전긍긍했을 것이다.

사장실로 가자 비서가 대기하고 있다가 곧장 안으로 안내했다. 미야노에게 무슨 말이라도 들었는지 몹시 허둥지둥하는 기색이다.

소파에 앉아 있던 미야노가 자리에서 일어났다. 손짓으로 착석을 권하는 얼굴은 마치 금이 간 것 같았다.

방에는 미야노 혼자 있는 것이 아니었다.

기타가와가 황송한 표정으로 입구 근처에 서 있고, 그 옆에는 어두운 얼굴을 한 제조부장 이나바도 있었다.

"은폐팀이 다 모이셨네요."

무라니시가 통렬하게 비아냥댔다. 그때까지만 해도 혼란스럽던 마음의 움직임이 이 한마디로 질서정연해지면서 기세를 얻은 것 같은 느낌이 들었다.

"그 문제에 대해 한 번 더 이야기하고 싶네."

테이블을 사이에 두고 맞은편에 앉은 미야노가 변명을 늘어놓기 시작했다. 하지만 뭐 하나 새로운 사실은 없었다. 심지어 마지막에는 "지금 리콜을 하면 파장을 헤아릴 수 없어"라고 주장해 더욱 기가 막혔다.

"그럴 경우, 우리 회사는 남아나지 않을 거야. 아니, 우리뿐만 아니라……."

미야노는 여기가 중요한 포인트라는 듯이 몸을 내밀었다. "이 부품을 사용한 제품을 공급받은 거래처에도 전부 피해를 주게 되네. 그것만큼은 피해야 해."

궤변이다.

물론 무라니시도 도쿄겐덴이 처한 사정은 알고 있다.

지금 도쿄겐덴에는 수리 비용과 거액의 보상금을 지불할 여력이 없다. 아마 은행이나 소닉에서 차입해서 메워야 할 것이다. 막대한 적자는 피할 수 없다.

"말도 안 되는군요."

무라니시가 반론했다. "고객들은 아무것도 모르지 않습니까. 지금 이러는 동안에도 승객은 위험에 노출돼 있습니다. 그게 고객을 위하는 거란 말씀이십니까."

"강도가 좀 부족하다고 해서 당장 어떻게 되는 건 아니야."

미야노의 한마디에 무라니시는 격분했다. "대체 무슨 말씀이십니까, 사장님. 강도 부족은 어떻게 해도 강도 부족입니다. 규격에 미달하는 물건을 팔아놓고 이제 와서 뻔뻔스럽게 나오시는 겁니까? 그게 제대로 된 장사라고 할 수 있습니까?"

무라니시의 날카로운 서슬에 미야노는 얼굴이 창백해지더니 시선을 돌렸다.

"지금 막 소닉에서 본 건에 대해 상의하고 왔습니다."

실내 공기가 한층 더 답답하고 무거워졌다. "조사팀이 파견될 겁니다. 어떻게 대응할지는 그 결과를 보고 검토할 예정입니다. 이렇게 된 이상 소닉이 결정할 문제니까요."

미야노가 재빨리 얼굴을 들고 험악한 표정을 짓기는 했지만 반론은 삼켰다. 소닉이 결정할 문제라고 하면 자회사인 도쿄겐덴은 손쓸 방도가 없다. 동시에 사내 '넘버2'인 무라니시가 실질적으로는 사장을 초월한 지위에 있음을 선언한 것과 마찬가지다. 지금 이 순간, 도쿄겐덴은 주권을 잃고 소닉의 관리 아래로 들어갔다.

"만일 아직도 말씀하시지 않은 게 있다면 다 털어놓으시지요."

무라니시가 이렇게 말하며 미야노, 기타가와 그리고 이나바를 차례차례 보았다.

사장실 공기는 한층 더 질량을 더하더니 숨소리조차 죽여야 할 것 같은 침묵이 찾아왔다. 하지만 끝내 세 사람은 아무 말도 하지 않았다.

6

집무실로 돌아온 무라니시가 맨 먼저 한 일은 정보 정리였다.

대체 누가 이 사건에 대해 파악하고 있는가. 미야노 등의 이야기를 종합하면 사카도 본인 외에 아는 사람은 전부 여섯 명이다. 미야노, 기타가와, 이나바 세 사람 외에 인사부장 가와카미, 최초 발견자 영업1과 핫카쿠, 사후 처리 명령을 받은 1과장 하라시마.

발각된 뒤 네 임원이 대응책을 상의하고 은폐를 결정했다. 물론 이 단계에서 무라니시는 소외됐다. 표면적으로는 직장 내 괴롭힘의 책임을 지워 사카도를 징계하기로 결정했다고 한다. 핫카쿠의 고발로 처리하자는 아이디어는 기타가와가 낸 모양이다. 이름이 이용된 핫카쿠에게는 괜한 민폐였음이 틀림없다.

무라니시는 컴퓨터를 켜고 소닉의 어전회의에 제출한 자료를 한 번 더 훑어보았다. 그러고는 어제 기타가와에게 들은 사항을 기록한 메모를 꺼내 마음에 걸렸던 문장 하나를 다시 읽어보았다.

지난주, 미야노 사장, 기타가와 부장, 이나바 부장 세 사람에게
고발이 있었음.

책상 서랍을 열어 보관해둔 고발문을 꺼냈다. 어제 기타가와에게
받은 것이다.

보낸 사람은 고객실의 사노 겐이치로.

어제는 '그 아첨꾼이 잘도 과감한 고발을 했군' 하며 놀랐다. 하지
만 곰곰이 생각해보니 사노는 원래 기타가와와 사이가 나빴다. 즉
영업 일선에서 제외된 데 대한 보복 같은 것이라고 생각하면 이해가
간다. 어쩌면 사노는 기타가와의 실각을 노렸을지도 모른다. 사노에
게 사내 정치가라는 말은 잘 어울렸지만, 그 별명이 그렇게 기분 좋
게 들리지는 않았다.

사노까지 포함하면 사내에서 이 사건을 아는 사람은 전부 일곱
명 있는 셈이다.

"고객실 사노를 좀 불러주겠나?"

비서에게 이르고 나서 얼마 뒤 마침 자리에 있었는지 긴장된 얼
굴을 한 사노가 찾아왔다.

소파를 가리키며 자리를 권한 무라니시는 자기 앞으로 온 또 하
나의 고발문을 테이블 위에 놓고 물었다.

"자네가 보냈나?"

미야노 등이 받은 고발문에는 사노의 서명이 있었다. 하지만 무라니시가 받은 고발문에는 없었다.

서류를 본 사노는 놀란 표정을 지었다. 하지만 이내 당혹스러운 표정으로 바뀌었다가 침묵으로 옮겨갔다. 그 변화를 눈으로 본 무라니시는 "그런가?"라고 재차 물었다.

테이블에 도로 올려놓은 편지에서 눈을 떼지 못하면서 사노가 대답한 말은 "아니오, 아닙니다"였다.

"이건 제가 아닙니다."

"정말인가?" 무라시니가 잠자코 사노를 보며 확인했다.

"문장도 다르고 서식도 다릅니다. 지적한 내용에도 차이가 있습니다."

확실히 사노가 말한 대로였다. 사노의 고발문은 나사의 강도 부족을 중심으로 쓰여 있지만 무라니시가 받은 고발문에는 나사를 사용한 제품 이름까지 나와 있다. 게다가 미야노 사장 이하 은폐를 주도한 임원 이름도 언급되어 있었다. 사노가 써 보낸 것과는 작성자의 정보량에 차이가 있었다.

"누가 이 투서를 보냈는지 짐작 가는 사람 없나?"

무라니시가 솔직하게 물었다. 사노는 바로 대답하지 않고 생각에 잠겨 있었다. 감이 좋은 무라니시는 뭔가 애매한 예측 같은 것이 사노에게 있음을 알아차렸다.

"확실하지 않아도 상관없으니 말해보게."

"증거가 있는 건 아닙니다만."

이렇게 조건을 달고 나서 사노는 뜻밖의 말을 했다. "이건 어쩌면…… 핫카쿠 계장일 수도 있습니다."

사노는 자신의 발언을 잠깐 고려해보는 듯 틈을 두었다가 다시금 무라니시에게 시선을 돌렸다. "죄송합니다. 제대로 설명할 수는 없지만 고발문을 보고 갑자기 그런 느낌이 들었습니다. 핫카쿠 계장이 한 행동이 아닐까 하고요. 그 사람 방식으로 말입니다."

핫카쿠의 방식. 사노는 그런 표현을 썼다.

핫카쿠는 부정이 저질러졌다는 사실을 가장 먼저 발견한 사람이다. 그런 핫카쿠가 무라니시에게 고발문을 썼다는 것이다.

"왜 굳이 나한테 고발문을 보냈다고 생각하나?"

무라니시가 묻자 사노는 조금 생각하더니 대답했다. "부사장님은 소닉 출신이시니까 사장님이나 다른 임원과는 다를 거라고 생각하지 않았을까요?"

"다르다고?"

"실제로 이번에는 은폐되지 않았습니다."

사노를 가만히 보며 무라니시는 그 대답을 곱씹어보았다.

"그러니까 핫카쿠는 사장 이하 임원들이 은폐한 것이 마음에 들지 않았다…… 아니, 위기감을 느꼈다는 건가?"

"상상일 뿐입니다."

사노가 말했다. "핫카쿠 계장에게 물어봐도 제대로 대답해줄 거라는 생각은 안 듭니다. 사람이 좀 괴팍하다고 해야 할까요."

무라니시는 핫카쿠와 제대로 이야기를 나눠본 기억이 없었다. 어제 기타가와의 이야기를 듣고 부정을 발견한 경위는 핫카쿠에게 들어야겠다고 생각했지만 소닉에 보고하는 일을 우선한 결과 면담은 뒤로 미루게 되었다.

사노가 나간 뒤에 내선으로 핫카쿠에게 전화를 걸어보니 마침 자리에 있었다.

"잠깐 와주겠나?"

수화기를 내려놓은 무라니시는 노크 소리가 들릴 때까지 의자에 기대어 눈을 감고 기다렸다.

무라니시는 방으로 들어온 핫카쿠에게 소파를 권하고는 물었다.

"기타가와 부장한테 뭔가 들은 이야기 있나?"

"뭔가가 뭡니까?"

정말로 아무것도 듣지 못했는지 듣지 못한 척하는 건지 핫카쿠의 표정에서는 읽어낼 수 없었다.

"자네가 발견한 강도 부족 나사에 대해 말일세."

아아. 핫카쿠의 입에서 모호한 목소리가 새어나오더니 왜 불려왔는지 수긍이 간다는 눈으로 무라니시를 보았다.

"발견 경위를 이야기하라는 겁니까?"

"부탁하네."

핫카쿠는 입을 열기 전에 앞주머니에서 담배를 꺼냈지만 금연이라고 일렀더니 도로 집어넣고는 말했다. "경위랄 것도 없습니다. 신제품 경비 삭감을 위해 나사를 공용하려 했더니 강도가 부족했습니다. 그래서 알았죠."

"은폐한다고 들었을 때 자네는 어떻게 생각했나?"

무라니시가 깊이 파고들었다. 대답 대신 고개를 약간 숙인 핫카쿠는 탐색하는 듯한 눈빛을 보내왔다.

"제가 어떻게 생각했는지 들어서 뭐하시려고요."

"나한테 고발문이 왔네."

무라니시가 이렇게 말하며 테이블에 고발문을 펼쳤다.

"이걸 쓴 사람이 자넨가?"

핫카쿠는 대답하지 않았다.

"물론 자네가 이걸 썼다고 해서 비난할 생각은 전혀 없네. 비난은 커녕 감사하고 싶을 정도야. 잘 가르쳐줬다고."

"그러면……."

핫카쿠가 짧은 한숨과 함께 내뱉었다. "누가 썼는지는 의미가 없지 않습니까? 그런 걸 조사해서 어쩌실 생각입니까."

"그 사람은…… 이 고발문을 쓴 사람은 여기에는 없는 더 자세한 사정을 알고 있을지도 몰라. 그걸 알고 싶어."

무라니시가 말했다. "오늘내일 중에 소닉에서 이 건에 대한 조사팀이 파견될 예정이네. 그 사람들의 준비를 다소 덜어주는 것만으로도 의미가 있다고는 생각하지 않나?"

"그럴지도 모르겠네요."

핫카쿠는 중얼거리듯이 말했지만 딱히 수긍한 것처럼 보이지는 않았다. 그저 무라니시에게 맞춰준 것에 지나지 않았다.

회의에서 익히 보아온 미적지근한 태도를 취하는 핫카쿠에게 무라니시가 다시 물었다.

"이 사건을 자네는 어떻게 생각하나?"

추궁하고 싶은 마음을 꾹 누르며 무라니시는 거듭 물었다. "자네는 오랜 세월 영업부에서 일했잖나. 왜 이런 일이 일어났을까? 조직의 문제일까?"

"그럴지도 모르죠."

핫카쿠가 느긋하게 대답했다. "하지만 그뿐만은 아닙니다. 목표치를 달성하려고 고생하는 것과 부정을 저지르는 것은 전혀 다른 차원의 문제입니다. 사카도는 조직을 위해 영혼을 판 겁니다. 그런 일이 반복되면 안 돼요."

무라니시가 핫카쿠의 얼굴을 주시했다.

"말씀 끝나셨습니까? 고객과 약속이 있습니다."

핫카쿠는 자리에서 엉거주춤 일어나며 면담을 끝내려 했다.

"가르쳐주게, 핫카쿠."

일어선 핫카쿠에게 무라니시가 물었다. "자네, 뭔가 알고 있지 않나? 뭐든지 좋아. 내게 가르쳐주겠나?"

문으로 걸음을 옮기던 핫카쿠가 문득 멈춰 섰다.

"굳이 말하자면 체질일까요."

핫카쿠는 그런 말을 했다.

"체질?" 뜻밖의 말이다.

"그러니까 반복되는 거죠."

그러고 나서 핫카쿠는 다시 걸음을 떼며 말했다. "옛날에 제조부에 마스타니라는 사람이 있었습니다. 그 사람에게 물어보면 가르쳐주지 않을까요?"

"제조부, 마스타니……?"

무라니시가 되풀이하는 것과 동시에 핫카쿠는 "실례합니다"라는 한마디를 남기고 문 저편으로 모습을 감추었다.

7

　기우치가 인선한 조사팀은 전부 스무 명이었다. 모회사 소닉의 임시 감사라는 명목으로 도쿄겐덴에 파견된 전문가 집단이다.

　본 목적을 감춘 특명 조사지만, 다행히 모회사 소닉의 감사는 정례적이라서 도쿄겐덴 직원들은 이상하게 받아들이지 않았다. 영업, 경리 그리고 제조 부문 전문가들은 담당 부서로 흩어졌다가 일주일 뒤에는 각자 관점에서 이번 사건을 분석 검토해 상세 사항과 추정 배상 금액을 산정할 것이다. 그때 도쿄겐덴의 존속도 결정된다.

　무라니시는 아침 일찍 조사팀을 맞이했다. 조사팀 리더를 맡을 품질관리부 부장대리 하시구치 겐고와 간단히 인사를 나누고 인사부로 향했다.

　"바쁜데 미안하지만 사람 찾는 걸 도와주겠나?"

　이가타 과장대리에게 말을 걸었다. "제조부에 마스타니라는 사람이 있었을 거야. 이미 퇴직했을 것 같기는 한데."

"전에 부장 중에 그런 분이 계셨을 겁니다."

이가타가 캐비닛에서 오래된 파일을 꺼내와 무라니시에게 보여주었다.

마스타니 간지. 약 십오 년 전에 정년퇴직했다. 최종 직위는 제조부장으로 되어 있다.

"업무상 좀 연락하고 싶은데, 가능하겠나?"

"문제없을 거 같습니다. 주소는 여기 적힌 그대로일 겁니다. 연금 지급 때문에 변경 시 알려주게 돼 있습니다."

무라니시는 요코하마 시내의 주소와 전화번호를 옮겨 적고 고맙다고 인사한 뒤 집무실로 돌아왔다.

전화를 걸자 아내로 짐작되는 지긋한 목소리의 여성이 받았다. 마스타니는 근처에 식사 모임이 있어서 나갔다고 했다. 점심때가 지나면 돌아올 테니 연락드리라고 전하겠다더니, 과연 오후 1시 넘어서 마스타니 본인이 전화를 걸어왔다.

"전화를 주셨다던데 무슨 일이십니까?"

마스타니의 목소리는 단정했다. 이미 일흔다섯 살이 넘었을 텐데 머리가 흐려진 듯한 기색은 전혀 없다.

"여쭤보고 싶은 게 있어 연락드렸습니다. 시간을 내주실 수 있을까요?"

"어차피 한가하니 상관없지만 무슨 일입니까?"

마스타니가 물었다.

"재직하시던 시절 이야기를 들을 수 있을까 해서요. 자세한 사정은 뵙고 말씀드려도 될까요? 이야기가 좀 복잡합니다."

전화 저편에서 잠시 생각하는 듯한 침묵이 있었다.

"알겠습니다. 언제 찾아뵈면 되겠습니까?"

"아닙니다. 직접 오시면 제가 죄송하지요."

무라니시가 사양하며 말했다. "이쪽 사정으로 부탁드리는 거니 댁으로 찾아뵙게 해주십시오."

"아니, 부사장님이 이런 누추한 곳에 오시면 저도 마음이 편치 않습니다. 그건 좀 봐주십시오."

마스타니가 사는 곳 근처에 있는 호텔 라운지는 어떻겠느냐고 절충안을 냈지만 그것도 거절하고 회사로 오겠다고 했다.

"요코하마나 가와사키로 나가는 것도 오테마치까지 가는 것과 그리 다르지 않거든요."

황송해하면서 다음 날 오전 10시로 약속을 잡기는 했지만, 만나서 무엇을 물어야 할지 알 수 없었다. 애초에 어떤 식으로 질문할지도 문제다. 과거에 제조부장이었다 해도 십오 년쯤 전에 정년퇴직한 사람에게 지금 일어나는 불상사를 누설할 수는 없기 때문이다.

자, 이제 어떻게 하지? 무라니시는 고민에 잠겼다.

"여기까지 와주셔서 감사합니다."

마스타니는 나이에 비해 젊어 보였다. 안색도 좋고 들어오는 발걸음도 가벼웠다. 나름대로 충실한 노후를 보내는 노인 특유의 여유

같은 것이 표정에서 엿보였다.

"아닙니다, 어차피 매일 한가하니 신경 쓰실 것 없습니다. 오랜만에 긴자에나 가볼까 하고 아내와 함께 나왔거든요. 이런 일이라도 없으면 집에만 틀어박혀 있었을 테니 잘됐습니다."

부인은 어쩌고 계시느냐고 묻자 신新마루노우치 빌딩을 돌아다니고 있다고 대답했다. 이쪽 볼일이 끝나면 휴대전화로 연락해서 다시 합류한다고 한다. 무리한 부탁을 해서 나오게 했지만 그나마 마음이 놓인다.

"그래, 무슨 일입니까?"

마스타니의 물음에 무라니시가 본론을 꺼냈다.

"여기서만 하는 이야기인데, 제조 현장에서 사소한 부정이 있었습니다."

어떻게 물어보면 좋을지 어제부터 이리저리 고민해봤지만 결국 생각은 정리되지 않았다. 이렇게 된 이상 그때그때 상황에 맡기는 수밖에 없다.

"불온한 이야기군요."

마스타니가 미소를 거두고 말했다. "옛날 제조 관리나 기술적인 문제를 물어보실 줄 알았습니다."

"죄송합니다. 그런 건 아닙니다."

무라니시는 이렇게 대답하고 말을 이었다. "마스타니 씨라서 드리는 말씀인데, 실은 나사 강도가 부족한 것을 알면서도 제품을 조립해버렸습니다."

"의도적이었습니까?"

마스타니가 이쪽의 눈을 들여다보았다.

"그렇습니다. 조금이라도 채산을 확보하기 위해 부정을 저질렀습니다."

마스타니의 시선이 흔들렸다. 그것이 희미한 동요임을 깨닫고 무라니시는 깜짝 놀랐다.

"마스타니 씨는 영업부의 핫카쿠라는 남자를 아십니까?"

그 눈을 보며 물었다.

"아, 네. 기억합니다."

갈라진 목소리로 말한 마스타니가 침착함을 잃고 고쳐 앉더니 오른손 주먹으로 입가를 막고 작게 헛기침했다.

"이 문제를 발견한 사람이 핫카쿠입니다. 아무래도 그 외에 뭔가 더 알고 있다는 생각이 드는데 입을 열지 않습니다. 대답 대신 마스타니 씨께 여쭤보라고 하더군요."

마스타니는 말을 삼키고 잠시 입을 다물었다.

표정에 나타났던 동요가 차츰 가라앉나 싶더니 체념한 듯한 한숨이 새어나왔다.

"핫카쿠도 무자비한 말을 하는군요."

"무슨 뜻이십니까?"

또 다시 침묵.

예전 제조부장은 의자 등받이에 기대어 팔짱을 끼더니 과거를 떠올렸는지 시선을 허공에 던졌다.

"이제 옛날이야기라고 생각하고 있었습니다. 하지만 아니군요."

"무슨 일이 있었습니까?"

작게 고개를 끄덕인 마스타니가 먼 곳을 보았다.

"당시 도쿄겐덴은 덮어놓고 실적을 올리는 것이 목표였습니다. 일찍이 '열혈사원'이라는 말이 있었는데 그야말로 그 말을 실제로 표현한 것 같이 바빴습니다. 목표치는 절대적이고 변명은 일절 들어주지 않는 엄격한 사풍이어서 말이지요."

그 무렵 도쿄겐덴은 창업한 지 얼마 되지 않아 소닉의 자회사로서 급성장을 요구받고 있었다.

"그때 어떻게든 따고 싶은 일이 있었습니다. 야마토제작소의 차량용 설비였어요. 영업부에서 신규 수주하려 혈안이 되어 있었습니다. 야마토제작소와 우리 사이에 거래도 없던 시절 이야기입니다."

현재는 도쿄겐덴의 주요 거래처 중 하나로 성장했다.

"신규 진입하려 했는데 경쟁사가 제시한 가격이 버거웠어요. 아무리 원가를 줄여도 이길 만한 가격을 내놓을 수 없었지요. 그런데 위에서는 무슨 일이 있어도 수주하라고 해서 영업 담당이 괴로워했습니다. 그래서 제가 그 담당자한테 귀뜸했지요. 규격 외 제품이라도 상관없다면 싸게 만들 수 있다고. 원가를 낮춰서 타사를 앞지를 수 있다고."

"설마⋯⋯." 무라니시는 놀라서 고개를 들었다. 평온하다고도 할 수 있는 얼굴로 이쪽을 보는 마스타니를 마주 보았다.

"그건 저와 담당자만의 비밀로 하기로 했습니다. 데이터를 날조해서 규격을 밑도는 강도의 제품을 싸게 공급한다. 야마토제작소의 내구성 테스트에 합격할 때까지는 규격을 지킨 제품을 보내고 양산이 시작된 단계에서 열악한 것으로 바꾼 거지요."

마스타니의 말투는 담담했지만 눈동자는 과거의 죄악에 짓눌린 것처럼 젖어 있었다.

"이 나이가 돼서 달아나거나 숨지는 않겠습니다. 이게 제가 저지른 부정입니다. 핫카쿠는 그걸 눈치채고 있었던 게 아닐까요. 그래서 저한테 물어보라고 했다는 생각이 듭니다. 하지만…… 이야기할 수 있어서 다행입니다. 줄곧 마음 한구석에 걸려 있었습니다."

무라니시는 아연해서 노인의 고백을 듣고 있을 수밖에 없었다.

과거에 비슷한 부정이 행해졌다는 사실. 하지만 그 덕에 현재 주요 거래처 중 하나인 야마토제작소와의 거래를 획득할 수 있었다는 사실. 무라니시는 심히 놀라는 동시에 서글픈 기분이 들었다.

"대체 누구입니까, 그때의 영업 담당은?"

무라니시가 물었다. "가르쳐주실 수 없겠습니까?"

"이미 과거의 일이니까요. 게다가 그분은 아직 현역이니 이름을 대라고 하지는 않으셨으면 좋겠습니다."

"마스타니 씨, 말씀은 그렇게 하시지만 업무상 부정에 시효는 없지 않을까요? 과거의 일이든 현재의 일이든, 나쁜 건 나쁜 겁니다. 말씀하실 의무가 있다고 생각합니다."

과거에 제조부장이었던 남자를 무라니시는 강한 눈빛으로 쏘아보았다.

단정하게 앉아 있던 마스타니는 쓸쓸한 표정을 보이더니 결심이 서지 않는지 잠깐 생각에 잠겼다.

"누구입니까, 마스타니 씨? 말씀해주세요."

거듭 물었을 때 마스타니의 입에서 이름 하나가 나왔다.

"기타가와입니다. 지금 그 친구, 영업부장이죠?"

"기타가와요?"

무라니시가 자기도 모르게 되물었다. 지금 부하가 저지른 부정의 책임을 따지고 있는 기타가와가 과거에 똑같은 부정을 저질렀단 말인가.

"하지만 그 친구는 어쩌면 지금도 그 일로 괴로워하고 있을지도 모릅니다."

자기가 괴로워하고 있기라도 한 것처럼 마스타니의 미간에 주름이 잡혔다. "그 친구는 원래 부정을 저지를 만한 사람이 아니었으니까요. 그 친구를 끌어들인 건 다름 아닌 저입니다."

마스타니가 말을 이었다. "야마토제작소와의 거래는 도쿄겐덴이 발전하기 위해 반드시 필요했습니다. 당시 임원이었던 저는 어떻게든 수주해야겠다는 생각에 남몰래 이 부정을 계획했습니다. 그걸 기타가와에게 제안한 겁니다."

"그랬군요……."

쓰디쓴 기분으로 무라니시가 중얼거렸다. 핫카쿠의 의도를 이제야 이해할 수 있었다. "그 부정을 핫카쿠가 눈치챘군요."

"그 친구는 날카로웠습니다."

마스타니의 평은 현재 핫카쿠가 도쿄겐덴에서 받는 평가와는 완전히 달랐다. "제조 원가인지 뭔지를 조사하다가 부정이 있다는 걸 알아챘겠지요. 제게 그 사실을 알리러 왔습니다."

노인의 표정에 귀기 서린 무언가가 나타났다. 무라니시의 뺨이 긴장으로 굳어졌다.

"어느 날 제 집무실에 찾아오더니 재료 일람표를 들이대고 갔습니다. 아무 말도 하지 않고요. 두고 간 일람표에는 몇 군데 표시가 되어 있었습니다. 전부 강도를 조작한 재료였어요."

"그때 핫카쿠는 왜 고발하지 않았을까요?"

이번뿐 아니라 이십 년도 더 이전의 부정도 핫카쿠가 간파했다니 이 무슨 기묘한 일치인가. 내심 경악하면서 무라니시가 물었다.

"모릅니다. 다만……."

마스타니는 대답하고 나서 문득 생각에 잠겼다. "다만 핫카쿠도 저 나름대로 상당히 고민한 게 아닐까 싶습니다. 고발을 해야 할지 하지 말아야 할지. 마음속에 갈등이 있었던 게 아닐까요. 어쨌든 당시 도쿄겐덴은 조그만 회사였습니다. 그런 사실이 밝혀지면 앉은자리에서 도산했을 테니까요."

무라니시의 가슴에 가설이 하나 떠올랐다.

이십여 년 전에 내린 결단을 핫카쿠가 줄곧 후회하고 있다고는 생각할 수 없을까? 그때 부정을 고발해야 했다고 마음의 상처로 남아 계속 괴로워했을 가능성은 없을까?

"그렇게 된 건가……."

무라니시는 핫카쿠의 마음을 엿본 듯한 기분이 들어서 가슴이 아팠다. 핫카쿠는 미야노가 부정을 은폐하기로 결정했을 때 물러서지 않았다. 부정은 부정이라고 확실히 함으로써 핫카쿠가 매듭짓고자 한 것은 자신의 과거였을지도 모른다.

"보고도 못 본 척하는 건 괴로웠겠지요."

무라니시는 이렇게 말했지만 마스타니의 입에서는 생각지도 못한 말이 나왔다.

"다만 그 이야기를 아는 사람은 핫카쿠만이 아닐 겁니다. 한 사람 더 있었어요."

"누구입니까?"

"그야 도쿄겐덴의 성장을 그 무엇보다 갈망하던 인간이죠."

마스타니가 대답했다. "……당시 영업과장입니다."

이른바 도쿄겐덴의 여명기를 지탱한 과장이다. 무라니시는 그 사람도 이미 은퇴했는지 물었다가 마스타니의 대답에 할 말을 잃었다.

"이 회사에는 없습니다. 소닉에서 내려온 사람이었으니까요."

마스타니가 말을 이었다. "지금 상무 자리에 있는 나시다입니다. 그 친구는 우리가 뭘 했는지 알고 있었을 거라고 생각해요."

"왜 그렇게 생각하십니까?"

너무도 놀라운 이야기에 자기도 모르게 몸을 앞으로 내밀며 무라니시가 물었다.

"한 번, 문제의 제품의 채산에 대해 나시다가 물은 적이 있습니다. 숫자가 이상하지 않으냐고."

"그래서 뭐라고 대답하셨습니까?"

"딱히 이상하지는 않다. 이건 싸게 만들 수 있다. 이렇게 일축했습니다."

마스타니가 대답했다. "하지만 그 친구는 수긍하지 않았어요. 뒤에 가서 부품 강도 검사를 지시했다고 들었습니다. 검사해보면 부정은 확실히 들통납니다. 큰일 났다 싶어 파랗게 질렸습니다만……."

마스타니가 작은 숨을 내쉬고 말을 이었다. "아무 말도 하지 않더군요. 세상에 알려지면 곤란하다고 생각했겠지요. 그러려면 모르는 척하는 게 제일이죠."

마스타니의 설명에는 일리가 있었다. 회사라는 조직에서는 알고 나면 책임이 생긴다. 모처럼 수주한 거액의 거래를 최악의 형태로 망치면 나시다의 실적에도 흠이 간다.

교활하다. 나시다도, 마스타니도.

마스타니를 배웅한 뒤 무라니시는 기진맥진해서 팔걸이의자에 몸을 묻었다.

고객을 위해서가 아니라 자신의 이익을 위해 일을 한다. 그런 자는 출세하고, 고객을 생각해시 줄곧 정직하게 일해온 자신은 경쟁에서 밀려 자회사로 와 고전하고 있다.

오랫동안 라이벌이던 나시다. 그의 과거를 안 지금, 분노가 아니라 허무함이 치밀어 올랐다.

"전에 우리 회사에 있던 마스타니라는 사람, 기억하나?"

집무실로 불러서 묻자 기타가와의 얼굴이 굳어지는 것이 보였다.

"네"라고 짤막하게 대답한 기타가와에게 무라니시는 흘낏 차가운 시선을 던졌다.

"오늘 우리 회사에 왔다 갔어." 이렇게 말하고 잠자코 기타가와를 응시했다.

"자네, 나한테 뭐 할 말 없나?"

대꾸는 없었다. 기타가와는 순간적으로 눈을 크게 떴지만 금방 테이블 위로 시선을 떨구었다. 소파에 상반신을 구부리고 앉은 기타가와는 무릎 위에서 양손을 깍지 긴 채 움직이지 않았다. 조직에 속한 사람으로서, 지금 이 남자의 가슴을 가득 채운 긴장감과 절망을 무라니시는 손바닥 들여다보듯 알 수 있었다.

"자네와 마스타니 씨가 저지른 부정에 대해 들었네."

무라니시가 물었다. "사실인가?"

"죄송합니다."

짧은 틈을 두고 기타가와의 입에서 사죄하는 말이 새어나왔다.

"이십 몇 년 전 일이라고는 해도 방치해둘 수 없어."

여전히 머리를 숙이고 있는 기타가와를 향해 말했다. "이번 건과 같이 소닉에 보고할 수밖에 없네. 자네한테는 책임을 물을 테니 그렇게 알고 있게."

"죄송합니다."

이윽고 기타가와가 "덕분에 가슴속 응어리가 내려갔습니다"라고 덧붙였다.

무라니시의 마음속에 기타가와에 대한 연민이 싹텄다. 그 사실에 놀라고 또 부정하면서도, 기타가와가 왜 그랬는지 마음속 한구석에서 이해하고 있음을 깨달았다.

과연 나라면 기타가와와 같은 잘못을 저지르지 않았을 거라고 단언할 수 있을까.

물론 이런 가정법에 의미가 없다는 것은 잘 안다.

죄는 죄이다. 인생에 운과 불운은 따라다니는 법이고, 그것이 크든 작든 다양한 결과를 좌우하는 것도 어쩔 수 없는 노릇이다.

기타가와가 나간 뒤, 무라니시는 집무실에서 혼자 자조하며 중얼거렸다.

"세상이란 정말 불합리한 곳이네, 아버지."

8

소닉의 조사팀이 사내에 들어와 있던 일주일은 성난 파도처럼 지나갔다.

부정에 관여한 모든 부문에서 닥치는 대로 정보를 수집하는 한편 관계자에 대한 청취도 거듭되었다. 마지막 날, 조사팀이 본사로 돌아갈 때 가지고 나간 종이박스가 서른 상자에 이르는 것을 보고 사정을 모르는 직원들은 눈을 동그랗게 떴을 정도였다.

그 자료를 분석하는 데 또 일주일이 걸려서, 미야노 사장과 무라니시는 조사팀이 온 지 이 주가 지나서야 어전회의에 소집되었다.

우선 총무부에 가서 기우치에게 인사한 뒤 한 발 먼저 아직 아무도 없는 회의실로 향했다. 말없이 따라온 미야노는 구석에 있는 의자에 앉아 긴장한 얼굴로 회의가 시작되기를 가만히 기다렸다.

"뭐라도 사전 정보가 있으면 좋을 텐데."

이날 몇 번이나 한 말을 다시 입에 담았지만 무라니시는 잠자코 있었다. 이제 와서 사전 정보가 있다고 결과가 달라질 것도 아니다.

회의 시작 오 분 전, 기우치가 자료를 안고 들어왔다. 그 직후 조사팀 리더인 하시구치가 모습을 드러내자 기다리고 있었다는 듯이 어전회의 멤버가 속속 얼굴을 내밀었다.

맨 마지막으로 냉엄한 표정의 도쿠야마가 정확히 8시 30분에 회의실에 나타났다.

사장이 착석하자 기우치가 보고서를 나눠주었다. 보고서는 곧 무라니시에게도 넘어왔다.

궁금한 것은 손해배상액 총액이다.

오십 쪽에 이르는 두꺼운 자료 맨 뒤에 적혀 있었다.

액수를 본 순간 무라니시의 눈앞에 보이는 세계에서 색채가 사라졌다. 회의실의 모습은 서늘하게까지 느껴지는 흑백 속에 가라앉았고, 보고를 시작한 하시구치의 목소리는 공허한 반향 같았다. 옆에서는 미야노가 창백한 얼굴로 자료를 뚫어져라 보고 있다. 손은 떨리고 이쪽을 향한 시선에는 절망이 들러붙어 있었다.

"리콜했을 때 발생하리라고 예측되는 손해배상 총액은 어림잡아 1천8백억 엔에 이릅니다."

이 발언이 철퇴처럼 회의실을 때렸다. "당기 도쿄겐덴의 흑자 예상액은 약 25억 엔. 차액이 전액 적자로 계상되므로 연결 결산에서 소닉의 실적에도 고스란히 영향을 주게 될 겁니다."

최악의 사태에 숨죽인 회의실에 "알았네"라는 도쿠야마의 한마디가 울려 퍼졌다.

"미야노 사장."

도쿠야마가 곧바로 물었다. "이 배상액, 낼 수 있나?"

당연히 무리다. 생각할 필요도 없는 질문이었다.

"2백억 엔 정도라면 금융기관에서 조달해서 어찌어찌 가능합니다. 하지만 그 이상은……."

석고로 굳혀놓은 것 같던 미야노가 몸을 조금 움직이더니 떨리는 숨소리와 함께 말했다.

"말할 가치도 없군. 남은 액수를 우리가 융통한다고 한들 차액이 1천6백억 엔이나 되는 거액이면 힘들어."

소닉의 임원들을 보면서 도쿠야마가 말했다. "자, 어떻게 하지?"

"한마디 해도 될까요?"

니시다가 손을 들고 발언권을 요청했다. 도쿠야마가 살짝 고개를 끄덕이자 니시다는 노기 띤 표정으로 미야노와 무라니시 두 사람을 보았다. "그전에 도쿄겐덴 측은 사과부터 제대로 해야 하지 않나? 이런 불상사를 일으켜놓고 돈은 못 내겠다고 매달리는 게 다인가? 그걸로 되겠어?"

미야노가 일어나기에 무라니시도 따라 일어나서 둘이 같이 머리를 숙였다.

"이번 일에 대해서는 정말로 죄송하게 생각합니다. 제 감독 소홀로 당치도 않은 피해를 끼치게 된 점, 뭐라 사죄드려야 할지 모르겠습니다."

"정말 어쩔 도리가 없군."

나시다가 내뱉는 소리가 들렸다. 계속 머리를 숙이고 있는 무라니시의 가슴속에 분노가 치밀었다.

너한테 그런 말을 할 자격이 있어?

나시다가 말을 이었다. "이건 도쿄겐덴을 존속시키느냐 마느냐 하는 문제입니다, 사장님. 설령 이 손해배상을 극복한다 해도 향후에 신뢰 회복이 가능할지 생각해보면 극히 어렵지 않겠습니까. 일단 청산하고 세상에 분명한 책임을 보여준 뒤에 새 회사를 설립해 다시 진입하는 편이 좋으리라고 봅니다."

"도쿄겐덴이 존속할 수 있는가 하는 문제는 이 사건의 한 가지 측면에 불과해."

도쿠야마가 냉정하게 말했다. "더 큰 문제는 우리에게 줄 영향이지. 타격도 상당할 테고, 설사 재건이 가능하다 해도 이후로도 적자가 계속될 가능성이 높아. 실적 수치도 그렇지만 주가도 문제야."

회의는 좋지 않은 방향으로 흘러가고 있었다.

도쿄겐덴은 그야말로 존속과 정리 사이에서 흔들리고 있었다.

"어떻게든 신뢰를 회복할 수 있도록 노력하겠습니다. 부디 지원과 협력을 부탁드립니다."

다시 자리에서 일어선 미야노가 이렇게 말하며 머리를 숙였다.

"은폐를 지시한 건 미야노 씨 당신이라면서."

나시다가 말했다. "그런데 그 정보는 외부에 새어나가고 있었어. 내부 고발이 있었다는 건 그런 뜻이잖아? 모든 일에 빈틈이 많아서 그래. 그러니 신뢰를 회복하겠다고 해도 정말 그럴 수 있을까 의문이 드는 거지. 신뢰를 회복할 구체적인 플랜은 있나?"

"조속한 시일 내에 충분히 검토해서 세부사항을 정하겠습니다. 다만 반성에 기초해서 지금까지보다 더 업무에 매진할 생각으로……."

"공염불만 왼다고 실적이 오르면 누가 고생하겠나."

미야노의 발언을 가로막듯이 나시다가 딱 잘라 말했다. "보고서를 보니 이 부정을 저지른 자는 일등 영업사원이었다면서. 의심도 하지 않고 그런 직원을 신뢰해온 거잖아. 대관절 당신들은 뭘 보고 있었던 거야?"

당신들이라는 말에서 채 사라지지 않은 무라니시에 대한 라이벌 의식이 엿보였다.

"이 정도의 부정을 간파하지 못했다는 것 자체가 경영진의 거버넌스가 전혀 이루어지지 않았다는 증거일 겁니다. 존속시킨다면 경영진은 총 사퇴해야 합니다."

나시다의 날카로운 말에 녹아웃된 미야노의 안면에서 핏기가 사라졌다.

그 옆에서 무라니시는 굳은 표정을 하고 있었다. 혹독한 문답 때문이 아니라 조사팀의 보고서 때문이었다.

이번 부정에 대해서는 과연 상세하게 조사해놓았다. 하지만 이십 년 전에 마스타니와 기타가와가 저지른 부정에 대해서는 전혀 기록하지 않았다.

"이런 말도 안 되는……."

들릴락 말락 한 작은 소리로 중얼거리고는 옆에 있던 기우치를 돌아보고 작게 물었다.

"내가 보고한 이십 년 전의 부정은 왜 쓰여 있지 않나?"

그때 기우치가 보여준 것은 회사를 지키기 위해 암약하는 총무부장의 또 다른 얼굴이었다.

무라니시는 반사적으로 반대편에 앉은 나시다를 보았다.

라이벌이던 자와 짧은 순간 시선이 교차했다는 느낌이 든 것은 착각이었을까?

뭉개버렸나…….

오래된 이야기이기는 하지만 소닉의 사장 자리를 노리는 나시다에게는 흠이 된다.

발언하려는 무라니시의 팔을 기우치가 붙잡았다.

"무슨 말씀을 하고 싶으신지는 압니다."

아무에게도 들리지 않는 작은 목소리로, 하지만 분명하게 기우치가 귓가에 속삭였다. "하지만 이것이 소닉의 현실입니다."

현실?

그 현실에서 튕겨져나온 것이 나라는 건가?

"어떻게 할까요, 사장님?"

무라니시에게 보여주던 표정을 지우고 기우치가 물었다. 그 태도에는 무라니시가 뭐라고 말하기 전에 이 화제를 마무리하고 싶다는 마음이 드러나 있었다. "발표는 빠른 편이 좋다고 생각합니다. 늦어질수록 대응이 문제가 됩니다."

소닉을 이끄는 남자는 팔짱을 낀 채 침묵하고 있었다.

꽤 길게 느껴지는 시간이 지나간 뒤에 도쿠야마가 마침내 입을 열었다.

"아무도 발표한다고는 하지 않았어."

예상치 못한 발언에 무라니시는 고개를 들고 도쿠야마를 물끄러미 보았다. 도쿠야마가 날카롭게 말했다. "외부에는 절대로 새어나가지 않게 해. 도쿄겐덴은 전력을 다해 수리에 힘쓰도록. 소닉 제조부에서도 지원군을 보낼 거야. 이 건은 내가 맡지."

"기다려주십시오. 비밀리에 수리하라는 말씀이십니까, 사장님."

무라니시가 자기도 모르게 발언했다.

"자네는 이제 소닉 사람이 아니야."

도쿠야마가 냉담하게 말했다. "이 일이 세상에 알려질 경우에 생길 사회적 영향을 생각할 때 이것 말고는 방법이 없어. 발표하지 않는 이상 알려질 일은 없지. 그렇지 않나?"

무라니시는 경악해서 눈을 비볐다. 도쿠야마의 물음은 곧장 조사팀의 하시구치를 향하고 있었다.

도쿠야마는 사전에 하시구치와 함께 은폐에 대해 면밀히 의논하고 생각을 정리했음이 틀림없다.

계속되는 성장과 점점 늘어나는 주주 이익을 지키기 위해 도쿠야마는 도덕을 버린 것이다.

"그 대신 도쿄겐덴 경영진은 제대로 책임을 져야 할 거야. 그렇게 알고들 있게. 그럼."

어전회의가 느닷없이 끝나고 도쿠야마가 회의실을 나갔다.

여전히 미간을 찡그린 언짢은 표정으로 일어난 나시다도 멸시하는 시선을 무라니시에게 흘끗 던지고는 문 저편으로 사라졌다.

무겁고 답답한 공기를 참지 못하겠다는 듯이 참석자들이 일어나서 나가는 가운데 미야노가 넋 나간 표정으로 앉아 있었다.

무라니시는 그만 일어나라는 듯이 그 어깨에 손을 얹으면서 아직 자리에 앉아 있던 기우치에게 물었다.

"이렇게 될 걸 알고 있었나, 자네는?"

기우치가 잠시 생각하더니 난처한 얼굴로 팔자 눈썹을 만들었다.

"글쎄, 어떨까요."

의뭉스러운 인간이다. "어전회의에는 회의록이 없으니까요."

그 중얼거림은 무라니시를 한층 더 불쾌하게 만들었다.

```
┌─────────┐
│         │
│    9    │
│  ───    │
│         │
└─────────┘
```

그대로 시간이 흘러 해를 넘겼다.

영업부 하라시마가 주도하는 비밀 수리는 소닉의 측면 지원까지 가세해서 착착 진행중이었고, 모든 스케줄의 삼분의 일 정도는 이미 완료되었다. 당초 계획을 웃도는 빠른 속도였는데, 때마다 보고를 받는 무라니시도 복잡한 기분을 느끼는 한편 진척 상황에 가슴을 쓸어내리지 않을 수 없었다.

2월, 주주총회에서 미야노의 퇴임과 무라니시의 회장 취임이 결정되었다. 미야노가 회장직을 거치지 않고 퇴임하는 것은 명백한 인책 인사였다. 무라니시가 가까스로 회장 지위에 남게 된 것도 소닉 시절의 실적을 배려해서 마련해준 화려한 은퇴극이 틀림없었다.

무라니시가 회사 근처 술집에서 핫카쿠와 우연히 마주친 것은 갖가지 인사 발령이 내려와 직원들 마음도 어수선하던 3월의 일이다.

변함없이 계장 자리에 안주하는 핫카쿠는 연기 자욱한 가게에서 혼자 술을 마시고 있었다.

한잔하고 돌아갈까 싶어 우연히 들여다본 가게였다. 카운터에서 핫카쿠를 발견한 무라니시는 조금 망설이다가 "앉아도 될까?" 하며 비어 있는 옆자리를 가리켰다.

"신임 회장님이 이렇게 누추한 곳에서 드셔도 됩니까?"

옆자리에 둔 가방을 치우는 핫카쿠는 언제부터 마셨는지 혀가 조금 꼬여 있었다.

"이 가게는 와본 적 있어. 맛있었거든."

야에스에 있는 작은 꼬치구이 가게다. 회사는 마루노우치에 있는데 그쪽에는 젠체하는 가게뿐이었다. 회사 관련 업무가 아닐 경우 무라니시는 술을 마시러 야에스 쪽으로 나오는 일이 많았다.

술과 안주를 주문하고 둘이 나란히 앉아 잔을 기울이기 시작했다.

"어때, 그쪽 상황은?"

무라니시가 묻자 "열심히 속이는 중이에요"라는 대꾸가 돌아왔다. 진절머리 난다는 표정인데 스타일이 그런 건지, 정말로 그렇다고 생각하는 건지 본심을 알 수 없다.

"전부 다 가짜입니다. 냄새나는 물건에는 뚜껑이나 덮는 거죠."

"뭐, 그렇게 돼버렸군."

어전회의에서 있었던 일을 떠올리면서 무라니시는 손에 든 잔을 바라보았다. "설마설마했는데. 힘이 모자랐어."

핫카쿠는 말없이 마셨다.

"이봐, 핫카쿠. 자네, 과장이 되겠나?"

옆얼굴을 향해 무라니시가 말했다. 하지만 핫카쿠의 옆얼굴은 아무 말도 들리지 않은 것처럼 표정 하나 바뀌지 않았다. 무라니시가 말을 이어갔다.

"이 일이 정리되면 아마 하라시마 과장이 부장으로 승진할 거야. 과장 자리 맡아볼 생각은 없어?"

훗 하는 작은 웃음소리와 함께 어깨가 떨렸다. 기타가와가 관련 회사로 좌천되는 동시에 이나바도 제조부장 자리에서 물러나기로 이미 결정되었다. 관계자를 처벌함으로써 책임을 분명히 하는 것이다. 오랫동안 인사부 대기 발령 상태이던 사카도에 대해서도 조만간 징계 해고 처분이 내려질 전망이다.

"농담이시죠?"

"농담이라니. 자네가 조직을 보는 눈은 옳다고 생각하네. 우리에게는 그런 사람이 필요해. 아무쪼록 자네 힘을……."

무라니시가 말을 끝맺기도 전에 핫카쿠가 자리에서 일어났다.

"그만하세요."

만년 계장은 어딘지 쓸쓸한 미소를 지었다. "저처럼 입만 살고 손은 움직이지 않는 놈이 과장이 되면 열심히 일하는 사람들이 토라집니다. 게다가 제가 과장이 된들 이 조직은 아무것도 바뀌지 않아요. 이번 일로 확실히 알았습니다. 이 회사를, 아니 소닉을 바꾸려면 사내 인사 같은 미온적인 수단으로는 턱도 없습니다. 지금 우리 회사에 필요한 건 메가톤급 폭탄이에요. 일단 때려 부수지 않으면 고칠

수 없어요. 그 외에 무슨 방법이 있습니까?"

좀 과음해서요, 라는 말을 남기고 핫카쿠는 재빨리 계산을 끝내더니 가게에서 나가버렸다.

어디 가서 한잔 더 마실 생각일까?

핫카쿠를 과장으로 올리면 어떨까? 실제로 무라니시는 인사부장에게 의견을 전했다. 핫카쿠만 고개를 끄덕인다면 그렇게 할 수도 있다.

하지만 무라니시는 핫카쿠가 남긴 말이 마음에 걸렸다.

"메가톤급 폭탄이라."

핫카쿠가 무슨 의도로 그렇게 말했는지는 모른다. 하지만 떠날 때 보여준 어딘지 쓸쓸한 표정만은 지워지지 않는 인상으로 무라니시의 가슴에 남았다.

무라니시가 그 말의 의미를 깨달은 것은 일주일 뒤인 3월 마지막 수요일이었다.

오전 6시에 일어난 무라니시는 평소처럼 현관 우편함에서 신문을 가져와 거실에서 읽기 시작했다. 무라니시이 집은 후타코타마가와 역에서 도보로 약 십 분 거리에 있어서 출근길 러시아워가 지독하기 짝이 없었다. 그러다 보니 출근길에 신문을 읽을 여유도 없었다. 경비 삭감으로 인해 회사 차량이 배정되지도 않기 때문에 자택에서 주요 기사를 체크한 다음 출근하는 것이 무라니시의 일과였다.

변함없는 정치의 혼란상을 전하는 정치면을 읽고 늘 그랬듯이 신문을 뒤집어 사회면을 펼쳤다.

　리콜 은폐를 뒤쫓다.

　헤드라인이 눈에 들어왔다. 기사를 읽은 무라니시의 온몸에서 핏기가 싹 가셨다. 정신이 들었을 때는 자리에서 일어나 있었다.
　"무슨 일 있어?"
　아침식사를 준비하던 아내가 놀란 얼굴로 무라니시를 보았다.
　"미안한데 아침밥은 됐어. 바로 나가봐야 해서."
　당황하는 모습을 보고 무슨 일이 일어났음을 알아차렸는지 아내가 "괜찮아?"라고 걱정스럽게 물었다.
　"글쎄, 어떨까?"
　황급히 준비를 마치고 현관을 뛰쳐나갔다. 역까지 뛰다시피 걸었다. 그러면서 손에 꽉 쥐고 있던 신문을 다시 한 번 보았다.

　소닉 자회사 도쿄겐덴, 거액의 리콜 은폐. 교통 혼란 불가피.

　이 정보를 흘린 인물이 어딘가에 있다.
　핫카쿠인가.
　무라니시의 직감은 확신에 가까웠다.
　핫카쿠는 자기 손으로 도쿄겐덴에 메가톤급 폭탄을 떨어뜨린 것이다.

개찰구를 지나 아직 비교적 한산한 플랫폼으로 뛰어 올라갔다.

마침 은색 차량이 플랫폼으로 미끄러져 들어오고 있었다.

이 전차가 향하는 곳은 말하자면 월급쟁이 생활의 종착역일지도 모른다.

잰걸음으로 차량에 올라타서 손잡이를 잡았다. 무라니시는 냉정해지라고 자기 자신에게 말하며 조용히 눈을 감았다.

마지막 안건

1

오테마치의 지하철역에서 지상으로 나오자 빗줄기가 보도를 두드리고 있었다.

원망스럽게 하늘을 올려다본 핫카쿠는 가방에서 접이식 우산을 꺼낸 뒤 출근 인파에 섞여 고개를 조금 숙인 채 걸음을 옮겼다.

봄답지 않게 비가 거셌지만 지금 심경에는 어울린다는 느낌을 지울 수 없었다.

대충 예상은 했지만, 신문 특종과 동시에 도쿄겐덴의 나사 강도 조작 사건은 다른 매체도 열심히 뒤를 쫓아 추가 보도를 내는 큰 문제가 되었다. 도쿄겐덴이 만든 좌석을 채택한 항공기와 열차 등은 일제히 운행 정지로 내몰렸고 언제 운행이 재개될지는 아직 모른다.

도쿄겐덴은 하룻밤 사이에 반사회적인 기업으로 낙인찍혔다. 게다가 사죄회견에서 매스컴의 추궁에 횡설수설하던 미야노가 "우리도 약소기업이라 성장하기 위해 필사적이었다"라고 자기 변호로밖에 보이지 않는 부적절한 발언을 하는 바람에 사태는 더욱 악화되었다. 모회사인 소닉의 주가는 일주일 사이에 20퍼센트 가까이 떨어졌다. 이제는 도쿄겐덴의 직원이라는 것 자체가 악이라도 된다는 듯한 분위기였다.

도쿄겐덴이 입주한 빌딩 앞에서 얼쩡거리는 보도진을 빠른 걸음으로 지나쳐 영업부가 있는 2층까지 계단을 뛰어 올라갔다.

영업부 직원들은 연일 거래처에 사정을 설명하느라 쫓겼고 이미 거래 중단을 통보한 고객도 적지 않았다. 지금 도쿄겐덴은 격류에 떠밀려 폭포 밑바닥을 향해 거꾸로 낙하하는 작은 배와 마찬가지였다. 산산조각으로 부서질 것이다. 만에 하나 살아서 떠오른다 해도 도저히 멀쩡하게 넘어갈 것 같지는 않았다.

매출 1천억 엔을 올리는 중견기업의 토대 따위는 있으나 마나였다. 신용은 돈과 똑같다. 아니, 그 이상일지도 모른다. 얻기는 힘들지만 잃는 것은 순식간이다.

자판기에서 커피를 뽑아 책상에 앉은 핫카쿠는 영업용 자료를 펼치고 별생각 없이 바라보았다. 직원이 대부분 출근했지만 평소 같으면 넘치고 있었을 활력은 찾아볼 수조차 없다.

마음 같아서는 침울한 회사에서 빠져나가 밖에서 커피라도 마시고 싶었지만, 어떤 이유로 외출은 최대한 자제해달라는 이야기를 들었다. 아니나 다를까.

"잠깐 와주세요."

오전 9시가 넘어 내선으로 호출이 왔다. 이번 일에 대응해 설치된 사외 조사위원회 멤버 중 하나인 가세 고키였다. 가세는 소닉의 고문 변호사 사무소에서 파견된 변호사인데, 필요에 따라 그를 보좌하라는 것이 회사가 핫카쿠에게 내린 지시였다.

조사위원회는 6층에 있던 빈 공간을 사용했다. 위원은 총 일곱 명이다. 사람 수만큼 칸막이를 쳐서 막아놓았는데, 바로 앞에 있는 구역이 가세에게 주어진 공간이었다. 얼굴을 내밀자 가세는 어쩐지 언짢은 얼굴로 핫카쿠를 기다리고 있었다.

"고객실 사노 씨가 라쿤의 나사 문제로 핫카쿠 씨한테 뭘 물어봤다고 하던데요."

가세가 의자를 돌려 앉으며 비어 있는 의자를 권하더니 말했다. 마흔 살 전후의 젊은 남자로, 법조 관계자다운 의연한 면이 있다. 핫카쿠는 가세를 볼 때마다 나와는 정반대 성격을 가진 사람이라고 생각했다. 이때도 그랬지만, 그 말을 입 밖에 꺼내지는 않았다.

"그러고 보니 그런 일이 있었던 것 같네요."

오래된 기억을 건져 올리는 눈으로 핫카쿠가 대답했다. 시치미 떼는 것처럼 들렸을지도 모른다.

"그때 뭐라고 대답했습니까?"

어딘지 모르게 언짢은 투였다. 변호사로서 가세의 역량이 어떤지는 모르지만, 며칠 접해 보니 조사위원회의 파견 멤버로 온 일을 달갑게 여기지 않는다는 건 어쩐지 알 수 있었다.

"그런 건 하라시마 과장한테 물어보라고 말했습니다."

"그렇게 말하라고 과장이 지시했다는 겁니까?"

"아뇨, 과장 담당이어서요." 핫카쿠가 대답했다.

가세는 발언의 진위를 확인하려는 듯 무람없는 시선을 보내왔다.

개인의 죄인가, 조직의 죄인가…….

조사위원회가 규명해야 할 가장 중요한 사항이었다.

영업1과장 사카도가 저지른 개인의 죄라고 하면 어떤 의미에서는 어느 회사든지 동등하게 지고 있는 리스크인 셈이다. 규탄해야 할 대상은 '범인犯人'인 사카도 노부히코이고, 결과적으로 사카도 개인에 대한 고발이나 손해배상 청구도 시야에 넣어야 할 것이다. 물론 손해배상을 청구해봤자 언 발에 오줌 누는 셈이겠지만. 반면 조직적인 죄라면 도쿄겐덴이라는 회사의 존속을 근본적으로 따져봐야 하는 문제가 된다.

"그렇습니까? 그럼 오늘 오후에 사카도 씨에게 사정을 청취할 예정이니 동석해주세요."

가세가 화제를 바꾸었다. 거절할 여지를 주지 않는 말이었다.

"제가 동석해도 괜찮겠습니까?"

핫카쿠가 슬며시 물었다. 동석하고 싶지 않다는 마음을 우회적으로 전달할 생각이었다.

"안 계시면 곤란합니다."

가세가 대답했다. "이야기 흐름에 따라서는 그 자리에서 사실을 확인하고 싶은 부분이 나올지도 모르니까요. 사정을 아는 사람이 있으면 사카도 씨도 쉽게 거짓말하지는 못하겠죠."

"몇 시부터입니까?"

이제 와서 무슨 거짓말을 하겠느냐는 생각이 들었지만 핫카쿠는
마지못해 승낙했다.

2

거의 일 년 만에 만나는 사카도는 완전히 초췌해져서 예전 모습은 찾아볼 수조차 없었다.

4층에 있는 소회의실에는 사카도 외에 인사부 과장대리인 이가타도 있었다. 이가타는 입구 근처 의자에 표정을 지운 채 앉아 있다. 가세가 긴 테이블 자리에 앉아 사카도와 대치하고 핫카쿠는 의자를 끌고 가서 이가타 옆에 앉았다.

사카도에 대한 사정 청취는 사흘 동안 매일 밤늦은 시각까지 이어졌다. 정신과 육체의 피로가 짙게 드러난 사카도의 뺨은 홀쭉했다. 푹 꺼진 눈구멍 안쪽에서 공허한 시선이 가세를 향하고 있지만 초점은 더 뒤쪽의 아무것도 아닌 공간에 맞춰져 있다. 사카도의 체력과 기력은 이제 거의 한계였다.

"사카도 노부히코 씨인가요?"

가세가 이렇게 물으며 이가타가 건넨 파일을 펼쳤다. 법정에서 증인 심문이라도 하는 말투다. 이가타의 자료 파일에는 도쿄젠덴 입사 이후 사카도의 경력과 주요 실적, 상사나 인사부의 인사고과가 소상히 적혀 있을 것이다.

사카도는 작게 고개를 끄덕일 뿐 아무 말도 하지 않았다. 가세도 대답을 기대하지는 않았는지 한동안 말없이 서류를 눈으로 훑어보다가 "다테야마"라고 중얼거리듯이 말했다. 사카도의 출신지를 이야기한 모양이라는 것은 이어진 발언으로 알 수 있었다.

"여기에 아직 본가의 토지와 건물이 있습니까?"

사건과 전혀 무관한 질문 같지만 그렇지 않았다. 핫카쿠와 이가타가 보는 앞에서 사카쿠의 표정은 확실히 동요했다.

"있습니다. 있지만 제 명의는 아닙니다."

"나중에 조사해보겠지만 확인을 위해 미리 묻겠습니다. 누구 명의죠?"

살벌한 질문이었다.

"아버지입니다."

"아버님은 지금도 거기 살고 계십니까? 입사 당시 서류에는 상점 경영이라고 되어 있네요."

가세가 사카도의 얼굴을 보았다.

"명의는 아버지인데, 가게는 형이 물려받았습니다."

"무슨 가게입니까?"

가세는 만일 사카도에게 손해배상을 청구할 경우 얼마 정도 받아

낼 수 있는지 알고 싶은 것이다. 그러기 위해 사카도의 소유 자산 등 인사 자료로는 알 수 없는 내용을 조사하고 있다.

"일용잡화점입니다." 사카도가 대답했다.

"일용잡화요. 어느 정도 규모입니까? 매출은요?"

사카도가 비스듬하게 시선을 떨구었다. 주저하는 틈이 생겼다.

"작은 개인 상점입니다. 매출액은 모릅니다."

"대강의 액수면 됩니다. 영업부 과장을 했으니 대충 짐작은 갈 거 아닙니까."

조소를 머금은 심술궂은 목소리로 가세가 물었다.

"5천만 엔 정도 되지 않을까요."

"5천만……."

가세가 기계적으로 되풀이했다. 그게 어떤 의미인지는 안다. 배상을 대신 떠맡기기에는 부족하다는 뜻이리라.

"회사에 피해를 끼쳤으니까요. 당신에게도 개인적인 배상을 부담시키겠다는 이야기가 당연히 나올 거라고 생각합니다."

사카도는 대답이 없었다. 가세는 입사 당시의 인사 서류를 보면서 말을 이었다. "이렇게 신원보증인으로 아버님도 서명 날인하셨으니 관계가 없지는 않지요."

"그건 봐주시면 안 되겠습니까?"

사카도가 대답했다. "이번 일은 제 책임입니다. 아버지나 형과는 관계없어요. 부탁드립니다."

가세는 대답하지 않고 책상에 이마가 닿을 정도로 머리를 숙인 사카도를 응시했다.

핫카쿠는 자기도 모르게 그 모습에서 눈을 돌렸다.

사카도를 동정할 생각은 없지만 가세의 태도 또한 악랄하다. 조사 위원회가 할 일은 불상사의 경위나 사내 사정을 조사하는 것이다. 사카도의 배상 능력 조사가 지금 할 일이라는 생각은 들지 않았다.

"본가에는 피해를 끼치고 싶지 않습니다. 이렇게 간곡히 부탁드립니다……."

사카도가 또 다시 고개를 숙이자 마음이 편치 않은 침묵이 자리잡았다.

"회사에는 피해를 주었지만 가족들한테는 그러고 싶지 않다, 이거군요. 참 편리한 이야기로 들리네요."

"무리한 부탁이란 건 알고 있습니다. 어쨌든 다테야마 쪽은 손대지 말아주세요."

핫카쿠는 얼굴을 들고 사카도를 보았다. 그 목소리에서 절박함이 묻어 나왔기 때문이다.

"대체 뭡니까."

기세기 기기 막힌다는 목소리로 말했다. "당신이 무슨 생각을 하는지 도통 모르겠군요."

"어린 시절에 근처에 슈퍼마켓이 생겼습니다."

사카도가 착란이라도 일으킨 듯한 말을 꺼냈다.

연일 계속된 과로 때문인가. 핫카쿠는 눈이 충혈된 사카도의 얼굴을 보았다. 열병에 들뜬 사람 같은 사카도의 시선이 회의실 벽을 헤

매고 있었다. 옆에 앉은 이가타가 놀라 고개를 든 것도 거기서 심상
치 않은 느낌을 받았기 때문이리라.

"슈퍼마켓요?"

가세가 헛기침을 하며 의아한 얼굴로 되물었다.

"그렇습니다."

그리고 사카도는 다테야마에서 나고 자란 자신의 과거를 이야기
하기 시작했다.

3

사카도 노부히코는 1975년 8월, 사카도 가家의 둘째 아들로 태어
났다.

그에 앞서 1970년 전후에 사카도의 아버지 시게타카가 다테야마
에서 일용잡화점을 열었다. 학교를 졸업한 뒤 지바 시내에 있는 작
은 약품 도매회사에 취직해 일을 배우고 집으로 돌아와 작은 상점을
개업한 것이다. 서른 살이 되었을 때 일이다.

처음에는 일용품만 취급하는 조그만 가게였지만 약제사 면허가
있는 도미코와 결혼해 약국을 겸하면서부터 번창하기 시작했다. 때
마침 일본이 고도경제성장을 이루며 발전하던 시대다. 장사는 순조
로웠고 이윽고 두 아이도 태어났다. 이 무렵이 시게타카 부부에게는
인생에서 가장 빛나던 시절이었다.

형인 다카히코와는 세 살 차이다.

가업이 번영한 덕분에 아무 불편함 없이 소년 시절을 보낸 사카도는 사람 좋고 느긋한 성격이었다. 공붓벌레 타입도 아니고 학원 같은 데 다닌 적도 없지만 공부는 그럭저럭 잘해서 지역 초등학교와 중등학교에서 성적은 늘 상위였다. 운동에도 재능이 있다 보니 중학교 야구부에서는 발이 빠른 것을 인정받아 일 학년 때부터 주전 선수 자리를 손에 넣었다. 중견수이자 일 번 타자. 졸업 때까지 바뀌지 않은 사카도의 포지션이었다.

매일 그라운드에서 흙투성이로 뒹굴다가 친구들과 시끌벅적하게 떠들면서 자전거로 집에 돌아온다. 아무런 걱정 없이 하얀 공을 쫓아다니는 나날이었다. 천진난만하던 사카도의 인생에 정체를 알 수 없는 그늘이 드리운 것은 중학교 일 학년이던 해 가을이었다.

그늘의 존재는 야구부 동료인 야스오와 나눈 아무렇지 않은 대화에서 비롯되었다.

"노부, 알아? 커다란 슈퍼마켓이 생긴대."

사카도는 재미있겠다고, 태평한 감상을 떠올렸다. 그런데 야스오는 불안한 표정을 짓고 있었다.

"괜찮을까?"

"뭐가?"

사카도가 되묻자 야스오는 어처구니없다는 표정으로 바라보았다. "가게 말이야. 너희 집은 괜찮아?"

야스오는 같은 상점가에서 가전제품을 판매하는 작은 가게의 아들이었다. 부모끼리도 사이가 좋았다.

"우리 아빠가 큰일이라고 그러던데."

들고 보니 맞는 말이다. 새로 슈퍼마켓이 생김으로써 가업이 영향 받는다는 사실을 사카도는 이때 처음으로 깨달았다. 동시에 요사이 아버지의 심기가 불편하던 이유도 알 것 같았다.

요즘 아버지는 사소한 일로 화내기도 하고 밤에 가게를 보면서도 무척 심각한 얼굴로 생각에 잠겨 있기도 했다. 사카도는 아이다운 민감함으로 그런 변화를 알아차리고 있었다.

그때까지 아버지와 어머니는 슈퍼마켓에 대해 한마디도 입에 담지 않았다. 아이들에게 걱정을 끼치지 않기 위해서인지 말해봤자 별 수 없기 때문인지는 모르지만, 야스오의 이야기는 사카도를 불안하게 만들기에 충분했다.

사카도는 그날 밤 다카히코의 방을 몰래 찾아갔다.

"있잖아, 형. 슈퍼마켓이 생기면 우리 집 힘들어져?"

책상 앞에 앉아 있던 형이 무서운 얼굴로 사카도를 돌아보았다.

"누구한테 들었어?"

"야스오가 그러던데."

칫 하고 짧게 혀를 차는 걸 보니 틀림없이 뭔가 알고 있다고 생각했다. 하지만 돌아온 것은 "걱정하지 마"라는 말이었다.

"우리 집은 괜찮아?"

형은 사카도에게서 눈을 돌리더니 책상 위에 올려놓은 자신의 왼손을 바라보았다. 세 살 위인 형의 옆얼굴이 이상하게 어른스러워 보였다.

"당연하지."

이윽고 형이 말했다. "우리가 여기서 장사를 몇 년이나 했는지 알아? 손님이 그렇게 쉽게 떠나겠어?"

조금 화가 난 듯한 그 말투에 사카도는 안심하고 가슴을 쓸어내렸다.

"그치?"

형은 사카도보다 훨씬 공부를 잘하는 우등생이었다. 지역에서 입시 성적이 제일 좋은 학교를 다녔고, 평소에는 엄격한 아버지도 다카히코만 보면 금세 싱글벙글할 만큼 자랑스러워했다. 사카도에게 형은 부러움과 질투의 대상이었다.

하지만 지금 형은 의지할 수 있는 존재로서 사카도 앞에 있었다. 평소에는 경쟁의식을 불태우는 상대인데, 이럴 때는 의지하고 만다. 그런 응석이 사카도에게는 있었다.

그러나 얼마 후 형의 말이 틀렸음을 알게 되었다. 아니, 틀렸던 게 아니라 사실 형은 어떻게 될지 알고 있었다는 생각이 든다. 알면서도 그저 어린 동생을 걱정시키지 않으려 했는지도 모른다.

아버지가 확보한 매입 루트 덕분에 상점가라는 작은 단위에서는 상품 구색이 늘 우위에 있던 가게였지만, 대형 슈퍼마켓 진출이 준 타격은 예상 이상이었다.

슈퍼마켓이 생긴 뒤로 손님은 대폭 줄어들었고 매출과 이익도 나날이 감소했다.

같은 상점가에서 처마를 맞대고 있던 개인 상점이 하나둘 가게를 접기 시작하면서 불안은 현실화되었다. 그러자 강경한 태도로 장사를 해오던 아버지도 마음이 약해지고 말았다.

"다카나 노부 둘 중 하나가 가게를 이어받으렴."

"대학에 갈 거면 약대에 가서 약국을 키워줘."

그때까지 아버지는 곧잘 그런 말을 하곤 했다. 하지만 대입을 생각할 때가 된 형이 경제학부에 가고 싶다고 말했을 때 아버지 입에서 나온 말은 "그래?" 한마디였다.

분통을 터뜨리지나 않을까 남몰래 눈을 크게 뜬 채 보고 있던 사카도에게 아버지는 이렇게 말을 이었다. "이제 가게를 이어받을 시대가 아니야."

"그럼, 약국은 어떻게 해?"

자기도 모르게 물은 사카도에게 아버지는 쓸쓸한 눈빛을 보냈다.

"가게는 아빠랑 엄마가 계속할 테니까 너희는 좋아하는 걸 하면 돼. 대학에 가서 어디 큰 회사에 들어가거라."

슈퍼마켓이 생겨서 가업이 얼마나 힘들어진 걸까. 애초에 대학에 갈 돈이 있기는 할까. 아버지와 어머니가 나이 들면 가게는 어떻게 하니…….

마음속에 몇 가지 의문이 샘솟았지만 사카도는 그중 하나도 입 밖에 낼 수가 없었다. 물어보면 안 된다. 물어보면 아버지가 상처를 받을 것 같았다.

어떤 의미에서 아버지의 패배 선언이었다. 아버지의 꿈은 아이들에게 가게를 물려주고 장래에는 몇 군데로 점포를 확장해 체인을 만드는 것이었으리라.

하지만 압도적인 자본력을 가진 대형 슈퍼마켓 앞에서 아버지의 비즈니스 모델은 완전히 무력해지고 말았다.

물려줄 정도의 장래성이 없어졌을 때, 아버지의 머리에는 어떻게든 생활해서 아이들을 학교에 보내야 한다는 생각만 남았다.

그러기 위해 상점가가 급속히 쇠퇴해가는 가운데서도 사카도 상점은 고군분투했다. 한편으로 대학생이 됐을 즈음부터 사카도는 아버지와 몇 번씩 충돌했다.

원인은 다양했다.

그 무렵 아버지는 사카도를 보면 잔소리만 늘어놓는 시끄러운 존재였다. 평범한 학생 생활을 하는 사카도는 아버지 눈에 위기감도 없고 꿈도 없는 칠칠치 못한 존재로밖에 보이지 않았을 거라는 생각이 든다. 자신이 직면한 사업의 엄혹함, 다른 한편에는 공부도 별로 하지 않고 하루하루를 보내는 아들. 학비를 벌기 위해 필사적이 될수록 아들에 대한 기대와 현실의 차이를 느꼈을 터이다.

그렇게 놀기만 하고 공부는 언제 하냐는 둥 대학 같은 건 학비만 비싸지 영 쓸데없다는 둥 잔소리는 일상다반사였지만, 결정적으로 갈라선 계기는 "꿈도 없는 놈이 변변한 인생을 보낼 수 있을 리 없어"라는 아버지의 한마디였다.

사카도가 대학교 사 학년이어서 취직 문제로 신경이 곤두서 있을 때였다.

"꿈이 없다고 마음대로 단정하지 마세요."

평소 같으면 흘려 넘길 일이었지만 사카도는 발끈해서 대꾸했다. 형은 삼 년 전에 도시은행에 취직이 결정됐지만, 때마침 찾아온 불경기로 취업 전선이 한층 더 혹독해져 있었다.

"빈둥빈둥 놀고만 있는 놈이 무슨 꿈."

아버지는 이렇게 말하며 비웃었다. "알맹이가 없는 놈일수록 말만 번드르르하지."

"그럼 아버지는 뭔데요."

사카도가 되받아쳤다. "이런 시골에서 구멍가게나 하면서 대체 무슨 꿈이 있다는 거야. 꿈이니 뭐니 이야기할 자격 있어요?"

"뭐?"

그때 아버지가 보인 화난 표정은 무시무시했다. 분노만이 아니라 다른 것도 담겨 있었던 것 같다. 자신의 인생에 대한 체념과 슬픔, 그리고 기대에 못 미치는 자식에 대한 연민도.

아버지가 주먹을 휘두르지나 않을까 싶었다.

하지만 손을 대지 않았다. 아버지는 단 한 번도 자식들에게 손찌검한 적이 없었고 그때도 마찬가지였다.

"니 무슨 소리를 하는 거야! 아버지한테 사과드려!"

오히려 아버지보다 더 격노한 어머니에게 사카도는 쌀쌀맞게 말했다.

"싫거든요. 내가 마음에 안 드는 건 상관없어요. 하지만 나도 열심히 하고 있다고요. 시시해 보일지는 몰라도 그게 나라고요. 비웃고 싶으면 비웃으면 되잖아. 인정하지 않는대도 상관없어요. 하지만 나도 아버지를 인정 못 해요."

그해 여름 사카도는 몇 군데 회사에 시험을 치고 도쿄겐덴에 입사했다. 아버지가 그 취직을 어떻게 생각했는지는 모른다.

어쨌든 형을 따라 사카도도 집을 나와서 다테야마의 본가에는 아버지와 어머니만 남았다.

구직 활동을 하는 동안에도, 사회인이 된 뒤에도 아버지에 대한 반감은 불붙은 숯덩이처럼 계속 타고 있었다.

바보 취급 하라지. 조만간 성공해 보일 테니까.

사카도는 늘 그렇게 생각했다. 그리고 자기 안에 있는 아버지를 닮은 부분을 극단적으로 싫어했다.

상점가 모임에서 중진이던 아버지의 어딘지 까다로운 태도, 우월감을 풍기며 지혜로운 사람인 척하는 표정. 사카도는 자신이 봐온 혐오스러운 아버지의 스타일을 배제하고 그 반대를 선택했다.

아버지가 젠체하는 꽃을 지향했다면 사카도는 눈에 띄지 않는 잡초이고자 했다.

잘난 척하지 않는다, 누구에게도 거만한 태도를 취하지 않는다, 끝까지 노력한다, 나는 똑똑지도 않거니와 특별하지도 않다……
사카도가 지향한 것은 대립하던 아버지를 반면교사로 한 삶이었다.

한편 형과의 거리도 사회인이 되면서 달라지기 시작했다.

형에 대한 경쟁의식은 여전히 어딘가에 남아 있었다. 그러나 형 또한 아버지와의 대립이라는 도식에서는 정도 차이야 있을지언정 사카도와 크게 다르지 않았다.

아버지는 은행을 경멸했기 때문이다.

대형 슈퍼마켓이 진출한 뒤부터 은행은 사카도 상점에 대출을 꺼리게 되었다. 예전 같으면 빌려줬을 자금을 빌려주지 않았다. 은행의 재빠른 태세 전환을 아버지는 참지 못했다.

하지만 사카도의 형은 아버지가 경멸하던 은행에 취직한 후 실적을 올려서 동기 중에서 가장 먼저 책임 있는 직책으로 올라갔다. 왜 형은 아버지가 싫어하는 것을 알면서도 은행을 선택했을까? 아버지에 대한 형 나름의 반항이었을까. 자세한 사정은 사카도도 모른다.

형은 원래부터 사카도를 낮추보았지만, 은행에 들어간 뒤로는 은행의 관점이나 척도까지 더해지게 되었다. 은행 입장에서 보면 도쿄겐덴 같은 곳은 소닉의 수많은 자회사 중 하나일 뿐이다. 사카도 눈에는 아니꼬운 엘리트 의식 그 자체였다.

사카도는 스물여덟 살 때 직장 동료 요시미와 결혼했다.

그 뒤 딸 하나, 아들 하나를 낳고 서른두 살 때 교외에 아파트를 구입했다. 부모님이 일부라도 지원하고 싶다고 했지만 거절했다.

지금까지 아버지와 실컷 대립했으면서 돈은 넙죽 받는다니. 절대 그리고 싶지는 않았다.

그 이야기가 있고 나서 반년 뒤 아버지가 뇌졸중으로 쓰러졌다.

어찌어찌 생명은 건졌지만 병문안을 가서 본 아버지는 반신불수에 언어 장애까지 겪고 있었다. 눈물이 고인 눈으로 병실 천장을 바라보며 넋 나간 표정을 하고 있는 아버지는 마치 분위기만 비슷한 다른 사람 같았다. 얼굴은 여위고 입술은 메말랐다.

이윽고 지금까지 없던 문제가 부상했다. 병간호가 필요한데 어머니 한 사람에게 시키기에는 부담이 너무 크다. 시설에 보내자니 돈이 드는 데다 가게를 계속할 수도 없다.

달려온 형과 어머니 셋이서 그날 밤 가족회의를 열었다.

"회복될 가망이 없잖아. 그러면 나나 너 둘 중 하나가 집에 들어가거나 모시고 와서 돌봐드릴 수밖에 없어."

형이 맨 먼저 결론 비슷한 것을 입 밖에 냈다.

"그렇게 쉽게 말하지 마. 나도 형편이라는 게 있으니까."

사카도가 어정쩡한 태도로 말했다. "당신은 둘째 아들이니까 어머님 아버님이랑 같이 살 일은 없지?"라는 아내의 말이 문득 머리에 떠올랐다. 성격 탓인지 시부모와 허물없이 지내지 못하는 아내는 일박 이일 정도만 집에 다녀와도 기진맥진해버렸다. 같이 산다니 말도 안 되는 이야기다. 요시미는 결코 승낙하지 않으리라. 무엇보다 구입한 지 얼마 안 된 아파트에는 부모님이 같이 살 공간도 없었다.

"그건 나도 마찬가지야. 해외근무를 하게 될 것 같거든."

형이 말했다. 본점에 근무하는 형은 가까운 시일 안에 해외 지점으로 이동하게 될 수 있다고 타진받았다며, 자신도 부모님을 돌보기는 어렵다고 했다.

"무리하지 않아도 돼."

두 사람이 하는 말을 잠자코 듣고 있던 어머니가 슬픈 눈을 하고 억지로 밝은 표정을 지었다. "지금까지 아버지랑 둘이서 어찌어찌 살아왔잖니. 아버지도 집에서 나가고 싶지 않을 거야. 내가 집에서 아버지를 돌보면서 가게를 보마. 어떻게든 될 테니 걱정하지 말고."

사정이 있어서 뒷걸음치는 아들들을 보며 다부지게 말했지만, 그저 그 자리를 넘기기 위해 하는 말일 뿐 고뇌하는 것이 빤히 보였다.

무슨 말을 할 줄 알았던 형은 대답도 없이 잠자코 생각을 계속하고 있었다.

"그럼, 뭐 당분간 그렇게 해보자."

단지 눈앞에 있는 귀찮은 문제를 어쨌든 정리하고 싶어 사카도가 이렇게 말했다. 여기서 어느 쪽이 부모를 모시느냐 하는 문제로 싸우고 싶지는 않았다. 아내와의 사이를 생각하면 사카도의 집으로 모셔오는 것은 무리인데, 외국에 나간다는 형의 말이 사실이라면 사카도가 떠맡을 수밖에 없어진다. 돌아올 때까지 몇 년만 부탁한다. 형이 당장이라도 그런 말을 꺼낼 것 같아서 사카도는 좌불안석이었다.

도쿄겐덴이라는 회사에서 사카도는 타고난 재치를 발휘해 영업사원으로서 누구보다 우수한 성적을 거두고 있었다. 아버지나 형에게 이야기한다고 칭찬해주지는 않겠지만, 누구보다 빨리 계장이 되기도 했다. 지금은 일에 집중할 시기이고 이런 문제로 옥신각신하고 싶지 않다는 마음도 강했다.

여하튼 그때의 사카도에게는 부모님을 돌볼 만한 여유나 환경은 없었다.

아파트도 부모님 도움 없이 샀잖아. 무슨 문제가 있겠어? 괜찮을 거야. 사카도는 일이 이렇게 된 것을 정당화하고 가슴속 깊은 곳에 억지로 밀어 넣었다.

형은 그다음 주에 싱가포르 지점으로 이동 발령을 받았다.

가을이 되자 두 달가량의 입원 생활을 마친 아버지가 자택으로 돌아갔다.

퇴원하는 날 사카도가 도와주겠다고 했지만 어머니는 거절했다.

이제 아들에게는 기대지 않겠다는 어머니 나름의 의사 표시이자 결의였을지도 모른다. 상점가 친구의 도움을 받아 짐을 싣고, 어머니가 운전하는 패널밴운전석과 화물칸이 하나로 된 화물차을 타고 아버지는 집으로 돌아왔다.

그리고 어머니의 분투가 시작됐다. 혼자 가게를 꾸려나가면서 휠체어 생활을 하게 된 아버지의 수발을 들었다.

분명 몹시 고됐을 것이다.

이듬해 봄······.

오후 3시가 넘어 거래처에서 나오는데 사카도의 휴대전화가 울렸다.

낯선 전화번호였다.

"저기, 저는 다테야마에서 어머님 도움을 많이 받고 있는 모토야마라고 하는데요."

나이 지긋한 여성이 전화받은 사람이 사카도임을 확인하자 이렇게 말했다.

역으로 향하는 인도 한가운데서 자기도 모르게 멈춰 섰다. 다테야마라는 말을 들은 순간 무슨 일이 벌어졌음을 직감했기 때문이다.

"지금 시민병원에 있는데, 아까 어머님이 상점가 모임에 나와 계시는 도중에 상태가 나빠지셔서요."

그 목소리는 차도를 달려가는 버스의 배기음에 지워져 단편적으로 귀에 들어왔다. 심장이 묵직하게 뛰었다. 올려다본 초봄의 거리 풍경에서 색채가 빠져나가기 시작했다.

"어머니 용태는 어떻습니까?"

불현듯 긴장감이 엄습해서 사카도가 물었다.

"검사중인데, 심근경색을 일으켰을 수도 있다고 해서요. 선생님이 가족분에게 연락하라고 했어요."

"알겠습니다. 저기, 모토야마 씨, 감사합니다. 지금 바로 그쪽으로 가겠습니다. 아버지는 어떻게 하고 계십니까?"

사카도가 아버지에 대해 물었다. 아버지는 어머니에게 전면적으로 의지하고 있다. 어머니가 쓰러져버리면 아버지는 꼼짝도 할 수 없다.

"아버님은 상점가 사람이 보러 갔어요. 그쪽은 어떻게 할게요."

모토야마가 대답했다. "아무튼 빨리 오세요. 어머님이 기다리고 계시니까."

4

"어떻게 할 거야, 그래서?"

요시미의 물음에는 가시가 돋쳐 있었다. "우리가 돌봐드리는 거야? 응? 그렇게 할 수 있어?"

"당신."

사카도가 아내를 노려보며 아버지가 자고 있는 안쪽 방을 흘끗 보았다. "다 들리잖아."

사카도는 아버지를 돌보기 위해 다테야마의 본가에 와 있었다. 일주일 전에 어머니가 쓰러졌고, 지난 일주일 동안 요시미는 아버지 시중을 늘면서 어머니가 입원한 병원과 집을 오갔다.

금요일 밤이었다.

아이들은 가까운 곳에 있는 요시미의 친정에 맡겼다. 일을 마친 사카도가 고향에 내려오면, 주말에는 요시미가 집에 돌아간다. 일요

일이 되면 교대하여 사카도는 도쿄에 가고 요시미가 시중을 들기 위해 집으로 돌아오는 식이다.

어머니는 검사 결과에 따라 심장 바이패스 수술을 받았다. 지금은 안정적이지만 퇴원까지 한 달은 걸린다고 했다. 설령 퇴원해도 아버지 병간호는 불가능하다.

"애초에 어머니 혼자 아버지를 돌보게 한 것 자체가 잘못이었어."

사카도가 말했다.

"그럼 뭐, 아버님이 쓰러지셨을 때 내가 내려와야 했다는 거야?"

요시미가 따지듯이 말했다. "애들은 당신이 봐줄 거야?"

"그런 말이 아니잖아."

말에서 아내에 대한 짜증이 묻어났다. 부모님과 사이가 나쁜 아내는 이 집에서 자라난 사카도도 어딘지 모르게 깔보는 면이 있었다.

원인이라 해봤자 요리의 간이나 뒷정리 같은 사소한 문제였다. 하지만 그런 일로 서로 미워하게 되는 건 확실한 다툼의 이유가 있는 경우보다 더 질이 나쁘다. 이유야 어찌됐든, 요컨대 성격이 맞느냐 아니냐 하는 문제이기 때문이다.

"우리만 이렇게 고생하는 게 이상하지 않아?"

아내가 말했다. "아주버님은 약았어. 해외 핑계로 내팽개쳐두고 있잖아."

형은 어머니가 쓰러진 다음 날 급히 귀국했다가 상태가 안정된 듯하자 곧장 싱가포르로 돌아갔다. 둘 중 한 명이 모셔야 할 것 같다고 했지만, 형은 "알았어"라고만 했을 뿐 구체적인 이야기는 한마디도 하지 않았다.

"어머니가 가오리, 가오리 하면서 엄청 의지하셨는데 말이야."

아내가 빈정거리듯이 말했다. 가오리는 형과 결혼한 사람인데, 부모님과 마음이 잘 맞는 것 같았고 특히 어머니와 곧잘 어울렸다.

"옷도 얻어 입고 한 것 같던데 이럴 때는 모르는 척하네. 당신도 해외 부임하면 어때?"

아내는 분노에 불이 붙으면 걷잡을 수 없어지는 면이 있었다. 마음에 들지 않는다 싶으면 끝까지 간다. 해결책이 나오지 않는 다음에야 지금 사카도가 할 수 있는 일은 자리를 모면하는 것뿐이었다.

전화가 울리기 시작했다.

병원에서 온 전화일 수도 있기에 사카도는 황급히 일어섰다. 상태가 급변하면 연락한다고 했다. 하지만……

"오, 노부히코냐?"

태평스러운 목소리를 듣고 사카도는 한숨을 내쉬었다.

"놀라게 좀 하지 마. 병원에서 전화 온 줄 알았잖아."

오후 10시 반 가까이 된 벽시계를 흘끗 보고 사카도가 말했다. 전화는 거실 구석에 있다. 사카도의 말투를 듣고 형임을 알았는지 요시미가 차가운 눈으로 이쪽을 보았다.

"어머니는 어떠셔?"

"일단 안정되시긴 했는데."

상황을 어디서부터 설명해야 좋을지 알 수 없었다.

"오늘내일 다테야마에 있냐?" 형이 물었다.

"그럴 생각이야."

"다음 주는?"

"요시미가 있기로 했어."

아내의 따끔따끔한 시선을 느끼면서 대답했을 때 형이 말했다. "내일 돌아간다."

"언제까지 있으려고?"

형은 생각지도 못한 말을 했다.

"당분간 그쪽에 있을 생각이야."

"회사 쉬게?"

"아니."

이렇게 말한 형이 다음 말을 하기까지는 아주 짧은 침묵이 있었다. 이윽고 들려온 것은 예상 밖의 발언이었다.

"은행은 그만뒀어."

사카도는 자기도 모르게 말문이 막혔다.

"그만뒤? 그만두다니 무슨 뜻이야?"

"말 그대로야. 그 외에 뭐가 있어?"

사람을 사뭇 깔보는 듯한, 형다운 대꾸였다.

"왜?"

그렇게 자부심을 가지고 있었는데. 믿을 수가 없다. 사카도가 물었다. "왜 갑자기……?"

"뭐 꼭 갑자기는 아니야."

형이 말했다. "요전에 아버지가 쓰러졌을 때부터 나름대로 생각했거든. 은행에도 그렇게 이야기해놨어. 어쨌든 바쁘다 보니 사표를 내고도 석 달이나 걸렸네. 마침 오늘 인수인계가 끝났어."

아무렇지 않게 이야기하는 형에게 사카도는 어떻게 반응해야 좋을지조차 알 수 없었다.

"부모님은 우리가 돌볼게."

"하지만 여기 와서 어쩔 건데?"

사카도가 물었다. "일자리는 있어?"

"사카도 상점이 있잖아."

농담인 줄 알았다. 하지만 형은 진심이었다.

"가게를 이어받는다고?"

"전화비 드니까 자세한 이야기는 내일 하자."

사카도는 아연실색해서 전화가 끊어진 수화기를 바라보았다.

"무슨 일이야?"

대화를 듣고 있던 요시미가 의아한 얼굴로 물었다.

"은행 그만뒀대. 일본에 돌아와서 이 가게를 이어받겠다는데."

눈이 휘둥그레진 요시미에게 사카도가 말했다. "부모님도 형네가 모시겠대."

"왜?"

아내의 입에서 나온 것은 이런 의문이었다. "왜 그런 짓을 한대? 은행에 취직해서 겨우 높은 자리에 올랐으면서."

"글쎄, 왜일까?"

이유는 모른다.

하지만 사카도나 형 둘 중 하나가 그 말을 꺼내지 않는 한 이 사태는 해결할 수 없었다.

형은 머리가 좋다. 당연히 그 사실을 알 테고, 동시에 사카도는 그러지 못하리라는 것도 내다보고 있었을 터이다.

그래서 자신이 그 역할을 맡겠다고 나섰다. 다툼은 있었어도 형은 부모를 버리지 않았다. 그런 넓은 마음으로 난국에 뛰어든 것이다. 사카도에게는 결코 없는 종류의 용기이고 재량이었다.

형한테는 못 이긴다…… 그런 생각이 들었다. 나는 형을 넘어설 수는 없다. 그 사실을 깨달았을 때 사카도의 가슴은 쓰디쓴 패배감으로 가득 찼다.

"그건 그렇고 동서는 잘도 그런 이야기를 받아들였네. 나는 절대 못 해."

요시미가 말했다. "이런 곳에선 애들 교육도……."

"시끄러워!"

사카도가 아내에게 소리쳤다.

5

사카도는 멍한 표정으로 담담하게 이야기를 계속했다.

"형은 은행원 시절 인맥을 이용해서 가게의 매입 루트를 재검토하기도 하고 시내 병원을 대상으로 상품을 판매하는 새로운 루트를 개척하기도 하면서 쇠퇴하던 가게를 다시 일으켰습니다."

나에게 영업 센스는 있다고 생각하지만 빈사 상태에 빠진 가게를 다시 일으킨 형과 비교하면 그 재능은 발끝에도 못 미칠 것이다. 사카도는 이렇게 말했다.

"내 월급쟁이 인생은 너한테 양보했어…… 형에게 이런 말을 들었습니다. 내 몫까지 힘내라고."

사카도의 입에서 나지막한 웃음소리가 새어나왔다. "제게 남은 건 어쨌든 죽어라고 일하는 것뿐이었습니다. 그리고 형에게 인정받을 만한 실적을 올린다. 그것 말고는 부모님을 떠맡긴 일을 속죄할

길이 없어요. 그것 말고는……."

사카도의 말투가 불현듯 흔들리더니 열을 띠었다. 눈이 벌겠다. 산뜻하고 사람 대하는 태도가 좋던 그 남자와는 전혀 딴사람 같았다.

이 남자가 어떻게 보통이 아닌 영업 성적을 거둘 수 있었는가. 핫카쿠는 이제 그 이유를 알 것 같았다.

형에 대한 경쟁의식과 패배. 인정하지 않을 수 없는 은혜와 의리, 어찌할 수 없는 가정 사정…… 협소한 정신 구조 속에서 발버둥 치면서 현실 도피를 할 수 있을 만큼 느슨한 사람도 아니다. 그것이 바로 사카도 노부히코라는 남자의 진실이었다. 하지만 자신을 너무 몰아세운 나머지 사카도는 길을 잘못 들고 말았다.

"이야기는 알겠어요. 하지만 그렇다고 해서 조작 사건을 정당화할 수는 없죠."

잠자코 이야기를 듣고 있던 가세의 말에 화제는 사카도의 회상에서 눈앞에 있는 현실로 급선회했다.

"처음 부정을 저지르려고 생각한 건 언제입니까?"

거래처인 도메이테크에도 사정을 물어보았기 때문에 단순 확인 질문에 지나지 않았다. 도메이테크 사장인 에기 쓰네히코에 따르면 사 년 전 6월에 사카도가 견적 금액 인하와 함께 강도 조작을 타진했다고 한다.

가세의 의도는 그 증언을 뒷받침하는 것이었다. 하지만 사카도의 대답에 가세는 놀라 얼굴을 들었다.

"처음 생각한 건 제가 아닙니다."

"당신이 아니라고요? 그럼 누구죠?"

"도메이테크의 에기 사장님이 제안했습니다."

진위를 헤아리려는 듯이 가세가 사카도의 눈을 들여다보았다.

"이상하네."

이윽고 가세의 입에서 의문이 터져 나왔다. 앞에 놓인 자료를 끌어당겨 내려다보더니 그대로 눈만 들어서 사카도를 보았다. "에기 사장은 그렇게 말하지 않던데요. 당신이 지시해서 나사를 제조했을 뿐 조작한다는 인식은 없었다고 했어요."

사카도는 짧은 감탄사를 내뱉으며 가세를 보았다.

그 눈동자 속에 혼란이 지나갔다. 황급히 부정하는 목소리가 이어졌다. "아닙니다. 원가가 버거우니까 견적을 더 싸게 해달라는 이야기는 확실히 했습니다. 하지만 강도를 조작하자는 제안은 제가 한 게 아닙니다."

"에기 사장이 했다?"

가세는 손에 든 볼펜 끝으로 서류를 두드리면서 생각에 잠겼다. 뜻하지 않게 드러난 진술의 엇갈림에 핫카쿠는 숨을 죽였다.

사카도인가, 도메이테크의 에기인가. 어느 한쪽은 거짓말을 하고 있다.

"이제 와서 책임을 전가하는 겁니까?"

가세의 말이 핫카쿠의 귀에 들려왔다. "당신은 자신의 권한아래, 강도 조작을 통해 규격 미달 부품을 채택했고, 오랫동안 그 사실을 은폐해왔습니다. 그것만으로도 도의적인 책임은 한없이 무겁다고 생각합니다. 게다가 상식적으로 생각해도 이런 관계에서는 당연히 발주하는 측 입김이 세죠. 수주하는 입장인 도메이테크가 자칫하면 분노와 불신을 초래할 수도 있는 부정을 직접 제안할 리 없지 않습니까."

가세가 하는 말은 사리에 맞았다. 분명 그런 제안을 하면 화를 내는 상대가 있을 것이다. 일을 이딴 식으로 하는 거냐고 욕먹고 발주가 보류되는 쓰디쓴 꼴을 당할지도 모른다.

"그때 당신은 어떻게 했습니까?"

가세가 계속해서 물었다. "에기 사장이 제안했을 때 어떻게 대응했죠?"

"처음에는 바로 거절했습니다."

사카도가 말했다. "하지만 최종적으로는 받아들여버렸습니다."

"왜."

가세가 물었다. "왜 받아들였습니까?"

인사부의 이가타가 긴장한 얼굴로 보고 있었다. 조작 동기의 해명은 조사팀의 목적 중 하나이고, 그 결과에 따라 도쿄겐덴이라는 회사의 조직적인 책임도 단단히 따져봐야 하기 때문이었다.

"실적이 필요했기 때문입니다."

사카도가 중얼거리듯이 말했다. "어떻게 해서든 목표치를 달성하고 싶었습니다. 반드시 달성하고 싶었어요."

"형한테 인정받고 용서받기 위해서?"

사카도는 오싹한 눈빛으로 깊숙이 고개를 끄덕였다.

잠깐 동안 홀린 듯이 그 표정을 바라보던 가세가 한숨을 내쉬고 시선을 돌리더니 화제를 바꾸었다.

"당신에게 할당된 목표치는 어땠습니까?"

함의가 있는 질문이었다. "너무 과하지는 않았나요. 혹은 일반 상식선 이상의 중압이 있었다든가."

"모릅니다."

사카도가 대답했다. "다른 회사는 어떤지 모르니까요."

"만일 목표치를 달성하지 못했다면 어떻게 됐을까?"

가세가 다시 물었다. "당신, 엄하게 질책받을까 봐 극단적으로 두려워한 거 아냐?"

도쿄겐덴이라는 회사의 책임을 묻는 유도신문이다.

사카도는 오랫동안 생각에 잠겨 있었지만 이윽고 "모르겠습니다"라는 작은 목소리가 회의실 공기 속에 녹아들었다.

6

"사카도는 어땠습니까?"

오후 5시가 넘어 회의에서 돌아온 하라시마가 말을 걸었다.

사태가 발각된 이래 조사위원회가 주재하는 갖가지 명목의 회의가 열리는데, 하라시마는 담당 과장으로서 대부분 참석해야 했다.

영업1과장이 되기는 했지만 하라시마에게 내려진 지시는 부정을 은폐하라는 것이었다.

아무리 상사의 명령이라고는 해두 시키는 대로 그 일을 처리한 하라시마의 책임을 추궁하는 말도 나온다고 한다. 죽으라고 하면 죽겠느냐는 것이다. 어디에나 늘 꽝을 뽑는 사람이 있다. 도쿄겐덴에서는 바로 하라시마가 그랬다. 지쳐빠진 표정을 하고 있는 것도 지금 처한 상황을 생각하면 이해가 된다.

플로어에서 나가 소회의실 중 하나로 향했다.

"자기가 한 짓은 얼추 인정하는데."

핫카쿠가 담배를 한 개비 꺼내면서 대답했다. "부정을 제안한 건 도메이 쪽이라고 하고 있어. 회의에서 뭐 이야기 나온 게 있어?"

핫카쿠는 만년 계장이지만 나이는 하라시마보다 훨씬 위다. 원래 직위 같은 건 신경 쓰는 타입이 아니므로 말도 아무렇게나 한다.

"있습니다."

하라시마가 곤혹스러운 표정으로 대답했다. "조사위원회는 사카도가 발뺌하는 거라고 단정하고 있어요. 계장님은 어떻게 생각하십니까?"

"몰라, 그런 거."

반사적으로 평소처럼 삐딱하게 대답하기는 했지만 핫카쿠는 문득 생각에 잠겼다. "하지만 사카도가 그렇다고 하니까 그렇겠지."

그때의 사카도가 거짓말을 했다고는 도저히 생각할 수 없었다. "어떻게 생각해?"

"솔직히 조작을 제안한 사람은 사카도라고 생각했습니다. 전부 자기 책임이라고 대답하기도 했고요. 책임감에서 나온 말이라고 해석할 수 없는 건 아닙니다만."

하라시마가 말했다. "그보다 이쪽은 사태를 어떻게 수습할까 하는 문제만으로도 힘에 부쳐요."

사태의 중대함을 생각하면 하라시마에게 여유가 없는 것도 무리는 아니었다.

"먼저 말을 꺼낸 사람이 누구인가 하는 문제는 뒷전인가."

핫카쿠가 의자 등받이에 기대 눈을 가늘게 뜨고 피어오르는 담배 연기를 바라보았다. 처음에는 아무래도 상관없던 문제가 뒤에 가서 중요시되는 일은 간혹 있다.

"도메이테크의 에기라는 사장은 어떤 사람이야?"

핫카쿠의 물음에 하라시마는 숨을 들이마시면서 생각했다.

"글쎄요…… 뭐, 솔직히 말해 꽤 도박 정신이 있는 것 같습니다. 그전까지 일하던 회사를 퇴직하고 삼십대에 창업했을 정도니까요. 지금 정도 규모로 키운 건 경영자로서의 수완일지도 모르지만요."

"신용할 수 있는 사람인가?"

핫카쿠가 진지한 눈빛으로 물었다.

은폐를 위해 뛰어다닌 죄로 조사위원회에서는 전범 중 하나로 취급받지만 거래처를 보는 하라시마의 눈은 정확하다.

"아뇨."

하라시마가 말했다. "이번 건도 지시대로 만들었을 뿐이니까 아무 책임이 없다고 주장하는 모양입니다."

"도메이테크 입장에서도 죽느냐 사느냐 하는 문제일 테니까."

핫카쿠가 새 담배에 불을 붙이면서 대답했다. "서로 하는 말이 다르니 책임을 추궁할 수도 없겠군."

"강도 조작을 인식하고 있었는지도 문제인데, 사카도가 억지로 시켜서 했다, 이 정도 이야기는 할 법한 인물입니다."

"왜 사카도는 그런 놈이랑 거래한 거지?"

핫카쿠가 문득 의문이 들어서 물었다.

"팔려는 곳은 많으니까요."

하라시마가 대답했다. "싼값을 제시하는 곳이 있으면 자기도 모르게 달려들고 싶어지기는 합니다. 수익은 올리고 싶거든요."

이 문제에 관한 한 도쿄겐덴이 특별한 건 아니라고 핫카쿠는 생각했다. 결국은 어느 회사든 마찬가지다.

그때 하라시마가 생각지도 못한 화제를 꺼냈다.

"참, 계장님. 신설 회사 사장은 이야마 부장님으로 의견이 모아지는 모양입니다."

"뭐, 그거 진짜야?" 핫카쿠가 얼굴을 들었다.

지금 검토중인 도쿄겐덴 재건안은 불상사의 무대가 된 영업1과의 사업만 남겨두고, 그 외의 사업을 신설 회사로 옮기는 방향으로 굳어지고 있었다.

이야마는 경리부장으로 오랫동안 도쿄겐덴의 지갑을 쥐고 있던 사람이다. 오랫동안 영업이나 제조부 출신이 지휘권을 잡아온 역사가 있는 만큼 이례적인 인사다. 대외적으로 건전 경영의 방향을 제시하고 재무 건전성을 조금이라도 어필하려는 것일지도 모른다.

"누구한테 들은 이야기야?"

핫카쿠의 물음에 하라시마는 조사위원회에 속한 사람의 이름을 댔다.

계속해서 배상 책임을 지게 될 도쿄겐덴 사장 자리의 경우, 미야노가 인책 사임이라는 형태로 물러난 뒤에 아직 후계자조차 정해지지 않았다. 누가 하든 배상을 질질 끌면서 회사를 존속시키는 것은 지난한 일이리라. 도쿄겐덴에 남는 멤버는 금방 가라앉을 배에 탄 것과 매한가지다.

과연 누가 신설 회사로 옮겨갈지는 조사위원회의 조사 결과에 입각해 정식으로 발표될 예정이다. 직원들 사이에서는 자신이 새 회사로 옮길 수 있을지가 가장 큰 관심사였다. 불운한 제비를 뽑고 싶은 사람은 없는 법이다.

"그렇다 쳐도 이야마 영감이라니."

핫카쿠가 두 팔을 천장으로 뻗으면서 말했다.

"그 사람 어떻게 생각하십니까?"

하라시마의 물음에는 뼈가 있었다.

"숫자에는 강할지 몰라도……."

핫카쿠는 담배를 재떨이에 눌러 끄면서 연기와 함께 한마디 내뱉었다. "마음에 안 드는 놈이야."

대꾸하지 않지만 하라시마 역시 동감이라는 것은 듣지 않아도 알았다.

이야마는 사내에서 미움받는 사람이었다.

다음 날 저녁, 문제의 이야마와 3층 휴게 공간에서 딱 마주쳤다.

"어이, 어때? 그쪽 상황은?" 도넛을 하나 사 먹으면서 커피를 마시던 핫카쿠에게 이야마가 말을 걸었다.

뭐라고 대답해야 좋을지 몰라 가만히 생각에 잠겨 있었더니 이번에는 이런 질문을 던진다.

"자네가 영업부에 몇 년 있었더라?"

"입사 때부터니까 뭐 삼십 년 가까이 될까요."

핫카쿠가 대답하자 100엔 동전을 자동판매기에 넣으면서 또 물었다. "계장이 된 지는 몇 년?"

"잊어버렸어요, 그런 건."

핫카쿠는 대답하면서 도넛을 베어 물었다. 이야마는 자동판매기에서 커피를 꺼내더니 바로 자리를 뜨지 않고 이야기를 계속했다.

"여기서만 하는 이야기인데, 신설 회사의 인원구성을 검토하라는 지시가 내려왔어."

표정이 조금 득의양양해 보인다. 핫카쿠가 잠자코 있는 이유는 이 남자에게 타인에 대한 배려 따위는 눈곱만큼도 없음을 잘 알기 때문이다. 상대를 무참하게 짓밟아서 자신의 힘을 과시하고 누가 우위에 있는지 보여준다. 이야마는 그런 인간이다.

"그래서 나름 인선을 해봤는데 아무래도 조사위원회에서 자네에 대한 평가가 높더라고."

그 점이 자못 난처하다는 양, 이야마는 보란 듯이 한숨을 쉬었다. "새 회사에서 과장으로 일하게 하면 어떨까 하는 이야기가 나오고 있단 말이지."

우월감을 드러내며 핫카쿠를 본다. 조직에서 인사권을 장악하는 이는 늘 승자라는 단순명쾌한 이론을 내세우는 눈이다.

"부장님이 사장이고 제가 과장입니까?"

핫카쿠가 웃었다. "재미있는 회사겠네요, 그거."

"뭐, 나도 고민이 되기는 해."

이야마는 조금도 웃지 않고 핫카쿠를 향해 무례한 눈빛을 던졌다. "회의에서 졸기만 하는 남자를 과장으로 앉히는 건 좀 그렇지 않나 싶어서."

"그럼 안 하시면 되잖아요."

핫카쿠가 웃음을 거두었다. "저도 1과 동료들을 두고 새 회사로 옮기는 건 마음이 편치 않아서."

"그런데 조사위원회와 소닉의 생각은 달라. 새 회사에는 부정에 대한 방파제가 될 만한 인물이 반드시 필요하다더라고. 자네가 적임이 아닐까 싶어서."

이야마는 자못 진지한 체하는 얼굴로 핫카쿠를 보았다. "대우는 과장 혹은 영업부 부장대리로 생각하고 있어. 그렇게 알고 있게, 그리고…… 이 대화는 비밀로 해줘."

이야기는 그것으로 끝이었다.

이야마는 무인 판매 상자에 손을 넣어 도넛을 하나 꺼내더니 유유히 그 자리를 떠났다.

"잠깐. 200엔 내셔야죠."

등 뒤에 대고 핫카쿠가 말했지만 돌아온 답은 "나중에 낼게"였다.

"어머, 웬일이야? 술도 안 마시고 오고."

집에 돌아간 핫카쿠가 밥 있느냐고 묻자 아내 도시코가 조금 놀란 얼굴이 되었다.

"이럴 때 회사 근처에서 술을 퍼마시다가는 어디서 무슨 소리를 들을지 알 수가 없잖아."

냉장고에서 맥주를 꺼내온 핫카쿠는 350밀리리터 캔을 단숨에 반쯤 마셨다. 석간신문을 펼쳐 읽으면서 캔을 마저 비운 다음 누가 준 일본주 됫병을 꺼내 따랐다.

오오카야마 역에서 걸어서 약 십 분 거리에 있는 아파트다. 네 식구가 살 때는 그렇게 비좁게 느껴졌는데, 올해 4월에 막내가 지방

대학에 진학하면서 나가자마자 휑뎅그렁하고 쓸쓸해졌다.

"회사는 어떻게 돼?"

도시코가 걱정스럽게 물었다. 의류회사에서 근무하던 도시코는 핫카쿠와 결혼하면서 퇴직하고 줄곧 전업주부로 지냈다. 몇 년 전부터 근처 회사에서 파트타임 사무원으로 일하고 있지만, 가계는 핫카쿠가 벌어오는 돈에 의지하고 있었다.

신문에서 얼굴을 든 핫카쿠가 그러게, 하며 한숨이 섞인 대답을 했다.

"문제가 없는 사업을 분리해서 새로 만드는 회사로 옮기는 안이 유력한가 봐."

"그럼 문제 있는 사업 쪽은?" 도시코가 조금 조심스럽게 물었다.

"도쿄겐덴에 남지."

"그러면 도쿄겐덴은 잔무 처리만 하는 회사가 되는 건가." 도시코가 눈썹을 찡그렸다.

"아마."

이어지는 질문을 입 밖에 내기가 아무래도 망설여지는지 도시코는 순간적으로 하려던 말을 삼켰지만 결국 "그래서 당신은?"이라고 물었다.

"나? 나는……."

도시코는 도쿄겐덴에 남는다, 라는 대답을 예상하고 있을 것이다.

"새 회사로 갈지도 몰라."

그 말에 도시코의 눈이 반짝였다.

"잘됐다."

집에서는 결코 무기력한 사람이 아니지만 회사에서는 줄곧 찬밥 신세라는 것쯤은 잘 알고 있었다.

"그렇지 않아."

핫카쿠의 대답에 도시코의 표정이 흐려졌다.

"그렇지 않다니, 왜? 좋잖아. 새 회사로 옮길 수 있는데."

"사장이 기분 나쁜 놈이어서."

핫카쿠는 늘 그렇듯 얄미운 소리를 했지만 도시코가 조금도 웃지 않는 것을 보고 웃음기를 거두었다.

사카도의 부정을 눈치채고 그것을 고발했다.

핫카쿠는 정식 리콜을, 고객에 대한 성실한 대응을 기대했다. 그런데 미야노 사장 일당은 사건을 은폐했다. 그래서 새로운 행동을 할 수밖에 없었다.

핫카쿠는 목표치 달성이나 수익 지상주의에 급급하는 사이에 잊어버린, 원래의 장사를 되찾길 원했을 뿐이다.

하지만 그 뒤에 일어난 엄청난 소란을 보면서 갑자기 의문이 솟았다.

조사위원회는 책임 소재만 찾고 있다. 한편 미야노 일당은 "조만간 발표할 생각이었고 은폐와는 다르다" "일개 직원의 악의로 인한 사건으로, 통상적 매니지먼트로는 확인이 불가능하다"라며 책임을 피하는 증언만 반복하고 있었다.

누가 무슨 말을 했다느니, 그게 거짓말이니 사실이니 하는 것은 핫카쿠에게 아무런 의미도 없었다.

정말 이게 기업 재생 프로세스라고 할 수 있을까.

아니, 애초에 조사위원이나 소닉에게 도쿄겐덴을 재생시키려는 생각이 있기는 한가.

대체 내 고발은 무엇이었나.

핫카쿠는 허무함과 함께 의문을 느끼지 않을 수 없었다.

맨 밑바닥까지 떨어졌으니 보이는 광명도 있을 거라 믿었건만 단순한 착각이었을까.

아니, 그럴 리 없다.

모든 것이 벗겨진 뒤에는 진실의 조각만이 남는다. 그것이 핫카쿠가 월급쟁이 인생을 통해 손에 넣은 경험적인 원칙 중 하나였다.

"지금껏 해온 일이니까 마지막까지 어디로 향하는지 지켜보는 게 도리 아닌가?"

중얼거리다시피 속내를 털어놓은 핫카쿠에게 도시코는 눈썹을 팔자로 만들며 난처한 웃음을 지어 보였다.

"도리만 지키려고 한다니까."

자신이 판매한 일체형 욕실의 대금 지불 때문에 괴로워하던 노인이 자살했고, 그 사건을 계기로 상사와 충돌해 출셋길에서 멀어졌다. 바로 며칠 전 일처럼 떠오른다. 그리고 이십 년 정도가 눈 깜짝할 사이에 흘렀다.

"월급쟁이란 게 어렵네, 여보."

도시코가 진지하게 말했다. "너무 고지식해도 안 되고, 그렇다고 너무 대충대충이어도 잘 안 풀리잖아. 당신한테는 안 어울려."

"이제 알았어?"

핫카쿠가 농담처럼 말하고는 "당신도 한잔할래?"라며 마음을 썼다.

손을 휘휘 저은 도시코가 웃으며 말했다. "하지만 지금까지 한 것만으로도 충분히 도리를 지킨 거 아니야?"

말없이 술이 든 컵을 바라보면서 핫카쿠는 아무 대답도 하지 않았다.

8

"오늘은 이제 풀려나는 거야? 수고했어."

오후 8시가 넘어 퇴근 채비를 하고 엘리베이터에 올라탔더니 사카도가 있어 핫카쿠가 말을 걸었다.

사카도는 지친 얼굴에 미소를 지었을 뿐이다. 옆에는 인사부의 이가타가 있었는데 아무래도 사카도를 근처 비즈니스호텔까지 데려갈 모양이다.

연일 늦은 시각까지 조사를 받는 사카도는 회사 지시로 자택 대신 비즈니스호텔에서 묵고 있었다. 세상을 떠들썩하게 만든 데이터 조작 사건의 '용의자'가 바깥을 돌아다니면 곤란하다는 상층부의 판단이었다.

"그럼 잠깐 밥이라도 먹으러 가자고."

사카도가 옆에 선 이가타를 흘끗거리자 핫카쿠가 덧붙였다. "매일 호텔과 회사 사이를 왕복시키면서 도시락만 먹이다니, 완전 인권 무시잖아. 괜찮지?"

마지막 말은 이가타에게 한 것이다. 인사부의 과장대리는 조금 난처한 얼굴로 "저도 동석해도 됩니까?"라고 물었다.

"괜찮아. 대신 '이거'다."

핫카쿠가 쉿 하고 집게손가락을 세웠다.

"알고 있습니다. 사카도 씨, 어떻습니까?"

이가타의 물음에 피곤하다고 거절하지나 않을까 싶던 사카도의 입에서 나온 말은 "그러면……." 한마디였다. 사카도도 어딘가 쏟아 놓을 곳을 찾고 있는지도 모른다.

도쿄겐덴이 입주한 빌딩에서 나와 택시를 잡아타고 이가타가 잘 안다는 간다의 술집으로 갔다. 거기서는 아는 사람을 만날 일도 없거니와 별실이 늘어선 구조라 일단 들어가면 누가 이야기를 엿들을 일도 없다.

생맥주를 세 잔 주문했다.

"뭐, 연일 추궁당하는 건 어쩔 수 없지만, 어수선한 틈을 타서 괜한 책임까지 덮어쓰지 않게 조심해야지."

한동안 활기 없는 대화를 나눈 뒤에 핫카쿠가 말했다. 괜한 책임이란 강도 조작 이야기를 꺼낸 사람은 누구인가와 관련된 이야기였다. "넌 도메이테크의 에기 사장이 제안했다지만 조사위원들은 그렇게 생각하지 않아. 적어도 가세 씨는 그럴 리 없다고 생각할걸."

"거짓말은 하지 않았습니다."

사카도의 반론에 핫카쿠의 눈이 가늘어졌다.

"하지만 신규 거래처에서 갑자기 그런 제안을 할 리 없잖아. 너도 그렇게 생각하지?"

핫카쿠가 찌르고 들어오자 사카도도 동의할 수밖에 없는 듯했다.

"지금까지 고객에게 계속 거짓말을 하던 인간이 이것만큼은 사실이라고 하다니. 그런 이야기를 믿으라는 것도 무리야."

내치듯이 말한 핫카쿠가 커다랗게 한숨을 한 번 쉬고 사카도를 똑바로 바라보았다. "너 아니면 에기, 둘 중 하나가 거짓말하는 거겠지만, 이 마당까지 와서 엉터리 진술을 하는 놈은 어느 쪽이든 한 대 때려주고 싶군."

"에기 씨는 부정이 있었다는 사실 자체를 부인하고 있습니다."

이가타는 마치 회의에서 발언하는 것처럼 냉정한 말투다. 인사부에는 조사위원회에서 다양한 정보가 들어오니까 조사 내용에 대해서는 사내의 누구보다도 소상하다. "시키는 대로 납품했을 뿐 부정이라는 인식은 없었다고요. 뭐, 저쪽도 회사의 존망이 걸려 있으니 필사적이겠지만요."

"서로 하는 말이 달라서야 진척이 없지."

빈 맥주잔을 점원에게 건네고 새로 주문한 소주를 받아 든 핫카쿠가 사카도를 보았다. "증거는 없어? 저쪽에서 제안했다면 뭔가 기록이 남아 있을 법도 하잖아."

"그게…… 누가 제안했는지 알 수 있을 만한 기록이 없습니다."

사카도가 뜻밖의 말을 했다.

"없다고?"

핫카쿠는 잔을 든 손을 멈추고 그 말의 의미를 곱씹으며 사카도를 보았다.

"정식 서류는 없더라도 메일 정도는 있을 거 아냐?"

"아니오."

사카도가 고개를 저었다. "에기 사장이 메일을 쓰면 회사 서버에 기록이 남는다고 해서요. 거의 전화로 이야기를 나눴습니다. 물론 그걸 증명할 서류도 없고요."

"거 참 정성스럽기도 하지."

사카도가 처음으로 강도 조작에 손을 댄 것은 사 년쯤 전이다. 신형 항공기용 의자를 수주하기 위해 전사 차원에서 노력을 기울이고 있을 때였다.

당시 일은 핫카쿠도 기억한다.

도쿄겐덴의 장래가 걸렸다고까지 일컬은 프로젝트였다. 미야노가 주도해서 영업부와 제조부로 구성된 특명팀을 조직했는데, 사카도는 영업1과장으로서 그 팀의 리더를 겸했다.

결과적으로 수주에는 성공했지만, 이때 경쟁사를 떨어뜨리기 위한 원가 인하의 그늘 속에서 부정을 제안받았고 실행에 옮겼다. 그 수법은 이윽고 다양한 제품을 수주할 때도 이용되었다. 아무도 모르는 곳에서…….

"맨 처음 이야기가 나왔을 때의 일은 확실히 기억합니다."

사카도가 당시 모습이 거기 떠 있기라도 한 것처럼 거의 입을 대지 않은 맥주잔을 노려보며 말했다.

"원가를 더 낮출 수 없느냐는 이야기를 하고 있을 때 에기 사장이 말했어요. '꼭 규격을 따르지 않아도 안전성에는 문제가 없는 것 아닙니까'라고. 제가 놀라서 그게 무슨 의미냐고 물었더니, 이런 방법이 있다면서 새 견적 금액을 보여줬어요. 군침을 흘릴 정도로 쌌죠."

"날짜와 시각을 특정할 수 있습니까?" 이가타가 물었다.

"수첩기록으로는 사 년 전 7월 10일입니다. 마침 그날 장마가 걷혀서 더웠던 기억이 납니다."

"그 견적은 어떻게 했어?"

핫카쿠가 물었다. "견적서를 중간에 끼고 대화한 거잖아. 에기가 새 금액을 어딘가에 쓰거나 했을 거 아냐."

"그 서류에는 썼던 것 같은데 애석하게도 제게 없습니다. 아직 정식으로 정해진 건 아니어서 이야기가 끝난 뒤에 에기 씨가 가져갔을 거예요."

"넌 일단 거절한 제의를 결국 받아들였어. 가세 씨 면담에서 그렇게 말했지? 왜 받아들이기로 한 거야?"

"이대로 기다가는 수주는 어렵겠다 싶은 상황까지 와 있었어요."

사카도의 눈이 다시금 열기를 띠었다. "경쟁사도 생산 원가는 빠듯하게 깎아서 와요. 아무리 노력한들 그렇게 큰 차이가 생기지도 않아요. 하지만 아주 조금이면 됐어요. 딱 한 번만 더 원가를 줄일 수 없을까 하고 있는데 에기 사장이 또 조작 이야기를 꺼내더군요. 해보지 않겠느냐면서. 조작하는 테스트 데이터는 도메이테크에서 작성했고 실제 수치 결과도 보여줬어요. 그러니까 규정에 못 미치는 강도이지만 사람들의 안전성에는 큰 문제가 없다는 데이터를요."

핫카쿠는 숨을 삼켰다. 에기는 사카도의 정신적인 장벽을 제거하려 했음이 틀림없다. 이가타도 천장을 보고 있었다.

"네가 한 짓은 용서받을 수 없어. 하지만 진상이 제대로 규명되지 않는다면 그건 그것대로 문제가 있겠군."

핫카쿠가 태평한 말투와는 어울리지 않는 날카로운 눈으로 사카도를 노려보았다. "어떻게 안 되겠어?"

옆에 앉은 이가타에게 한 말이었다. 표정에 곤혹스러움이 드러났다. 하기야 해결책이 나오리라고 생각해서 물어본 것도 아니다.

"어떻게 될 일이었으면 벌써 그렇게 했어요."

아니나 다를까, 이런 대꾸가 돌아왔다.

"하나 묻고 싶은데, 애초에 도메이테크와 거래하려고 생각한 계기는 뭐였어?"

핫카쿠가 마음에 걸리던 것을 물었다.

도메이테크는 업계 경력이 짧은 회사로, 그 거래가 도쿄겐덴과의 신규 거래였다. 뭔가 계기가 없었다면 사카도가 에기 사장과 만날 일도 없었을 테고, 그런 거래 상담을 할 리도 없다.

"맨 처음에 정보를 건네준 사람은 기타가와 부장님입니다."

사카도가 뜻밖의 대답을 했다. "이야기를 들어보라고 하셨어요."

"기타가와가?"

핫카쿠의 얼굴에 의문 부호가 떠올랐다. "묘하군. 목표치에 짓눌려 괴로워하고 있을 때 신규 거래처에서 강도를 조작하자는 제안이 들어왔다…… 타이밍이 너무 좋지 않아? 확실히 보통 그런 제안을 하청이 하지는 않지. 너도 그렇게 생각하지?"

핫카쿠의 물음에 이가타도 고개를 끄덕였다.

"말하자면 사카도의 약점을 알고 한 제안이었던 셈이야."

"다시 말해……."

이가타가 생각하면서 말을 이었다. "기타가와 부장님과 에기 사장 사이에 뭔가 있는 게 아니냐, 그 말씀이십니까?"

"에기한테 직접 물어볼까?"

핫카쿠가 말하자 이가타가 얼굴을 들었다.

"직접 물어보다뇨. 이런 시기에 단독 행동은 좋지 않습니다."

"남들이 들으면 오해할 소리 하지 마."

핫카쿠가 말했다. "우리 회사에 납품한 제품의 지불 문제를 의논해야 되거든, 도메이의 에기랑."

부정이 발각되면서 도메이테크에 대한 지불은 정지되었지만 청구서는 와 있었다. 지불을 어떻게 할지는 현안 중 하나였다.

"웃기는 이야기지만 만일 에기가 정말로 부정이 있다는 것을 몰랐다면 지불할 수밖에 없게 돼."

"자기가 제안해놓고 무슨 소리를 하는 거야." 분한 듯이 사카도가 중얼거렸다.

"그게 인간이야."

핫카쿠의 한마디에 사카도가 고개를 들었다.

"그게 인간이라고."

핫카쿠가 타이르듯 한 번 더 말했다. "궁지에 몰렸을 때 인간은 변해. 자신을 지키기 위해 거짓말을 하지. 너도 압박에 못 이겨 부정을 허용했어. 똑같은 거 아니야? 누구에게나 괴로운 사정은 존재하기 마련이야. 하지만 그게 부정을 저지르는 이유가 되진 않아."

사카도는 핫카쿠 쪽을 보며 움직임을 멈추었다. 이가타가 메마른 시선을 보냈다.

"뭐, 그렇게 됐으니 과장이랑 갔다 오지."

가벼운 말투로 핫카쿠가 말했다. "내 나름대로 이 건을 매듭짓고 싶기도 하고."

"계장님, 너무 풍파를 일으키지는 마세요."

이가타가 걱정스럽다는 듯 말했다.

"바보 같은 소리. 이제 와서 풍파가 어디 있어."

"아니, 그게 아니라."

웃어넘기는 핫카쿠에게 이가타가 진지한 얼굴로 말했다. "계장님을 새 회사에 과장직으로 데려간다는 이야기가 있잖아요. 얌전하게 계시는 편이 좋아요."

사카도가 조금 놀란 얼굴로 핫카쿠를 보았다.

핫카쿠는 심드렁한 얼굴로 두 사람을 바라보더니 "그런 이야기가 있었나?" 하고 시치미를 뗐다. 그러고는 가슴에 솟아난 어떤 감정을 뿌리치기라도 하듯 앞에 놓인 술을 단숨에 들이켜더니 담배에 불을 붙이며 눈을 가늘게 떴다.

9

그날 찾아온 하라시마와 핫카쿠를, 에기 쓰네히코는 피로와 짜증으로 창백해진 얼굴을 하고 바라보았다.

"지난번부터 말씀하신 지불 말씀입니다만, 사카도의 증언으로는 강도 조작 이야기를 꺼낸 사람이 에기 사장님이라고 하는데요."

하라시마가 에기의 눈을 힘주어 들여다보며 말했다. "그렇다면 이건 좀 지불하기가 어렵습니다."

히라시마는 테이블 위에 놓은 청구서를 손끝으로 지그시 눌렀다.

"우리가 아닙니다. 무슨 말도 안 되는 소립니까."

이렇게 내뱉고는 얼굴을 옆으로 돌린 에기가 주머니에서 담배를 꺼내 불을 붙였다.

팔걸이의자 등받이에 기대 다리를 꼬고 담배를 피우는 태도는 더는 하청의 경영자 같지 않았다. 담배 연기 너머로 하라시마를 바라보는 눈에서는 교활함이 엿보였다.

에기 입장에서 이제 도쿄겐덴과의 거래 지속은 있을 수 없는 일이다. 그렇다면 일을 자신에게 유리하게 가져가고 싶다. 그런 의도를 확실히 드러내는 눈이었다.

"증명할 수 있나?"

그때 핫카쿠가 말했다. "사카도 쪽에서 말을 꺼냈다는 증거가 있다면 보여줘."

"그런 건 없어요."

에기가 말했다

"대체 왜 제가 아무 짓도 안 했다는 걸 증명해야 됩니까? 제가 나쁘다고 하는 건 그쪽이니까 아무리 생각해도 입증 책임은 당연히 그쪽에 있죠."

맞는 말이다.

"당신, 사카도가 발주한 나사가 뭐에 쓰이는지는 알고 있었지? 협의할 때 그 이야기가 나왔을 텐데."

핫카쿠가 말을 이었다. "발주받은 강도에 맞춰 물건을 제조했을 뿐이라고 하는데, 항공기 좌석에 사용한다면 규격에 어긋난다는 생각이 들었을 거 아냐. 몰랐다는 말은 변명이 안 되지 않아?"

"발주의뢰서 어디에 항공기 관련 제품이라고 적혀 있습니까? 애초에 규격에 맞는지 아닌지는 우리가 신경 쓸 문제가 아니에요."

당연하지 않느냐는 얼굴로 에기가 잘라 말했다. "규격은 어디까지나 그쪽이 지켜야 할 문제고, 우리는 시키는 대로 물건을 만들 뿐이에요. 그게 하청 아닙니까? 가격 후려쳐 사간 걸로도 부족해서 그런 것까지 책임을 지라고 하면 어쩌라고요."

매몰찬 대답이었다. "애초에 이번 달 지불액은 5백만 엔 정도잖아요. 아무리 불상사가 발각됐다고 한들 도쿄겐덴 영업 규모에서 그 정도 돈을 못 낼 리가 없지 않느냐고요. 우리도 그 돈을 믿고 있었으니 지불해주지 않으면 곤란합니다."

"금액의 많고 적음이 문제가 아니야."

핫카쿠가 말했다. "이치에 맞느냐, 맞지 않느냐의 문제지."

"이치에는 맞지 않습니까."

에기가 언성을 높였다. "하청인 우리가 강도를 조작하자는 말을 꺼낼 리가 없죠. 당시에는 사카도 씨가 어떤 사람인지조차 몰랐는데, 멍청하게 그런 이야기를 꺼냈다가 당치도 않은 회사라고 생각되면 끝 아닙니까. 상식적으로 생각해도 그럴 리가 없잖아요."

"그렇군."

핫카쿠가 고개를 끄덕였다. "하지만 반대로 사카도가 처한 상황을 알고 있었다면 그런 제안을 할 수도 있는 거 아닌가?"

"무슨 뜻입니까, 그건?"

에기가 분노한 눈빛으로 핫카쿠를 바라보며 딱딱한 목소리로 물었다.

"우리 회사 기타가와에게 그런 이야기를 들었을 텐데."

핫카쿠가 말했다. "당시 사카도가 얼마나 궁지에 몰려 있었는지. 도쿄겐덴이 어떤 상황이었는지. 당신은 전부 알고 있었을 거라고 생각하거든. 처음 만난 사이에 그런 말을 할 리가 없다고 정말로 단언할 수 있나?"

"잠깐만요."

에기가 입술에 웃음을 띠며 손을 휙 흔들었다. "도쿄겐덴 영업부장 기타가와 씨 말입니까? 그분과는 거의 면식이 없었는데요."

핫카쿠가 상대방의 눈을 가만히 보았다.

"당시 도쿄겐덴에 신규로 거래하고 싶다고 제안한 건 사실입니다. 기타가와 씨는 그저 사카도 씨에게 연결해줬을 뿐이에요."

"정말이지?"

목소리는 나지막했지만 핫카쿠의 눈은 진지하기 그지없었다. 희미한 감정 조각도 놓치지 않으려 에기의 표정을 똑바로 보고 있었다.

"거짓말할 이유가 어디에 있다는 겁니까?"

에기가 핫카쿠의 의심을 뿌리치듯이 말했다.

"어떻게 생각하세요?"

도메이테크 사옥에서 나오자마자 하라시마가 물었다. "에기가 거짓말하는 것 같습니까?"

핫카쿠는 우뚝 멈춰 서서 봄철의 엷은 햇살을 올려다보며 눈을 가늘게 떴다. 그러고는 발밑으로 시선을 떨어뜨리더니 모르겠다고 말했다.

"하지만 이 이야기에는 아직 우리가 모르는 이면이 있다는 느낌이 들어."

"왜 그렇게 생각하세요?"

하라시마의 물음에 핫카쿠는 기이한 것이라도 보는 듯한 시선을 보냈다.

"이상하다는 생각 안 들어?"

핫카쿠가 말했다. "다른 사람도 아닌 기타가와가, 신규 거래를 제안해온 회사를 굳이 사카도에게 소개할 리 없잖아."

하라시마가 눈을 크게 뜨고 핫카쿠를 보았다.

"그러면 그 이야기는 거짓말이다?"

"아니, 거짓말인 것 같지는 않아."

핫카쿠가 대답했다. "기타가와에게 물어보면 금방 들통날 거짓말을 할 리가 없으니까. 게다가 기타가와가 소개했다는 건 사카도의 이야기와도 일치해."

"어떻게 된 걸까요?"

하라시마는 이리저리 생각해보다 나오려던 말을 삼켰다.

"기타가와가 뭔가 알고 있을 거야."

핫카쿠는 빠른 걸음으로 걷기 시작했다.

10

"도메이테크 때문에 물어보고 싶은 게 있는데 시간 괜찮아?"

회사로 돌아온 핫카쿠는 마침 조사위원회와 회의를 마치고 돌아온 기타가와에게 나지막이 물었다.

의자 등받이에 윗옷을 벗어 건 기타가와의 입에서는 대답이 아니라 깊은 한숨이 새어나왔다.

조사위원과의 회의는 은폐를 주도해온 기타가와 일당에게 가시방석, 그 이상도 이하도 아니었다. 혹독한 신문과 비판을 받으며 소용없다는 것을 알면서도 해명해야만 하는 허무함은 상당히 크리라.

플로어 바깥을 가리키자 기타가와가 내키지 않는다는 듯이 자리에서 일어났다.

"오늘 도메이테크의 에기 사장을 만나고 왔어."

소회의실에 들어가서 이야기를 꺼내자 "지불 문제야? 어떻게 됐어?" 하고 생각났다는 듯이 물었다.

"자기 쪽 과실이 아니니까 지불하라더군."

핫카쿠는 이렇게 말하며 기타가와를 똑바로 보았다. "그건 그렇다 치고…… 어이, 기타가와, 솔직히 말해. 너, 에기와 어떤 관계야?"

"관계라니?" 기타가와가 되물었다.

"사 년 전에 사카도에게 도메이테크를 소개한 사람이 너라면서. 무슨 관계가 있었던 거 아냐?"

"그거 말이야?"

기타가와가 맥 빠진 투로 말했다. "나는 딱히 아무 관계도 없어. 사장님이 이런 회사가 있으니 사카도에게 검토시키라고 해서 그렇게 했을 뿐이야."

"미야노 사장이?"

생각지도 못한 이야기에 핫카쿠는 기타가와의 얼굴만 말똥말똥 보았다. "사장이 굳이 하청에 관해 지시했다고?"

"업계 파티에서 누가 소개해줬다든가. 그 사람한테 은혜를 입은 게 있으니 검토해보라고 그랬던 것 같다."

"도메이의 에기는 우리 회사 사정을 꽤 자세히 알고 있었어."

핫카쿠가 익미심장하게 말하자 기타가와가 눈썹을 추어올리며 관심을 보였다. "알고 있었으니 강도 조작을 제안할 수 있었던 거 아닐까?"

"그건 에기가 조작을 제안했다는 사카도 말이 옳다는 전제하의 이야기군."

이렇게 말한 기타가와에게 "당연하잖아" 하고 핫카쿠가 언성을 높였다.

"사카도가 한 짓은 용서할 수 없지만 그 녀석도 고통을 받았어. 그 점을 우리가 이해해주지 않으면 어떻게 해."

기타가와가 조금 겸연쩍은 표정을 지었다. "뭐, 그렇지"라고 작은 소리로 말하더니 조금 생각하다가 물었다.

"그래서 넌 미야노 사장이 정보를 흘렸다, 이 말이야?"

"아마도. 단 증거는 하나도 없어."

"그렇군."

고개를 끄덕인 기타가와의 입에서 "하지만 뭘 위해서?"라는 의문이 나왔다.

"그야 물론 실적을 위해서겠지."

당연하다는 듯이 핫카쿠가 대답했다. "실적을 올려서 소닉 내에서 도쿄겐덴의 지위를 올리는 거야. 그리고 사장으로서의 힘을 인정받는 거지."

불상사가 발각되기 전까지 미야노는 소닉 내에서도 높은 평가를 받고 있었다.

"미야노 사장은 실적을 위해 영혼을 판 거야."

기타가와는 바로 뭐라고 대답하지는 않았다. 눈을 크게 뜨고 핫카쿠를 보았지만 그 시선은 곧장 발밑으로 떨어졌다. 얼굴이 굳어진 건 자신이 저지른 부정과 겹쳐지기 때문이리라.

"어쩔 생각이야?"

기타가와의 물음에 핫카쿠가 대답했다.

"사실이 무엇인지 확인해볼 가치는 있다고 생각하지 않아?"

오후 8시가 넘자 조사위원회와 회의를 끝낸 미야노가 회의실에서 나왔다. 피로한 빛이 역력한 얼굴로 살짝 고개를 숙이고 걸음을 떼려다가 핫카쿠의 모습을 보고 발길을 멈추었다. 불쾌한 표정을 지은 이유는 핫카쿠가 조사위원회에서 좋은 평가를 받고 자신을 깎아내리는 쪽에 붙었다고 생각했기 때문일 것이다.

"한 개 드시겠습니까?"

핫카쿠가 플로어 구석에 있는 무인 판매대에서 구매한 도넛을 내밀었다.

미야노는 눈앞의 도넛을 흘끗 보기만 했을 뿐 받으려 하지 않았다. 그 대신 화난 눈으로 핫카쿠를 보았다.

"뭐 볼일 있나?"

"한 가지 여쭈어보고 싶은 게 있어서요."

도넛을 도로 가져오며 핫카쿠가 일그러진 미소를 지었다. "도메이테크 말씀인데 그 회사, 애초에 어떤 분에게 소개를 받았나 싶더라고요."

"자네가 왜 그런 걸?"

말투가 딱딱해진 미야노의 눈에 어렴풋한 노기가 서려 있었다.

"조사위원회의 가세 씨가 시켜서 사카도의 주장을 검증하고 있거든요."

가세의 이야기는 입에서 나오는 대로 지어냈다. "사카도는 기타가와 부장에게 새로운 하청회사라고 소개받았다고 합니다. 하지만 기타가와 부장 말로는 그 회사를 소개한 사람은 사장님이라더군요. 은혜를 입은 분이 소개해주셨다는 이야기를 들었습니다만."

"글쎄, 그랬나."

미야노가 대충 얼버무렸다. "미안하지만 오래된 이야기라. 알겠지만 하청 하나까지 일일이 기억할 수는 없거든."

"은혜를 입은 분이면 생각해낼 수 있는 거 아닙니까?"

"아니, 생각 안 나."

재빨리 걸음을 떼면서 미야노가 말했다. "미안하지만 기억에 없군. 기타가와가 그렇게 말했다면 그랬을지도 모르지만 무슨 파티였는지도 잊었어."

엘리베이터로 들어가는 뒷모습을 핫카쿠는 하릴없이 배웅하고 있을 수밖에 없었다.

플로어 끝에 있는 휴식 공간으로 갔다. 자동판매기에서 뜨거운 커피를 산 뒤 이제 어떻게 한담, 하고 생각에 잠겼다.

"뭐하고 계세요, 심각한 얼굴로."

인사부의 엔도 사쿠라코였다.

"좀 그럴 일이 있어서. 야근이야?"

핫카쿠의 물음에 사쿠라코는 피로가 드러나는 미소를 지었다.

"이 상황에서는 어쩔 수 없죠."

체념한 듯 대답한 뒤 자동판매기에서 주스를 뽑고 도넛을 하나 집더니 수금 상자에 돈을 넣었다.

"그러고 보니 하마모토는 잘 지내?"

핫카쿠는 문득 생각이 나서 물었다. 하마모토 유이는 작년까지 영업부 직원이었는데, 사쿠라코와는 분명 친한 사이였을 터이다.

"건강하게 잘하고 있는 모양이에요."

"벌써 결혼했어?"

사쿠라코가 쓴웃음을 보였다. "그건 아직요."

"뭐야, 아직 신부 수업중인가."

사쿠라코의 입에서 "빵집에 취직한 모양이에요"라는 뜻밖의 대답이 나왔다.

"뭐야, 그건."

핫카쿠가 어이없다는 투로 말하자 사쿠라코는 난처한 표정을 지으며 "이런저런 사정이 있어요"라고 덧붙였다.

"이 도넛을 만드는 빵집인데, 가끔 도넛을 바꿔 넣으러 와요. 본 적 없으세요?"

몰랐다. 가끔 젊은 남자가 와 있는 모습을 보기는 했지만 하마모토가 오기도 하다니 놀라웠다.

"가끔? 정든 옛 직장인데 매일 와도 되잖아."

"어색한 거 아닐까요?"

사쿠라코가 말했다. "계장님은 모르시겠지만 아랫사람에게는 아랫사람의 고민이 있거든요. 좋지 않은 면을 이래저래 보게 돼서 그만둔 거니까요. 하지만 유이가 회사의 모습을 더 정확히 간파하고 있었던 건가, 요즘에는 그런 생각이 들어요. 아, 죄송합니다."

유이가 영업부 직원이었음을 떠올리고 사쿠라코는 어깨를 움츠렸다.

핫카쿠는 쓴웃음을 보이다가 불현듯 웃음을 거두었다.

"화나셨어요?"

걱정스럽게 묻는 사쿠라코에게 "아니, 아니" 하고 손을 옆으로 저으며 핫카쿠는 자리에서 일어났다.

"고마워. 덕분에 고민을 해결할 방법이 하나 생각났어."

핫카쿠는 놀라서 입을 떡 벌리는 사쿠라코에게 한손을 들어 인사하더니 남은 도넛을 억지로 입에 밀어 넣고 엘리베이터 홀을 향해 걸어갔다.

11

텅 빈 주차 공간 구석에 불이 켜져 있었다. 지하 2층에 있는 주차장이다.

작은 사무실이 하나 있는데, 창문으로 들여다보니 혼자 심심하게 담배를 피우는 남자가 보였다.

활짝 열어놓은 문으로 소형 텔레비전의 야구 중계 소리가 새어나왔다.

창문을 똑똑 두드리자 당황하는 기색으로 이쪽을 보았지만, 서 있는 사람이 핫카쿠라는 것을 알자 굳었던 표정이 풀어졌다. 사장 전속 운전기사 사가와 마사히코다.

"수고 많아. 늦게까지 고생이네."

핫카쿠는 기사 대기실에 들어가서 빈 의자에 앉더니 자기도 담배를 한 개비 꺼내 불을 붙였다.

"별수 있나. 이런 일이 생겨버렸으니."

사가와도 체념한 투로 말하고 사람 좋은 얼굴로 핫카쿠를 보았다.

사가와는 도쿄겐덴에서는 몇 안 되는 제복 근무자이다. 전문직 채용으로 도쿄겐덴에 들어와, 핫카쿠가 입사했을 때 이미 기사로 근무하고 있었으니 이럭저럭 삼십 년 가까이 근무중인 고참 직원 중 하나다. 술을 좋아해서 야에스의 술집에서 마주치는 일도 적지 않다. 업무상 접점은 거의 없지만 술을 마시면서 세상 돌아가는 이야기와 좋아하는 야구 이야기를 신나게 떠든다. 직장 동료라기보다는 술친구라고 하는 편이 좋을 정도다.

"그런데 웬일이야? 핫짱이 이런 데 얼굴을 다 내밀고." 사가와는 핫카쿠를 늘 핫짱이라고 불렀다.

"음, 이래저래 일이 좀 있어서. 뭐 좀 가르쳐줄래?"

핫카쿠가 말하자 사가와는 농담으로 받아쳤다. "내가 당신 같은 엘리트에게 가르쳐줄 게 있어?"

그 말에 웃으면서 담뱃재를 턴 핫카쿠가 목소리를 낮추어 말했다. "사장 말인데, 그 영감 도메이테크의 애기 사장과 뭔가 있나?"

사가와가 미야노에게 안 좋은 감정을 가지고 있다는 것은 알고 있었다. 오랫동안 기사로 일한 사가와를 자기 종처럼 다루었기 때문이다. 미야노가 사내에서는 나름대로 인망이 높지만, 회사의 이른바 밑바닥에 있는 사가와 같은 사람은 전혀 배려하지 않았다.

"아아, 둘이서 곧잘 밥 먹으러 갔지."

아니나 다를까 사가와는 알고 있었다.

"정말로?"

자기도 모르게 다시 묻는 핫카쿠에게 사가와는 "이거야"라면서 입 앞에 집게손가락을 세웠다.

"내가 말했다고 다른 사람한테는 말하지 마."

"알아."

핫카쿠는 사가와의 어깨를 잡고 흔들기라도 해서 빨리 듣고 싶었지만 꾹 참았다. "그래서 두 사람, 어떤 관계야?"

"난 뒷좌석에서 통화하는 소리를 들었을 뿐이니까 자세한 건 몰라. 하지만 옛날에 사장이 돌봐준 적 있다는 이야기를 하더라고."

사가와의 이야기는 뜻밖이었다. "에기는 독립하기 전에 어디 거래처에 있었겠지. 그 시절 이야기 같던데."

"있잖아, 마사."

담배를 재떨이에 눌러 끈 핫카쿠가 이 부분이 중요하다는 듯이 몸을 내밀었다. "실은, 조사위원회에서는 사카도 자식이 이번 조작 이야기를 먼저 꺼냈을 거라고 하고 있어. 사장이 뭐 그런 말 안 해?"

"우아, 그렇게 되고 있었구나."

손가락에 담배를 끼운 채 사가와는 심각한 얼굴을 했다. 바로 대답하지는 않는다.

"부탁 좀 할게. 이대로 가다가는 사카도가 점점 더 불리해질 거야. 그 녀석은 터무니없는 잘못을 저질렀지만, 하지도 않은 일에 대해서까지 책임지면 불쌍하잖아. 내가 하는 말 무슨 뜻인지 알지?"

"알지."

사가와가 중얼거리듯이 말했다. "사카도는 타고난 나쁜 놈들이랑은 달라. 성실함이 지나친 게 문제지."

생각지도 못한 인물평에 놀란 핫카쿠가 고개를 끄덕였다. "그 말이 맞아."

"서로 하는 말이 다르면 절대로 증명할 수 없어. 사카도가 증명하는 건 무리야."

사가와의 말에 핫카쿠의 눈이 휘둥그레졌다.

"알고 있었어?"

"내가 한 말이 아니야."

핫카쿠는 어리둥절했지만 곧 의미를 깨달았다.

"사장이 그런 말을 했어? 알려줘. 부탁이야."

핫카쿠가 머리를 숙이자 사가와는 그만하라며 웃고는 새 담배에 불을 붙였다. 그러고 나서 벽시계를 흘낏 올려다보았다. 미야노와 조사위원회의 회의는 이제 막 끝났다. 당분간은 사가와를 호출하지도 않을 것이다.

"사장은 나 같은 놈은 알아들을 리 없다고 생각하고 있어. 여기가 모자란다고 단정 짓고 있는 거지."

사가와는 담배를 끼운 손가락으로 제 머리를 가리켰다. "뭐, 머리가 나쁜 건 확실하지만 말이야. 근데 그런 머리로도 사장 이야기를 듣고 있으면 뭐가 어떻게 돌아가는지 정도는 안다고."

이야기를 시작한 사가와의 표정은 담담하면서도 어딘지 모르게 슬퍼 보였다.

사가와와 헤어져 조사위원이 쓰는 플로어로 갔다. 가세가 아직 남아서 조사한 내용에 관해 보고서를 작성하고 있었다.

"잠깐 괜찮으신지?"

말을 걸자 지친 얼굴을 들고 뭐 볼일이라도 있느냐는 시선을 보내왔다.

"확인해주셨으면 하는 게 있어서요. 중요한 사항입니다."

노트북 화면을 흘끗 본 가세는 미련이 남는 얼굴로 노트북을 덮고는 말없이 핫카쿠에게 의자를 권했다.

사가와에게 들은 이야기를 하는 동안 가세는 팔짱을 끼고 눈을 감은 채 움직이지 않았다.

"누가 준 정보입니까?"

"그건 말 못 합니다. 약속이라서요."

믿을지 아닐지는 가세에게 달렸다. 한참 침묵한 뒤 가세의 입에서 긴 한숨이 나왔다.

"증거는 없는 거지요?"

가세가 던진 질문에 핫카쿠는 솔직하게 없다고 대답했다.

"그럼 어떻게 그 사실을 증명합니까?"

"제게 생각이 있습니다."

핫카쿠는 올라오면서 생각한 바를 가세에게 이야기했다.

12

다음 날 오후 4시가 넘어서 핫카쿠가 가세를 수행하는 형태로 에기를 다시 찾았다.

"또 왔어요? 좀 어지간히 하지 그래요."

응접실로 안내받기는 했지만 에기는 혐오감을 감추려고도 하지 않고 눈앞의 팔걸이의자에 앉았다.

"사실을 말씀하시면 그것으로 끝내겠습니다."

가세의 말에 에기는 보란 듯이 한숨을 쉬었다.

"그러니까 이야기했잖아요. 나는 사카도 씨가 말한 대로 부품을 제조해서 공급했을 뿐이고, 그게 데이터 조작인지는 몰랐다고."

"오늘 오후부터 계속 조사위원이 미야노 사장 이야기를 듣고 있거든요. 실은 미야노 사장에게는 알리지 않았지만 한쪽에서는 그분 컴퓨터를 정밀 조사했습니다."

가세의 설명에 에기의 눈에 드러나 있던 거만함이 싹 사라지는 것처럼 보였다.

"그랬더니 이게 나오더군요."

가세가 테이블 위에 인쇄물 한 장을 내려놓았다.

"미야노 사장이 당신에게 보낸 메일의 복사본입니다. 날짜는 사년 전 7월. 마침 도메이테크와 도쿄겐덴이 거래하기 직전이지요."

가세가 내용을 소리 내어 읽었다.

그리고 일전의 그 일, 좀 끈질기다 싶겠지만 중요한 부분이니 신중을 기하기 위해 다시 확인하겠습니다.

강도 조작과 데이터 날조에 대해서는 사카도에게 반드시 구두로만 전달하기 바랍니다. 메일은 물론, 문서로 제안하는 건 피하십시오. 나중에 문제가 생긴다면 귀사는 어디까지나 사카도가 제안한 내용에 따랐을 뿐이라고 주장하면 됩니다.

이번 대형 수주는 도쿄겐덴에 꼭 필요하며, 실로 흥망이 걸려 있다 해도 과언이 아닙니다. 꼭 귀사의 협력을 받고 싶으니 잘 부탁드립니다.

요전에도 말씀드렸다시피 사카도에게는 제안을 거절할 만한 여유가 없습니다. 이쪽에서도 관리 강화라는 이름의 압박을 넣어두겠습니다. 우리와의 거래가 결정되는 건 이제 시간문제라고 생각합니다……

글은 도중에 끊겨 있었고 미야노의 서명은 들어 있지 않았다.

"중간에 끊긴 이유는 이 메일이 '작성 중' 항목에 들어 있었기 때문입니다. 에기 씨. 여기에 적혀 있듯이 미야노 사장은 컴퓨터 안에 든 문서도 상당한 양을 삭제한 모양이지만, 이것 하나는 남아 있었습니다. 누구라도 실수는 하는 법이죠."

핫카쿠는 에기의 눈동자가 얼어붙는 모습을 보고 있었다. 가세가 말을 이었다. "지금 사장 본인한테도 직접 확인하는 중이지만, 동시에 당신에게서도 이야기를 들어야겠다는 생각이 들어서요. 여기에 적힌 내용은 사실이지요?"

에기의 얼굴에서 순식간에 핏기가 가셨다.

"어느 쪽이냐고, 에기 씨."

핫카쿠가 위협적인 목소리로 물었다. "이 이상 거짓말을 계속하면 괜히 더 귀찮아질걸."

당황한 나머지 에기의 뺨이 떨렸다.

"여기 오는 길에 보고를 들었는데, 만에 하나의 경우 도메이테크에서 미야노 씨의 뒤를 봐준다는 이야기까지 돼 있다면서요."

가세가 말한 것은 사가와가 들었다는 뒷좌석 통화에서 온 정보다.

에기의 눈동자가 잘게 흔들렸다.

"너무 심증을 나쁘게 만들지 않으셨으면 좋겠네요. 어떻습니까?"

가세가 한 번 더 추궁하자 에기는 마른침을 꿀꺽 삼키면서 눈을 크게 떴다.

"제가 아닙니다. 제가 아니에요."

에기의 입에서 책임을 회피하는 말들이 나왔다. "이건 미야노 씨의 지시거든요. 우리도 일이 필요하기도 해서 어떻게 할 수가 없었어요."

가세가 냉엄한 표정으로 에기를 주시했다.

"계획을 세운 사람은 미야노 사장이다, 이 말씀입니까? 당신이 아니라?"

"그래요. 제가 아닙니다."

에기가 완강하게 우겼다. "조작 건도 미야노 씨가 그렇게 하라고 했어요. 제가 그런 생각을 할 리가 없지 않습니까. 우리는 하청이라고요. 어쨌든 우리한테 피해가 안 가게 할 테니까 싸게 만들어달라고 해서……"

"이봐, 에기 씨. 변명 한번 꼴사납군."

핫카쿠의 말에 에기는 퍼뜩 입을 다물었다. "결국은 당신이랑 미야노가 조작을 계획해놓고 사카도 한 사람한테 책임을 떠넘기려 한 거 아냐."

에기는 반론할 말을 찾으려 했지만 핫카쿠가 노려보자 단념한 듯 눈을 내리깔았다.

"처음부터 자세히 이야기해주시겠습니까? 기록하겠습니다."

가세가 침착한 목소리로 말하고는 IC레코더를 테이블에 놓고 리포트 용지를 꺼냈다.

잠시 후, 에기가 더듬더듬 이야기를 시작했다.

에기의 고백은 두 시간 가까이 걸렸다.

전부 다 들은 핫카쿠에게 깊은 피로와 허탈감이 밀려왔다.

"당신은 분명 미야노의 바보짓을 원망스럽게 생각하고 있겠지."

핫카쿠의 말을 에기는 고개를 푹 숙이고 듣고 있었다. 눈만 움직여 핫카쿠를 본다.

"근데 말이야, 사실 이 메일은 여기 오기 전에 내가 만든 가짜야."

에기의 얼굴이 금세 새빨개졌다.

"어떻게 그런 짓을! 불법 아닙니까, 이런 방식은?"

"데이터를 조작한 놈이 메일 위조에 항의하나?"

핫카쿠가 능구렁이처럼 말하며 담배에 불을 붙였다. "우리는 경찰이 아니야. 참고로 말하면 재판소에 증거로 서류를 제출하지도 않아. 알고 싶은 건 단 하나, 진실이다. 그걸 위해서라면 무슨 일이든지 하지. 당신들이 돈벌이를 위해 수단을 가리지 않았던 것처럼."

에기의 입에서 더는 아무 말도 나오지 않았다.

13

3층에 있는 도넛 판매 코너에 갔더니 앞치마를 두른 여성이 새 도넛을 보충하고 있었다.

"어이구, 잘 지내?"

말을 걸자 "오랜만이에요" 하는 활기찬 목소리와 함께 유이가 활짝 웃었다.

유이는 영업부에 있을 때와 비교가 안 될 정도로 빛이 났고, 그렇게 생각해서 그런지 조금 살이 붙은 듯했다.

"지금 우리 회사를 불량채권 취급하지 않는 곳은 이 빵집뿐이야. 고마워."

핫카쿠가 감사 인사를 했더니 "우리 채권은 전부 잘 회수하고 있거든요"라는 답이 돌아왔다. "좋은 고객이에요."

그로부터 반년이 지나 소문대로 조작의 무대가 된 영업1과의 사업만 남겨두고 다른 업무는 신설 회사로 이관되었다.

도쿄겐덴은 거액의 배상금을 내기 위해 직원들이 전보다 더 필사적으로 일하고 있다. 회사를 재건하겠다고 자진해서 나선 무라니시가 사장으로 취임했다.

미야노는 6월에 특별 배임 혐의로 고발당했다. 그보다 한 달 전에는 도메이테크가 파산 신청을 했는데, 동시에 개인 파산도 신청한 에기는 자취를 감춰버렸고 아직 행방이 묘연하다.

사카도는 사정이 감안돼 개인적 손해 배상 책임을 면했지만 징계해고 처분을 받았다. 새 일자리 찾기는 난항을 겪은 모양인데, 일로 관계를 맺은 회사에서 어떻게 도와줄 것 같다는 보고를 얼마 전에 들었다.

조사위원회에서 이십 년 전 부정을 추궁당한 나시다는 이미 소닉 본사에서 자회사로 좌천이 결정되었다.

핫카쿠에 대해서 말하자면, 4월에 설립된 새 회사로 이동하는 이야기는 결국 백지화되었다.

고발은 좋은 평가를 받았지만 사장이 된 이야마가 그전까지의 근무 태도를 문제 삼았다나 말았다나, 확실한 것은 모른다.

하지만 이걸로 됐다. 오랫동안 영업1과에 재직해왔는데 동료를 남겨두고 새 회사에서 과장 자리에 앉는 것도 어쩐지 그렇다. 그래서 하라시마 과장과 만년 계장 핫카쿠 콤비는 계속 이어지게 되었다.

"당신답네. 늘 손해 보는 역할만 맡고."

아내는 웃기만 했을 뿐, 그 이상은 아무 말도 하지 않았다.

겉치레의 번영인가, 진실한 청빈인가. 강도 조작을 눈치챘을 때 핫카쿠는 후자를 선택했다.

후회는 하지 않는다.

어떤 길에도 미래를 열어줄 문은 분명 있을 테니까.

일곱 개의 회의 블랙&화이트 086

1판 1쇄 발행 2020년 1월 20일 **1판 2쇄 발행** 2020년 2월 10일
지은이 이케이도 준 **옮긴이** 심정명
펴낸이 고세규
편집 박정선 **디자인** 윤석진

발행처 김영사
주소 경기도 파주시 문발로 197(문발동) 우편번호 10881
등록 1979년 5월 17일(제406-2003-036호)
주문 및 문의 전화 031)955-3200 **팩스** 031)955-3111
편집부 전화 02)3668-3291 **팩스** 02)745-4827 **전자우편** literature@gimmyoung.com
비채 카페 cafe.naver.com/vichebooks **인스타그램** @drviche **카카오톡** @비채책
트위터 @vichebook **페이스북** www.facebook.com/vichebook
ISBN 978-89-349-8455-9 03830 책값은 뒤표지에 있습니다.

비채는 김영사의 문학 브랜드입니다.
이 도서의 국립중앙도서관 출판시도서목록(CIP)은 서지정보유통지원시스템 홈페이지(http://seoji.
nl.go.kr)와 국가자료공동목록시스템(http://www.nl.go.kr/kolisnet)에서 이용하실 수 있습니다.
(CIP제어번호: CIP2019029396)